KB162872

55세
고교 동기들의
58가지
인생이야기

55세 고교 동기들의 58가지 인생이야기

대건고등학교 28회 동기생 일동 지음

1판 2쇄 발행 | 2015. 3. 23.
발행처 | **Human & Books**
발행인 | 하응백
출판등록 | 2002년 6월 5일 제2002-113호
서울특별시 종로구 경운동 88 수운회관 1009호
기획 홍보부 | 02-6327-3535, 편집부 | 02-6327-3537, 팩시밀리 | 02-6327-5353
이메일 | hbooks@empal.com

값은 뒤표지에 있습니다.
ISBN 978-89-6078-195-5 03810

55세
고교 동기들의
58가지
인생이야기

대건고등학교 28회 동기생 일동 지음

Human & Books

〈서문〉

대한민국 남자들의 존재 증명

고등학교를 졸업한 지 35년이 지났다. 1979년 2월에 고등학교를 졸업한 사람은 대개 1960년에 태어나 2015년, 만으로 55세가 된다. 대학은 79학번이나 재수를 했으면 80학번인 이들은 베이비붐 세대의 막내이면서 386세대의 맏형쯤 된다. 대학 1학년 때 10·26을 경험했고 이듬해 '서울의 봄'과 광주민주항쟁을 겪었다. 초등학교 때 '국민교육헌장'을 열심히 외워 지금도 그 구절을 줄줄이 암기하는 친구들도 있다. '10월 유신'의 구호와 '새마을 노래' 의 가사와 멜로디는 기억이 새롭다. 고등학교 때는 교련복을 입고 목총 혹은 플라스틱 총을 들고 분열과 사열을 했다. 서울에서 대학을 다닌 친구들은 1학년 때 성남에 있는 '문무대'에 10일간 입소해서 군사교육을 받았다. 대학에서도 군사교육을 3년간 학점제로 받아야 했고 대개는 5공화국 때 군역을 마쳤다. 민주화의 짜릿한 경험도 맛보았고, 그 주역이라 자처하기도 했다. 30대 후반에는 IMF의 직격탄을 맞아 파란을 겪은 친구들도 있다.

세월이 흘러 이제 이들은 50대 중반이 되었고, 몇몇 결혼을 일찍 한 친구들은 손자나 손녀를 보기도 했고, 일찍 '명퇴'를 당해 형편이 어려운 친구도 있다.

거대서사가 20세기의 후반기와 21세기의 초반을 어떻게 기술할 것인지는 아직은 알 수 없으나, 내가 오래전부터 궁금했던 것이 바로 한 세대의 미시서사였다.

1976년 대구에서 '뺑뺑이'를 돌려 입학한 한 학교 고등학교 졸업생의 삶은 35년이 흐르기까지 어떤 과정을 겪었을까? 특정한 한 고등학교 졸업생의 삶을 미세하게 추적하면 우리 세대의 일반을 볼 수 있지 않을까? 내가 잘 알고 내가 졸업한 고등학교가 제일 만만했기에 7, 8년 전에 고등학교 동창 친구들 10여 명을 선정하고, 내 나름대로 몇 명 인터뷰를 했다. 그들의 삶을 이야기로 듣고 책 한 권을 내자, 이렇게 마음먹었다. 하지만 그 기획은 불발로 끝나고 말았다. 나의 게으름도 있었지만 무엇보다 오래간만에 만난 친구들이다 보니 인터뷰가 늘 술자리였고, 그 술자리는 만취로까지 이어지기 일쑤여서, 다음날 일어나 보면 녹음이나 메모가 사라지기 다반사였다. 결국 몇 번 하다가 중단하고 말았다.

2014년 중반 즈음해서 동창들 간에 '카카오톡 대화방' 활성화되었다. 십여 명이 처음 시작했는데 최근에는 170여 명 이상이 이 대화방에서 갖은 이야기를 토해낸다. 한 친구가 작성한 통계를 보면 보통 하루에 1,000개 이상의 대화가 올라오고 50여 명은 글을 올리고, 100여 명은

'눈팅'만 하고, 20여 명은 아예 열어보지도 않는다고 한다. 얼마 전 동창 한 명이 유명을 달리했을 때 나는 한 일간지 칼럼에 이런 글을 썼다.

…내가 졸업한 고등학교 동기동창들이 모여서 개설한 카카오톡 대화방 명칭이 '이빨(28) 수다방'이다. 이름이 절묘하다는 생각이 든다. 왜냐하면 28회 졸업생이니까 음이 비슷한 이빨을 앞세웠는데, '수다 떤다'의 속된 말 '이빨 깐다'에서 차용한 것이다. 수다를 떠니 '수다방'이면서 한때 만남과 대화의 공간이었던 '다방'의 의미도 복합적으로 적용되어 있다. 여기에 모인 160여 명의 50대 중반 아저씨들은 그야말로 24시간 수다를 떤다.

자연스럽게 대화방에는 일종의 시스템과 룰이 정해져 있다. 이를테면 '당직'과 '보조'와 '야당'이 있다. '당직'은 늘 친구들의 대화를 받아주는, 이 대화방에 마치 상근하는 직원처럼 활동하는 친구를 지칭한다. 누군가가 "자장면 먹었다"라고 올리면 '당직'은 재빨리 "맛있더냐" 하고 답변을 보낸다. SNS란 자신의 이야기를 들어줄 누군가를 상정하는 것인데, 이런 재빠른 피드백이 있으니, 누구나 자주 자신의 이야기를 올리는 것이다. 우연이라고 하기에는 믿기 어려울만큼 이 당직을 자임한 친구 실명(實名)이 공교롭게 '상근'이다. 하지만 당직은 물리적으로 하루 종일 상근하지 못한다. 때문에 당직 보조를 하겠다는 친구가 나타났다. 그 친구가'보조'다. 그랬더니 밤에는 대신 당직 하겠다는 친구가 바로 야간 당직, 줄여서 '야당'이다. 이 대화방에 보통 하루 평균 1,000개 가까운 새로운 대화가 생성된다. 엄청나지 않은가.

아저씨들이 도대체 무슨 이야기를 그렇게 많이들 할까. 민감한 정치 이야기 빼고 거의 모든 일상사가 대화의 주제다. 이 대화들의 내용을 거칠게 분류해 보면 첫째는 정서적인 소통이다. 외롭다, 쓸쓸하다, 기쁘다와 같은 오욕칠정의 갖가지 감정들이 토로된다. 추억을 이야기하는 경우도 많다. "옛날 학교 매점에 우동 10원 했는데, 그거 맛있었지?" 하면 "난 돈 없어 못 사 먹었다. 멸치 국물은 5원. 그거 사서 도시락에 말아 먹었다" 등등.

둘째는 놀이를 한다. 나이답지 않게 때로는 '감' 놀이를 하는 경우도 있다. 누군가가 "저녁 먹었는감"하면 "못 먹었는감" 이어서 "배 터지는감" "마누라가 안 주는감" 등으로 이어진다.

셋째는 정보의 교류다. 대개 경조사의 알림 역할을 하지만 실용적인 기능도 한다. "군산에 여행 왔는데 뭐 먹을까?" 하면 여러 친구들이 맛집을 추천한다. 모두 55년 정도를 살았으니 각 분야에서 나름의 정보를 체계적으로 가지고 있는 것이다. 온라인 대화방이지만 신속한 연락망을 통해 실제 모임도 잦아진다. 누군가가 치킨 집을 개업하면 순식간에 모임 시간이 정해지고 여러 명이 모여 개업을 축하하러 간다. 또 누군가는 그 집에서 모인 친구들 사진을 찍어 대화방에 올린다. 이른바 실시간 중계를 하는 것이다.

지난주에는 폐암으로 투병 중인 친구 이야기를 누군가가 올렸고, 몇몇 친구들이 부랴부랴 문병을 가서 절망적인 상황을 전했다.

아직 자신들의 죽음에 익숙한 나이가 아니다 보니 모두가 슬퍼하고 있는 가운데, 일요일 아침 친구의 운명 소식을 제일 먼저 전한 것도 '이빨 수다방'이다. 많은 친구들이 애도를 표하고 누군가는 조시(弔詩)를 올리고 동기회 총무는 부의금 창구를 마련하고, 단체 조문 시간을 통보하는 것도 SNS를 통해 반나절 만에 단숨에 이뤄졌다.

한겨레신문 베이징특파원을 오래 했던 기자 하성봉 군은 친구들의 온

라인과 오프라인의 동시(同時) 애도 속에 먼 길을 떠났다. 잘 가라, 친구야.

〈아저씨들의 SNS 장례식〉, 국민일보. 2014.12.24.

이 글에서 말한 것처럼 수많은 이야기가 대화방에서 오가는 데, 어느 날 대구에서 정신과 의사를 하는 친구가 수필 하나를 올렸다. 친구들의 호응이 많은 것을 보고 '아 이것 봐라' 하면서 지켜보고 있는데 어느 날은 서울에서 항공사에 근무하는 한 친구가 또 수필을 올렸다. 재미있었다. 그래서 내가 출판사를 경영하고 있으니, 농담 삼아 '우리 친구들 수필 모아서 책 하나 낼까' 했더니 많은 친구들이 동참하겠다는 의사를 밝혔다. 농담처럼 말한 것이 진담이 되어버렸다. 한편으로 과거에 하다 못한 친구들의 삶을 들여다 볼 기회다 싶어, 친구들에게 '자신들의 삶에서 가장 인상 깊었던 것', '꼭 하고 싶은 이야기'를 담아내자고 주문했고, 마감 시한을 정했다. 처음에는 한 30명 정도가 동참할 것이라고 예상했는데 너도 나도 동참해 50명을 넘어섰다. 이왕에 50명을 넘었으니, 55세 기념으로 55명으로 맞추자 했더니 8명이 더 글을 보내와 58명으로 마감되었다.

이 책의 원고를 모을 때 정한 원칙이 몇 가지 있다. 하나는 프로는 제외하자는 것이었다. 동창 중에는 유력 일간지의 이름만 대면 알만한 편집국장도 있고, 선임기자도 있고, 또 다른 일간지나 통신사의 논설위원과 편집국장도 있다. 또 유명 시나리오 작가이자 번역가도 있다. 이들은 모두 제외했다. 고위직 공직자의 글도 배제했다. 사회적 오해를 방지하기 위해서였다. 순수한 아마추어리즘으로 가는 게 좋을 것 같았다.

또 하나는 가급적 윤문을 많이 하지 말자는 것이었다. 이들의 글은 등단을 위한 것도 아니고 문명(文名)을 위한 것도 아니다. 이들의 글은 자기 삶을 돌아보고자 함이고, 남기고 싶은 이야기를 들려주고자 함이다. 과도한 윤문이 오히려 이런 것을 방해할 수 있다는 생각이 들었다. 하지만, 도대체 연결이 안 되는 두서없는 글들은 구성을 바꾸고 최소한의 가필을 했다.

인용문이 아닌 부분은 표준어를 사용하는 것이 원칙이지만 글의 진행상 어쩔 수 없이 사투리를 그대로 둘 수밖에 없는 부분은 사투리를 그대로 두었다. 비문(非文)도 가끔은 그대로 두었다. 특정 지역 출신(경상도와 대구)이 대부분인 친구들의 글의 뜻을 살리기 위해, 전문 편집자에게 맡기지 않고 교정·교열에는 비전문가인 내가, 초교 윤문부터 마무리 교정까지 다 진행했으니 많은 실수가 있을 것이다. 포항에서 영어 선생을 하는 친구가 도와준 부분도 있다. 하지만 실수의 모든 것은 능력 부족으로 인한 내 책임이다. 독자 여러분들의 양해를 구한다.

이 책의 제목이나 표지 디자인과 카피 같은 것은 모두 대화방을 통해 여러 친구들의 의견을 구해 열띤 토론을 거치고 토론이 마무리되면 다수결로 정한 결과다. 많은 친구들이 중구난방 혹은 백화제방식의 의견을 냈지만 그런 과정을 거치니 매끄러워졌다. 참 민주적이다.

이 책의 1부는 가족사에 관한 것이고, 2부는 직업과 직장에 관한 것, 3부는 취미생활이나 기타 다양한 이야기들로 구성되었다.

내가 이 책의 출간을 기획하고 진행한 것은, 문학을 전공하였고 문단 한쪽에서 글을 쓰고 출판사를 운영하고 있다는 것이 큰 이유로 작용했겠지만, 그보다 더 큰 이유는 내가 고등학교 때 문예반 반장이었기 때문이다. 고교 시절에도 학교 신문이나 교지 등의 편집을 내가 했었기에 이

번 동창들의 수필집 원고 모으고 편집하는 일도 내가 해야 했다. 고교 문예반장이 고교 동창생들 사이에서는 영원한 문예반장으로 각인된 것이 나는 자랑스럽다.

친구들의 글을 읽고 편집하면서 많이 울었다. 문학평론을 한답시고 제법 많은 글들을 읽었지만, 집중적으로 이렇게 감동을 받기는 처음이다. 세련된 문학 작품이 아니어도 그들이 말하고자 하는 진심이 전달되어서 나의 누선을 자극했다. 글은 역시 기교보다는 진실이 담겨야 힘이 있다는 사실을 절감했다.

이 책에 글을 쓴 59명의 동창들의 직업은 다양하다. 스스로 '노가다'라고 우기는 친구도 있고, 의사나 변호사나 국숫집 사장 같은 자영업자도 있다. 사업이 잘 되는 친구도 있고 명퇴를 하고 노는 친구들도 있고 사업이 힘들어져 쉬는 친구들도 있다. 이들이 쓴 글은 그야말로 우리 시대의 55세 장삼이사(張三李四)의 평범한 모습들의 반영이다. 하지만 이들의 삶은 진지하고 열정적이었다. 이 책을 통해 우리들의 자식 세대들에게 그리고 또 다른 세대들에게 우리 세대의 살아왔던 과정을 가감 없이 보여주려 한다. 그것이 이 책을 출간하는 이유이다.

이 책은 55세 대한민국 남자들의 존재 증명이다.

대건고등학교 28회 문예반장 하응백

목 차

서문_대한민국 남자들의 존재 증명 • 4

| 제1부 | 아버지의 화투

아버지의 화투 | 이기홍 • 17
레퀴엠을 들으며 | 유강근 • 26
가족 | 장오재 • 31
여산송씨 우리 할머니 | 조용호 • 41
단무지(單無止) | 이상희 • 48
아버지의 자전거 | 정원일 • 53
행복한 나의 집 | 이구태 • 59
노랑나비 | 양재우 • 64
여름날의 꿈 | 송희덕 • 69
바늘구멍 찾기와 안전한 먹거리 | 김윤섭 • 72
부자 집 막내아들의 내면 풍경 | 방선택 • 76
나의 별 삼총사 | 박창기 • 82
마지막 운동회의 추억 | 이승형 • 86
내 맘 속에 별이 되신 어머니 | 이원석 • 92
반갑다 친구야 | 이상근 • 98

눈물 많은 남자 | 임준형 • 104
아내에게 감사하며 | 장동환 • 108
아버지의 눈물 | 장종호 • 113
운동회와 가정 방문 | 이 준 • 119
선생님의 가정 방문 | 오정현 • 129

| 제2부 | 우리는 짐승처럼 일했다

우리는 짐승처럼 일했다 – IT 기업에서의 월급쟁이 삶 | 백성목 • 139
바늘 공포증 | 서효석 • 161
가지 않은 길 | 이호용 • 167
내 인생 가장 저점에서 잡은 기회 | 장삼철 • 174
나는 국수집 사장이다 | 이현우 • 181
바다를 사랑하는 산골 촌놈 이야기 | 김종천 • 188
덕분에 사는 세상 | 김창규 • 207
나는 치과의사다 | 곽동호 • 213
부업(副業) 이야기 | 권재배 • 223
유년의 꿈 | 김원희 • 228
마을은 또 있다 | 노재호 • 232
베스트 프렌드 | 류태규 • 238
잘 살아 보려 한다고 잘 살아지나? | 석진보 • 245
나는 일어설 것이다 | 양창근 • 258
인생의 주인이 되자 | 이희종 • 262
50대, 무엇을 해야 할까 | 박범환 • 269
이 일병의 사법시험합격기 | 이담 • 274

또 다시 새로운 시작 | 정재호 • 285
재기하는 인간 | 성두경 • 294

| 제 3 부 | 젊은 날의 노트

젊은 날의 노트 | 이상춘 • 303
친구가 있어 인생이 즐거웠다 | 이도희 • 315
안경 | 이철락 • 320
조롱박의 반란 | 진중득 • 327
어느 초보자의 한시(漢詩)이야기 | 茗山 이춘희 • 341
선물 | 전경수 • 346
마음이 오가는 선물 | 김긍재 • 349
학창시절 어느 여름날 | 김대현 • 352
'먹귀'에서 '종차별주의자'까지 – 어느 아저씨의 음식 이야기 | 김동혁 • 357
인간승부의 세계, 파이팅 없는 자는 진다 | 김영환 • 368
친구 | 박득채 • 376
미나리에 거머리가 있어요 | 석태문 • 381
용서하며 살자 | 김수윤 • 388
이런 것도 깨달음? | 설기영 • 393
내 인생을 바꾸어 놓은 한마디 | 심진완 • 402
노리쇠뭉치의 추억 | 안치오 • 406
대안 가정 아이들과 나 | 이수형 • 416
내 가슴에 특별한 친구 | 채명관 • 423
우리들의 12월 | 최대순 • 431

| 제1부 |

아버지의 화투

아버지의 화투

이기홍 | 포항 대동중학교 교사 |

눈은 한정 없이 내리는데 아들은 앞장서고 그 뒤를 아버지가 뒤따르고 어머니는 맨 뒤를 따라 걷는다. 눈은 지독히도 와서 재실을 덮고 산을 덮고 온 들판을 다 덮는다. 아버지와 소년도 소년의 어머니도 아무 말이 없다. 그 밤중에 윗마을에서 집에 도착한 시간은 얼추 11시는 되었으리라.

이 잊지 못할 풍경은 윗마을에서 화투를 치다 아버지가 어머니에게 납치되어 오는 날 밤 풍경인데, 나와 부모님 모두에게 전혀 정겹지 않은 풍경이라 난 억지로 그날의 엄청나게 쏟아지던 눈발만 생각한다.

"문디 겉은 사내. 열여덟에 시집와서 이 때까지 내한데 해준 기 뭐 있노?"

"쌀이 없으이 아나, 밥이 없으니 아나."

나는 이 어머니의 푸념으로 귀에 공이가 박혀 있음은 물론이요. 아직도 즐겨 들어야만 하는 어머니의 넋두리임도 물론이다.

"남편 복 없는 년은 자식 복도 없다 카이."

아 물론 이 말도 둘째가라면 서러워할 어머니의 한탄이다. 고로 나는 열여덟이란 숫자가 주는 애잔함과 년이란 단어가 주는 공포감을 늘, 그리고 절실히 느끼며 살아왔다.

노름에 관한 한 아버지는 거의 귀신에 홀린 셈이었고 어머니 또한 정확히 그 낌새를 알아채고는 일차 선발대로 반드시 아버지가 있을 자리에 나를 특파하는 것이다. 보통 발단은 예를 들자면 아버지가 쇠죽을 끓이느라 아궁이에 불을 때고 있을 저녁답에 마을 어떤 아재가 찾아온다. 물론 용케도 어머니가 없을 때이다. 그리고 두 사람은 바람같이 집을 빠져나간다. 물론 내 눈에는 발각된다. 어머니의 충실한 심복이었으니까.

그런데 문제는 그 다음부터의 나의 임무다. 어머니의 명을 받들어야 하기 때문이다. 어머니는 목도리를 아들 목에 둘러주시면서 신신당부를 한다. 반드시 잡아 대령하라는 엄명을 내리는 것이다. 나는 걸어서 한 이십 분 거리를 마지못해 쉬엄쉬엄 어머니의 수사망에 든 윗마을을 찾아간다. 윗마을의 돌담길을 돌아서 어느 초가집 손바닥만한 마당에 서면 콧구멍만한 사랑방에서 인기척이 난다.

"아버지, 저 호압니다. 집에 가입시더."

이게 아랫마을 윗마을 그리고 객지 노름꾼들이 모인 노름방을 향해 내가 할 수 있는 유일한 말이었는데, 그러면 아버지는 "야야 금방 가께." 하시면서 노름방을 나와 지폐 서너 장을 내 손에 쥐여 주었는데 그 손이 따뜻했다. 아니 어린 내게 그 십 원짜리 몇 장이 참 따스했다.

나는 십 원짜리 몇 장을 손에 땀이 나도록 쥐고 집으로 돌아간다. 그리고는 어머니에게 저간의 사정을 낱낱이 고해야만 한다.

전후 사정 이야기를 듣고는 어머니는 밥하던 손을 멈춘다. 그리고는 할머니께 고하지도 않고 내 손을 끌어 나를 앞세우고 삽짝 문을 나선다. 어머니의 방패막이는 나이기도 하였지만 어머니의 그 의지 또한 칼바람이었다.

그 집에 당도하는데, 어머니는 나를 세워 놓더니 노름방으로 대뜸 들어선다. 순식간이다. 그리고는 화투판을 뒤집는 것이다. 화투장이 온 방 안에 흩어지고, 뒤집힌 화투판에는 지전이 난무하는데 꾼들이 각자의 돈을 챙기기도 전에 어머니는 눈에 보이는 판돈을 닥치는 대로 주워 모은다. 그리고는 아버지에게 또 한 번의 악다구니를 퍼붓는다. 그런데 그 방의 꾼들은 핫바지에서 방귀 빠지듯 슬금슬금 방문을 나서고 아버지는 이렇다 저렇다 말을 않는다. 말하자면 노름행위 발각 후에 아버지가 유일하게 취하는 방책은 입을 다무는 것이었다.

그 눈 내리는 밤에 집으로 돌아온 후 어머니는 돈다발을 풀어헤치더니 갈기갈기 찢기 시작했다. 푸른 지폐들이 난도질을 당하는 판이었다. 어머니의 가슴이 찢기는데 나는 왜 저 돈이 찢겨져야만 하는지를 예나 지금이나 모르고 있다. 한겨울 오두막집에는 삭풍이 불고 흰 눈이 찢어진 지폐처럼 지천으로 날리고 있었다.

문전옥답 몇 마지기의 논과 밭은 노름빚 담보로 이제 남의 땅이 되었다. 마구간에 메인 소도 하룻밤에 남의 소되기 일쑤였다. 쇠풀 먹이러 간 아버지가 소는 어디다 묶어놓고는 노름으로 밤을 새우고 돌아오는 날이 많았다. 가을 추수를 해서 쌀 매상을 하러 공판장에 가서는 돌아오지 않았다. 돈을 받아 또 한 번의 본전을 생각한 것이리라. 그러나 불행히도 아버지는 돈을 따는 날보다 잃는 날이 많았는가 보다. 그래서 그만큼 본전 생각도 간절했겠지만.

이 기억은 너무나 또렷하다. 어느 해 가을이었던가, 내가 초등학교 2학년 철도 영도 모르던 때였다. 그 막막한 가난 속에서도 아버지는 노름을 끊지 못하고 기어이 딱 한 판만을 강행한다. 그때까지 싸움만 하던 어머니는 결연히 죽음을 결심한 것이다. 집안 최고 어르신인 샌촌할머니에게 아버지의 노름 버릇에 대해 신세 한탄을 하며 죽음을 암시했는데, 어머니는 사용하다 남겨 놓은 쥐약을 마신 것이다. 난리법석이 났지만 어머니는 다행히 샌촌할머니 덕분으로 쥐약을 토하고 살아나셨다. 물론 어린 나에게 그 충격은 말할 수가 없이 컸고 잊을 수 없는 아픈 기억이 되었다. 지금부터 한 오 년 전에 어머니는 위암 수술을 받았는데 아마 그 쥐약 때문이리라 혼자 가늠해 본다.

아버지는 천성이 게을렀다. 일에 욕심도 없고 비가 오든 눈이 오든 땡가뭄이 들어 밭에 고추가 다 타들어 가든 말든 감나무에 탄저병이 들든 말든, 관심은 눈곱만치도 없었다. 모든 농사일은 어머니 몫이요 어머니 걱정이었다. 그런데 신기한 것은 마을 사람들이 무학에 가까운 아버지를 부를 때는 어머니의 택호와 합성해서 구산양반이라 불렀다. 또한 항렬이 높은 아버지를 대부분 마을 사람들이 아재라 불렀기에 아버지는 일종의 삶의 희열을 느꼈다. 당연히 나는 늘 그놈의 아버지의 양반 타령을 어머니의 한탄 가득한 넋두리만큼 들어야만 했다.

양반이고 뭐고 간에 당장 집에 돈이 마르니 어머니는 옆집이나 마실 아는 사람에게 돈을 빌리는 일이 잦아졌고 지독한 보릿고개를 자주 넘겨야 했다. 물론 돈 빌릴 때는 아버지는 쏙 빠졌고, 장리빚을 내다보니 엄청난 이자를 선불로 치러야만 했다. 당연히 아이 넷을 키우던 어머니 아버지는 돈 때문에, 사라져버린 농토 때문에 시도 때도 없이 싸워야 했는데 당연히 싸움은 항상 어머니의 압승이었다.

새마을 운동이 시작되기 전의 시골의 농한기는 길었다. 그야말로 사내들이 하는 일은 다음 해의 땔감을 준비하는 일, 지붕 이엉을 새로 올리는 일뿐이었으니, 있는 것은 시간이요 없는 것은 돈이었다. 당시에 우리 마을 중간을 비켜 객지에서 애 셋을 데리고 온 과부가 운영하는 술집이 하나 있었다. 나와 내 동생들이 하는 일은 아버지의 술 심부름이었고, 허구한 날 동네 장정들은 한겨울 내내 그 술집을 버젓이 지키는 것이다. 물론 노름방도 제공이 되었다.

새마을 운동은 골목길을 정리하고 지붕 개량하는 일로부터 시작되었다. 그러나 겉만 달라진 것이지 속은 달라진 게 없었다. 몇몇 집은 산 언덕을 개간하여 복숭아 등 유실수를 심어 소득을 올린다고 홍보용 신문에 나기도 했지만 대부분 마을 사람들은 끼니 잇기에 급급했다.

그런 와중에 나는 대구에 있는 한 고등학교에 다니게 되었다. 중동교 근방에 자취방을 얻은 후로 아버지와 똑같은 나의 가난한 생활이 시작된 것이다. 한 살 많은 이종 사촌 형과의 자취 생활은 지독히 춥고 지독히도 더웠고 지독히도 가난했다. 아침에 연탄불을 붙여놓았는데 학교에서 돌아오면 꺼져 있어 다시 불붙일 때, 번개탄 매운 냄새에 울기보단 가난에 울었다.

눈물 날 때마다 나는 나만 믿는 시골에 있는 어머니와 아버지, 그리고 철없던 동생들을 생각했다. 가난의 반 이상은 아버지로 인한 것이었지만 난 그 아버지를 원망한 적은 없었다. 그런데 고등학교 삼학년 어느 날, 바라지 않던 소식이 주인집 전화통을 통해 날아든 것이다. 어머니와 아버지가 도저히 생활고에 견디다 못해 대구에 와서 나랑 같이 살자는 것이었다. 말썽꾸러기 바로 밑 남동생도 같이 온단다. 무얼 어쩌겠다는 말인가? 나는 기가 찰 노릇이었다. 대구에 집을 장만할 여유는 물론 없었다.

대명동에 방 두 칸짜리 도지방을 얻었다. 세간살이랄 것도 없는 것들을 용달차에서 내릴 때 나는 슬펐고 막막했다. 아버지는 나를 보는 둥 마는 둥 외면하고 말이 없었다. 나는 아버지의 마음을 알았다. 어머니의 눈자위에는 애써 보이지 않으려는 눈물 몇 방울이 어려 있었다. 당연히 가족은 뿔뿔이 흩어졌다. 여동생 둘은 외가댁으로 보내졌고 남동생은 공부가 싫다며 공장 근로자가 되었다.

아버지와 어머니는 여하튼 소위 말하는 농촌 빈민에서 도시 빈민으로 신분은 같되 이름만 바뀌었다. 일 년여를 부모님은 공사장을 전전했다. 아파트 공사장에서 아버지는 블록을 나르고 어머니는 공사장 허드렛일로 새벽부터 밤늦게까지 죽자고 일을 해도, 그 일용직 월급으론 나의 사립학교 등록금을 대기에는 무척 힘들었다.

섬유회사에서 근로자로 일하는 친척 누나의 도움으로 그 누나가 일하는 회사에서 근무하게 된 것은 아버지에게는 일생일대의 변환점이 되었다. 말하자면 정시에 출근하고 정시에 퇴근하는 삼 교대 근무를 시작하게 된 것이다. 어머니는 식당에서 그릇을 씻거나, 고기 내장을 손질하는 등의 일로, 휴일도 없이 밤 열 시가 넘어 퇴근하는 또 다른 고행의 삶이 지속되었다.

그런데 언젠가부터 아버지의 생활방식이 엄청나게 바뀌었다. 그 첫 번째가 돈에 대한 개념이었다. 수전노로 바뀐 것이다. 어머니가 준 월급에서 뗀 몇 만 원의 용돈을 어디에고 쓰는 일이 없었다. 항상 꼬깃꼬깃 지갑 깊숙이 넣어두고 거의 포장하다시피 해두고는, 어머니가 돈 좀 있느냐고 물으면 예전의 그 난감할 때의 당신 모습 그대로 입을 꾹 다물고만 있는 것이다. 사람을 만나는 일도 없었고 물론 술도 그다지 마시지 않았다. 회사 작업복이 있으니까 옷은 당연히 사는 일이 없었다. 아침에 어머니가 바쁘니까 아침상 차리지 마라. 라면 삶아 먹으면 된다. 이런 식의 사람으로 바뀌어 버린 것이다.

이런 생활과 함께 아버지는 한 직장에서 14년을 하루도 결근하지 않고 다녔다. 혹시 몸이 좋지 않은 날은 아버지 대신 딴 사람에게 교대를 바꾸고서라도 결근은 피했다. 그러던 어느 날 모처럼 웃으며 14년 근속한 데 대한 포상이라며 내게 금반지를 보여주었다. 그 정도로 아버지는 회사 일을 천직 이상의 일로 생각하고, 출근하고 퇴근하고를 반복하는 고된 일과 속에 묻혀 지냈다. 나는 항상 그 때의 아버지 모습을 잊지 않는다. 나도 아직까지 직장에 결근하는 일은 없다. 어떤 일이 있어도 근무지에 있어야 한다는 아버지의 살아있는 교육이었다.

나는 안다. 그 당시의 아버지 심정을 안다. 아버지는 말없이 지난날을 후회하고 가족들에게 보상하고 싶었으리라. 푼돈이라도 아껴 노름빚으로 잃은 땅을 다시 되사고도 싶었으리라. 하지만 예나 지금이나 땅은 팔기는 쉽지만, 그 땅을 되사기는 정말 어렵다. 아버지는 속으로 가족에게 많이 미안했으리라. 특히 장남인 내게 미안해하는 모습들이 역력했다. 그러나 말했다시피 나는 아버지를 원망하지 않는다. 어머니의 그 악다구니에도 난 늘 어머니에게 동조하지 않는다. 왜 그러는지는 나 자신도 모르지만 가장으로서의 아버지를 존중하고 싶었을 게고, 일말의 동정심도 있었을 게다.

지금도 나는 고향에 가면 얼마 남지 않은 땅뙈기를 보러 집을 나선다. 거기 가면 언제나 풀을 뽑거나 무엇인가 심는 어머니가 있다. 회한도 있다. 시골 논과 밭은 역사이고 이력이니까. 나는 안다. 지금도 가난하다는 것을. 그러나 어머니가 계신 시골에는 옛날보다 더 큰 집도 있고, 줄어진 농토지만 어차피 어머니 혼자 일하기에도 벅차다.

내가 결혼하고 어느 날 아버지는 갑자기 회사를 그만두고는 어머니에게 시골로 돌아가자 한다. 그야말로 귀농이었는지는 모르겠다. 아무튼 아버지의 이야기로는 고향에서 살고 싶단다. 그즈음 나는 중학교 영어 선생으로 취업해 포항에서 살고 있었다. 그 소식을 접한 나는 그다지 별 감흥이 없었는데, 어머니는 아버지 고향으로의 역주행 주장이 썩 맘에 들지 않았나 보다. 퇴직금으로 시골에 새로 산 집터에다 집을 짓고 동생에게 조그만 아파트를 하나 사 준단다. 난 동의를 했다.

시골로 돌아온 후 아버지는 또 한 번 변하셨다. 경운기도 사고 감 분류기 등 농기구를 장만하고 당신이 먼저 땅을 열심히 일구는데, 어머니는 어머니대로 예의 그 '아이구! 내 팔자야, 열여덟에 시집와서…'를 연발하며 논밭으로 아버지 뒤를 졸졸 따라나서는 것이었다.

낙향한지 한 이 년 후인가, 아버지는 청천벽력같이도 중병에 걸렸다. 서울 여의도성모병원에서 대침을 꽂아 골수를 검사한 의사는 내게 가망 없다는 말을 했다. 아마 공장 생활할 때 못 먹고 아버지가 직접 삼던 섬유의 화학물질 때문이리라. 나는 슬펐다. 아버지에게 한없이 미안했다. 여동생과 나는 의사에게 골수 이식을 하겠다고 했으나 가망이 없다는 말만 되풀이해 들었다. 한 일 년을 고생하시다 아버지는 허망하게 돌아가셨다.

올해만 농사짓기로 어머니와 약속하고, 아버지가 물려준 감밭에서 어머니와 함께 감을 땄다. 어머니에게는 이제 남은 땅만 해도 혼자 몸으로는 버겁고, 나 또한 포항에서 청도까지의 왕복 차 기름값에 도로비만 해도 수월찮아 시골까지 농사일을 돕기 위해 가기는 여의치 않아서다.

부모의 한이 서린 땅이라는 이름의 재산도 세월에 따라 그 생각과 가치가 바뀌나 보다. 사십 여덟장 화투장 그림 속으로 아버지의 후유증 많은 청춘은 지나갔지만, 아버지는 아버지대로 그만한 대가를 치르느라 고생만 하시다 한 많은 생을 마친 것이다. 지금도 어머니의 그 푸념 섞인 말 '남편 복이 없는 년은 자식 복도 없어' 를 들을 때마다 나는 가만히 아버지가 그립다. 무척 그립다.

아버지 어머니 사랑합니다.

레퀴엠을 들으며

유강근 | 법무법인 로우 대표변호사 |

동기들의 수필집 출간 결정이 난 후 활발하게 원고를 모을 때인 2014년 12월 11일 유강근 군의 부친이 작고하셨다. 여러 친구가 대구의 영남대 병원 장례식장에 가서 조문했다. 유강근 군은 삼우제가 끝나자 카톡 대화방에 글을 남겨 친구들에게 고마움을 표했다. 다들 가슴이 찡해졌다. 동기 수필집에 싣자는 의견이 많아 유강근 군의 양해를 얻어 이 글을 더한다.(편집자)

아버님을 멀리 보내드릴 준비를 하던 3일간, 여러 친구들이 보내준 물심양면의 지원에 진심으로 감사한다. 친구들의 정성 어린 추모의 마음이 아버님이 먼 길을 떠나시는 데 든든한 힘이 되었다. 모두들 고맙다.

중학교 시절 아버님은 작은 슈퍼와 철물 건재상을 하셨다. 다니시던 직장을 그만두고 고향 선배분이 회장으로 있는 회사에 더 높은 직책으로 가기로 되어 있었으나, 바로 그때 그 회장의 돌연사로 재취업이 무산되어 자영업으로 돌아섰던 것이다. 아버님은 리어카에 시멘트나 모래를 싣고 먼 작업장으로 배달을 가시곤 했다. 깔끔한 와이셔츠에 넥타이를 맨 모습만 보아온 내게, 아버님은, 심한 오르막이나 내리막이 있는 배달길에는 같이 가서 밀어달라고 하셨다. 오르막은 밀기만 하면 되었지만, 내리막은 뾰족한 방법이 없어 아버님은 리어카의 손잡이를 치켜 올려 긴 내리막을 버텨 내려오셨다. 이 모습은 언제나 나에게 생생하다. 내게 조금이라도 강인하게 버티는 힘이 생겼다면 이런 아버님의 덕이다. 아버지는 항상 아들의 롤 모델이다.

막내아들이 한국에서 제일 좋다는 대학에 입학하였을 때의 기쁨이, 절망의 나락으로 떨어지는 데는 몇 년이 걸리지 않았다. 면회 오셨을 때 무심코 한, "여기서 특별 면회를 신청해 치킨을 먹을 수도 있다."는 아들의 말 한마디에, 시골 읍내의 닭튀김 집이 문을 열 시간에 맞춰 닭튀김을 사서 4시간의 면회 길을 달려오시곤 했다. 아들이 따뜻한 닭다리 한 조각을 뜯어먹는 모습에 비로소 아버지는 안도하셨다. 덕분에 한 달에 한 번 특별면회마다 치킨을 먹을 수 있었다. 두 번의 감옥 생활과 공장 취업, 수배, 도피 생활을 전전하는 동안 형님의 사업 실패로 가세는 완전히 기울었다. 이즈음 아버님께선 각지의 공사현장에서 현장 일을 마친 차림으로-작업용 점퍼에 큰 옷 가방을 들고 시장 좌판에서 구입하셨을 법한 흰색운동화를 신고-한두 달 간격으로 면회를 오시곤 하였다.

후일 내가 그런대로 형편이 되어 생활비를 보내드릴 수 있게 되었고 때로는 넉넉하게 쓸 것 쓰시라고 용돈을 보내드렸음에도 아버님은 더는 노령으로 인해 어느 곳도 취업을 받아들이지 않는 나이까지 일하셨고 또 계속 일자리를 알아보셨다. 일흔이 넘은 나이임에도 일일 주야교대 경비업무 일을 계속 하셨는데 자식들에게 한 푼이라도 부담을 덜 주려는 그 뜻을 말릴 수가 없었다. 그런 일을 더는 받아주는 곳이 없었을 연세에는 관공서에서 시행하는 노인 일자리 사업, 이른바 취로사업 등에서 몇 년 전까지 일하셨다.

7년 전 형님 두 분이 질환으로 연이어 유명을 달리하였음에도 아버님은 그 좋아하셨던 술을 일절 입에 대지 않으셨다. 노인성 질환에 걸려 하나 남은 아들인 나에게 부담을 지우지 않으시겠다는 의지였다. 그런데 쓰러져 병원에 입원하시기 1년 전쯤 무렵부터 술을 드시기 시작하셨다. 아버님은 형제분이 매우 많았는데 대부분 순탄치 못한 삶을 사셨다. 차남인 부친은 큰아버님이 일찍 세상을 뜨셔서 사실상 장남 역할을 하셨다. 우리 형제는 6남매이지만 사촌 누나는 거의 가족처럼 지내다 보니 사실상 7남매였다. 그런데 어느 날 고모 중 한 분이 행려병자와 다름없는 상태로 객사하셨다는 연락을 받고 매우 상심하셨다. 그래서 다시 술을 드셨을 것이다. 자식들을 돌보느라 당신 형제분들에게 소홀히 한 것을 매우 자책하셨을 것이다.

뇌경색으로 쓰러져 하반신 마비가 온 후의 여생의 고단함은 굳이 말할 필요가 없을 것이다. 일정한 치료기간 후 종합병원에서는 퇴원을 권했고, 다른 몇 군데 병원을 전전해보았으나 병원에서는 더 어찌 해볼 방도가 없었다. 아버님은 집으로 오시길 간곡히 희망하여 주간에 출장 도우미를 불러 어머님과 사시던 집으로 모셨다. 그러나 86세의 연세에 각종 지병과 관절염으로 거동이 편치 않으신 어머님이 야간의 돌발 상황에 대처하기엔 무리가 있었다. 예를 들면 야간에 화장실에 가시겠다고 침대에서 내려와 기어가시려고 하다 일을 보시는 등 곡절이 많았다. 24시간 출장 도우미를 고용하기에는 너무 부담이 컸고 결국 가족회의 끝에 요양병원으로 모시게 되었다.

병원에서의 2년간은 당신께나 가족들에게나 매우 힘든 나날들이었다. 집으로 가시겠다고 침대에서 내려오는 사태가 종종 발생하였기에 병원으로서는 매우 부담스러운 환자였다. 돌아가실 때까지 의식은 멀쩡하였으나, 강한 자존심이 약간의 치매 증상과 겹쳐, 자력으로 걷지도 대소변을 해결하는 것도 불가능한 상황을 받아들이지 못하고, 또 타인의 도움도 마뜩잖아 하셨다.

돌아가시기 몇 주 전쯤부터 곡기를 거의 끊으시고 링거에 의존하게 되었다. 숟가락을 들 힘이 없는 것은 아니었으나 심한 기침 감기를 앓으시면서 식사를 잘 하지 못하셨다. 기력은 급속히 쇠약해지셨다. 내가 주말에 문안을 갔을 때는 어떻게든 식사를 조금씩 하셨으나 그다음에 다시 식사를 안 하신다는 연락을 받게 되었다. 마지막 면회를 가셨을 때는 죽 한 숟가락만이라도 아무리 드시라고 권해도 고개를 흔드셨다.

아주 어릴 때의 아버님에 대한 기억은 수시로 술에 취하여 그 좁은 집에 많은 친구를 불러들였고 어머님은 그때마다 술상을 차리는 풍경이다. 낚시를 좋아하여 가족들이 별로 반기지도 않는 붕어며 메기며 잉어를 잔뜩 잡아오셨다. 술에 취하면 노래 부르는 것을 좋아하셨고 멋지게 살아야지라고 자주 말씀하셨으나 아버님의 환경은 이를 용납하지 않았다.

직장을 퇴직하신 후 퇴직금으로 시골에 과수원을 장만하여 귀농을 꿈꾸었으나 가족들의 반대로 뜻을 이루지 못하셨다. 병실에 계시던 동안 아버님께서 고구마는 잘 자라느냐는 말을 여러 차례 하셨다. 주변에 아시는 분이 고구마를 심어놓은 조그만 밭떼기를 경작해보라고 권하였는데 그 연세에 일하다 쓰러지면 어떡하느냐는 말씀에 포기하신 적이 있었다. 얼마나 미련이 남으셨으면 당신께선 마음속의 밭에 고구마를 심어놓으신 것이다. 그토록 돌아오시고 싶어 하던 집에는, 발인제를 마치고 장지로 가시는 길에서 들를 수 있었다….

아버님을 떠나보내고서야 철이 드니 부모님의 존재는 그 자체가 영원한 가르침이다.

아버님이 돌아가시기 며칠 전부터 베르디 레퀴엠(진혼곡)의 '디에스 이레이(Dies irae)'의 가슴을 차는 북소리를 들었다. 앞으로 모차르트 레퀴엠의 '라크리모사(Lacrimosa)'를 얼마나 들어야 할 것인가.

가족

장오재 | 유나이티드항공 인천공항 지점장 |

1. 스물여섯 살

지금의 입시 제도는 수시에다 정시에다 그것도 모자라 가, 나, 다 군까지 부모와 학생을 거의 가자미로 만들어 버린다. 이에 비하면 우리가 대학을 가던 70년대에는 간단했다. 예비고사 성적이 나오면 1, 2, 3차에 걸쳐 삼세판의 지원 기회가 있었고 좀 이름 있는 대학이면 국, 영, 수로 크게 나뉘는 소위 본 고사가 있었다. 본고사의 변별력이 요즘의 논술보단 컸던 게 사실이지만 그래도 예비고사 성적이 대학 진학을 좌우하던 시절이었다.

난 문과였다. 지금도 그렇지만 내 사고는 뼛속까지 문과였다. 그냥 당구 실력에 맞게 쿠션을 돌리면 되지 왜 당구공의 충격 계수를 숫자로 표현해야 되며, 그냥 땅 밟고 다니면 되지 그 아래 무슨 지층이 있는지 왜 외어야 하고, 먹는 닭을 두고 왜 모래집 운운해야 하는지 이해할 수 없었다. 그러나 불행히도 우리 시대에는 문과생도 물리, 화학, 지학 그리고 생물까지 모두 시험을 치러내야 했다. 고2 때야 겨우 정신을 차려 수학 정석의 기본을 펼친 나에게 과학 4과목은 무리였고 예비고사 결과 합이 50점 만점에 두 자리를 넘지 못했다. 4 분의 1의 확률도 피해간 것이다. 차라리 죄다 1번으로 답을 찍는 것이 나을 뻔했다.

예비고사 성적이 죽을 쑨 것은 정한 이치이고 그런 성적으로 국, 영, 수에 자신이 있다는 항변만으로 경북대 어문 계열을 지원하겠다고 덤벼대니 물리 담당이셨던 담임선생님이 얼마나 기가 차셨을까. 그래도 난 절대 물러서지 않았다. 경북대에서 본고사가 있던 날, 이미 경대를 다니고 있던 누나의 눈에 나는 기도 차지 않는 동생이었다. 본고사 시험 시간을 반도 안 채우고 퇴실했으니 떨어졌다고 생각했겠지만 난 답을 충실히 기재했고 합격했다. 물론 요즘 유행하는 입시 용어로 문 닫고 들어갔겠지만.

나의 인생에서 처음이자 마지막의 소름 끼치는 기쁜 날들은 그렇게 시작됐다. 근대 소설에서나 나올 법한 나비 칼라의 감청색 대학 교복을 입고 처음 경북대의 언덕을 오르던 날, 나는 세상을 다 얻었었다. 그러나 기쁨은 거기까지. 우리 시대엔 대학교가 계열별 모집이었다. 1학년 때의 성적으로 2학년 올라갈 때 전공이 정해지는 계열별 모집. 영어를 좋아했던 난 입학하자마자 영어회화 서클에 가입했다. 이 영어 회화 서클에서 정말 후회 없이 1학년을 온통 놀아 넘겼다. 봉사활동, MT, 주말마다 모여 앞산 공원을 섭렵하던 레귤러 미팅까지. 거기다 비만 오는 날이면 부산 태종대로 날랐으니 수업은 진정 시간 날 때 들리는 곳이었다.

그렇게 일 년을 보내고 전공을 선택해야 하는 순간, 내게는 그다지 많은 선택권이 주어지지 않았다. 뜻이 있어 택하는 국문과를 제외하면 영문학, 불문학, 독문학, 중문학 순으로 철저히 1학년 성적순 배분이었으니. 영문학은 애초에 멀어져 갔고 중문학은 나보다 더 잘 놀았던 애들이 차지했다. 지금은 그 더 잘 놀았던 애들이 더 잘 사는 세상이 되었지만. 내게 남은 선택은 불문학과 독문학. 경북대는 국립대학이라 일문학과가 없었던 연유로 1학년 교양필수로 선택했던 독일어. 그놈의 '이히 리베 디히'를 날렸으니 졸업을 하려면 독문학이 더 바람직해 보였다. 그래서 택한 전공이 독문학. 그 이 후 2~3년을 난 영어를 그리워하고 독일어를 원망하며 캄캄한 시절을 보냈다. 그래도 꿋꿋이 후회 없이 놀며 황금 같은 대학 시절을 보냈다.

4학년 졸업반. 일찌감치 군대를 다녀온 친구들은 취업 준비에 한창이었지만 난 군대를 피해야 한다는 바람이 더 간절했다. 그래서 택한 길이 대학원. 미래가 현실이 되어 다가온 그 2년을 난 정말 열심히 공부했고 2년 내내 장학금을 받을 정도로 딴사람이 되어 있었다. 다행히 장성한 아들을 둔 두 대통령 덕에 난 석사 장교 제도라는 천금 같은 기회를 놓치지 않았고 6개월 만에 소위 계급장을 달고 제대를 했다. 그때가 1986년 봄. 내 나이 26세였다.

석사라는 타이틀로도 여의치 않았던 취업을 피해 난 어느새 박사 과정에 도전하고 있었다. 이미 결혼을 한 몸이라, 생계를 위해 난 대구 동성로에 있는 한 어학 학원에서 영어 회화와 독일어 문법을 가르치면서 동시에 일주일에 두 번은 경남 마산대학에서 소위 보따리 장사라는 교양독어 시간 강사를 하였다. 교양 독어를 날린 교양 독어 강사라는 인생의 아이러니와 보따리 장사의 궁핍함이 주는 좌절도 이미 제법 자라나 있던 나의 학자의 꿈을 막지는 못했다. 하지만 내 삶의 물줄기는 그놈의 박사 과정 시험에서 틀어졌다.

거의 몇 개월을 펼친 밥상 위에서 공부하며 그 밥상에서 밥도 먹고 고꾸라져 잠도 잤다. 내가 본 1986년 겨울의 눈은 내 방 쪽 창을 통한 게 전부였으니 독문학, 독일 철학, 독어학 개론 등 이 모든 교재를 전부 외웠을 정도였다. 그 겨울 박사 과정 시험이 있던 날, 난 영어 시험은 말할 나위도 없고 전공 시험 역시 답지를 가득 채우고 또 가장 먼저 시험 시간을 십 분이나 남긴 채 시험장을 뛰쳐나왔다. 뒷자리에 앉은 노땅 수험생들의 듬성듬성 텅 빈 답지를 힐끗 보고 만면에 웃음을 띤 채로. 그런데 떨어졌다. 그 듬성듬성한 답안지에 밀려.

항상 정확한 언어 표현에 민감했던 나의 지도 교수님은 날 수제자가 아닌 애제자로 불렀다. 지금은 고인이 되신 교수님은 나를 그냥 수제자로 불러 줘도 그만이건만 아직은 수제자가 아니라며 애제자라고 불렀다. 그 애제자를 불러 놓고, 교수님은 박사 과정은 성적순이 아님을 깨우쳐 주셨다. 30대 후반의 고교 선생님들이 즐비하니 이번 시험은 양보하고 내년을 기약하자는 기막힌 말씀. 그 일 년 동안 계속 시간 강사를 하며 연구에 몰두하라는 그 말씀. 그 한마디에 난 교수 연구실을 뛰쳐나왔고 수십 장의 이력서와 수많은 면접을 통해 지금의 직장에 자리를 잡았다. 그 후 서울까지 애제자를 찾아와 복귀를 종용하던 노교수님의 발걸음은 그냥 한 끼의 식사 대접으로 돌려져야 했다. 박사 과정 시험에 대한 섭섭함 때문이 아니라 학문의 길은 이미 월급에 길든 나에게 멀어져 버린 후였으니까.

그렇게 나의 20대는 한 사람의 인생으로 볼 땐 제법 소용돌이치며 흘러갔고 난 그 파란만장한 20대를 뒤로하고 세계 최대 항공사의 인천 지점 지점장이 된 채로 그렇게 무미건조하게 하루하루를 살고 있었다. 최소한 2014년 11월 12일이 되기 전까지는….

2014년 11월 11일. 내가 좋아하는 1자가 네 개나 모인 날. 빼빼로데이인 것도 깜박하고 큰 놈이 엄마 주고자 냉장고에 넣어둔 빼빼로를 꺼내 먹고는 일본 삿포로로 출장을 갔다. 취업 준비에 나보다 더 정신이 없을 그 큰놈이 엄마 챙기려 손수 만들어 넣어둔 그 빼빼로를 먹어 치운 뒤.

내 아들 장대견. 난 그 아이에게 7년간을 안고 온 빚이 있다. 대학 시절 스스로 그 어려운 제2 외국어를 전공한 탓에 4년 아니 6년 내내 고생한 것으로도 모자라 난 그놈을 심지어 제3 외국어의 길로 몰아넣었다. 아비의 한순간 잘못된 판단으로 수능에서 우수한 성적을 내고도 그 지렁이 기어가는 듯한 문자를 가진 힌디어(Hindi)를 유학 생활을 포함 7년간이나 하게 된 아들. 그 아들이 7년간의 힘겨운 대학 생활을 마치고 취업 준비에 분주했다. 2014년 11월 11일 내가 출장을 떠나 온 그 날은 아들이 본인이 원하던 회사의 최종 면접을 보고 결과를 기다리고 있던 날이었다.

출장을 떠나온 난 결과를 기다리며 마음이 초조하기만 했다. 둘째 날 회의도 정신없이 황망하게 마쳤다. 회식이 이어졌고 끝도 없이 나오는 음식도 아랑곳없이 맥주와 사케만 연거푸 마시며 내 눈은 카톡으로만 향했다. '벌써 7신데. 6시에 발표가 난다고 했는데….' 이쪽 저쪽 테이블에서 이어지는 Cheers! 간빠이! Prosit! 소리가 귀에 거슬리기만 한 순간 전화가 왔다. 국제 전화가!

"아빠 나 최종 면접 합격했어!"

"그래 고생했다. 사랑해!"

그 짧은 한마디로 전화를 끊고는 난 바로 테이블 위에 있던 맥주잔에 사케를 가득 채우고 단숨에 비워버렸다. 그리고는 그 테이블에 머리를 박고 울었다. 진짜 울었다. 7년을 견뎌온 빚의 무게와 수월하지 못한 세상에 대한 원망 그리고 무엇보다도 백수의 터널에서 빠져나온 내 아들에 대한 애증이 교차하여 펑펑 울었다. 소식을 들은 모든 테이블의 상사와 동료들 그제야 제대로 된 간빠이를 했고 난 그 술을 다 받아 마셨다. 그럼. 다 마셔야지.

2014년 11월 12일! 이국 땅 삿포로에서 나의 20년은 너의 20년이 되어 다가왔고 술에 취한 내 핸드폰에 아들은 다시금 내 맘을 할퀴는 카톡을 남겼다.

"아빠 26년 동안 고생했어요. 이제 아빠 술은 내가 살게요."

"알."

경상도 아빠의 대답은 항상 곤궁하다.

순간 난 조심스레 7년 동안 지켜온 아들의 카톡 아이디를 바꿨다. '잘 될 아이'에서 '잘된 아이'로.

다음날 출장을 마친 난 대견한 아들을 볼 양으로 서둘러 집으로 왔다. 하지만 26년의 숙제를 마친 아들이 집에 있으리란 기대는 나의 욕심이었고 그동안 취업 스터디를 한 친구들과 함께 식사한다는 아들의 말에 난 출장으로 피곤해진 몸을 자리에 눕혔다. 밤 11시도 넘은 시간. 못 마시는 술에 얼굴이 불그스레해진 아들놈이 안방에 들어와 불을 켜고는 잠을 깨운다.

"아빠!"

"자자. 자고 내일 한잔하자."

그 짧은 한마디에도 아들은 배시시 웃으며 불을 끄고 방을 나간다. 제 아버지 얼굴 보고. 캄캄한 어둠 속에서 그 아비는 또 눈물을 훔치며 이불 속 혼잣말을 한다.

"오피스텔 얻어줘야지…."

나의 인생에서 두 번째 소름 끼치는 기쁜 날은 그렇게 마무리 됐고 아들의 첫 번째 기쁜 날은 그렇게 시작되고 있었다.

2. 노모(老母)

그리 많은 가족도 아닌데 큰형님과 누님은 미국에, 나와 둘째 형님은 서울에 그리고 구순을 바라보시는 어머님은 지난 세월의 인연들을 떨치지 못해 대구에 홀로 살고 계신다. 지난겨울 어머님은 한 번이라도 더 이국땅에 사는 자손들이 보고 싶다며 여든여섯의 고령에도 불구하고 미국으로 6개월간의 길다면 긴 여행을 떠나셨다.

어머님이 드디어 미국 여행을 마치시고 인천공항을 통해 귀국하시는 날. 6개월 만에 뵙는 어머님이지만 게이트에서 만나 그 거친 손을 꼭 잡고 출국장을 빠져나오는 40여 분 동안 막내인 난 별 따뜻한 말도 건네지 못했다. 전형적인 경상도 보리 문둥이…. 어머님의 수다만 분주하다.

공항고속도로를 달려 서울 집에 도착하자마자 미국의 형님 댁에 전화했다.

"형님 어머님 잘 도착하셨습니다."

“아 그래. 그런데 오재야 엄마가 눈에 자꾸 지렁이가 아른거린다 시더라. 혹 연세가 많으셔서 백내장일지 모르니 병원에 한번 모시고 가봐라.”

“네! 형님.”

대답은 짧게 했지만 기나긴 걱정의 순간들이 다음 날 아침까지 이어졌다. 다음 날 아침 난 눈 뜨자마자 어머님께 길을 재촉한다.

“엄마 영종도 해수온천에 목욕하러 갑시다.”

“그래? 안 피곤하나?”

“가는 길에 병원에도 잠시 들르고…”

“병원은 와?”

“시력검사나 함 해봅시다.”

난 애써 의미를 축소하여 어머님의 걱정을 덜어 보려 한다. 내 작전에 넘어간 어머님은 병원은 안중에도 없고 때밀이 수건에 비누에 떡 조각까지 외출 준비에 분주하다.

토요일 아침이라 병원은 한가로웠다. 간단한 접수를 마치고 난 엄마의 손을 꼭 잡고 진료실로 들어갔다.

“할머니 저기 갈색 의자에 앉으세요.”

어머님은 의사의 말엔 아랑곳 않고 막내의 얼굴만 쳐다본다.

“엄마 저 의자에 안저이소.”

별반 의사의 말과 차이 난 것도 아닌데 어머님은 그제야 발길을 의자로 옮긴다. 의자에 앉아서도 연신 내가 서 있는 곳만 불안한 눈으로 쳐다보신다.

“자 천장을 바라보세요.”

이번에도 어머님은 나만 바라보고 계신다.

"엄마 천장 보이소."

의사의 말과 내말이 뭐가 다른지 이번에도 어머님은 내 통역(?)이 있고서야 눈길을 천장으로 옮기신다. 이런 통역은 30분이나 계속 되었다. 다행히 어머님은 별 이상이 없다는 결과를 받으셨다.

"바라 내가 머 카더노, 실데없이 돈만 내뿌렸제."

대답대신 난 안도의 미소를 보였고 어머님도 안도의 미소를 감출 순 없었다.

"엄마! 팥빙수하나 먹고 가까요?"

거칠디거친 노모의 손을 잡고 제과점으로 향하는 나의 기억은 30년을 거슬러 올라간다.

초등학교 4학년 때 몸을 다쳐 난 6개월간 일주일에 한 번씩 어머님의 손에 이끌려 병원엘 다녀야 했다. 아무것도 아닌 X-선 촬영이 그땐 왜 그리 무서웠는지 턱을 곧추세우고 가슴을 바짝 갔다대고 움직이지 말라는 의사의 말에, 난 어머님의 눈만 멀뚱멀뚱 바라보았다. 어머님의 통역이 있으신 후에야 의사의 지시를 따랐었다. 6개월 동안 어머님은 그렇게 매주 막내를 병원에 데리고 다니셨다. 철없는 막내는 뒤풀이에 정신이 팔려, 어머니와 함께 가는 병원 길이 늘 즐겁기만 했다. 진료를 마치고 주사를 맞고 병원을 나서면, 어린 내가 안쓰러워 어머님은 늘 특식을 사 주셨다. 자장면, 불고기, 갈비 그리고 팥빙수….

늘 일인분만 시키셨던 어머님의 궁핍함을 난 전혀 눈치 채지 못했고 집에 있는 형들에게 들킬세라 입을 닦고 또 닦은 후에야 집으로 들어갔다.

이제 무심한 세월이 40년이 흘러 막내의 손에 끌려야만 병원엘 가시는 노모는 나의 통역과 뒤풀이가 필요할 만큼 늙어버리셨다. 온천을 마치고 2인분 가득히 담아낸 낙지 수제비를 국물까지 비우며, 난 이런 어머님이 아직 나의 곁에 계심이 얼마나 큰 축복인지 새삼 감사할 따름이었다.

"보이소! 이 짐치 남은 거 쫌 싸주이소."

이제 십인 분을 시켜도 넉넉하건만 노모는 막내 손자 용돈으로 수표를 건넬망정 아직도 접시에 남은 김치는 두고 나오시질 못하나 보다. 3남 1녀를 그렇게 키우신 어머님은 주방 아줌마가 덤으로 더 담아준 김치 봉지를 이리저리 흔들며 기뻐하신다.

"오재야, 온천 물 좋더라. 그자."

그 옛날 어머님 손에 이끌려 병원 다닐 때 내가 좋았던 것은 진료 후의 특식이었지만, 오늘 어머님의 기쁨은 온천물보다는 하루 온종일 아들과 함께한 그 자체가 아니었을까.

"네, 엄마…. 물 좋데요."

여산송씨 우리 할머니

조용호 | ㈜KSC대표이사 |

'옛날 옛적에'로 시작되는 할머니의 옛날이야기는 그야말로 TV와 라디오가 없던 내 어린 시절 상상 속의 날개를 펼 수 있는 유일한 통로였다. 할머니의 조부님은 서당 훈장을 하셔서 그 시절의 여자가 깨치기 어려운 한글과 한문을 할머니께 가르쳤다. 할머니는 이웃집의 편지를 대필해주시고 혼인 전에 오가는 서신을 작성하고 또 편지를 읽어주시는 역할을 마을에서 도맡아 하셨다.

어린 시절 할머니를 통해 『구운몽』의 양소유란 이름을 들었고 『임진록』에 등장하는 수많은 인물의 이야기를 들었다. 이여송이라는 중국 장수 이름도 그때 들었다. 그 외 『장화홍련전』, 『심청전』, 『박씨부인전』도 들었던 기억이 난다. 그중 가장 선명하고 뚜렷하게 기억이 나는 것이 『구운몽』이었나 보다. 그것이 『구운몽』의 줄거리인지도 모르고 성진이란 이름과 다시 태어난 양소유가 어여쁜 팔 선녀와 행복한 삶을 꾸려 나가는 이야기를 듣고, 그러한 삶을 어린 나이인 대여섯 살 때도 무척이나 부러워했던 것 같다.

자그만 체구의 할머니의 일생은 키가 180cm가 넘는 풍채를 가지신 조부님과는 대조적이었다. 조부님은 누구에게나 보여주길 좋아하고 체면을 중요시한 반면, 할머니는 내성적이고 강단이 있으신 분이셨다. 8남매의 장남이신 조부께서 집안 사정으로 양자(養子)를 가셨고, 양자를 가신 양가(養家)에도 7남매의 동생들이 있었지만, 종손은 적자(嫡子)로 해야 한다는 말도 안 되는 그 시절 논리로 인해 조부님은 양쪽 집안의 장남이 되어 버렸다. 19세에 시집온 할머니는 본생가(本生家)의 시동생과 시누이와 양가의 시동생과 시누이, 총 15남매가 혼재하는 집안의 종부(宗婦)가 되시면서 본생가 시부모님의 사랑도 받지 못하는 어정쩡한 입장이 되어버리셨다. 아울러 아버님도 할아버지의 사랑은커녕 오촌이 삼촌이 되고 삼촌은 그냥 삼촌인 그런 이상한 족보가 탄생하게 된 것이다.

조부님은 그 시절 군청에서 근무하셨다. 생양가 15남매 동생들의 장남으로 온갖 집안 길흉사를 앞장서 헤쳐나가시고 일찍이 문밖(서원과 문중행사) 출입을 많이 하시어 집에 계시지 않을 때가 빈번하셨다. 또 나중에는 둘째와 셋째 부인을 두기도 했다. 조부님에게 할머니는 설과 추석 명절, 제사가 있을 때만 오시는 남편 아닌 손님이었다. 25살 청춘에 홀로 되신 거나 마찬가지의 외롭고 힘겨운 삶을 사시다가 선친(先親)께서 결혼하시고 내가 태어나니 그 사랑이 오죽했겠는가. 고모가 나와 24살 띠동갑이니 상상을 초월한 기쁨이셨을 게다.

아버님께서는 예술가의 탤런트를 가지고 계신데 조부께서 억지 춘향으로 법대를 보내셨다. 공부에 흥미를 잃은 선친께서는 방황과 반항으로 20대를 보내신 거 같다. 사회성이라도 있었다면, 그 시절 많던 돈으로 동경 유학이라도 하셨다면 좋았을 텐데, 남편도 멀리 있고 하니 할머니는 아들을 끼고 돌았던 것 같다. 선친은 그냥 할머니가 무조건적으로 마련해주시는 용돈으로 즐겁게 지내시며 군대도 안 가려고 요리조리 빠져나가다가, 결국 5·16이 터지고 어쩔 수 없이 늦은 나이에 입대하셨던 것 같다(이건 정황증거로 본 내 추측이다).

그러다 결혼도 늦어 30살이 되어 했고, 이후 교직에 들어가셨는데, 선친께 교직은 천직이던 것 같다. 선친은 교직에 몸담으면서 재미있고 행복한 삶을 사시다 편안하게 돌아가셨다. 내가 태어난 곳은 상주시 청리면 원장리 292번지 본가였는데, 아버지는 본가와는 상당히 떨어진 상주 다른 지역에 근무하셨다. 어머니는 내가 젖을 떼고 아장아장 걷게 되자 나를 본가에 두고 아버지에게로 가셨기 때문에, 시골 마을에서는 가장 큰 기와집에서 할머니와 나만 살게 되었다. 그 시절 시골동네 단칸 초가집에 계신 누나들과 할머니들은 밤만 되면 우리 집에 놀러 오셔서 담소도 하시고 놀이도 하면서 긴긴밤을 보냈다. 그분들과 무와 고구마, 찬밥과 김치를 함께 먹던 기억이 생생하다.

어린 시절 동네에서 보내는 하루라는 시간은 엄청나게 길었다. 어서 빨리 커서 어른이 되고 싶은데 시간이 너무 지루했다. 밤이 되면 비슷한 또래의 동무들과 놀다가 서리도 하곤 했는데 꼭 나만 잡혀서 동네 어른들께 야단을 많이 맞았다. 그래서 동무들은 나는 그냥 두고 자기들끼리만 서리해 와서 함께 맛있게 먹던 기억도 많다.

초등학교에 입학하면서 나는 아버지를 따라 아버지께서 근무하시던 초등학교에 다녔다. 그 학교의 사택에 살았기에 학교 운동장이 마당이었던 셈이다. 학교가 파하고 나면 텅 빈 운동장이 싫었다. 그 시절 또래들은 방과 후에 집안일을 돕느라고 무척이나 바빴기에 나와 같이 놀아줄 동무가 없어서 많이 외로웠다.

방학이 되어 시골에 가면, 낮에는 물론 밤에도 어울려 놀 수 있는 어릴 적 친구들이 많아서 좋았다. 한번은 장마 때 멀리 족대 가지고 도랑 낚시를 갔다가 수박 서리로 배불리 먹고 집에 와 있는데 동구 밖에 누군가 와있다고 해서 나간 적이 있다. 수박밭 주인이 나타난 것이다. 주인이 우리에게 서리를 했느냐고 다그치는데 같이 서리했던 나보다 한 살 적은 친구들은 절대 우리는 안 했다고 우겼다. 하지만 그들과 달리 나는 어리숙하게도 몇 개 안 먹었다고 솔직히 털어놓았더니만, 수박밭 주인이 우리 집에 찾아와서 손해배상을 하라고 난리를 쳤다. 할 수 없이 할머니가 가지고 계셨던 가락지를 팔아 배상해 주었던 기억이 있다. 나중에 들으니 같이 서리했던 친구들과 그 수박 집 아들이 같은 학교에 다녔는데, 그 녀석을 엄청나게 괴롭히고 많이 두들겨 패주었다고 했다. 그때 그 주인이 우리를 너그러이 용서해 주셨으면 그 아들도 학교에서 힘들지 않았을 텐데.

그 당시 우리 할아버지는 공식적으로 부인이 세 분이었다. 우리 할머니는 설과 추석, 그리고 4대조까지 1년에 열한 번 조상님 모시는 제사를 지냈다. 우리 할머니 슬하에는 1남 1녀고, 둘째 할머니 슬하에는 2남 2녀, 그 집에서는 옷 다려 입고 식사만 하는 집이었다. 셋째 할머니 집에서 주로 주무셨는데 여기에는 자식이 없었다. 내가 알기로 그 외에도 한 분이 더 계셨고 그 집에 1남이 있는 것으로 짐작된다. 그렇게 따져보면 내가 아는 분보다 모르는 분이 더 많았을지도 모른다. 그래도 우리 집에 가끔 오시면 큰소리는 혼자 치시고 우리 할머니는 잘못하신 것도 없는데 대꾸 한 번 못하셨다. 이런 사실들이 요즘 우리 아내들은 상상이 잘 안될 것이다. 우리가 세상을 잘못 만난 거지.

대여섯 살 때쯤으로 기억된다. 설음식을 차려서 차례를 지내는데 그때만 해도 차례에 참석하는 제관들이 4~50명 이상이었다. 열한 그릇에 각각 술잔을 올리는 데 걸리는 시간도 꽤 소요되었다. 차례를 지내기 전, 내가 사과 한 개를 통째로 먹는 것을 보신 할아버지께서 아이 버릇을 저런 식으로 들인다고 고함을 치셨고, 이를 보신 아버님이 할아버지 면전에서 내 뺨을 두어 대 치셨다. 나는 엄청나게 충격을 받아 울음을 터트렸고 이를 보신 할머니가 대로(大怒)해서 할아버지께 처음으로 큰소리를 치면서 한바탕 소란이 일어났다. 이것이 아마도 할머니가 할아버지에게 대든 일생일대의 유일한 사건이었을 것이다. 아버님께서는 감히 부친께 대놓고 말씀은 못 하시고 애꿎은 자기 자식에게 스리쿠션으로 화풀이를 하셨던 건데 그 아픈 와중에도 때린 아버님보다 사과 한 알 먹는다고 고함치시던 할아버지가 더 원망스러웠던 것은 왜일까?

학교 입학 전이나 입학 후는, 방학 중에 대구 외가에 가는 것이 가장 큰 설렘이었다. 동생과 번갈아서 가곤 했는데 아무래도 내가 우겨서 더 많이 갔다. 청리역에서 5시 30분쯤 출발하는 완행열차를 타고 옥산을 지날 때면 가파른 길이라 증기기관차가 동력이 약해 그 오르막을 오르지 못해 왔다 갔다를 반복하곤 했다. 그러다 대구역에 도착하면 10시를 넘을 때도 있었다. 자그마한 승합 시내버스를 탈라치면 안내양이 졸면서 신천동 동네 이름을 불경 읽듯이 중얼중얼 거리던 것이 기억에 남아 있다.

우리 집안은 완고하고 보수적이라 구정(舊正)을 고집하였고, 차례 지낼 때 차례상 차리는 거 가지고도 쓸데없는 실랑이 하느라 목청을 높이는 경우가 많았다. 설에는 절만 하라 하고 세뱃돈도 안 주는 상주 풍양조가(豊壤趙家) 집안과는 대조적으로 의성김씨(義城金氏) 외할아버지 외삼촌들께서는 세뱃돈을 듬뿍듬뿍 주시고 사랑을 베풀어 주셨다. 그 시절 신정(新正)을 지내던 안동 임하를 고향으로 둔 외가와 우리 집안하고는 차이가 뚜렷했다. 지금도 나는 우리 집안의 10대 주손(主孫)이지만 우리 집안보다는 외가 친척들이 더 살갑고 반갑다. 그 때문인지 내가 직장을 가지고부터 지금까지도 조카와 생질 등, 그 누구에게도 세뱃돈과 용돈을 잘 주는 큰아버지와 외삼촌으로 되어 있다.

대구 외가에 가지 못할 때는 어머님과 동생이 돌아오는 날을 손꼽아 기다리면서 청리역에 나갔다. 오시는 날이 아닌 줄 알면서도 혹시 오실까 기다리다가 안 오시면 혼자 풀죽어 터벅터벅 집으로 돌아가던 기억이 새롭다. 그런 날이면 할머니께서는 옛날 옛적 이야기로 나를 꿈나라로 이끄시곤 했다. 일 년에 한두 번 가는 대구 나들이는 내 삶에 큰 영향을 주었고, 그 기억들이 내가 상주에서 대구로 고등학교 진학을 하게 된 주원인이라 생각한다.

대학 진학 후 2학년까지 할머니는 장손인 내 밥을 해주신다며 서울에서 나와 함께 자취생활을 시작했다. 할머니는 아침에 나갔다가 밤늦게 들어오는, 때로는 들어오지도 않던 손자를 기다리시곤 했다. 상주를 떠나 낯선 서울에서의 외로운 그 시간이 얼마나 지루하셨을까. 그때 철없던 손자는 그것도 몰랐다. 손자 학교 때문에 더해진 2년여의 기다림의 시간까지 보태져, 평생을 남편과 아들과 손자를 기다리시는 삶을 사셨던 할머니가, 눈 내리는 오늘은 더욱더 뵙고 싶다.

할머니의 74년 평생은 기다림으로 점철된 삶이었다. 그 막막한 기다림의 세월이 오늘, 내 가슴을 친다.

여산송씨(礪山宋氏) 우리 할머니 휘자(諱字)는 순임(順任)이다. 순임씨 보고 싶다.

단무지(單無止)

이상희 | ㈜삼명건설 현장 관리자 |

1. 단무지

단무지. 단순, 무식, 지랄의 줄임말이다. 이것은 내가 요즘 SNS나 여러 방면에 쓰는 내 별칭인데 내 마누라가 지어준 별명이다. 내가 생각해도 적절한 별명이라고 생각하는 게, 내가 성질이 불같기 때문이다. 조그마한 일에도 불같이 화를 내어서 집안 분위기를 북극의 얼음골로 만들어 버린다. 마누라가 퇴근을 해오면 반갑게 맞아 저녁을 먹고 이야기를 잘하다가 조그마한 마누라의 말실수에 불같이 화를 내고는 혼자 코를 골면서 자고 나서는, 아침이면 언제 그랬냐는 듯이 평상시로 돌아오니까 마누라가 붙여준 조롱 섞인 별명이다. 그런데 요즘 와서는 이 단무지라는 별명에 상당한 호감이 간다. 사회 초년병시절부터 40대 중반까지 사람을 상대하는 영업을 주로 했기 때문에 상대방에 대한 밀당(밀고 당기기의 줄임 말)에 많은 스트레스를 받았다. 때문에 머리가 단순한 것이 오히려 일종의 해방구가 되는 것이 현실이다. 사람을 영업적으로 상대하려니, 잘 돌지도 않은 잔머리를 굴려야 하며, 내가 이 말을 하면 상대방이 어떻게 느끼고 반응을 할까, 이런 눈치 보는 것이 나는 정말 싫었다. 그래서 나는 단무지가 좋다. 단순하고 무식하지만 나 나름의 의지가 있고 지랄은 원래 그러하니까! 지랄! 성질 급한 것은 우리 부계에 내려오는 성질머리다. 울 아버지가 그랬고 아버지 형제들이 다 급하시다. 어쩔 수 없는 지랄.

2. 손자

손자 이 녀석이 요즘은 말을 좀 할 줄 알아서 가관이다. 어디서 그런 말을 배웠는지 내가 타고 다니는 화물차 열쇠에 판촉용으로 주는 손전등이 있는데 하루는 손자 놈이 놀러 와서는 그걸 켜보고 "어! 이거 재미있는데."하는 것이었다. 그건 초등학생이나 구사하는 언어수준인데 깜짝 놀랐다. 이놈은 분명 외탁했다. 개구쟁이 짓을 벌써 하고 있다. 나의 물건을 가지고 있기에 달라고 하면 특유의 개살궂은 표정을 지으며 뒤로 숨긴다. 내가 자식들을 키울 때에는 아무것도 모르고 키웠다. 다들 그러하리라. 사는 것이 바빠서 자식들한테 관심을 제대로 두지 못하고 마구 키웠다고 봐야 한다. 그 당시에는 아이들 있는 데서 담배도 피웠다. 같은 방안에서 내가 담배를 피웠으니 심한 간접흡연이었다. 응? 그래서 아들놈이 내가 가르치지도 않았는데 담배를 피우나? 이런!

남들은 손자를 보면 담배를 끊는다고들 하는데 나는 완전히 끊지를 못했다. 대신 집안에서 피우지 않는 것으로 위안을 삼는다. 요즘은 '할배' 소리 듣는 것이 이상하지 않다. 그런데 회사 건물 1층에 근무하는 놈 하나가 나만 보면 '할배'가 아니고 '영감님' 한다. 이런 놈이 있나! 그래서 하루는 "어이 전화 안 왔더나?"하니 "누구한테서요." 하기에, "내 손자가 니한테 막걸리 한잔 하자고 전화했을 낀데." 했다. 그담부터 '영감님'이라고 안 한다.

3. 딸년 시집보내짐

출근하려고 아침을 먹는데 마누라가 할 말이 있단다. 나는 아침 밥상머리에서 이야기하는 것을 매우 싫어한다. 그것을 아는 마누라가 할 말이 있다고 해서 약간의 신경질 섞인 목소리로 대답했다.

"뭐꼬?"

"저…."

"아, 씨! 빨리 말해라 아침부터 무슨 일인데 캐쌌노?"

하면서 단무지 특유의 버럭질을 냈다. 하지만 아내는 화내지 말고, 듣고 나서 이야기를 하라는 것이었다.

"일해(딸내미)가 임신을 했다는데…."

그 순간 나는 아무 생각도 나지 않았다. 밥상도 엎지 않았고 아무런 행동도 하지 않았다. 평상시처럼 정상적으로 출근을 하였다. 아침 업무를 보고 작업지시를 하고는 창고엘 가게 되었는데 그때야 그 상황이 내 머릿속에 각인되어 나를 흔드는 것이었다. 하지만 혼란스러울 줄 알았는데 내 머릿속은 백지 그 자체였다. 그리고는 내 눈에 눈물이 흐르기 시작했다. 분노도 슬픔도 아무것도 아닌 그냥 눈물이었다. 충격 그 자체였다. 며칠이 지나도 충격만 있을 뿐 다른 어떤 생각도 들지 않았다. 그리곤 1년간 참았던 담배를 다시 피우기 시작했다. 회사 동료들이 놀라면서 무슨 일이 있느냐는 물었다. 그냥 웃기만 했다. 대답할 수가 없었다. 내 딸이 시집도 안 갔는데 임신했다고.

그렇게 시간이 흘러갔다. 집에 오면 사람이 사는 집 같지 않고 시쳇말로 절간 같았다. 딸내미는 내가 오는 소리만 나면 자기 방에서 꼼짝을 않고 감옥생활을, 마누라는 자기 잘못처럼 나한테 말도 못 붙이고….

멘붕 상태로 지내다가 마누라한테 도대체 어느 놈이냐고 물어보니 마누라가 그때야 화색이 돌며 같은 과 선배이며 그놈 집안에서 빨리 결혼시켜야 한다고 난리란다. 난 그냥 말없이 듣고만 있었다.

그로부터 며칠이 지나서 백화점에 일이 있어 갔다가 유아 용품점을 지나게 되었는데 그냥 지나쳐 지지가 않아서 유심히 보고 있는데 마누라가 애기 용품을 하나 집으면서, "여보! 이게 배냇저고리야." 라는 하는 것이다. 갑자기 속에서 울컥하는 마음이 올라왔다. 분노가 아니라 애처로움이었다. 딸에 대한….

한참을 애기 용품점 앞에 서 있었다. 그래 이왕 시집갈 거 일찍 보내는 게 낫지 않을까, 하는 마음이 생기는 것이었다. 그런 마음에 안으로 들어가서 저고리를 하나 사니까 마누라가 좋아하는 것이었다. 순간 많은 생각이 스쳐 지나갔다. 집에 와서 그 저고리를 딸아이에게 건넸더니 눈물만 흘린다.

"울지 마라. 이제부터는 절대로 니 눈에서는 눈물을 흘리지 말고 웃음만 있어야 한다." 한마디 하고는 방으로 들어왔다. 그리고 며칠 후 내가 사위될 놈한테 결혼에 대한 포트폴리오를 작성해서 오라고 한 것이다. 아직 둘 다 학생이니 결혼 후의 생활이 걱정되어 그들의 살아갈 계획을 알고 싶어서 딸아이를 통해서 작성해 오라고 했다. 지금 생각해도 내가 그 지시는 잘한 것 같다. 며칠 후 사위 놈이 PPT로 작성을 해왔다. 집 앞 후배 고깃집에서 사위와 첫 대면을 했다. 나, 딸아이, 사위 셋이서 저녁을 먹고 술을 한잔하는데 사위 놈이 술을 제법 하기에 "음 앞으로는 이놈하고 가끔 한잔하면 되겠구나."하고 생각하면서 준비해 온 포트폴리오를 읽어보니 내용은 그럴듯했다. 저녁을 다 먹고 나와서 이런저런 이야기를 하면서 걷다가 내가 사위 보고 "이놈 도둑놈, 너 나한테 3방만 맞아라." 하니까, "네." 하기에 등짝을 있는 힘을 다해서 3대를 쳤는데, 이놈이 꿈쩍도 안해 "내가 살살 때렸나?"하는 생각이 들었다. 그 이후 상견례를 하면서 깜짝 놀랐다. 사돈 쪽의 DNA가 부계 쪽으로 몰려도 그렇게 몰린 집안은 처음 봤다. 부자가 완전 판박이였다!

바깥사돈의 일사천리 진행으로 3개월 뒤 날짜를 잡고 결혼을 시켰다.

"아! 뭐 준비할거 뭐 있심미꺼. 서로 형편대로 주고받고 결혼 시키입시더. 결혼이 뭐 패물장사 하는 기 아이지 않심미꺼."

아빠지의 자전거

정원일 | 학교법인 상록학원 이사장 |

사무실의 출입문을 잠그고 긴 계단을 걸어서 내려왔다. 경비원과 간단한 목례를 주고받으며 정문을 빠져나온 후 얼마쯤 걷다가 뒤돌아서서 방금 빠져나온 빌딩의 회색 벽을 올려다보았다. 오랫동안 함께했던 건물이 노쇠한 장승처럼 여겨졌다. 긴 숨을 내뱉으며 내 그림자 같은 건물에서 지난 세월 바친 것은 과연 무엇이었는지 자문해 보았다. 젊은 날 희망을 고문해 가며 바친 것은 세월의 땀이기도 했었고 눈물이기도 했을 것이다. 다른 한편으로는 늙어가는 생체 시계의 느린 맥박을 느끼면서도 가족의 생존을 위해 바친 정성과 열정이기도 했을 것이다.

어제까지만 해도, 다니던 빌딩 숲의 창문들은 언제나 빛나는 희망의 별이었다. 그러나 별을 바라보던 꿈도 멈추고, 밥줄의 동력원도 효력을 상실했다. 이제 새로운 길을 찾아서 떠나야 하는 순간이 왔다. 그 중압

감이 머리에서 서서히 어깨로 전해져 내려온다.

동료들과 자주 가던 식당과 술집을 돌아 혼자서 터벅터벅 길을 걸었다. 젊은 친구들이 취기에 젖어 기분 좋은 만남을 위해 저만치서 뛰어오고 있다. 스무 살 청춘, 버스에서 내려 회사를 향해 힘차게 뛰어왔던 내가 겹쳐 보인다. 조용히 멈추어서 발을 내려 보았다.

'나는 아직도 달리고 있는 걸까? 도시의 미로 속에서 킬리만자로의 표범처럼 주행(走行)의 향연을 즐겨왔을까? 아니면 회색 숲 속에서 굶주린 배를 채우기 위해 배회하는 삶을 살아온 하이에나였을까?'

스쳐가는 차량 불빛이 불 꺼진 상점의 창문에 희미한 내 그림자를 남겼다. 저녁 추위에 바들거리며 흔들거리는 중년 사내의 초라한 모습이 보였다. 아버지가 생각났다.

가물거리는 기억 한 자락. 고등학교 시절, 새벽잠 깨어 아버지의 흔들리던 어깨를 얼핏 본 적이 있었다. 불빛 희미한 방 한 켠의 이불깃 사이로 들려오는 어머니의 나지막한 말들. 뭔지 모를 막연한 불안감이 엄습해 왔다. 어머니가 전하는 위로의 말씀은, 흔들리는 호롱불처럼 위태로움을 간직한 채 아버지의 술 냄새 속에 범벅이 되어 두 사람의 고단한 어깨 위에 내려앉았다. 그날 아침, 아버지는 그때까지 몰고 나가던 자전거를 더는 타지 않았다.

오십이 훌쩍 넘은 나이까지 인생의 전반부를 아버지처럼 살았다. 언젠가 군에서 휴가를 나와 종가집 사랑채에 누웠던 적이 있다. 흙으로 바람벽한 처마를 따라 흑백 사진기로 찍어놓은 가족사진들을 구경하면서 그 시대를 담은 인물들을 살펴보았다. 마치 망치질로 하루를 마감한 지아비와 풍구질로 하루의 노동을 끝낸 지어미처럼, 필부필부(匹夫匹婦)로 범용하게 살아온 모습들이 이어져있었다. 백색 두루마기, 옥색 치마, 감청색 양복, 회색 정장, 정지된 표정 속에 머무른 순간들이 예쁠 것도 없지만 그렇다고 부끄러울 것도 없이 제 각자의 모습으로 흐린 불빛에 돌아앉아 도란거리고 있었다. 시간의 길 위에서 박제된 사진으로 머물러 있는 가족의 구성원 중에서 삶의 밑거름이 된 아버지의 아버지들을 그날 만나보았다. 어느새 나도 그런 아버지의 일원이 되었다.

이제 아버지는 떠나서 사진 속에 있고, 아버지의 연륜에 다다른 나는 중년이 되었다. 그리고 오늘, 희망도 꿈도 죽는 순간이 찾아왔다. 쫓기듯 살아온 세월들은 풋 능금 같은 꿈들을 먹어버렸고 생활에 결박당한 삶들은 스스로에게 공허감을 남겨 놓았다. 마치 수업이 끝나고 나면 아이들이 빠져나간 텅 빈 하오의 운동장에서 느끼는 것과 같은 적막감이 밀려왔다.

터벅터벅 걸어서 늘 무심하게 지나치던 초등학교 담장을 돌았다. 열린 정문 안쪽으로 어두운 운동장이 보였다. 천천히 몸을 돌려 휑한 운동장으로 들어가서 낡은 벤치에 밀가루 포대자루 넘어지듯 앉았다. 저 멀리 오늘까지 다니던 회사가 보였다. 희미한 회색도시에서 공룡같은 존재감을 자랑하는 그 빌딩을 힘 빠진 눈으로 쳐다보았다. 어깨는 추위 탓에 움츠려 들었다고 스스로 변명지만, 나는 더 이상 호기롭지 않았다. 이제 출근하지 말아달라는 생존 공동체의 담담한 요청을 말없이 받아들였던 오늘은, 홀로 맞이하기에는 서글픈 시간이었다.

갑자기 초등학교 시절, 혼자 있다는 무서움이 스멀스멀 어깨위로 올라왔던 운동장이 떠올랐다. 내 유년의 외로움이 머물렀던 운동장은 친구들이 하나 둘 씩 도회지로 떠나면서 갈수록 더 넓어졌고, 은빛 날개를 가진 고추잠자리만 바람따라 하염없이 배회하던 적막의 공간이 되었다. 구석진 철봉 자리 옆에는 코스모스가 바람결에 흔들리고 해바라기가 볕을 쬐다 풀벌레 소리에 하품하는 고즈넉한 자리가 되었다. 혼자라서 더 큰 초등학교 운동장에서 외로움과 서글픔이 뒤범벅이 되어 조용히 숨죽여 울었다. 아버지가 보고 싶었다.

삼킨 속울음이 잠잠해질 무렵, 발밑에 덩그러니 넘어져 있는 자전거가 보였다. 몇 시간 전에 어떤 젊은 아버지가 어린 아들을 태우고 운동장을 돌았을 것 같은 자전거. 자전거를 바로 세워 흙먼지를 털어내고 천천히 페달을 밟으면서 앞으로 달려보았다. 귓가로 찬바람이 스쳤다. 내 호흡이 뜨거워졌다. 어릴 적 애써 올라타서 혼자 달려보겠다고 아버지의 자전거 페달을 밟았을 때, 뒤를 잡고 밀어주던 아버지의 구리빛 팔뚝과 이마에서 떨어지던 땀방울이 떠올랐다. 갑자기 내가 아들이 되고 스치는 바람이 아버지가 되었다. 아버지의 힘찬 숨결이 느껴졌다.

그렇다! 내 인생의 자전거는 아직 넘어지지 않았다! 마치 숨을 고르기 위해 잠시 세워둔 자전거처럼 잠깐 쉴 뿐이다.

십년을 한 바퀴로 돌기로 했다. 자전거로 운동장을 한 두 바퀴 돌았을까? 수로길을 따라 아버지의 큰 자전거를 씽씽 타고 달릴 때면, 귓가를 스치던 초가을의 신선한 바람이 선연히 떠올랐다. 추운 겨울날 아침, 연탄재가 쌓인 좁은 골목길을 요리조리 달리면서 두부를 사오던 일이 생각났다. 반쯤 깨진 연탄재를 자전거 바퀴로 힘차게 부수면서 질주했다.

저녁 어스름, 낮잠을 설친 아들을 깨워서 우산을 들고 아버지 마중을 가라고 어머니가 채근한 적이 있다. 눈을 비비며 골목길을 돌아 나갔을 때 간고등어 묶은 자전거를 끌고서 가로등을 뒤로 한 채 들어오시는 아버지와 마주쳤다. 서부 영화에서 나오는 주인공 같은 아버지는 엷은 미소 속에 넘쳐 나오던 당당한 기운. 나는 등 뒤에 큰 성을 가졌다는 생각이 들었다.

다섯 바퀴를 지날 무렵 인생의 후반부를 나도 아버지처럼 살아야겠다는 생각이 들었다. 지나온 세월 속 아버지의 삶은 당신에게 펼쳐진 끊임없는 몸부림이었다. 인생을 행군처럼 살아오신 아버지는 어느 날 문득 걸어 온 길이 너무 멀어 차마 되돌아 갈 수가 없어서 회한의 헐떡거림으로 흐느껴 보다가 앞으로만 갈 수 밖에 없는 길이라면 차라리 앞만 보고 가기로 작정하셨다. 그래서 아버지는 길은 자신에게 앞으로만 열려있는 일방통행로였으며 자신을 기다리고 있는 초롱한 자식의 눈망울은 열기 가득한 삶의 이정표라고 여겼다. 그 이정표를 향해 자전거를 타고 집에 돌아오던 아버지처럼 나도 반환점에 서게 되었다.

떠난 아버지를 잊어버리는 세월이 참 빨리도 갔다고 생각했는데 오늘 이 순간 아버지는 나에게 든든한 버팀목이 되었다. 나도 아버지처럼 길 위에서 내일을 맞이할 것이다. 매일 새로운 출발을 재촉하는 삶의 여정에, 태양의 파편들을 머리에 이고 비바람에 쓰러져도 다시 서는 타관(他

關) 풀잎들처럼, 인생의 반환점에서 넘어져도 다시 일어나 내일을 만들 것이다. 삶의 희로애락이 침전된 중년의 비무장지대로 들어가면서 무념(無念)의 온기를 전하는 아버지의 자전거를 힘차게 밟아볼 것이다. 이제 가슴 밖을 떠나가는 자식이 생기면서 홀로 저녁상을 차리고 기다리는 아내에게 오늘의 정지된 시간을 알려야 할 시간이 왔다.

바로 그 지점에서 찾아온 그 옛날 아버지의 자전거. 그 아버지의 자전거로 인생의 반환점을 돌고, 다시 내일로의 페달을 밟아야만 할 것 같다.

행복한 나의 집

이구태 | 돈까스클럽 하남점 대표 |

왜 그렇게 급했을까. 무엇에 홀렸는지 대학 1학년 때 만난 첫사랑의 여자와 결혼하지 않으면 죽을 거 같았다. 입대를 한 뒤 나의 마음은 더 급해져 갔다. 그녀가 그럴 리는 없지만, 고무신 거꾸로 신는 사례를 수없이 봤다. 대개 상병 달면 그런 일이 많았다.

일단 사고를 쳤다. 그녀의 배가 불러오자 결국은 결혼밖에 답이 없었다. 현역으로 복무 중 상병 때 결혼을 하였다. 남들보다 일찍 결혼도 하고 큰아들도 낳게 되었다. 하지만 어린 나이에 가장이라는 책임감은 큰 부담이었다. 군 복무 자체만으로도 힘든 헌병 생활을 많은 고민과 번뇌로 지내고, 힘들게 병영생활을 하여 기어코 만기전역을 했다. 제대와 동시에 서울 남산에 있는 서울힐튼호텔에 입사했다.

신혼집은 부평에 있는 지하 단칸방이었다. 화장실이 없어 지상의 공동화장실을 이용해야만 했다. 비나 눈이 오면 질퍽질퍽한 길을 밟으며 힘들게 볼일을 보러 다녀야만 했다. 나야 남자니까 그렇다 치더라도 아내는 정말 고생 많았지만 불평 한번 하지 않았다. 그때는 신혼이었으니까. 그리고 내가 제대 전에는 혼자서 아이 키우고 제대를 기다리면서 얼마나 힘들었을까. 그러니 그런 신혼방이라도 행복할 수밖에.

출근 때는 집에서 마을버스를 타고 부평역까지 가서 지옥철이라 불리는 1호선을 타고 서울역까지 갔다. 당시 수습사원 때는 월 3만 원을 받았고, 3개월을 거쳐 정식 직원으로 발령받고 난 뒤에는 초봉으로 27만 원을 받았다. 그때 부평 지하방은 전세 250만 원이었다. 큰아들이 있어 육아비도 들 때였다. 우리 부부는 어린 나이지만 서로 협의 하에 서울 집을 장만할 때까지 죽기살기로 절약하고 돈을 모으기로 약속했다. 월급의 85%는 적금 등으로 무조건 저금하고 나머지로 생활비에 충당했다.

나도 직장생활을 하니 퇴근 때 동료랑 생맥주도 마시는데, 그때 마다 앤 분의 일로 외상장부에 사인하고 월급날 갚아나갔다. 그 외는 사적인 모임은 일체 나갈 수도 없었고 나가지도 않았다. 그 당시 다른 대기업 신입사원 초봉도 27만 원 정도였다. 내가 다녔던 호텔은 음식값의 10%로 봉사료를 떼는데, 이 금액은 급여 지급 시 부서별로 수당 요율대로 지급하였다. 이때가 호텔의 활황기였다. 호텔이 장사가 잘 되면 봉사료가 많아져 수당도 올라갔다. 직장 2년 차 때 86아시안게임, 4년 차 때 88서울올림픽이 열려 대기업 다니던 동기들보다 두 배 이상의 월급을 탔다.

호텔 근무 땐 마침 대우 김우중 회장님 부인이신 정희자 회장님께 잘 보여서 어느 날 회장님 곁으로 스카우트되어 갔다. 그 후에도 VIP를 많이 모셨는데 전두환, 노태우, 김영삼, 김대중, 이명박 전 대통령을 측근에서 서비스했고, 아놀드 슈왈츠제네거, 케니 로저스, 조용필, 서태지 등 유명 연예인들도 다 본 호사를 누렸다.

드디어 결실이 맺혔다. 올림픽이 열리던 1988년 드디어 부평에 16평짜리 내 소유의 아파트를 장만했다. 입주하던 그 날 큰놈을 재워놓고 우리 부부는 맥주를 한 상자 사놓고 밤새도록 웃음꽃 피우며 이야기를 하며 그동안의 고생담을 주고받느라 흥분 속에서 날밤을 새웠다. 방 두 개에 거실과 화장실이 있는 아파트. 세상의 어떤 궁전보다 아늑했고 호화로웠고 드넓었다. 세상 모든 것을 가진 것 같았다.

회사생활하며 그래도 쉬는 날엔 부평을 떠나 서울로 바람 쐬러 다녔다. 한번은 소매치기 일당에게 마누라가 바지 앞 포켓에 있던 천 원짜리 한 장을 소매치기 당했다. 그 순간 잠복근무 중인 형사들이 그놈을 검거하며 다음 역인 신도림역에 우리들도 같이 내리라 해서 내렸다. 형사들이 포켓을 확인하라 해서 마누라가 천 원 없어졌다니까 현행범으로 바로 수갑 채우고 그들을 구속시켰다. 우리는 천 원 밖에 안 되는데 봐주라하니, 일 억짜리 수표면 그러실 거냐고, 우리의 통사정이 씨도 안 먹혔다. 그 형사들은 인사 고과에 반영되는 한 건을 올렸는데, 봐줄 리가 없는 것이다.

며칠 후 마침 내가 쉬는 날 어찌 내 주소를 알았는지 건장한 사람 세 명이 우리 집에 찾아왔다. 그들은 범인들의 가족이거나 동료들이었다. 그들의 느닷없는 방문에 아내는 진짜 놀랐다. 내가 없었으면 어쩔 뻔했나 싶다. 그들의 용건은 법원 심문 날짜가 잡혔는데 돈이 없어지지 않왔다고 얘기해 달라는 것이었다. 고함을 쳐서 돌려보냈고, 며칠 후 정동 법원으로 갔다. 판사, 검사, 변호사가 다 나와 있었고 아내는 피해자 증인으로 자리했다. 천 원 잃고 이게 무슨 생고생인가 라는 생각이 들었는데, 변호사가 말하기를 "앞주머니 속에 있는 거를 남자 손이 들어갔다 나왔는데도 그걸 몰랐느냐." 한다. 아내라는 "내가 거짓말 할 것 같으냐?"며 항변하고 검사는 변호사에게 그러니까 전문 소매치기라고 응수한다.

끝나고 법원서 주었는지 기억은 잘 안 나는데 몇 천 원으로 맛있는 거 사 먹었다. 그때는 소매치기들이 극성을 부렸던 것 같다. 한번은 인천야구장서 야구 보고 집으로 돌아오는 콩나물 시루 같은 버스를 타는 순간, 나는 아들을 안고 버스에 오르려고 했고, 뒤에서 여러 명이 우리 가족을 에워싸고 밀어 넣는 느낌이 들었다. 억지로 우리 가족이 다 타고 문이 닫혔는데 우리 뒤엔 아무도 없었다. 그 순간 아차 했다. 뒷주머니를 보니 내 지갑이 사라졌다. 버스를 세우고 바로 내려 돌아갔지만, 그놈들을 찾을 수가 있나. 비상금과 각종 카드 등이 사라졌다. 엄청나게 비싼 야구를 본 것이다.

그 후 서울시민이 되어야 한다는 2차 목표를 세우고 5개년 계획에 따라 돈 모으기에 돌입했다. 별도의 판공비를 받으니 월급은 고스란히 다 모을 수 있었다. 그리하여 첫 집을 마련한 지 7년 만인 1995년에 부평집을 팔고 명당의 요소인 배산임수 요지에 광장동 아파트로 이사했다. 뒤로는 아차산, 앞으로는 한강으로 펼쳐진 그곳이 어찌 명당이 아니랴. 그 명당에 아파트를 마련하고 지금까지 거주하고 있는 행운을 안게 됐다.

내 아버지는 내가 어릴 때부터 철공소, 철물점, 떡방아 간 사업을 동시에 하신 진정 사업가였다. 인정과세 시절인 그 당시 영천시에서 세금을 젤 많이 낼 정도였다. 삼성이니 동부니 하는 화재보험도 없었고, 운전기사도 별로 없던 시절인데 아버지는 시발차를 사셔서 운수업도 하셨다. 어릴 때 철공소에서 전용 인력거를 만들어 주셔서, 그걸 타려고 동네 친구들은 나를 젤 먼저 태우고 동네를 한 바퀴 끌고 돌아다녔다. 별거 아니지만 어릴 때는 그런 것이 나를 몹시 우쭐하게 했다.

하지만 아버지는 내가 결혼 후 제대로 된 집 하나 장만해 주지 않으셨다. 철저히 외면하셨다. 당시 내가 그렇게까지 악착같이 돈을 모아 집을 사고 했던 것도 아버지에 대해 오기가 발동해서 그런 측면도 있었다.

'네 아버지, 제가 알아서 살겠습니다. 두고 보십시오.'

하지만 며느리까지 본 지금 돌이켜보면, 그것은 세상살이가 험하고 힘든 걸 잘 견뎌내고 의타심을 가지지 말라는 뜻의 깊은 아버지 마음이었다. 그땐 원망도 했지만, 오히려 큰 선물을 주신 거였다.

희망을 잃지 않고 계획하고 실천하면 꿈은 이루어진다. 아버지는 나에게 적어도 이런 것은 확실히 가르쳤던 셈이다.

아버지 고맙습니다.

노랑나비

양재우 | 티스테이션 대표 |

1996년 8월 초. 꽤 무더웠던 걸로 기억되는 여름날이었다. "부장님 발령이 떴어요!" 같이 근무하는 후배직원이 다소 상기된 어조로 거래처에 외근 중이던 나에게 전화를 걸어왔다. 이미 내부적으로 인사에 관한 언질을 받은 터라 새삼스러운 일은 아니었지만, 막상 인사명령이 떨어졌다는 얘기를 들으니 걱정과 설렘이 교차하는 미묘한 감정이 밀려왔다. 영동지역을 관할하는 책임자로 강릉으로 가라는 거였다. 회사 근무 8년여 만의 일이었다. 당시 나는 고향이나 다름없는 대구지역에서 영업부장으로 2년 정도 근무하고 있었다.

나는 노총각 대열에 접어든 서른세 살 되던 해, 계절의 여왕 오월에 친구의 대학 후배인 지금의 아내와 결혼을 했다. 당시 아내는 대구에서 공무원을 하고, 나는 서울에서 직장을 다니고 있었다. 우리는 결혼과 동시에 어쩔 수 없이 주말부부 신세가 되어 버렸다. 신혼집은 서울에 차리고 아내는 대구의 처가에서 지내기로 했다. 아내는 결혼을 하고도 주중에는 친정살이하는 이상한 결혼생활이 한동안 이어졌다. 서울과 대구를 오가는 주말부부 생활이 6개월 이상 계속되었다.

그해 말 아내가 서울로 올라올 가망이 없자 나는 결단을 내려야만 했다. 회사에서 나름으로 열심히 근무를 해왔던 터라 지방 근무를 자청하니 직장 내 많은 동료의 반대가 있었다. 관리부서에서 일하다가 지사 영업부서로 지원해서 가겠다고 하니 다들 걱정이 되었던 모양이다. 한번 본사를 떠나면 승진이나 다른 모든 면에서 불이익을 받게 될 것이라는 상사의 충고도 있었다. 그러나 결혼한 신혼부부가 같이 지내지 못하고 더군다나 아내가 거의 매주 서울로 올라오고 내려가는 것이 안쓰럽기도 하였기 때문에 다른 이야기는 귀에 들어오지도 않았다.

그래서 대구 근무를 하게 되었고 얼마 지나지 않아 예쁜 딸도 가지게 되었다. 나름대로 행복한 결혼생활이 계속되었다. 그렇게 3년 정도가 지날 무렵에 둘째가 태어났다. 조그맣고 예쁜 딸아이였다. 출산한 병원에서 아이를 집으로 데려왔는데 아이가 우유를 잘 먹지 않았다. 처음에는 그럴 수도 있다는 생각을 했지만, 그런 상태가 하루 이틀 지속하자 걱정이 되어 병원을 찾았다. 아내가 직장을 다니던 터라 처음에는 처제가 아이를 데리고 병원엘 갔었다. 대수롭지 않은 걸로 생각하고 의사 상담을 하러 간 것이다. 그런데 담당 의사는 부모와 같이 다시 오라는 것이었다. 불안한 마음에 잠을 설치고 다음 날 병원에 갔다. 의사 선생님의 날벼락 같은 말을 들었다. 선천성 심장병이라는 것이었다. 살면서 많은 사람이 어려움을 겪게 되지만 자식이 치명적인 병을 안고 태어나는 것처럼 힘든 일도 없을 것이다.

담당 의사는 바로 수술을 권했다. 성장해서 해도 되지만 지금 바로 하는 것이 유리하다는 소견이었다. 돌도 지나지 않은 아이에게 메스를 댄다는 자체가 엄청난 일이었지만 피할 수 없는 선택이었다. 선천성 심장병은 수술만 잘되면 운동 등 약간의 제약은 따르지만, 정상적으로 성장하는 데는 문제가 없다는 의사의 설명에 조금은 안도를 했다. 그렇게 우리는 수술을 선택했다.

그러나 운이 없었는지, 아이와의 인연은 거기까지였다. 가족들의 슬픔은 매우 컸다. 그중에서도 아내의 고통은 이루 말로 표현하기 힘들 정도였다. 10개월간 뱃속에 품고 있다가 낳은 자식을 1년도 되지 않아 떠나보내야 하는 심정은, 엄마로서 차마 감내하기 힘든 엄청난 고통이었을 것이다.

병원에서 우리 부부는 작은 의식을 치렀다. 태어나서 엄마 아빠의 사랑도 채 느끼지 못하고, 너무나 짧은 시간을 힘들게 보내다가 조용히 떠나버린 아기를 위해서였다. 며칠 뒤 아내와 다시 그 병원을 찾았을 때, 노랑나비 하나가 머리 위를 날아가는 것을 거의 동시에 보았다. 순간 떠나보낸 아이가 슬픔에 젖은 우리를 위로하기 위해 나타난 것은 아닐까? 하는 생각이 들었다. 작은 나비였는데, 옅은 노란 빛을 띠고 있었다. 갓 태어난 것처럼 아주 작고 여린 예쁜 모습이었다. 한참을 우리 주위를 맴돌더니 서서히 우리의 시야에서 멀어져 갔다. 아주 천천히…. 힘든 우리를 위로하기 위해 어여쁜 나비로 잠시 나타나 미소를 보내 주는 것만 같았다.

3개월 후 나는 강릉으로 발령이 났다. 제일 위로를 해주고 슬픔을 나누어야 할 남편이란 사람이 다시 먼 강릉으로 떨어져 가게 된 것이다.

그러나 어쩔 수 없는 일 아닌가. 조직은 필요한 사람을 적절하게 쓰게 되어 있어 일일이 개인 사정까지 고려해 주지는 않는다. 지금은 주 5일 근무가 보편화 되었지만, 그 시절은 대부분의 기업이 토요일 오전까지는 근무하였다. 서둘러 일을 마치고 강릉에서 출발해서 태백을 거쳐 대구까지 오는 데는 이름 있는 태백산맥의 고개를 몇 개나 넘고 쉬지 않고 달려도 5시간 30분 정도가 걸렸다. 도착은 거의 저녁 시간이 다 되어서야 가능했다. 5시간이 넘는 거리를 거의 매주 빠지지 않고 2년 동안 반복 한다는 게 쉬운 일이 아니라는 것은 한참 세월이 지난 뒤에야 알았다. 무조건 와서 아내를 위로하고 가족과 같이 있어야 한다는 생각밖에 들지 않았다. 주말 토요일을 지나 일요일까지의 시간은 길지가 않아 일요일 오후가 되면 마음이 무거워졌다. 주말 오후가 되면 흔히 샐러리맨이 느끼게 되는 월요일 출근에 대한 부담감과 우울함과는 또 다른 감정이었다. 내가 떠나면 혼자 남게 될 아내와 딸아이에게 드리워질 그늘 때문이었다. 가장으로서 가족을 보호해주지 못하는 자괴감은 느껴보지 않은 사람은 모른다. 조금이라도 늦게 가려고 버티다 보통 저녁을 먹고 출발한다. 안동, 봉화를 거쳐 태백을 넘어가다 보면 자정을 넘기기가 일쑤였다.

달려도 길은 끝이 없었다. 거의 10km를 가도 차 한 대, 불빛조차 보이지 않는 구간이 대부분이었다. 처음엔 멋모르고 그 길로 다녔지만 어느 순간부터 두려움이 생겨나기 시작했다. 왜냐하면, 예전에 산길을 막고 차를 고립시켜 위해를 가하는 사건들이 있었다는 얘기를 들었기 때문이다. 한참을 가도 산들로만 이어진 길은 대부분 외길인 데다가 인가라고는 거의 찾아볼 수 없었다. 어둠을 오로지 차의 전조등 두 개의 불빛에 의지하고 가야 했다. 그래서 어느 순간부터 차 뒷좌석에 호신용

야구방망이를 넣고 다녔다. 요즘 차들은 조금 달리면 자동으로 차 문이 잠겨지는 게 대부분이지만 그때는 수동으로 조절해야 했다. 출발하면서 차 문의 잠금장치 확인을 습관적으로 할 정도였다. 이렇게 2년여 동안 주말이면 강릉, 대구를 오가는 주말 출퇴근길이 이어졌다. 그러나 30대 후반의 혈기가 있고 무엇보다도 힘든 가족들을 위로해야 한다는 생각으로, 다른 힘든 것은 문제가 아니었다. 이렇게라도 서로를 위해 함께 해야 한다는 마음이 가족에게 조금은 위안이 되었던 거 같다.

세월이 한참 지난 요즈음도 그때의 일은 애잔한 마음으로 다가온다. 다행히 둘째가 새로 생기면서 지난 일이 되고, 아내도 직장을 다니는 등 정신없이 살면서 그 생각에서 멀어진 게 다행이었다는 생각도 든다. 뜻하지 않게 늦은 나이에 둘째를 키우느라 아내는 지금도 직장과 중2 학부모 역할을 번갈아 하며 고군분투하며 살아가고 있다. 요즈음도 사정을 모르는 지인들이 늦둥이를 가졌다고 가끔 얘기를 한다. 그러면 그냥, 하다 보니 그렇게 되었다, 고 간단하게 대답하고 만다. 힘든 시간이 지나면서 다시 찾아온 작은 평화와 행복은 아마도 먼저 우리를 떠난 아이가 보내준 선물이 아닐는지….

누구나 살아가면서 힘든 일을 겪는다. 그러나 신은 인간이 감내할 정도의 고통만을 준다고 했다. 우리도 그렇게 힘든 세월을 지내며 살았다. 앞으로의 시간도 우리에게 행복한 일상들이 이렇게 잔잔히 이어졌으면 좋겠다.

엄마로서 긴 시간, 말로 표현하기 힘든 고통을 감내하며, 가족들을 위해 살아온 아내에게 진정으로 고마운 마음을 전한다.

여름날의 꿈

송희덕 | 농심NDS 전문위원 |

무더위가 절정으로 치닫습니다. 이른 점심을 해치우고 조용한 사무실에서 의자 등받이를 최대한 젖힌 채 낮잠을 청해 봅니다. 어제 저녁 어머니 추도예배 때 묵상했던 잠언 구절을 떠올리며 오수에 빠져듭니다. 창밖으로 도시 녹음 속 매미 울음이 요란하게 들려옵니다.

사촌 형이 몰고 가던 누렁소의 고삐를 빼앗다시피 졸라서 내 손에 받아쥐고는 호기심 반 긴장 반으로 칠탈레팔탈레 모퉁이길을 돌아 당집을 지나는 신작로에 막 접어들 즈음입니다. 난데없이 누렁소가 입에 거품을 뱉으며 날뛰기 시작합니다.

성황당 어귀 늙은 느티나무 아래에 매어놓은 황소와 기 싸움을 하나 봅니다. 한 번도 소를 다뤄본 적 없던 10살 도시 소년인 저는 극도로 당황하였습니다. 소를 멈추게 할 때 부르는 '워~워~ 워워워워'만 다급하게 외쳐댈 따름입니다. 코뚜레에 연결된 고삐를 죽을 힘을 다해 당겼던 고사리 손바닥에는 온통 물집이 잡혔습니다. 그러나 어린 주인의 저항 따위는 아랑곳하지 않고 콧바람을 씩씩대며 돌격적으로 매어놓은 황소를 향해 달려듭니다.

소리치며 사촌 형을 찾지만, 산속 깊이 개암을 따러 간 형은 이런 사실을 알 리 없습니다. 울어도 보고, 목이 쉬도록 외쳐도 보지만 어린 소년의 절규는 황소들의 뿔 부닥치는 소리에 묻혀 메아리 되어 돌아오지도 못합니다. 기진맥진하여 정신을 잃을 즈음, 누렁소는 언제 그랬냐는 듯이 평온히 제 갈 길을 가고 있습니다.

4~5분 남짓 힘겨루기를 하고, 약한 소가 먼저 꼬리 내리고 물러서면 싸움이 저절로 끝나고 말 일이었습니다만, 그 시절 어린 소년에게 4~5분은 온몸의 힘이 빠지는 오랜 시간이었습니다.

그날 저녁 할머니가 특효약이라고 내 손에 발라준 약은 다름 아닌 된장이었습니다. 어머니가 감자와 옥수수를 삶아 내올 때까지도 긴장과 두근거림은 여전하였습니다. 그날 소들의 싸움은 한 녀석이 목숨을 잃어야만 끝날 것 같았기에 울며 소리 지르며 고삐를 잡아당기던 어린아이는 얼마나 겁먹었겠습니까? 석양이 뉘엿뉘엿할 즈음 모깃불 옆 멍석 위에서 어머니는 한 손으로 부채질을, 다른 한 손으로는 배를 쓰다듬어 주시며 찬송가를 부릅니다.

"인애하신 구세주여~ 내가 비오니…"

그 노래를 듣고서야 그날의 긴장이 겨우 진정되고 새록새록 잠이 들었나 봅니다.

찌리리리~ 찌리리리~.

달콤한 오수를 깨운 휴대전화 진동음이 야속하기만 합니다. 전화기 속 저편에서 당당하고 뻔뻔한 소리가 전해져 옵니다. "아빠 나 20만 원만 가불해 주세요. 제대한 친구들이 너무 많아…" 매달 어김없이 챙겨가는 용돈을 준 지가 보름도 지나지 않았는데 또다시 가불해 달라는 대학생 아들 녀석입니다. 꿈에서나마 어머니를 볼 수 있어서 행복했던 것도 잠시뿐이었습니다. 전화를 끊고 다시 눈을 감아 보지만 애석하게도 어머니는 다시 보이지 않습니다. 대신 무한 AS가 필요한 아들의 뻔뻔한 요구만 잔상으로 남았다가 페이드아웃 되면서 어린 시절 내게 주신 어머니의 사랑만큼 나도 아들에게 물질이 아닌 진정한 사랑을 베풀고 있는가를 반성해 봅니다. 어머니가 나를 위해 늘 묵상하시던 잠언 23장 15~18절 말씀을 이제 내 아들을 위해 내가 늘 기도하며 묵상합니다.

"내 아들아 만일 네 마음이 지혜로우면 나 곧 내 마음이 즐겁겠고 만일 네 입술이 정직을 말하면 내 속이 유쾌하리라. 네 마음으로 죄인의 형통을 부러워하지 말고 항상 여호와를 경외하라. 정녕히 네 장래가 있겠고 네 소망이 끊어지지 아니하리라. 아멘."

바늘구멍 찾기와 안전한 먹거리

김윤섭 | ㈜에치앤케이 이사, 식품기술사 |

식품회사 생산부서에 근무하는 김 계장은 퇴근 시간이 얼마 남지 않았는데 현장으로부터 제조설비에 이상이 생겼다는 연락을 받았다. 거의 매일 한두 건의 설비고장이 있지만 퇴근 시간 무렵의 고장은 신경이 쓰인다. 더구나 고장 원인 발견이 어렵고 해결 과정에 시간이 오래 걸리면 더욱 힘들어진다. '왜 하필 오늘….' 김 계장은 둘째를 임신한 부인의 출산일이 오늘 내일하기에 더욱 신경이 쓰인다. 전화를 했더니 아내가 "제 걱정은 마시고 회사 일이나 잘 보세요."라고 한다. 밝은 아내 목소리를 듣고 안심하며 김 계장은 현장으로 달려갔다.

김 계장은 콩, 옥수수, 팜, 야자에서 착유한 원료 상태의 기름을 맑고 깨끗하게 정제하는 공장의 생산 책임자다. 이상이 생긴 곳은 여러 처리 과정 중에서 마지막 탈취(脫臭) 공정장치로 원료 유지의 불쾌한 냄새를 없애는 장치다. 이 장치는 10층 오피스텔과 맞먹을 정도로 크고 복잡한 설비인데 내부 전체를 공기가 없는 진공상태로 유지해야만 정상적인 제품을 생산할 수 있다. 이 큰 설비를 진공상태로 유지하는 것이 중요한 기술이다. 만약 설비 어느 곳에 바늘구멍만 한 작은 구멍이라도 생기면 진공상태를 유지 할 수 없어 제품 생산이 불가능하게 된다. 그날은 오후부터 이상 징후를 보이다가 퇴근 시간 무렵부터 진공을 유지하지 못하게 된 것이다. 빨리 어딘가의 작은 구멍을 찾아서 메워야만 내일 고객 회사에 납품할 제품을 생산할 수 있다. 늦어지면 고객 회사의 공장을 멈추어야 할 형편이기에 더욱 어깨가 무겁게 느껴졌다. 설비 전체가 강철 중에서도 튼튼하다는 스테인리스강으로 만들어졌지만, 가끔 어느 구석에 작은 구멍이 나기도 한다. 내부가 진공상태이므로 외부 공기가 작은 바늘구멍을 통하여 안쪽으로 빨려 들어가는 것을 어떻게 찾는단 말인가? 때로는 반대 현상을 응용하는 것이 문제를 푸는 해결책이 되는 법이다. 풍선에 바람을 채워 바람이 새나오는 곳을 찾듯, 설비 내부에 스팀을 채워서 그 스팀이 외부로 새어 나오는 곳을 찾는 것이 구멍을 찾아내는 방법이다. 그러나 이 방법으로 찾는 것도 그리 호락호락하지는 않다. 왜냐하면, 탈취탑이라 불리는 이 장치는 10층 높이의 거대한 동체를 가운데 두고 여러 개의 탱크와 증기 분사장치 및 다양한 펌프가 여러 가닥의 파이프와 밸브들이 거미줄보다 복잡하게 연결되어 마치 정유공장의 증류탑을 연상케 하는 웅장한 설비인데, 어느 작은 부위에 생겼을 작은 바늘구멍을 찾기란….

스팀(김)이 모락모락 새어 나오는 구멍을 찾아야 한다. 10층 높이의 계단을 오르내리기를 수 십 번, 설비 구석구석을 이쪽저쪽 쪼그리고 엎드리고 높은 곳에 오르기도 하면서 그야말로 두 눈에 불을 켜고 보고 또 보고, 여기저기 두들겨 보기도 하고 때로는 안쪽에서 들려오는 소리를 들으려 청진기를 동원해서 군데군데 소리를 들어 보기도 하면서 설비, 장치, 밸브를 샅샅이 진단하며 찾아다닌 지 몇 시간이 지났는지…. 허기도 지고 다리도 아파서 계단에 쪼그리고 앉으니, 보름달이 휘영청 밝게 떠 있어 잠시 고향 생각에 잠길 무렵에 30년 경력의 베테랑 홍 계장이 구멍을 찾았다는 신호가 왔다. 반가워서 춤이라도 추고 싶은 심정이다. 그렇게 긴 하루가 지나고 정상 가동을 확인하러 탑 꼭대기에 오르니 어느덧 아침 해가 커다랗게 떠오르며 붉은빛을 내 뿜고 있다. 납기시간 내에 잘해냈다는 생각에 뿌듯해하며 김 계장은 내가 우리나라 사람의 입맛을 즐겁게 하고 있다는 자부심에 가슴이 벅차다. 김 계장이 정성을 들여 만든 기름방울들이 맛있는 튀김 한 조각, 달콤한 케이크를 만드는 주요한 원료가 되기 때문이다.

부정 불량식품에 대한 매스컴의 고발 보도를 접할 때 김 계장은 안타까움이 있다. 매스컴에서는 간혹 비전문적인 지식으로 그릇된 보도를 하기도 하고 식품 종사자 전체를 싸잡아서 파렴치한 사람인 것처럼 만들기도 한다. 어떤 소비자는 얕은 지식으로 전문가 이상 아는 체하며 '먹는 거로 장난치면 나쁜 놈'이라 열 내며 손가락질하기도 한다. 부정식품 척결은 매 정부의 공약일 정도로 중요한 일이다. 그러나 문제가 터질 때마다 정부는 응급 처방으로 관련 법안을 더 엄격하게 만드는 것에만 익숙하다. 때론 임시변통인 탓에 현실을 무시하여 실제로 지키기 어려운 법안을 만들기도 한다. 그런데도 문제는 계속 끊이지 않는다. 정말 하루빨리 부정 불량식품을 없애고 모든 식품을 믿을 수 있고 맛있는 먹을거리로 만들 방법은 없을까?

분통 터트리며 지적하기보다 '무조건 싼 것만 찾는 습관을 버리는 것'

과 '품질 프리미엄을 인정 하는 것'이 맛있고 안전한 식품을 만드는 길이다. 그동안 우리 사회에는 먹는 것도 싼 것만 찾다 보니 내용물이 부실하거나 가짜 제품 심지어 유해한 제품까지 출현했던 것이다. 우리 사회의 자승자박이다. 최근 식품업계에는 제품개발 단계에서부터 온당한 원료구매, 안전한 제조, 적절한 유통과 철저한 사후관리에 이르기까지 모든 과정에서 수많은 김 계장(?)들이 그들의 땀과 혼을 쏟고 있다. 하지만 이것만으로는 역부족이다. 우리가 매일 먹고 즐기는 식품이 안전하고 맛있는 식품이 되기 위해서는 소비자의 적정한 보상이 필요하다. 품질 좋은 제품을 만들기 위해서는 더 많은 투자와 비용이 필요하고 소비자는 그에 따르는 댓가를 지불해야 한다. 품질 좋은 제품에 기꺼이 제값을 치르는 소비생활이 그것이다. 결국 '좋은 식품은 소비자의 손으로 만든다'는 생각을 하는 소비자의 현명한 선택이 우리의 먹을거리를 더 건강하고 맛있게 하는 견인차 역할을 하는 것이다.

이제는 사회 초년생이 된, 그날 밤 세상 구경을 한 김 계장의 아들이 묻는다.

"아빠, 뭐 하세요? 많이 늦었는데요."

"응…. 카톡 한다."

부자 집 막내아들의 내면 풍경

방선택 | 울산메아리학교 교사 |

어린 시절 나의 아버지는 부자였다. 당연히 우리 가족도 부자였다. 나는 방직기계 소리를 들으며 태어났다. 일제 강점기부터 사업을 하신 선친은, 내가 초·중학교 다닐 때까지 대구에 유수의 섬유공장을 몇 개씩 가진 사업가였다. 나는 5남 4녀의 막내아들로 태어났다. 이른바 부잣집 막내아들로 태어났던 것이다. 그래서 지극히 부모님 사랑을 많이 받으며 자란 것을 당연지사라 여겼다. 초등학교 때는 어머니의 치맛바람에 힘입어 1등이란 것도 해보았다. 집에는 식모(가정부) 2~3명이 상주해 있었으며, 부친의 고향(현풍)에서 올라온 식객들이 항상 사랑채를 자기 집인 양 눌러앉아 8촌 친척의 위대함을 자랑하곤 했다. 우리 가족과 객들의 한 끼 식사로 수십인 분의 식사를 준비해야 하는 수고스러움을 맏며느리였던 경주 최씨 우리 어머니는 그것을 당신의 숙명으로 여기고 묵묵히 생활하신 분이셨다.

그때는 시골에서 돈을 벌기 위해 젊은 여성들이 도시로 몰려드는 시절이었다. 가장 선호한 직종이 방직공장의 여공이었다. 지금이야 있을 수 없는 이야기지만, 여공들에게 한 달 동안 사용할 방직기계의 소모품을 나눠준 후 그 기간 사용하지 못하고 훼손, 분실 시는 자기 돈으로 사야 하는 것이 통례인 시절이었다. 때문에 그 소모품들을 자유롭게 장난감처럼 가지고 놀았던 나는 그들에겐 큰 '봉'일 수밖에 없었다. 그럴 수밖에 없었던 것이 방직기계의 소모품이란 것이 대부분이 외제(일본, 미국)였으니까 가격이 만만찮았다. 여공들이 받는 월급에서 그 값을 공제한다는 것은 한 달 수입에 치명타를 입는 것이다.

여공 누나들은 나에게 잘 보이려고 교태 섞인 웃음도 보여주고, 그 시절 고급 과자인 '크라운 산도' 등을 상납(?)했다. 어린 여공의 젖가슴 골도, 나일론 치마 속 하얀 종아리 속살도 살짝 볼 수 있었다. 여자기숙사는 남성 출입이 절대 금지된 곳이었지만, 그녀들의 생일에 남성이 아닌 소년이란 핑계로 초대를 받는 호사도 누렸다. 그러면 나는 보답의 차원에서 예쁜 여공 누나들에게 필요한 소모품들을 공급해 주곤 했었다. 일종의 암묵적인 거래였기에 나의 추종자들에게는 절대적인 혜택을 줬다. 출근 표 도장도 대신 찍어 줬으며, 지각해도 기지를 발휘하여 기숙사에서 공장으로 가기 전에 거쳐야 할 사무실을 무사통과하게 해 주었다. 예를 들어 "내가 갑자기 일이 생겨 누나에게 급한 부탁을 했다." 이런 식이었다. 그 누나들에게 난 영원한 봉이었고 황태자였다. 참 행복한 나날의 연속이었다. 불행히도 그 이후로 지금까지 여자 기숙사에 들어가 볼 기회는 없었다.

그 누나들 중 지금도 잊히지 않는 '희야'라는 누나가 있었다. 시골의 먼 친척 뻘 되는 누나였고, 처음으로 소년인 나에게 순정을 느끼게 해 준 여성이기도 했다. 그것이 아마 나에겐 여성에 대한 첫 연민이라 여겨진다. 17세쯤 된 희야 누나는 먼 친척이란 보호막 아래, 휴일이면 김밥을 싸서 공장 뒤 야산과 저수지 둑을 손을 잡고 거닐며 따뜻한 이야기도 많이 해주곤 했었다. 엉뚱한 호기심이 많은 소년의 돌발 질문에 희야 누나가 수줍어 볼이 붉히는 모습은 지금도 아련하다. 지금쯤 그 여공 누나는 손자, 손녀를 둔 할머니가 되어 있겠지!

공장의 월급날은 더 행복했다. 월급이 지금처럼 은행으로 들어가는 것이 아니라 현금을 쌓아놓고 밤새 계산해서 몇백 개의 봉투에 담아서 한 봉투씩 나눠줬으니 이런 황금의 찬스를 내가 놓칠 것인가! 몇백 개의 월급봉투를 만들고 나면 계산이 끝나도 정확히 얼마가 남았는지를 모른다. 주산으로 계산하는 옛날 장부책이란 그만큼 허술했다!

종이돈을 종이처럼 몇 장 가져가면 되니까. 초등학교 1학년 때는 종이 돈 몇 장 가져가서 문방구서 그 귀하다던 캐러멜 사탕을 몽땅 사서 친구들에게 캐러멜 '골든 벨'을 울렸으며, 빵집에 데리고 가서 도넛, 팥빵 등을 원없이 대접했으니 얼마나 조숙했는가! 그 시절 나에게는 속칭 '가방모찌'가 늘 있었다. 대명2동 부유한 한옥이 즐비한 동네의 우리 집까지 가방을 들어주는 친구가 있어, 그 친구에게는 항상 후한 보상을 해주었다. 어려운 시절이었으니까 주로 먹는 것이 주가 되었다. 노동의 대가는 어김없이 챙겨 주었던 것으로 기억난다. 그 시절에는 그것이 부끄러운 짓이라는 것을 알지 못했다.

그 시절 초등학교 교사들은 항상 가정방문 전 가정실태 조사를 했었다. 부의 척도는 백색 전화, 냉장고, 텔레비전, 피아노 정도였는데, 일본

산 '도요타 크라운' 승용차가 있었던 우리 집은 항상 가정 방문의 마지막 방문지였다. 여러 선생이 약속이나 한 듯 우르르 몰려와서 청요리 안주로 질펀하게 술 마시고 우리 어머니께 '누님 감사합니다'란 아부를 연발하며 흰 봉투 하나씩을 전리품처럼 주머니에 차고 비틀거리며 방석집으로 '고'하며 가던 그 모습이 지금도 생생하다. 어린 마음에도 조금은 역겹다는 생각이 들었기에 지금도 그 장면을 기억할 것이다. 현재 교직 생활을 하는 나는 그 시대 선생님들의 작태에 실소를 금치 못할 때도 있지만, 시대가 시대였던 만큼 지나간 추억으로 여긴다. 지금은 부모님께서 작고 하신 지가 오래이지만, 그 시절 아버지는 술을 좋아하셔서 요리 집에라도 가실 양이면 일제 승용차에 나를 꼭 태워서 다니시곤 하셨다. 일본식 발음으로 우리 집 '오무짱, 오무짱(장남감)'하시며 나를 예뻐하셨다. 딸 넷 다음의 막내아들이었으니 오죽했을까. 요릿집이란 것이 사실 기생이 있는 요정과 별반 다르지 않다. 그 요릿집 출입이 내가 술 문화를 일찍 터득(?)하게 된 계기였는지도 모르겠다. 지금도 술을 좋아하는 것은 아버지의 큰 사랑의 대물림이었을까? 그 시절 난 항상 주변의 부러움의 대상이었고, 아버지께 나는 곧 자랑이었다.

난 내가 영원히 황태자처럼 살 줄 알았다. 그렇게 무탈하고, 행복한 생활은 계속되었고, 그 생활은 중학교에 다닐 무렵까지는 이어졌다. 그런 시절을 보내는 중 70년대 유류파동이 일어났고 여지없이 개발도상국이었던 우리나라 경제에도 폭풍이 몰아쳤다. 대구의 대표 산업이었던 섬유 산업도 서서히 내리막길을 걸었다. 나의 청소년기 학창시절은 서서히 시작된 집안의 몰락을 시작으로 컴컴한 암흑 시기의 맛을 진하게 봐야 했다. 내가 앞으로 겪어야 할 힘겨운 세상살이가 도래한 것을 그땐 몰랐었다. 그런 와중에 섬유공장은 하나둘씩 줄어들었으며, 축구장 같았던 공장의 마당은 더 이상 나의 놀이터가 아니기 시작했다. 공장의 그 많던 여공들에게 황태자로 떠받침을 받으며, 마음껏 권력을 향유했던 나의 권좌도 서서히 몰락의 길을 걸을 수밖에 없었다. 사랑채에 똬리를 틀고 눌러앉아 촌수 따지기의 달인처럼 친척 서열 우위를 자랑하던 식객들은, 소리소문없이 보따리를 챙겨 낙향하듯 떠나갔고, 이제는 부탁을 하려고 부모님을 찾아오는 사람들도 눈에 띄게 줄어들었다. 어머니는 식구처럼 함께 살았던 가정부도 서둘러 혼처를 구해서 시집을 보냈고 집안은 규모를 줄이고 줄이느라 힘든 나날들을 보냈었다. 그런 와중에 동성로에 있던 건물(적산가옥)이 화재가 났으며, 보험제도가 미비했던 시절 모든 배상과 책임은 부모님이 져야 했다. 평생을 제조업밖에 모르셨던 부모님은 투기꾼들의 농간에 당해 수 만평에 달하는 토지도 넘겨줬었다. 그곳이 지금 대구의 달서구 감삼동 광장 코어, 삼익 뉴타운, 7호 광장 자리를 포함한 주변이다. 지금 돈으로 따지면 상상도 하지 못할 천문학적 금액일 것이다. 엎친 데 겹친다고 하는 말이 딱 이럴 때 쓰는 것 같다.

수출과 경제발전이란 군사정부의 시책에 맞추어 급속도로 변화의 바람이 불었다. 인문학적 사고를 무시한 경제발전의 폐해는 도덕이 무너지는 사회로 내달렸던 것 같다. 신 졸부들의 등장은 군사정권의 경제발전이란 비호 아래 인간성이 말소된 물질 만능주의로 이끌어 지금까지 온 것 같다. 나중에야 안 사실이었지만 그 시절 정치적 타협(?)을 잘하지 못한 결과란 것을 알게 된 부모님은 화풀이하듯 누님들을 소위 잘 나가는 공무원들께 몽땅 시집을 보내는 에피소드 같은 사건도 벌어졌었다. 이렇게 큰살림을 정리하던 와중에 화병이 나신 아버지는 연일 술을 드셨고, 가장으로서의 가정의 모든 역할을 어머니가 책임지셔야 했다. 나는 그 때가 초등학교에서 중학교를 넘어갈 사춘기 시절이었으니 그 과정을 눈으로 실제로 보고, 피부로 느꼈으니, 뭐라고 표현하겠는가! 충격 그 자체였다. 하지만 부자가 망해도 3년 먹고 산다는 말이 있듯이, 식생활에 지장을 초래할 만한 생활은 아니었다. 그러나 미국 소시지를 먹고 자란 아이가 갑자기 나락으로 떨어져 세상에 발가벗겨진 채 던져졌을 때의 충격은 말로 하기 힘들다.

새 환경에 적응하기 위해서는 모든 것을 처음부터 다시 시작해야 했다. 인생의 계획이 없었고, 모든 것이 의미가 없었다. 대학생활 속에서도 적응치 못한 방황은 상당히 긴 시간으로 이어졌고, 자존심 강하고, 전투적인 소양을 다스리기까지는 스스로 많은 인내와 시간이 필요했었다. 그런 방황 속에서도 나를 지켜주고, 일으켜 세워 준 것은 어머니의 지고지순한 사랑이었고, 눈물이었으며, 당신의 삶 속에서 보여 준 도덕이었다. 그리고 고등학교 시절의 큰 고목 같았던 스승님들께서 주신 참가르침도 나의 버팀목이었다.

올해는 오랜만에 동창회에서 마련한 체육대회, 통영문화탐방 등을 아내와 함께 다녔다. 갈 때마다 감동적인 환대를 해 주신 대건 28 친구들께 정말 감사한 마음에 친구들이 우러러 보였었다.

지금 나는 대학에서 전공한 특수학교의 선생을 다시 하며 산다. 그들의 순수함에 나 자신이 오히려 많은 것이 배운다. 오늘도 내일도 장애아들을 도와주며, 사랑하고 감사한 마음으로 살 것이다.

나의 별 삼총사

박창기 | 현대기전 대표 |

2014년을 보내고 2015년을 맞이하는 시점이다. 꼭 기억해야 할 것도 있고 잊어야 할 것도 있고. 잊고 싶은데 잊지 못하는 것도 있겠지….

언제나 함께여서 감사하고 행복했던 그 시간이 하나씩 지나간다. 한 해 마무리 잘하고 인생의 한 획을 또 긋고 나면, 나를 돌아볼 그 시간이 또 오겠지. 그 시간에도 우리는 모두 덩어리로 남아서 든든한 친구가 되었으면 하는 바람을 가져본다.

"얘들아 별과 사람의 공통점이 뭘까?"

"별도 사람도 누군가의 위안이 되고 희망이 되고 의지가 될 수 있다는 거요…."

아내의 목소리가 공부방에서 들려온다. 나에게 별은? 하고 물어본다.

23년 전 가위바위보에 져서 결혼해 지금껏 같이 살고 있는 내 아내 선재가, 삐쩍 마르고 볼품없지만 내게는 최고로 잘생긴 아들이, 쬐매 하고 나를 가장 많이 닮은 딸이, 나의 별이다.

IMF를 보내면서 하는 일이 어려워지고 건강마저 나빠졌다. 내겐 40대가 사춘기를 겪는 아이들처럼 어디로 가야 할지 모르는 방황의 연속이었다. 그때 아내가 지푸라기 잡는 심정으로 철학관에 가보았나 보다.

"10년쯤 지나야 숨통이 좀 트인다고 하네. 평생을 밑바닥 생활하는 것도 아니고 10년이 지나면 좀 수월해진다는데 그깟 10년이야 건강만 하면 이겨 낼 수 있어…. 그러니까 우리 건강한 생각하면서 몸 잘 챙기고 낙담하지 말자. 응!"

당시에는 쓸데없는 거 보고 왔다고 야단만 쳤다. 그때부터 아내는 아이들 유치원 간 사이에 아르바이트하러 다니기도 하고, 동네 학원에 시간제 강사로 뛰고 하다가 살던 집 1층에 분식점을 운영하기도 했다. 지금도 그 시간은 나에게는 아내와 함께 고생하던 아픈 시간이었다. 또한 지금 우리가 함께하는 행복의 밑거름이 되는 시간이기도 하다. 새벽부터 일어나 몇백 줄의 김밥 말기도 마다치 않던 아내, 항상 웃는 얼굴로 자전거 타고 배달도 다니던 아내, 눈물도 많고 웃음도 많은 그런 아내가 어느 날 가게를 그만두고 공부를 하겠다고 했다. 머리로는 지지하였지만, 마음은 무거웠다. 내가 하는 일이 잘 풀리지 않는다고 몇 년을 김밥 마느라 손목이며 어깨며 안 아픈 데가 없는 아내에게 좀만 더 하라고 할 수도 없었는데….

"자기야! 이제 10년 얼마 안 남았어. 좀만 더 기운 내자. 나는 지금 변화하는 시간이 필요해. 이 시간이 내 인생의 40대를 잘 보낼 수 있는 거름이 될 거야."

참말이지 그랬다. 그 시간은 내 아내의 40대를 아줌마가 아닌 선생님으로 살 수 있게 해 준 시간이었으며 친구의 도움으로 힘든 치료를 마치고 건강을 회복하면서 어렵던 사업이 실마리가 풀려가던 시점이기도 했다.

호사다마라 했던가?

함께 살던 어머니가 갑자기 편찮으셔서 자리를 보전하기 시작했다. 금방 끝날 것 같던 투병생활이 길어지면서 애들도 나도 힘들어졌다. 우리 부부가 바쁠 때는 아이들이 수발을 들어야 하고, 나 또한 일주일에 3번씩 병원에 모시고 가야하고 축 늘어진 어머니를 안고 옮기는 일도 쉬운 일이 아니다 보니 어머니가 때로는 밉고, 때로는 불쌍하고, 또 미안하지만 요양병원에 모시고 싶다는 생각을 했다. 하지만 매번 아들이 4명이나 있다고 자랑하시던 어머니의 그 속마음은 요양원에 당신을 맡길 아들은 없을 거라 믿는 마음과 그곳에 간다는 것은 자식에게 버림받은 거와 매한가지라는 생각을 하실 거라고 판단한 아내는, 스스로 어머니를 마음에서 내려놓지를 못하고 그 뒷수발을 감당하고 있다. 내 아내 조 선재는 슈퍼맨이며 큰 덩치에 어울리지 않은 감성과 오지랖이 장난 아니게 넓다. 상처도 많이 받고 눈물도 많고 마음도 여린 조 선재는 내가 아이들과의 사이에서 말실수하거나 인간관계에서 갈등하고 있을 때는 침착하게 조언을 해주는 친구이기도 하다….

23년 전 가위바위보에서 내가 졌더라면 나는 친구이자 아내인 조 선재를 반려자로 만날 수 없었을 것이다.

나는 나쁜 남자이다. 그러나 나에게는 나를 밝혀주고 서로의 지표가 되어주는 별이 있다.

아내와 아들과 딸이….

마지막 운동회의 추억

이승형 | 소상공인 시장진흥공단 전문위원 |

막내딸 초등학교 운동회에서 김밥을 먹으며, 어린 시절 추억에 잠겨본다.

그러니까 10년 전, 2004년의 어느 가을날, 당시 나는 중학생 아들과 초등학생 딸을 두고 있었는데, 초등학생 딸의 마지막 운동회 날이라서, 집안이 새벽부터 부산하다.

"엄마 김밥."

"엄마는 오늘 바빠서…."

우리 어린 시절의 운동회 날이면, 온 동네 사람들이 모여서 이웃 마을과 잔치를 벌이고 하던 기억이 퍼뜩 스치고 지나간다. 삶은 밤이며, 고구마에 땅콩…. 운동장 가득히 메운 동네 사람들. 그런 기억들이 생생한데 벌써 우리 막내가 초등학교 졸업반이라서 마지막 운동회를 한다고 한다.

나도 딸의 운동회에 가고 싶었다. 회사에는 관공서에 업무상 볼 일이 있다고 거짓말을 하고서 딸아이의 학교로 달려갔다. 점심시간에 맞추어서 딸아이가 좋아하는 피자 한 판을 사 들고서 갔다. 학교에는 어머니와 아버지가 손주 딸 운동회에 벌써 와 계셨다.

운동회에서 오전의 마지막 경기는 그 옛날과 마찬가지로 모래주머니 게임이었다. 아이들이 모래주머니로 바구니를 터뜨리자, 일제히 함성과 함께 '즐거운 점심시간'이라는 글씨가 나타났다. 학교 안은 시장의 먹자골목보다 시끌벅적하였다. 점심시간이 되니 운동장 복도 화단까지 난리법석이다. 우리는 딸아이의 교실에 점심 식사 자리를 잡았다.

야외용 도시락 통을 펴자 칸칸이 김밥과 김치랑 과일, 삶은 밤, 고구마, 땅콩, 음료수와 피자까지, 즐거운 점심시간이었다. 딸아이는 직장 다니는 자기 엄마가 없다고 자꾸 묻는다.

"엄마는?"

"엄마는 왜 점심시간도 없나요?"

"엄마는 왜 잠깐도 못 와요?"

"엄마 대신 할아버지와 할머니께서 단술까지 직접 만들어 오셨단다."

아버지, 어머니, 나, 딸아이 모두 4명이 함께 싸온 도시락으로 점심 식사를 하다가 어머니께서 갑자기 곤란한 질문을 던졌다,

"야야 김밥이 맛있다. 어미가 요즘 학교에서 연구 수업인지 뭔지 있어서 매우 바쁘다 카더니…. 새벽에 언제 김밥까지 장만했노?"

"아, 예. 뭐…."

"바빠도 이번이 우리 집으로서는 마지막 운동회라서…."

사실인즉, 재래시장에서 사온 김밥에다가, 집사람이 참깨와 참기름으로 요술을 부려서 도시락 통에 담아왔던 것이었다.

얼른 거짓말을 하고서 어릴 적 옛 추억에 잠겼다.

우리 집은 고향에서 아버지가 시골학교 교사여서 그다지 어려운 형편은 아니었다. 그런데도, 어머니는 집에서 농사를 지으며 부업으로 베틀에 앉아서 삼베인 안동포를 짜는 일까지도 하셨다. 맏형에게는 책가방도 사주었지만 둘째 아들인 나에게는 선생 집 아이라고 하기엔 빈티가 줄줄 나도록 책가방도 없이 학교에 보냈다.

학교까지는 산을 두 개나 넘어야 했다. 간혹 산길에서는 병을 고치기 위해 애들 간 빼 먹는다는 문둥이도 눈에 띄었다. 그런데 갑자기 장난꾸러기 고학년 형이 외친다.

"문둥이다."

진짜인지 거짓인지 알 수 없지만, 소리를 듣자마자 우리 또래는 걸음아 날 살려라 하면서, 숨이 끊어지도록 산길을 내달려 마을로 향하였다. 이런 산길엔 운동화가 좋으련만, 명절에 한 두 번 운동화 신어본 게 기억의 전부다.

우리 고향 냇가의 모래는 원산의 명사십리 해수욕장 모래보다 곱고 희다. 내가 놀던 냇물이 십 리 정도를 흘러가면 육지의 섬마을 예천 회룡포를 휘감아 돌아내려 간다. 우리는 그 냇물의 하얀 모래에서 시간 가는 줄 모르고 놀았다. 냇가에서는 고무신으로 고기도 잡고, 백사장에 모래 도로를 만들고, 고무신 자동차로 신 나게 달렸다. 고무신은 우리의 다목적 장난감이었다. 이런 재미난 시간이 지나면 또 고무신이 빨리 닳았으면 하는 마음도 숨길 수 없었다. 다음에는 혹시 운동화 사주실까?

이런 어설픈 생각도 가끔 해보았다.

그런데 비 갠 어느 여름날 앞 도랑에서 고무신으로 뱃놀이하며 놀다가, 도랑을 따라 흘러들어 간 고무신은 제방 둑 넘어 수로 밖으로 나와야 하는데, 내가 해 질 녘까지 기다려도 나오질 않았다. 잃어버린 고무신 때문에 삼베 짜시던 어머니에게 베틀용 막대기 '베대'로 정신이 번쩍 들도록 종아리를 얻어맞았다. 어머니는 더 질긴 검정 고무신을 사주셨다. 검정 고무신의 슬픈 추억이 빠르게 스쳐 지나갔다.

당시에는 모두 잘 먹지도 잘 입지도 못하고 잘 신지도 못하던 시절이라서 그랬을까? 나는 운동화가 신고 싶은데 어머니는 매번 고무신만 사주셨다. 내가 운동화를 신고 싶다고 몇 번이나 말했음에도 불구하고, 읍내 오일장에 갔다 오신 아버지의 장 보자기에서는 언제나 고무신만 나왔다.

어른이 되고 보니, 현실은 더 냉혹했다. 운동회 며칠 전 휴대전화기 사달라고 졸라대는 중학생 아들과는 몇 차례 전쟁을 치렀다. 제 엄마를 못살게 조르며 휴대폰 사달라고 하면, 아내는 아빠에게 물어보라 하고, 나는 다시 엄마가 허락하면 사 주마 하면서, 서로 미루다가 결국은 소리를 친다.

"학생이 무슨 폰이 필요하니?"
"다른 친구들 모두 가지고 있는데 저만 없어요."

어린 시절 내가 간절히 신고 싶었던 운동화처럼 우리 아들은, 최신 휴대 전화기가 그렇게 갖고 싶은 모양이다. 어린 시절, 자식이 필요하다는 건 모두 갖게 해주는 게 진짜 부모라며, 투덜거렸는데 내가 어른이 된 지금, 아이가 원하는 것, 그 작은 소망마저도 당시와 비슷하게 묵살하며 살아가는 처지가 되었다. 이것도 대물림인가.

세월의 흐름 속에서도, 소싯적 우리 아버지가 우리를 키우시던 그 모습 그대로, 어찌 그리도 그렇게 닮아가고 있는지, 지금의 현실이 오히려 재미있다.

마지막 운동회에서 부모님과 김밥을 함께 먹으며 나는 어린 시절을 영화의 한 장면처럼 머리에 떠올렸다. 그리고 어머니께.

어머니!

오늘 김밥은 집에서 만든 게 아니라 시장에서 사온 김밥이지만 집안의 화목을 위하여, 제가 선의로 거짓말을 하였습니다. 하지만 당신을 사랑하는 마음만은 거짓이 아니고 진실입니다.

어머니 사랑합니다. 오래오래 사세요! 나도 살아보니, 생활 현실은 방송 프로그램 '체험 삶의 현장'처럼 장난이 아니더군요. 날로 오르는 물가와 생계비. 항상 오르지 않는 얇은 월급봉투에 아이들의 사교육비와 전쟁을 치르고 나니 당시 부모님은 왜 그렇게 고무신만 사 주셨는지 이해하게 되었습니다. 당신들은 잘 입지도 잘 먹지도, 잘 놀지도 못하고 알뜰살뜰 모아서 우리 자식들 시골에서 도회지로 유학 보내려고 종잣돈이 필요하여 모으신 것임을 깨닫고는 이젠 나도, 부모님 심정을 헤아릴 듯합니다. 나의 지금 현실과 추억이 겹쳐집니다. 아름답고도 슬픈 추억 때문에 오히려 행복합니다. 나 또한 아버지처럼 운동화 신기는 부모가 아니라고 아들에게 외면도 당하지만, 먼 훗날 아들도, 아비의 마음을 이해할 때가 올 것이라 믿으며, 부족함 속에서도 행복하게 살아가길 바랄 뿐입니다. 추억은 언제나 아름다운 것 같습니다. 언제나 달려가고 싶은 고향이 있고, 나의 아버지가 고민한 고민을 대물림하여 먼 훗날 다시 고민해줄 사람이 있고, 아껴주는 가족이 있고, 이야기하고 놀아줄 친구가 있다면, 우리는 모두 행복한 사람입니다.

오늘 하루도 운동화와 고무신 사이에서 2G폰과 4G폰 사이에서 고민하며 살아가는 우리. 현실은 항상 부족한 게 사실이지요. 작은 일에서도 행복을 찾고 행복을 느끼며, 작은 행복들이 하나씩 하나씩 모이면 그것이 큰 행복이 되겠지요. 행복은 사소한 곳에서 가족들의 사랑에서 나오는 그 작디작은 것이 아니겠어요?

내 맘 속에 별이 되신 어머니

이원석 | 상해 한상실업유한공사 대표 |

2003년 10월 1일은 나에게는 평생 잊지 못할 가슴 아픈 날이다. 세상 모든 어머니가 그러하듯 아들인 나를 세상 누구보다 사랑하셨고 지지해 주셨고, 내가 원할 때면 언제든 그 자리에 있어 주셨던 어머니께서 내 가슴 속에 영원히 빛나는 영롱한 별이 된 날이기에….

구름 한 점 없는 하늘이 서럽게 푸르던 2003년 10월 1일, 흐드러지게 핀 길가 코스모스의 마지막 배웅을 받으시며 성당공원 묘지 한 편에 어머니는 조용히 고단했던 삶의 짐을 내려놓으셨다. 대구 연초제조창 한 직장을 천직 삼아 공무원으로 36년간 재직하시면서, 평생을 아버지 빚 청산에서부터 자식과 시댁, 친정 부모님까지 뒷바라지하시며, 말년에 쇠약해진 몸에 병환으로 고생만 하시다가 마침내 별이 되신 어머니. 지금도 어머니 생각이 떠오를 때면 어머니께서 혼자 감당해야 했을 수 없이 많은 고통과 모진 역경들이 한 올 한 올 되살아난다.

당시 중국 주재원으로 근무하던 나는 어머니께서 위급하시다는 전화를 받고 급하게 비행기 표를 마련해 귀국했다. 두 시간의 비행이 왜 그렇게 길게 느껴지던지, 손이라도 한번 잡을 수 있게 해달라는 기도를 수도 없이 되뇌면서.

인천공항에 도착하자마자 렌터카를 빌려 한달음에 대구까지 내달려 본가에 도착한 시간이 새벽 1시 반. 집 벨을 눌렀을 때 문을 열어 주는 이는 귀에 익숙한 어머니의 목소리가 아닌 형수님이었다. 문이 열리자마자 형수님이 나를 끌어안고 우셨다. 그 순간 모든 시간이 갑자기 정지되었다. 나는 숨까지 멎어버린 죽음과도 같은 상태가 되었다. '충격'이란 말로도 형언할 수 없는 그때는 과거와 현재, 미래가 모두 아득한 한 점이 되는 순간이었다. 언제든 전화를 걸면 받으시고, 언제든 문을 두드리면 열어주셨고, 항상 그 자리를 지켜 주셨던, 한여름 버드나무처럼 그 자리에서 그늘이 되어주셨던 어머니의 부재를 처음 느끼는 순간, 내 몸은 화석이 되어 버렸다.

장례식 후 어머님의 유품을 정리했다. 검소와 절약이 몸에 밴 어머니. 수십 년을 입어 해어진 외출복과 몇 벌 되지 않은 낮익은 코트며, 블라우스들. 기쁜 날, 슬픈 날, 고단했던 날들을 수십 년간 함께 하며, 그 역경만큼이나 빛바랜 옷들을 하염없이 바라보는 순간, 그 긴 어둠의 터널과도 같았던 고통의 시간들이 비단이 풀리듯 한 편의 파노라마처럼 펼쳐져 지나갔다.

어린 시절 나는 어머니의 퇴근 시간이 가까워지면 매일 같은 시간에 시계추가 올라갔다 내려오듯 골목길 입구로 마중 나가 똑같은 자리에

서서 어머니 모습이 나타나길 하염없이 기다리곤 했다. 어머니의 모습이 보이면 나는 어머니의 품으로 달려갔다. 어머니는 어린 나의 모습이 안타까워 함박웃음으로 힘껏 안아 주었다. 넓고 깊은 바다와도 같았던 어머니의 품으로 5살 꼬마는 풍덩 다이빙했다. 사방이 엄마의 아늑한 품이고 향긋한 냄새로 가득 찼었다. 초등학교 입학 때부터 하교 후 돌볼 사람이 없어 어머니 퇴근 때까지 혼자 점심과 숙제를 해결했던 나였기에, 어머니는 나에게는 가여움과 미안함으로 눈 감으시는 그 날까지 매 한대, 큰소리 한번 치지 않으셨다. 그 큰사랑과 애틋한 마음이 이제는 내게로 이어져 마흔이 되어 늦게 본 아들을 애틋하게 바라본다.

중학교 1학년, 구정을 하루 앞두고, 강정을 주문해 놓고 마지막 차례를 기다리던 그 날, 관리과에서 회계를 담당하셨던 어머니는 연말 봉급 정산으로 잔업을 할 수밖에 없었고, 퇴근하는 대로 강정을 주문한 방앗간에서 만나기로 했다. 그날따라 날씨는 왜 또 그렇게 추운지, 한겨울 찬 공기는 스멀스멀 허술한 옷깃 사이로 기어들어 와 살 속을 저미는 듯했다. 70년대 삶의 피곤함만큼이나 멀리서 축축 늘어지며 들려오던 늦은 겨울밤 교회 종소리는 추위에 떨던 내 귀와 손등과 발등에 우수수 얼음이 되어 내렸다. 강정은 다 되었으나, 기다리던 어머니는 방앗간 문 닫을 10시쯤이 돼서야 추위에 얼어 백지장 같은 얼굴로 도착하셨다. 언 손을 비비며, 어머니와 둘이 강정을 담은 커다란 비닐포대를 메고 갔던 그 밤, 얼음 같았던 어머니의 옷자락….

대명동 대구고등학교부터 경상중학까지 버스 세 정거장 거리를 걸어서 통학했다. 남대구 우체국 앞을 지날 때면 얼마나 춥던지, 겨울에는 항상 손과 볼이 얼어 있었다. 당시 유행하던 교복 위에 걸치는 외투를 사줄 여유가 없어 꽁꽁 얼어붙은 내 볼과 손을 어루만지며, 가슴 아파하시던 어머니. 언 볼을 비벼주며 가만히 얼굴을 안아주시던 그 따뜻한 손길이 마냥 그립다.

중학교 3학년에 찾아온 아들의 사춘기, 반항하고 불평만 하던 나를, 메아리를 품는 깊은 골짜기처럼, 한없이 받아들이고 토닥여 주시던 어머니의 그 포근하고 따뜻한 음성이 지금도 귀에 쟁쟁하다. 사춘기 후유증으로 고등학교 입학 후 성적이 바닥을 헤매고 있을 때도 공부하라는 소리 한마디 하지 않으시고, 역정 한 번 내시지 않은 어머니는 여전히 나를 최고의 아들로 믿어 주셨다. 하지만 그 속이야 어땠으랴…. 고 2가 돼서야 힘들게 생활하는 어머니 생각에 뒤늦게 공부를 시작해 대학에 입학하고 나서야, 어릴 적 품에 안겼던 순간 보았던 어머니의 그 함박웃음을 다시 볼 수 있었다.

입대하던 날 아침, 절을 하고 돌아서는 나를 힘껏 안아주시며, 헤어질 때 못내 떨어지지 않는 발걸음으로 자꾸 뒤를 돌아보시면서 출근하시던 어머니의 뒷모습에서 우주를 덮고도 남을 사랑의 그림자를 보았다. 논산훈련소 입소 2주차, 일생 처음으로 어머니 편지를 받았다. 편지지 3장에 단정하게 써내려 간 편지에는 어머니 냄새가 물씬 났다. 어두침침한 붉은 취침 등 아래서 모포를 뒤집어쓴 채 눈물을 훔치며, 몇 번이고 반복해 편지를 읽고 또 읽었다. 한 자 한 자 어머니의 염려와 당부로 가득 채워진 편지에는, 훈련을 무사히 잘 받기를 바라는 바람이 절절히 묻어 있었다.

육군 25사단 수색대에 배치를 받아 첫 공수훈련을 받던 일요일(그 전날 염동균 선수가 타이틀전에서 패했다), 대구에서 동두천까지 그 먼 길을 어머니와 아버지가 면회를 오셨다. 훈련기간이라 외출도 못 하고 훈련장 솔밭에서 세 식구가 '쭈쭈바'로 겨우 40여 분 남짓 너무나도 허무하고 짧은 면회를 끝내야 했다. 버스정류장까지 배웅하고 훈련장 입구 키다리 플라타너스가 도열한 긴 길을 돌아오면서 아쉬움에 자꾸 뒤가 돌아봐졌다. 두 분의 모습이 작아질수록 큰 뿔테 안경 속 안쓰러워 하시던 어머니의 눈빛이 클로즈업되어 내 눈에는 끊임없이 눈물이 흘러내렸다. 그렇게 눈물범벅이 되어 숙영지로 돌아왔었다.

대학 졸업 후 잘 나가던 직장을 그만두고 사업을 시작했지만, 3년 만에 도산해 대구로 돌아왔을 때 내 수중에는 돈 한 푼 남아 있지 않았다. 당시 내 나이 35세 노총각, 못난 아들 걱정에 노심초사하시면서 새벽녘 내 방 문턱에서 나지막이 나를 깨우고 걱정스러움에 속삭이듯 이것저것 물어보며 용기를 주시던 어머니. 어머니는 암 후유증으로 40대부터 오른쪽 다리 부종으로 허벅지와 발목이 많이 부었다. 통나무같이 무거운 어머니의 다리. 구부리기도 걷기도 힘들어하셨다. 어머니, 딸, 며느리, 아내로서의 모든 역할은 가녀린 한 여인의 어깨 위에 지워진 운명의 십자가였다. 육신의 고통 중에도 그 모든 역할을 한 몸으로 해내시고 마지막까지 당신을 소진하신 어머니. 평소에 강단이 있으셔서 눈물을 보이지 않았던 어머니도 돌아가시기 하루 전날 밤 새벽에 그렇게 서럽게 우셨다고 한다. 내색 한번 하지 않았던 덧없이 흘러간 모진 그 세월이 억울하고 슬프셨나 보다. 결국 다음날 평생 지고 있던 무겁고 힘들기만 했던 십자가를 마침내 내려놓으셨다.

불효자가 제일 많이 운다고 했던가? 이렇게 걱정만 끼쳐드리고 평소에 사랑한다는 따뜻한 말 한마디 제대로 못 하고 마지막 임종마저 지키지 못한 무심한 불효자는 영결미사 내내 흐르는 눈물을 주체할 수 없었다. 어머니의 깊고 깊은 사랑을 사무치게 느끼면서…. 프랑스의 교육사상가 랑 구랄은 말했다. "저울의 한쪽 편에 세계를 놓고, 다른 한쪽 편에 어머니를 놓는다면 세계 편이 훨씬 가벼울 것이다."라고. 또 "신은 어디에나 있을 수 없어 대신 어머니를 만들었다."다는 말처럼, 나에게 어머니는 세계의 전부이자 나의 수호신이셨다.

사랑합니다. 감사합니다. 죄송합니다. 이 불효자는 어머니가 겪으신 모진 세월을 생각하면, 당신의 한없는 사랑을 생각하면, 눈물이 앞섭니다. 꿈속에라도 뵙고 싶습니다. 어머니의 바다 같은 그 품에 풍덩 빠지고 싶습니다. 너무나 보고 싶고, 그립습니다.

사랑합니다. 어머니.

반갑다 친구야

이상근 | 발전산업신문 사장 |

1. 장인의 도포자락

아내의 친정아버지이자 내게는 장인이신 아이들 외할아버지는 어질기로 소문난 분이다. 사위도 자식인데 마음에 안 들고 서운할 때도 있으련만 결혼 생활 30년이 되도록 얼굴 찌푸린 모습조차 뵌 적이 없다. 술, 담배도 하지 않으시는 장인인지라 조금은 어렵기도 하지만 골초에다 애주가인 두 집 사위를 위해 해외여행이나 집을 방문하실 때면 술과 담배를 빠짐없이 챙기곤 한다. 또한 장인은 집안에서도 처신 잘하시기로 소문난 분으로 과거 상당수 친인척들이 처가 신세를 졌다는 말에 내심 "장가는 잘 갔구나."라는 생각을 했었다.

내가 장인의 폭포수 같은 눈물을 처음으로 본 것은 결혼 직후인 1984년 2월 말 '신행' 때였다. 결혼식을 마치고 신혼여행을 다녀온 후 처가에서 하룻밤을 보낸 딸을 시부모가 사는 '시가'에 처음으로 데려다 주는 말 그대로 '인수인계의 날'이었다. 이날 장인은 43상자나 되는 이바지 음식과 함께 검정 도포를 걸친 한복 차림으로 우리 집을 방문했다. 아직은 서먹서먹하기만 한 사돈과 인사를 나누자마자 두 눈이 충혈되면서 고장 난 수도꼭지처럼 눈물을 흘리기 시작했다.

"20년 넘게 고이 길러온 첫 딸을 이제 영영 떠나보낸다."고 생각하신 듯했으리라. 동석했던 아내와 나 역시 가슴이 뭉클해 졌다(딸 가진 아버지의 마음이 저렇구나…). "부족한 여식이지만 잘 부탁 드린다."는 마지막 인사를 끝으로 집을 나선 장인은, 여전히 눈물을 훔치며 얼굴을 감쌌고, 그때 그 모습은 '겨울의 끝자락에서 황망히 펄럭이는 도포 자락'으로 내 가슴에 남았다. 수십 년 전의 일이지만 그날따라 유난히도 스산하게 펄럭이던 '장인의 도포 자락'을 한 번도 잊은 적이 없다. "사위여 눈에 넣어도 아프지 않은 내 딸을 잘 부탁한다." 무언의 메시지로.

살다 보면 부부는 별것 아닌 일로 티격태격하기 마련이다. '부부싸움은 칼로 물 베기'라지만 어느 날 아내와 나는 성질 급한 내가 먼저 따진 일로 급기야 휴지통이 날아가고 식탁 유리가 깨지는 치졸한 전면전을 벌이고야 말았다. 항상 그랬지만 사안의 부당성을 조목조목 따져야 직성이 풀리는 직업적 기질이 발동한 것이다. 그 순간, 홀연히 내 눈앞에는 그때 그 '장인의 도포 자락'이 펄럭이기 시작했다. 그것도 아주 생생하게….

결혼 후 그 날 처음으로 남자의 자존심을 접고 아내에게 먼저 사과를 하고야 말았다. 별일 아닌 일로 당신의 딸 눈물까지 흘리게 한 덜떨어진 사위에게 말 없는 환영으로 보여준 '장인의 도포 자락' 때문이다. 그때부터 부부 싸움 고비마다 내게는 항시 '장인의 도포 자락'이라는 성능 좋은 브레이크가 작동하는 것을 느끼곤 한다.

세월이 흘러 결혼 30년 만에 큰딸을 시집보내게 되었다. 덜떨어진 사위 입장에서 이제는 장인의 처지가 된 것이다. 딸 둘의 아버지로 살아오면서 장인의 롤 모델이 되고자 늘 다짐했지만 똑같은 상황에서 마침내 사달을 내고야 말았다. 그토록 인자하신 장인이 노발대발한 사건을 나 스스로 자초한 것이다.

사건의 발단은 큰딸 신행 보내기 전날 울산에서 교직에 몸담은 동창방 선택 군과 함께 울산과 포항을 오가며 모임을 즐기고 있었다. 하루만 놀다가 신행 보내는 아침 일찍 대구로 가서 그 옛날의 장인처럼 이바지 음식과 딸을 데리고 시집인 부산으로 함께 가야 마땅했다. 그러나 노후를 같이 살아보자는 제안을 하면서 1박 2일 동행한 친구의 눈빛이 너무 선했을까. 신행 당일 아침 경주로 이동해 헤어지기 전 딱 한 잔만 하자고 했던 해장술에 취해 결국 나 대신 아내가 신행길에 나서게 한 것이다.

이제나저제나 올까 기다리던 장인이 결국은 외손녀 아비인 사위가 신행을 함께 갈 수 없는 만취상태인 줄 알고 화가 난 것은 너무나 당연했으리라. 무엇보다 그날 그 사건은 나 자신이 장인으로서 사위에게 무언의 메시지를 전해주기는커녕 오로지 친구가 좋아 딸의 신행 길조차 따라가지 못한 '황당한 장인'이 되고 말았으니, 후일 딸 부부 다툼 때 사위에게 과연 나란 존재는 어떤 환영으로 나타날지 걱정이다.

2. 반갑다 친구야!

어느 해 연말 아내와 나는 결혼 후 처음으로 단둘이서만 콘서트장을 다녀왔다. 해놓은 것 없이 또 나이만 먹는 세월의 향수 탓일까. 아내가 마련한 콘서트장에 흔쾌히 따라나선 것이다. 적지 않은 세월을 함께 살아오면서 가족들과 함께 뮤지컬이나 연극, 오페라 등은 관람한 적은 있었지만, 아내와 단둘이서 그것도 가수가 직접 나오는 콘서트를 함께 가기는 정말이지 처음이었다. 그 콘서트는 다름 아닌 70년대와 80년대에 학창시절을 보낸 40, 50대 세대들을 겨냥한 '반갑다 친구야!–7080 콘서트'로 아내가 준비한, 둘만의 송년회 행사이기도 했다.

제법 쌀쌀한 날씨 속에서도 공연장은 우리 나이 또래 중년들로 붐볐다. 공연을 기다리면서 야외에 마련된 모닥불 옆에서 아내가 까주는 군밤을 안주로, 무료로 나눠주는 생맥주를 마셔가며 모처럼 만의 오붓한 시간을 보내는 동안 아내와 나는 80년대 초반의 젊은 그 시절로 돌아간 듯했다.

머리에 새치가 나고 배에 군살이 붙은 중년 아저씨와 아줌마들로 객석을 가득 메운 '7080 콘서트' 장 역시 아저씨와 아줌마로 변해버린 그 때 그 가수들이 부르는 노래에 다 함께 열광했다. 난생처음 경험한 아내와 나조차도 신세대 소녀 팬처럼 '깜빡이 등'을 머리 높여 흔들어 가며 노래를 따라 불렀다. 그 자리에 함께한 생전 처음 만난 아저씨, 아줌마들도 어느 사이 흘러가버린 '청춘'을 아쉬워하며 그 옛날 자신들의 연애시절을 되돌아보게 하였던 것 같다. 사실 나는 세상에서 가장 적은 돈을 투자해 아내를 얻은 남자라는 자부심(?)이 있다. 단돈 1백 원밖에 들지 않았으니까.

사연은 이렇다. 결혼 전, 부친은 고혈압으로 상당히 위독한 건강상태를 보이며 환갑을 목전에 두고 계셨다. 어느 날 나를 부르신 어머님은 "아무래도 외동아들인 네가 하루빨리 결혼을 해야 할 것 같으니 아는 애, 아무나 한번 데려와 보라"는 것이다. 한편으로 어이가 없었지만 그 순간 서클 후배 하나가 머리에 떠올랐다. 당시 대학 새내기였던 아내는 선배로만 알고 지내던 사람이, 어느 날인가부터 다짜고짜 결혼을 전제로 덤비는, 그것도 일등병 군바리로 변신한 나를 기막혀했었다. 학교로 찾아가도 수업을 핑계로 만나주지 않는 아내의 강의실에 어느 날 무작정 쳐들어갔다.

신성한(그때만 해도 그랬다.) 교수 전용 출입문을 힘차게 노크하고 들어선 나는 절도 있게 거수경례를 하며 "이상근 일병, 교수님께 용무 있어 찾아 왔습니다."라고 신고를 했다. 5백여 명의 학생이 꽉 들어찬 대형 강의실은 일순간 정적에 휩싸였고, 불식간에 일어난 상황에 교수님조차 한동안 노려보기만 했다. 사태를 짐작한 교수님. "그래 일등병 친구, 용건이 뭔가?" "○○과 ○○○학생 면회를 요청하니 허락해 주시기 바랍니다." 그제서야 강의실은 폭소의 도가니로 변했고 그 와중에도 얼굴이 홍당무가 된 아내가 좌석 밑으로 고개 숙이는 모습이 명확하게 눈에 들어왔다. '멋있다'(주로 여학생)와 '남자 망신 다 시킨다'(주로 남학생)의 뒤섞인 평가 속에서 교수님은 이렇게 말했다.

"방금 이 군인이 호명한 학생은 수업에 빠져도 좋다(이때 사건은 아내 학교의 '전설'로 남아 있다)…."

이날 꼼짝없이 나와 동행하게 된 아내는 버스 앞, 뒷좌석에 나란히 앉아 말없이 시내로 향하고 있었다. 버스에 오르기 전부터 기침을 했던 아내는 분명 감기에 걸린 듯했다. 그 순간 나 자신의 무모한 행동으로 창피를 당한 아내가 감기까지 걸렸다고 생각하니 이날의 거사가 의미 없게 느껴졌다…. 문득 버스가 정차하는 곳에 약국이 있다는 것을 기억한 나는 한마디 말도 없이 불쑥 아내 손을 잡고 약국 문을 밀고 들어갔다. 1백 원을 내밀며 "영진구론산 한 병 주세요."라며 그때 잘 팔렸던 드

링크(당시 가격 1백 원)가 '활력에 좋다'는 얘기를 들었기에.

후일 아내는, 그날 내가 보여준 행동에서 "이 사람이 나를 정말 진심으로 생각하고 있구나." 라고 처음 느꼈다고 고백했다. 그 후 제대를 100일 남겨 놓고 이틀에 한 통씩의 편지를(정확히 50통) 보낸 쪽도 내가 아니라 아내였음은 두말할 나위가 없다. 제대 후 7개월 만에 우리는 '대학 2학년에 복학한 신랑·졸업 2주일 앞둔 신부'로 결혼했다. 일전 아내의 대학동창들이 만난 모임에서 이때 이야기가 다시 화제에 오르자 아내는 작정하듯 한마디 했다.

"그날, 그놈의 영진구론산만 아니었어도…."

'88서울올림픽'이 열리기 정확히 1년 전 서울로 온 우리 부부는 그간 7번을 이사했고, 쥐꼬리 같은 월급만 던져주곤 혼자 설쳐대는 가난한 기자 남편을 만난 아내는 지금도 맞벌이를 하며 생활하고 있다. 그간 만 20년을 '에너지 전문기자'로 살아왔지만, 현실은 아내 앞에선 여전히 작아지는 50대 중반의 사내로 남았을 뿐이다. 다행히 성인이 된 두 딸은 스스로 잘 자라주어 자식 농사는 실패하지 않은 듯하지만.

맞벌이하는 부부 대부분이 부부 둘만의 오붓한 시간을 갖기란 쉽지 않고, 주말 등에 얼굴을 맞댈 기회가 있어도 경제적인 이야기나 아이들 교육문제로 정겨운 대화보다는 얼굴 붉히는 경우가 적지 않다. 결국, 이날 콘서트 공연은 부부의 인연 속에서 무심히 잊고 지냈던 아내의 존재를 새삼 일깨워주기에 충분했다. 늘 가까이 있으면서도 의식하지 못한 오랜 친구처럼. 그날 모처럼 편안한 얼굴로 잠든 아내의 귀에 나지막이 속삭였다.

"반갑다 친구야!"

눈물 많은 남자

임준형 | 꿈이큰아이들 어린이집 원장 |

자존심이 상하는 면이 없지 않지만, 사내대장부는 태어나서 꼭 세 번만 울어야 한다는 유교적 관점에서 본다면 난 그다지 신통치 않은 남자임이 틀림없다. 조그마한 슬픔에도 쉬이 눈시울이 적셔오고, 아린 사연을 조금이라도 접하면 흘러내리는 눈물을 도무지 가눌 수가 없으니 말이다. 아버님께서 돌아가셨을 땐 합법적(?)으로 울 수 있는 경우였다고 볼 때, 내 기억 속엔 특별히 많이 울었던 기억이 두 번 있었다.

하나는 셋째 누님이 돌아가셨을 때다. 누님의 삶이 한 줌 티끌이 되어 낙동강 물 위로 흩어진 시간. 나는 강에 있지 않고 학교에 출석해있었다. 누님을 보내야 하는 슬픔에 복받쳐 첫 수업이 시작되기도 전에 시작된 나의 울음은 1교시와 2교시를 지나도 끝날 줄 몰랐다. 주위에 숙연히 앉아있는 친구들은 물론 수업을 하시는 선생님들도 나를 위로할 수 없었다. 검은색 교복 소맷자락이 눈물로 흥건히 적셔졌음은 물론이다. 결국, 소문을 듣고 오신 담임 선생님께서 나를 불러 조퇴를 종용하시기까지에 이를 정도였다.

또 하나는 내가 서울 유학 중일 때의 일이다. 그때 나는, 나의 인생을 바꿔주신 은사님 댁에서 기거했는데 어느 날 충격적인 비보가 날아왔다. 대구에 계시는 어머니가 당뇨가 심해서 병원에 입원하셨다는 소식이었다. 대쪽보다 더 꿋꿋한 모습으로 혼자서 7남매를 모두 대학까지 교육하셨던 어머니에 대한 고마움과 서러움이 나의 그 넉넉한 눈물보를 가차 없이 폭발시켰던 것이다. 슬피 우는 소리가 멀리까지 들렸던지 아래층에 계시던 은사님까지 내 방으로 달려오셔서 위로 하다못해 결국은 함께 눈물을 흘리시고야 말았다. 나의 눈엔 쌍꺼풀이 있는데, 오른쪽 눈 쌍꺼풀 가운데 조그만 주름이 하나 더 나 있다. 이른바 삼겹풀이다. 그 당시 방에서 얼마나 오랫동안 구슬피 울었던지 그때 눈이 부어 잡힌 주름이 아직까지 흔적으로 남아있는 것이라면 얼마나 많은 사람들이 믿어줄까?

그러나 윤회의 수레바퀴는 예서 끝나는 것이 아니다. 하나 있는 아들 녀석까지 아비의 추종을 불허하는 희대의 눈물샘을 타고났으니…. 하나만 키워본 터라 정확한 육아 단계를 모르지만 여기저기서 주워담은 상식에 의하면 신생아는 태어나면서 울긴 울되 눈물은 없다고 한다. 일정한 기간이 지나야 비로소 눈물을 흘리게 된다고 한다. 아들은 아빠의 어설픈 의학상식마저도 단칼에 무너뜨리고 말았다. 아들은 분만실에서 나온 순간부터 눈물을 흘리기 시작하는데…. 아직 뜨지도 못한 그 좁은 눈구멍으로 스포이트를 야무지게 눌러 솟구쳐 내듯 연신 뜨거운 눈물이 샘처럼 솟아내는 것이 아닌가? 송골송골 맺히는 그 맑은 눈물을 보고 있노라니 그의 인생 속에 영문도 모르게 프로그램된, 아들이 겪어야만 할 삶의 수많은 슬픔과 고난이 참 많이도 애처로워지는데….

하지만 아이의 그 놀라운 눈물을 보시고 순간 내뱉는 어머니의 일성은 참으로 파격적인 것이었다.

"눈물 많은 남자는 믿어도 되니라!"

유교적 관습에만 젖어 사시던 어머님이신지라 틀림없이, 남자 녀석이 눈물이 그리 많다니, 못난 녀석…. 뭐, 이 정도의 평가절하가 이루어지지 않을까? 하며 노심초사하던 가족들은 어머님의 그 말씀에 모두 자못 놀라고 말았다.

자손에 대한 깊은 애정이 한평생 보듬어 오신 생의 철학마저도 단번에 전향시킨 것일까? 어쩌면 그것은 지나치게 눈물이 많은 나에 대한 일종의 우회적 인정(認定)일 수도 있을 것이라는 아전인수식의 해석도 해보았다.

어제는 떠나는 가을의 뒷자락을 좇아 서해의 어느 한 섬을 찾았다. 참 곱기도 한 아늑한 카페에는 떠나는 가을과 오는 겨울이 사이좋게 공존해 있었다. 대형 유리창에 펼쳐진 가없는 갯벌로 시시각각 밀물이 차오르고 바다를 등진 불타는 단풍 숲의 파노라마는 분명 가을의 처절한 매력이었다. 그러나 갖은 나뭇조각이 신비롭게 자리한 벽난로 속에서 따닥따닥 소리 내며 타오르는 장작은 이미 겨울의 서정을 가슴 깊은 곳까지 담아 주었다.

가고 오는 계절의 갈림길에서 쏟아지는 햇살과 밀려오는 바다의 환호성, 그리고 가슴속에 타오르는 겨울의 장작이 어떻게 눈물 많은 남자의 심성을 그냥 두고 있을까? 차오르는 밀물처럼 허우적대는 세월의 흔적

위로 흘러내리는 눈물을 참을 수 없었다. 가을이 가고 겨울이 오는 그 당연한 자연의 일상에서 나는 왜 눈물을 보여야만 하는 것으로 운명되어졌을까?

몇 해 전 중병으로 시달리던 그 가을을 생각하면 정말 인생이 그렇게도 처연할 수가 없다. 병실의 아픈 침상에서 맞았던 세 해의 가을 동안 가족들이 넘어야만 했던 갈등과 슬픔, 내 개인적인 아픔과 상처와 상실들….

사람은 결코 가을에는 아프지 말아야 한다.

이제 기적처럼 부여된 새 삶에의 희망과 쓰라린 아픔의 영상이 혼류하여, 눈물 많은 남자는 흐르는 눈물을 막을 수 없는 것이다. 참으로 아프고 허전했던 병상의 가을을 황망한 서해에 띄워 보내며 사무치는 운명의 폭거와 고독 속에서도, 나는 끝까지 살며 사랑할 수 있다는 아주 작고 아름다운 믿음을 다시금 가슴속에 깊이 새긴다. 눈물 많은 남자는 믿어도 된다는 어머니의 숭고한 철학을 교훈 삼아 앓았던 가을의 내면에 잉태된 숱하게 많은 진실들을 모두 굳게 믿기로 한 것이다.

그래, 이제 가을도 새로운 희망이다.

다가오는 가을에는 나는 다시는 울지 않으련다.

엄마, 엄마, 우리 엄마!

아내에게 감사하며

장동환 | 구미 국민주유소 대표 |

어머니가 돌아가셨다. 92세의 일기로….

다들 장수하셨다 하면서 위로의 덕담을 해 주었지만, 가신지 3년이 다 되어 가는 지금도 어머니를 생각하면 가슴이 먹먹해지니 자식만 가슴에 묻는 것이 아니라 부모도 어느 정도 가슴에 묻는 모양이다.

아버지가 돌아가시고 난 뒤 20여 년을 어머니를 모시고 살았다. 3남 2녀의 막내이지만 형님들은 이 대학 시절부터 집을 떠나 있었던 관계로, 어머니는 어릴 때부터 함께 지낸 막내와 같이 사는 것을 좋아하셨다. 돌아가시기까지 평생을 어머니와 함께 살다 보니 부모 자식 간에도 미운 정, 고운 정이 쌓이는 모양이다. 이제는 못 다함에 대한 후회와 그리움만이 남았지만….

그 시대의 부모들이 다 그리하였듯이 어머니는 교육열이 대단하여 아버지를 설득하여 3남 2녀의 자녀들을 모두 대학에 보냈다. 건축업을 하던 아버지가 친척에게 돈을 떼이는 등 사업 실패로 쉬는 동안, 살림만 하던 어머니는 양계장에서 계란을 사서 다라이(대야)에 담아 머리에 이고 "다랄(계란)사소. 다랄 사소." 하면서 이 골목 저 골목을 다니셨다. 어머니를 졸졸 따라다니면서도 어머니의 그러한 모습이 낯설기도 하고, 골목길에서 친구들을 마주쳤을 때부끄럽기도 했다. 초등학교 때였다.

그러한 어머니의 교육에 대한 열정은 어머니 슬하에서 3명의 박사를 나오게 하였다. 아침마다 가져다 드리는 신문을 읽고, 대통령이 잘하느니 못하느니 하고 정치에 대하여 열을 내어 이야기하곤 하셨는데, 연세가 들어감에 따라 차츰 황반변성이 심하여져 한쪽 눈은 실명 상태가 되었고 다른 한쪽도 약시가 되었다. 대구 가톨릭 병원에서 전문의에게 진단과 시술을 받았지만, 더 이상의 치료방법이 없다 하여 약만 받아와서 잡수시곤 했다.

구미에 살면서도 대구에 있을 때부터 다니시던 경산에 있는 기도원을 한 달에 1, 2번 다녀오셨는데, 내가 모시고 가든지 아니면 혼자서 시외버스를 갈아타고서 며칠씩 계시다가 오셨다. 시력이 안 좋아지고 있는 상태여서 혼자서는 못 가시게 해도 황소고집이시라 말릴 수 없었다. 어느 날 어머니가 경산에서 돌아오셔서 아주 기분 좋은 듯이 말씀 하셨다. 대구 북부 정류장 근처에서 어떤 젊은이-어머니 보시기에-가 어머니를 보니 돌아가신 자기 엄마 생각이 난다며 근처에서 국밥을 사주어서 맛있게 먹고 왔다고 하셨다. 그 사람의 아련한 마음이 그대로 전해져 왔다. 연세가 드심에 따라 시력이 좀 더 나빠지고 초기 증상을 보이던 치매도 심해져서 경산은 못 가시게 하고 동네 경로당에 모시다 드리고 모셔오곤 했다.

우리 살림집은 주유소 2층으로 전체 평수로는 큰 편이나 방 2개, 거실, 주방 등으로 되어있다. 방 하나를 어머니, 다른 하나를 외동딸에게 주고 나니 우리 부부의 침실은 자연히 거실이 되었다. 잘 때는 거실과 부엌 사이에 커튼을 닫으면 나름 아늑한 방이 되었다. 2층 거실은 주유소 마당을 내려 볼 수 있게 이중 통유리로 밀폐되어 있는데, 어머니는 찬바람이 불어오면 우리가 춥다고 피아노 의자를 밟고 올라가 어디에서 구했는지 옷핀으로 커튼과 커튼 사이를 총총히 꿰매어 놓으시곤 했다. 찬바람이 들어올 수 없다고 아무리 말씀드려도 노쇠해진 어머니의 지력으로는 이해할 수 없으셨고, 행여 의자를 딛고 오르내리다가 실족하여 다칠까 봐 화를 내면서 야단쳤으나 어느 날 일하다가 들어오면 또 꿰매어 놓으시곤 했다. 그렇게 총총히 옷핀이 꽂힌 커튼에는 어머니의 맹목적인 자식 사랑이 수놓아 있다.

치매 증상이 점점 심하여져서 돈이 없어졌다고 장롱을 한나절 동안 뒤지기도 하고 새벽같이 일어나 도둑놈이 방에 들어왔다고 소리치시곤 했다. 어느 날은 아침을 준비하는 아내를 따라다니면서 온갖 못 할 소리, 견디기 어려운 언어적 폭력을 행사하기도 했다. 아내는 어머니를 자식으로서 헌신적으로 모셨다. 어머니도 병이 깊어지기 전까지는 주변 사람들에게 늘 '우리 상은이, 우리 상은이' 하면서 며느리 자랑을 하고 사랑하셨다.

군위에서 정형외과 병원을 운영하던 집의 맏딸로서 별 어려움 없이 지내다가, 막내인 나에게 시집와서 형들을 제쳐두고 어머니를 모시게 되었어도 싫은 내색은 하지 않았다. 어느 집이든 어머니가 원하고 편하게 계실 곳에서 모시면 된다고 했다.

잔정이 많고 자식 사랑이 유달랐던 어머니가 점점 정신이 황폐해지고 아내를 너무 힘들게 할 때는–어느 날은 전쟁을 치르듯 정신이 없었다– 아이 보기에도 그렇고 아내에게도 너무 미안하여 조카들을 다 출가 시키고 두 부부만 사는 형님들이 어머니를 좀 모셨으면 하는 생각도 들었지만 어머니와 형수들의 사이가 원만하지 못하였고 병든 지금에야 더더욱 어머니를 모실 수도 없었다. 형제들과 의논 후 어머니를 구미 산동에 있는 요양원에 모시고 갔다.

안 가시려는 어머니를 억지로 설득하여 모시다 드리고 나오는데, 요양원 문 앞에서 신발도 제대로 신지 않고 따라 나와 잘 보이지 않는 눈으로 더듬거리며 "동환아, 동환아"라고 부르는 어머니를 떼어 놓고 나오니 마음이 너무 아파, 통곡하면서 운전하고 왔다. 운전대 위로 눈물이 뚝뚝 떨어졌다.

"엄마, 엄마 우리 엄마."

한 부모는 열 자식을 키우는데 열 자식은 한 부모도 못 모시나 하고…. 글을 쓰는 이 순간에도 눈물이 나니 어머니는 언제나 나에게 현재 진행형인 모양이다. 2~3일에 한 번씩 찾아뵈었지만, 집에 계실 때보다 몸이 쇠약해진 것 같아 요양원에 모신지 3개월 만에 다시 집으로 모셨다. 아내와 상의를 한 후 마침 혼자되시고 70대이신 장모님이 어머니와 같이 잘 지낼 수 있다고 하셔서 주유소 근처에 아파트를 얻어 두 분이 같이 사시도록 조치를 하였다. 장모님이 잘 돌보아 주셨고 어머니도 다른 사람들에게는 공격적이지 않아 매일 아파트 경로당에 모시다 드리고 모셔오곤 했다. 두 어른이 같이 계신지 3개월쯤 뒤 어머니는 경로당에서 뒤로 넘어지셨고, 그 이후 줄곧 병원에서 입원해 치료를 받았으나 회복되지 못하고 돌아가셨다. 혼수상태가 심하여져 아무도 몰라 볼 때도 내가 "엄마. 내가 누고?"라고 하면 희미한 미소를 지으시면서 "우리 동환이, 내 동환이"라고 하셨다.

한 어머니가 가시니 한 어머니(장모님)가 내 곁에 오셨다. 아내가 어머니를 잘 모셨듯이 이제는 내가 장모님을 잘 모실 차례다.

어려운 여건에서도 책임이 덜한 막내임에도 불평 없이 어머니를 잘 모셔준 아내가 너무나 고맙다. 아내는 어머니를 모시는 것이 은혜요 감사라고 했다. 신앙의 힘이었다. 임종 볼 자식 따로 있다는 말이 있듯이, 자식 여럿 있어도 부모 모실 자식은 따로 있는 모양이다.

지금도 길을 걷거나 차를 타고 가면 노인들이 먼저 눈에 들어오고, 어머니와 함께 다녔던 곳이나 어머니가 앉아 쉬시던 곳이 보이면 어머니에 대한 그리움이 다시금 피어나곤 한다. 이제라도 길을 걷다가 어머니 닮은 노인을 만나면, 돌아가신 엄마가 생각난다며 그분을 모시고 따뜻한 국밥 한 그릇을 대접해야겠다.

아버지의 눈물

장종호 | 우일특수금속 대표 |

"장기준님! 10시25분 운명 하셨습니다."

순간 중환자실 젊은 의사의 멱살을 잡고 싶었지만, 급하게 병실로 빨려 들어갔고 아무런 말없이 웃는 얼굴로 계신 아버지의 손목에 내가 기도하며 차고 다니던 염주를 감아드린다.

오늘 운명하실 것 같은 예감에, 나는 몇 분 전 분주히 들어가는 젊은 의사에게 같이 들어가겠다고 말하였고, 기계적으로 거절당한 지 불과 십 여분, 중환자실 앞에서 24시간 교대로 대기하였건만 아무도 임종을 지키지 못한 것이 못내 화를 치밀게 하는 순간이었다.

막내아들인 내가 군에 가던 날 대구역 플랫폼에 친구 두 분과 같이 나오신 아버지는 나에게 처음으로 눈물을 보이셨다. 내 위로 두 명의 아들이 더 있지만 유독 막내에게 푸근하셨던 당신의 첫 눈물은 무사히 몸 건강히 잘 견디고 오라는 뜻이었을 거다. 난 아들이 없는 딸딸이 아빠라 그때 아버지의 눈물을 대물림하는 경험은 할 수가 없다. 훈련소에 입대 후 예방접종을하고 흘린 핏자국이 있는 사복을 배송받고 그렇게도 우셨고 내가 제대하는 날, 세탁도 하지 않고 보관해 오던 피 묻은 속옷을 태우셨다.

할머니가 우리의 곁을 떠나신 때에도 아버지의 진한 눈물을 다시 볼 수 있었다. 엄청난 기억력을 자랑하시던 할머니는 늦은 저녁을 드시는 아들의 밥상 옆에서 식사 시작부터 끝나고 숭늉을 마시는 그 순간까지 좀 전 TV 뉴스에서 나온 내용을 상세하게, 아니 상세하다기 보다 거의 재방송 수준으로 전달해 주셨고, 아버지는 항상 그 재방송 듣기를 무척 좋아 하셨다. 이제 할머니가 가셨으니 그런 재방송도 들을 수 없음이 한층 더 애통하여 그리도 통곡하며 눈물 쏟으셨을까? 다행스럽게도 나에게는 아직 너무도 덤덤하고 세상의 시끄러움과 담을 쌓고 계시는 어머니가 살아계신다.

내가 밥을 먹을 때 옆에서 이런저런 세상 이야기를 들려준 기억이 거의 없는 나의 어머니, 매주 수요일 점심을 같이 먹는 어머니는 요즘도 별 얘기는 없으시다. 그냥 차를 타고 가까운 교외로 가서 식사하고 노인분들 같이 드시라고 만두 여섯 통을 사서 경로당에 모셔 드리고 오는 그런 코스의 만남이다. 수요일 점심은 막내인 나와 팔순이 훨씬 넘은 어머니와의 당연한 일상이 된 지 삼 년이 지나가고 있다. 어머니가 떠나시면 나 또한 그 당연함이 없어짐에 울음보가 터지면서 내 아버지가 흘리신 그 진한 애통의 눈물을 흘리게 될까? 아버지가 하얀 가루로 변하여 나오는 그때, 내 예방접종의 핏자국을 보고 흘렸을 눈물만큼도 흘리지 못했던 나는, 어머니를 닮았다. 어머니가 돌아가실 때도 그냥 덤덤히 있을 것 같다.

내 위로 두 형이 얼마 되지도 않는 재산 싸움을 일으켜 아버지를 힘들게 하는 사달이 났던 그때쯤, 나는 아버지의 세 번째 눈물을 보았다. 그 눈물은 기쁨의 눈물도 슬픔의 눈물도 아닌 분노의 눈물이고, 세상을 잘 못 살았다는 후회의 눈물이었고, 막내인 나에게 너무도 미안해서 흘리는 미안함의 눈물이셨다. 또한 막내인 나에게 억울해도 참고 너만이라도 조용히 있어 달라는 부탁과 함께 결과적으로 바보같이 살아온 것이 되어버린 아버지의 비애의 눈물이었다. 평생 술을 드시지 않으셨던 그 바보 아비는 몇 날을 막내와 소주잔을 기울이며 눈물을 보이셨고 그 몇 날 후 마음을 정리하시고 막내의 사업체에 같이 신경 쓰시면서 일상으로 돌아오셨다. 그 눈물은 나로 하여금 아들이 꼭 필요하다는 생각을 접게 하였다. 당시 딸 둘이 있었기에 나는 아내에게 아들이 필요없으니-난 자식의 배신으로 눈물 흘리지 않으리라 마음속으로 수백 번 되뇌면서-딸만 잘 키우자고 했고, 지금 두 딸이 우리 곁에 예쁘게 기대어 있다.

이후로는 아버지의 눈물이 아닌 자식인 나의 눈물이 더 많아져야 하는 시기가 되었다. 힘이 많이 빠진 당신의 모습에 더는 어떻게 해 줄 수 없는 나의 한계가 죄송스러워 울었고, 좀 더 기쁘게 해 드리지 못해 속으로 울었다. 유행가처럼 세월은 약이었다. 자식이라는 핏줄은 세월이 흘러가는 만큼 그때의 일들도 잊혀 갔고 바보 아버지와 나도 그렇게 나이를 먹어가고 있었다.

마트에서 장을 보던 중에 "아버지 쓰러지셨다. 빨리 병원으로 와라"는 연락을 받고 달려간 병원에 아버지는 응급실 병상에 반눈을 감고 어떤 말씀도 못하시고 누워계셨다. 뇌출혈이란다.

당장 수술하지도 못한다는 상태, 뇌압이 너무 높아서 머리뼈를 오려내는 시술을 할 것인지, 부기가 빠지기를 기다려 볼 것인지, 인공호흡기를 달 것인지, 결정해야만 하는 자식들로서는 참 암담하고 당혹스러운 시간이 흘러갔다. 회복이 어렵겠다는 통보와 준비를 하라는 이야기를 들었을 때, 내 차 트렁크 안에는 마트에서 장을 본 아버지가 좋아하시던 것들이 아직 실려 있었다.

병원 대기시간이 아닐 때, 난 내가 다니던 팔공산 작은 사찰 부처님 앞에서 거의 깡패 수준이 되어서 매일 기도하고 있었다. 울 아버지 살려 달라고, 울 아버지 안 살려주시면 나 부처님 안 믿을 거라고, 울면서 부탁도 하고 협박도 하면서 날마다 다녔다. 구정이 열흘도 안 남았는데, "이 분은 팔십이 없네!" 그 말에, 구정을 못 넘긴다는 말이 너무 야속해서 구정이라도 넘기게 해 달라고, 일흔아홉이 아닌 여든까지 사시게 해 달라고 빌고 또 빌었다. 지금 생각하면 아무것도 아닌 숫자였는데. 아마 구정 전에 상을 당한다는 것이 너무 부담이 아니었나 하는 속된 생각이 훨씬 더 자리했던 것 같다.

나의 협박이 통해서일까, 구정은 넘기실 것 같은 특이한 꿈을 꾸었고 어떠한 의사 표현도 못하는 그냥 숨만 쉬고 있는 상태로 구정을 넘기면서 집 안 거의 모든 분과 친구분들에게 잠깐씩이나마 생존의 모습을 보여 주셨다. 별 의미도 없는 구정이 지난 이틀 후, 새벽 아버지를 회오리바람에 실어서 하늘로 올려보내고 내가 큰 대자로 잔디에 누운 꿈을 꾸고, 병원으로 달려가면서 모두 불러 모았다. 오늘 아버지 돌아가신다고.

반신반의하면서 병원으로 오는 중이었고 나는 초조하게 중환자실 바로 앞에서 간호사에게 면회시간은 아니지만 한 번만 뵙게 해달라고 부탁했지만 거의 로봇 같은 그들은 거절하기만 했다.

연락받고 뛰어들어가던 의사도, 간호사도 중환자실 문 앞에서 기다리는 자식을 외면한 체, 저희끼리 한 삶의 끝냄을 보고 있었고, 영혼이 빠져나간 뒤, 홀로 기다리는 나를 불러서 미안하다는 말을 한다.

난 그때 아버지의 마지막 눈물을 보았고 그 눈물을 훔쳐 드렸다. 아버지의 그 마지막 눈물은 무엇이었을까? 산고의 고통보다도 더한 말로는 표현할 수 없다는 뇌압의 고통에 흘리신 눈물일까? 아니면 그 고통에서 벗어난다는 기쁨의 눈물일까? 쓰러진 이후 한마디 말도 못하셨고 죽는 순간 손잡아 줄 어떤 가족도 없이 희고 푸른 갑옷을 걸친 로봇 같은 인간들이 옆에 서서 바라보고만 있는 것이 슬퍼서였을까? 훗날 또 한 번의 사건을 미리 예감하시고 막내에게 보내신 미안함의 눈물이었을까.

아버지는 아들로서 당신의 부모님과 당신 자식들을 위하여 또 형제들과 주위의 친, 인척들을 위해서 참 잘 사신 분이다. 또 아버지는 많은 지인을 두시기도 했다. 하지만 아버지는 유언 한마디 못 하시고 우리들과 마지막 눈 맞춤도 못해보고 눈물만 보이고 떠나셨다. 나는 그것이 못내 아쉽다. 유언도 남기고 마지막 눈 맞춤도 하고 그렇게 떠나셨다면 이렇게 가슴 아프지는 않았을 것이다.

나는 유언도 하고, 마지막 눈 맞춤도 하고, 그러고 세상을 떠날 것이다. 마지막 눈물로 자식 가슴을 아프게 하지 않고, 웃음으로, 그나마 힘이 없으면 희미한 눈웃음으로나마 자식들에게 미소를 지으며 그렇게 세상을 뜰 것이다.

운동회와 가정 방문

이 준 | GS글로벌 상무 중국본부장 |

내가 태어난 곳은 경북 의성에서도 오지 중의 오지인 산촌인 일산 세릿골이었다. 어머니가 시집온 의성읍에서 40km 정도 떨어진 삼면이 산으로 둘러싸이고, 봄이면 산등성이에 참꽃이 흐드러지게 피는 마을, 하루에 차가 4번 들어오는 세릿골의 정식명칭은 상리(上里)였다. 말이 40km 정도지, 그 당시에는 운송수단이 변변치 않아 읍내나 면으로 가는 그 거리가 왜 그리도 멀어 보였는지.

우리 마을은 성산 이가(星山李家)들이 주로 모여 사는 집성촌 부락이었다. 아버지는 1924년생이시고, 학령기를 놓쳐 소학교를 4년 정도 다니다 그만두었다고 한다. 어머니는 아버지보다 한 살 연상으로, 안동김씨 집안의 보수적인 외할아버지 밑에서 자랐다. 외삼촌은 정규 고등학교 과정까지 공부했지만, 외할아버지는 여자는 소학교 이상 나오면 팔자가 세다고 해서, 어머니는 소학교만 졸업하셨다. 어머니는 집안일을 돕다가 아버지에게 시집오게 되었고, 아버지는 공부에는 그다지 열의가 없었다. 하지만 어머니는 학구열이 있어, 외삼촌이 배우는 한문책과 한글책을 어깨너머로 배우셨다고 한다.

아버지는 18세인 1942년 일제 강제 징집 등을 피하려고 결혼하셨다. 하지만 결혼 3년째인 1945년 21살 때 일제의 총동원령 발동으로, 6월에 징집되어 집을 떠났다. 하지만 천만다행으로 배를 타기 직전 부산에서 8월 해방을 맞이해서 집으로 돌아오셨다.

어머니는 1944년 낳은 첫 아들을 낳았지만, 태어난 지 석 달도 안 되어 가슴에 묻고, 남편마저 징병으로 떠나보내고는 가슴을 졸였다. 매일 새벽 4시에 시골집 마당에 첫 번째 샘물을 떠놓고 먼동이 틀 때까지 해님과 삼신할매에게 남편의 무사귀환과 세상의 빛도 보지 못한 자식의 극락왕생을 빌었다고 한다. 어머니의 기도가 통했는지 1945년 9월 초 여름밤에 아버지가 거짓말처럼 멀쩡하게 돌아오셨다.

아버지와 어머니는 자식 농사는 열심히 지었다. 어머니는 나위로 누나 둘과 형 넷, 모두 여섯을 낳았으나, 셋은 가슴에 묻고, 결국 누나와 형 둘만 살아서 성장했다. 상당히 늦은 나이이신 38세에 뜻하지 않게 나를 낳아, 나는 바로 위의 작은형과 8년 터울이나 되었다. 내가 태어나서도 허약체질에 잘 먹지 못하고 울기만 해서, 바로 위의 세상 빛을 제대로 못 본 형과 누나처럼 삼신 할매 품으로 가지 않을까 걱정하셨다고 한다. 그러나 한동네 윗골목에 큰아버지와 사시던 할아버지께서 부실하지만, 눈빛만은 아직 괜찮아 보였던 돌도 안 된 막내 손주가 안쓰러워, 나를 안고, 금성면 탑리 읍내까지 5km나 되는 거리를 업고 가서 한의원에 보였다고 한다. 천우신조라고나 할까, 한의사는 엉덩이에 속으로 크게 자라고 있던 종양을 찾아냈고, 제거수술을 했다고 한다. 그렇게 해서 나는 기적적으로 살아난 셈이다(훗날 내가 장성해서 생명의 은인을 찾아뵙고자 그곳을 찾았으나, 그 의원은 돌아가시고, 자식들은 대구로 이사했다고 해서, 결국 만나뵙지 못했다).

그제야 아버지는 한학을 하신 외할아버지를 찾아 주역과 음양오행을 짚어보았다. 외할아버지는 내가 장수하기 위해서는 형제들과 같은 돌림자인 '火'자 변이 든 '煥' 안 된다고 하여, 이미 지었던 이름 '秀煥'은 집에서 부르기만 하는 아명으로 하고, 관명은 외자인 '晙'으로 다시 지어서 신고하셨다. 부모님은 다섯 마지기 남짓 되는 빈농의 가난한 살림에도 불구하고 자식의 공부에는 항상 적극적이셨다. 그래서 나는 네 살 때 처음으로 옆 부락에서 천자문을 가르치는 서당(말이 서당이지, 봄에는 겉보리 다섯 되, 가을에는 나락 다섯 되 주고 학동들 7~8명 가르치는 요즈음 말로 하면 유치원이다)에 다녔다. 당시로서는 몸이 작고 약한 아들을 농사보다는 면서기라도 시켜서, 펜대라도 굴릴 수 있어야 한다는 것이 어머니의 생각이었다. 우리 동네에서는 나 혼자 서당에 다닌 것으로, 요즈음 말로 조기 교육을 받은 셈이다. 학동 중 내가 제일 나이가 어렸고 총명하지는 않았지만, 부모님의 기대를 부응하기 위해 열심히 한 덕분에 한문 습득도 빠른 편이었다.

그때 대부분 또래 아이들은 부엌 취사 및 난방용으로 사용하기 위해, 갈퀴로 '깔비'라는 마른 솔잎을 산에서 긁어오는 일을 하거나 다른 잡다한 집안일을 했다. 하지만 아버지 어머니는 집안일보다는 공부하라고 하셨고 시골에 있는 친가 쪽 아버지 형제분들보다는 외가 쪽 어머니 형제들처럼 번듯하게 교육을 받게 하고 싶어 했다. 그 덕분에 시골에서는 보기 드물게 4~5살에 한글을 익혔고, 한문도 어느 정도 할 수 있게 되어, 또래들보다 한 살 빠른 7살에 지금은 폐교되어 을씨년스런 잡초만 남아있는 일산초등학교에 입학했다. 비록 또래보다는 한 살 어렸지만, 당시 학교명이나 이름, 주변 지명 등을 한자로 쓰는 우수한 학생으로 소문이 났었다.

초등학교 때는 시골의 고작 한 학년 두 반 60~70명 정도가 다니는 학교에서 항상 수위를 달렸다. 그러나 어릴 때도 약하고, 다른 형제들과는 달리 신체도 작고, 거기에다 이름마저 같은 돌림자를 쓰지 않아 어떤 사람들은 내가 배다른 엄마의 아들로 오해한 적도 있었다. 그래서 어머니는 늦게 갑자기 낳은 손주에 가까운 나를 많이 업어주셨고, 품 옆에 두고 항상 걱정스럽게 여기셨다. 그러다 보니 운동은 젬병이어서, 달리기나 운동에서는 항상 뒤처졌다. 따라서 체육이나 운동에서는 큰 기대를 하지 않으시고, 무리하게 하지 말고, 조심하라고 하셨다.

초등학교 4학년 봄 운동회 때 뜻하지 않은 사건이 일어났다. 지금까지 없던 새로운 종목에서 내가 1등을 하게 된 것이다. 새로운 종목은 산수달리기 대회였다. 이는 100m 달리기에 산수 문제를 대입한 경주였다. 즉, 30m 즈음에 산수 문제 카드를 놓고, 60m 즈음에 답을 놓아, 달리면서 문제를 집어서, 중간 30m에서 60m 구간은 계산을 빨리하고, 맞는 답을 골라, 100m 지점에 일찍 도착하는 것이었다. 아니나 다를까 나는 7명이 한 조로 출발했는데, 30m 지점에는 꼴찌로 도착, 남들이 남겨놓은 마지막 남은 문제를 집어 들었다. 문제는 '15×3÷5+4'였다. 답은 13이었는데, 나 이외의 나머지 6명의 친구 중 5명은 바닥에 앉아서 돌이나 나무로 자기가 가진 문제를 계산하고 있고, 1명만 달려서, 60m 지점에서 벌써 답을 집어 들고 있었다.

나는 달리면서 계산하고, 60m 지점에서 13의 답이 적힌 마분지 카드를 들고 2등으로 들어왔다. 내가 2등으로 들어오자 관중석에 있던 우리 어머니는 너무나 기뻐 처음엔 잘못 본 것이 아닌가 하고 있다가 나임을 확신하고, 결승선으로 빠른 걸음으로 오셨다.

그런데 그때 더 큰 사건이 벌어졌다. 1등으로 들어온 영하라는 애가 틀린 답을 가지고 들어온 것이었다. 그래서 내가 졸지에 1등이 되어버린 것이다. 원래 영하는 공부 방면에서는 좀 부족하고, 오히려 운동이나 다른 활동에 더 능력과 소질이 있는 아이였다. 어차피 답을 모르니, 그대로 와서, 아무 답이나 하나 골라잡고 결승선으로 들어온 것이었다. 천만다행으로 영하가 무작위 집은 답은 나의 답인 13은 아니었다.

결승선 가까이 오신 어머니는 내가 1등 한 것을 확인하자, 너무나도 기뻐하셨다. 내색을 심하게 하지 않는 어머니지만, 만면에는 참을 수 없는 기쁨이 가득 차 있었다. 할머니도 같이 오셨는데, 어머니는 시어머니 앞에서 너무 경망스러울까 봐 조심하다가 할머니가 더 기뻐하시니, 어머니도 그제야 같이 기뻐하셨다. 1등 상품은 연필 한 다스와 공책, 그리고 책받침 세트, 2등은 연필 한 다스와 공책, 3등은 연필 한 다스였는데, 상품을 받고 나도 한없이 기뻤다. 그날 또래의 엄마들보다는 십 년이나 더 나이 많으신 어머니는 그 자랑스러운 막내아들의 예고치 않은 기적에 매우 기뻐하셨다. 젊으신 날 어머니의 그 모습은 아직도 내 가슴 속에 또렷이 남아 있다.

당시 시골 풍습상 아버지나 할아버지 등 바깥어른들은 운동회나 애들 활동에 거의 잘 안 나왔으며, 자식들을 너무 귀여워하는 것은 경망스러워 부끄러운 일이라 여기셨고, 그날도 농사일이 있어, 운동회가 거의 끝나갈 무렵인 4시경 늦게 오셔서 이 소식을 듣고 매우 기뻐하셨다.

우리 시골 초등학교의 경우, 대부분 안동사범대 후신인 안동교육대학을 나온 선생님들이 부임하셨다. 사실 1학년부터 6학년까지 각 두 반씩이고, 고학년으로 갈수록 학급 인원수가 적었다. 선생님들은 대부분 장기근속을 했고, 또 인근 동네 친인척이 대부분이었다. 그런데 근 몇 년 만의 처음으로 인근 동네 출신이 아닌 의성읍에 가까운 문홍면 출신의 젊은 박영도라는 20대 후반 선생님이 갓 안동교대를 졸업하시고, 우리 학교로 배치받아 우리 반 담임을 맡았다.

박영도 선생님은 교장 선생님이나 교감 선생님과 동료 선배 교사들과 그리 어울리지도 않고, 또 의견차이로 인해 사이도 별로 좋지 않다는 소문이 있었으나, 아이들은 개의치 않았다. 60년대 후반 70년대 초반에는 학교 앞 국도인 신작로가 조악해서, 땅이 많이 파여 있었다. 이에 대한 봉사활동 지침이 내려와, 우리 초등학교에서는 전교생이 오전에 수업하고, 오후에는 도로 정비를 해야 했다. 책을 학교에 두고, 학생이 가진 책가방이나 책보자기(90% 이상이 책보자기였다)를 들고, 학교에서 약 100~150m 떨어진 낙동강변에 가서 중간크기의 자갈을 보자기에 담아 와서, 학교 앞 신작로에 뿌려 길을 평탄하게 하는 작업이었다. 봄에는 신작로 양편에 꽃씨를 뿌리는 일 등도 자주 했다.

대부분의 아이는 이 작업을 너무 신나했다. 어차피 일찍 집에 가도 농사일을 도와야 하니, 그게 더 즐거웠다. 대부분 서너 차례 작업하고, 오후 4시경 집으로 갔다. 그런데 박영도 선생님은 우리 5학년 1반 학생들을 다른 선생님들과 달리, 몇 번씩이나 낙동강변으로 데려가지 않고, 이탈해서 학교 앞 점방에서 파는 말표 사이다와 삼립빵 혹은 일부 남은 배급 옥수수빵을 싸들고 학교 뒷산으로 올라가서, 서너 시간 놀며 이야기하다가 하교시키기도 하였다. 당연히 다른 반 학생들은 웅성거리면서 젊은 선생이 공부나 제대로 가르치느냐고 걱정스럽게 물어보기도 했다. 그러나 내가 보기에는 아무런 문제가 없었고, 아무 일 없이 지나갔다.

선생님은 여름방학을 앞둔 2주 전쯤 우리 1반 30여 명의 가정방문하겠다고 하셨다. 사실 그때 교육청의 지침에는 신 학년 1학기에는 가정방문하게 되어있었지만, 실질적으로 대부분의 선생님은 가정방문은 하지 않았다. 선생님들이 인근 출신 심지어 친인척관계가 많고 또 장기근속을 했기에 가정방문을 하지 않아도, 학생들의 가정 사정을 잘 안다고 생각한 것이다. 그런데 박영도 선생님께서는 지금껏 형식적으로 방문한 것처럼 서류 처리하던 가정방문을 실제로 하시겠다고 한 것이다. 나를 포함, 다른 친구들은 다소 의아해 하고, 이를 들은 부모님께서도 시골에 뭐 볼 거 있다고 가정방문하느냐는 기색이셨다. 부모님은 훈장님이 오시는데, 뭐를 어떻게 해야 하느냐고 물으셨다. 아들을 가르치고 있고, 아들이 공부도 잘하는 편인데, 우리 집에서 말하자면 시범적으로 시루떡과 인절미, 단술(서울의 식혜) 같은 것도 좀 대접해야 하지 않느냐고, 마당의 멍석 위에서 저녁을 드신 후 이야기하셨다.

드디어 박 선생님께서 가정방문 오는 날이었다. 점심 직후 우리 마을에는 4명의 학생 집에 가정방문 오시기로 되어있었다. 그날 나는 오전 수업 후 부리나케 20분을 뛰어서 집으로 왔다. 책보자기를 등에 대각선으로 메어서인지, 뛸 때 책보자기 속에서 필통 속 연필이 부딪쳐 다그락거리는 소리가 심하게 들렸다. 하지만 집에 오니 아무도 안 계셨다. 아버지는 들일 나가서 아직 안 돌아오시고, 어머니도 보이지 않으셨다. 어린 마음에 혼자 마루턱에 걸터앉아 선생님이 바로 우리 집부터 오시면 어떡하나, 곧 오실 것 같은데, 하는 생각에 마음이 무척 초조했다.

조금 있다가 아버지께서 들어오셨다. 검정고무신에 낫을 들고, 바지를 반쯤 걷으신 채로, 논두렁 진흙이 붙은 채로, 그리고는 물로 씻으시면서, "너 어메는 아직 안 왔나?" 하셨다. 엄하신 아버지라 크게 이야기는 하지 못하고, 내 마음만 타들어 갔다. 아버지 말씀으로는 어머니가 아침 일찍 쌀을 이고, 신작로는 시간상으로 멀고 차 시간대가 맞지 않아, 지름길인 까마재를 넘어 걸어서 도리원이라는 봉양면에 있는 방앗간에 시루떡과 인절미 하러 갔는데, 오전 내 오실 거라고 했다.

초조한 마음을 졸이고 있는데, 조금 후에 중고 자전거를 타고, 박 선생님께서 동네 어귀인 우리 집부터 먼저 들어오셨다. 나는 엄마가 너무 원망스러웠다. 왜 좀 일찍 안 오시냐고…. 당시엔 우리 마을은 전기가 안 들어오는 지역이어서(우리 마을에는 중학교 3학년 때 들어왔다) 어머니는 떡이 보관도 안 되고, 또 굳으면 맛이 없을 거라는 생각에, 그나마 부족한 쌀로 당일 직접 하시려고 그 먼 길을 가셨던 것이다.

아버지와 선생님은 나의 이야기, 학교 이야기, 군과 면 이야기 등등으로 30분 정도를 보냈는데도 어머니는 오지 않으셨다. 평소에 내색이 없으신 아버지께서도 선생님께 뭐라고 이야기하면서, 먼지가 쌓인 집 기둥 위에 걸린 낡은 괘종시계를 힐끔힐끔 쳐다보고 있었다. 그리고는 뒤주에서 국광사과와 벌레 먹은 험다리 복숭아를 찾아내 놓고 깎아서 대접하면서 이야기를 이어가시고 있었다. 아이 엄마가 금방 올 거라고 하시는 아버지의 음성에는 다소 초조한 음색이 묻어 나왔다. 엄격한 아버지의 그런 모습은 난생처음 보는 것이었다. 시간이 일이십 분 더 지나자, 선생님께서는 다음번에 어머니는 뵙겠다고, 다른 학생 집으로 가야 한다면서, 마루에서 일어나셨다. 나의 마음은 순간 울컥거렸고, 그 울컥거림은 어머니에 대한 원망으로 바뀌었다.

바로 그때였다. 선생님을 모시고 집을 나서는데, 어머니가 땀을 흠뻑 흘리면서, 머리에는 고무다라이를 이고, 손에는 농약 광고표지가 찍힌 검을 비닐봉지를 들고 숨차게 들어오셨다. 그 반가움이란 말로 표현하기 힘들 정도였다. 어머니는 늦어 미안해하는 표정으로 거칠고 투박한 손으로 다시 선생님을 마루로 올라오시게 하였다. 어머니는 이고 온 옅은 붉은색 고무다라이에서 아직도 김이 모락모락 나는 시루떡과 인절미를 꺼내서, 알루미늄 삼발이 상 위에 내놓으셨다. 검은 봉지 속에서 날씨에 데워진 콜라 2병과 미린다 2병을 꺼내서 부엌 아궁이 나무 탄 재가 약간 붙어 있는 듯한 컵에 따라서 선생님 드시라고 하였다. 그 순간 어머니에 대한 원망이 뿌듯함과 죄송함으로 바뀌었다. 그리고는 어머니는 부엌으로 가시더니, 혼자 나와서 수고하신 선생님 드시라고 떡을 흰 종이에 싸고, 다시 정부에서 공짜로 넣어주는 서울신문 신문지로 잘 싸서 내어놓으셨다. 선생님은 극구 사양하셨지만, 아버지께서는 그것을 어머니에게 받아들고, 선생님의 헌 자전거에 뒷 안장위에 올려놓으셨다. 그리고는 다른 학생 집으로 향해 가시는 선생님의 고물 자전거의 뒷모습을 보며, 왜 선생님께서 가정방문을 해서 이렇게 애먹이는 것에 대해 원망했고 꼭 가정방문을 왔어야 하는지에 대해서도 의아해 했다.

부모님은 다시 들로 일하러 나가셨고, 그날 저녁 밥상에서 아버지는 선생님과 한 이야기에 대해 말해 주셨다. 선생님은 절대로 농사일이나 집안일 때문에 학교 빠지는 일은 없도록 당부하셨다고 한다. 그리고 장래를 위해, 나를 대구로 보내서 중학교에 진학시킬 것을 권유했다고 한다.

그날 이후, 막내고 몸이 약해 나를 당신들의 품에 안고 있어야만 한다고 생각했던 아버지와 어머니는 고민에 빠졌고, 결국 고등학교 때 대구로 진학시키려던 애초의 계획을 바꾸어, 초등학교 6학년 때 누님과 형님이 먼저 있던 대구로 나를 합류시켰다. 나는 대구로 와서, 의성군 촌민이 대구시민으로 바뀌었고, 중학교 학군은 공동학군을 배정받아 경운중학교로 입학하였고, 그 이후 대건고등학교에 진학해서 무사히 졸업했다.

자식을 위해 당신의 모든 것을 내던졌던 어머니, 당신으로 인해 지금의 제가 있습니다. 고맙습니다.

선생님의 가정 방문

오정현 | 해인산업 대표 |

고3 때, 학기 초의 일이었다. 아이들 열 댓 명이 보충수업 직전에 라면을 먹으려고 분식점에 우르르 몰려갔는데, 김용문 담임선생님이 갑자기 나타났다. 아이들은 약간 주눅이 들었는데, 담임 김용문 선생님은 분식점 뒷방으로 우리를 데리고 갔다, 이미 뒷방에는 한 상이 차려져 있었고 막걸리도 두 주전자 정도 준비되어 있었다. 선생님은 술 마실 줄 아는 친구들은 마셔도 좋다고 하시면서 손들라고 하셨고, 여러 명이 손을 들자 일일이 한 잔씩 가득 따라 주셨다. 또 담배 피우는 놈은 솔직하게 손들어 보라 하시면서 몇몇이 손을 들자 일일이 한 대씩 나눠 주고 피우게 했다.

나는 아버지가 워낙 엄하셔서 당시까지 술이나 담배는 일절 입에 대지 않았다. 선생님은 나에게도 술을 따라주시려고 했지만 나는 못 마신다고 거절했고, 담배 역시 마찬가지였다. 김용문 선생님의 이 뜻밖의 행동은 사실 잘 짜인 함정이었음은 그날 오후 바로 드러났다. 그날 보충수업이 끝나고 분식점에 갔던 친구 중에 술이나 담배를 받았던 친구들은 야구방망이로 정말 곡소리 나게 맞았다.

김용문 선생님이 반 아이들 군기를 잡기 위해 일부러 그렇게 한 것이었다. 그로부터 얼마 뒤에 가정 방문이 있었다. 이상하게도 선생님은 우리 집 가정 방문을 제일 뒤로 미루다가 어느 날 집으로 오셨다. 오시자마자 선생님은 느닷없이 내 방부터 급습하여 서랍을 뒤지기 시작했다. 나는 황당해서 보고만 있었는데, 서랍 속에서는 먹다 남은 사과나 과자봉지 등 특별한 것이 나오는 게 없자, 선생님은 나를 다그쳤다. 담배 어디 숨겼느냐고. 나는 정말 피우지 않는다며 강하게 어필하자, 선생님은 그래도 못 미더운 표정을 지었다. 그때 아버지가 선생님 오셨다는 연락을 받고 집으로 오셔서 아버지 서재에서 이야기가 시작되었다. 아버지와 선생님이 자리에 앉자, 선생님은 나보고 방으로 가 있으라고 했다.

한 오 분쯤 지났을까. 아버지의 나를 부르는 천둥 같은 목소리가 들렸다. 내가 부리나케 달려가 문을 여는 순간, 아버지의 발길이 갑자기 내 얼굴에 들이닥쳤고, 나는 그대로 나가떨어져 입에 거품을 물고 기절했었다. 영문도 모르고 나는 그렇게 쓰러졌던 것이다.

나중에 어머니에게서 들은 바로는 선생님도 당황해서 그대로 나가셨다고 한다. 선생님의 가정방문은 그렇게 나를 기절시킨 것으로 끝이 났다. 왜 그랬을까. 그 다음 날에야 이유가 밝혀졌다. 2학년 때 우리 반이 무슨 일인지 담임선생님이 일곱 번이나 바뀌었다. 그때 어떤 일이 있었느냐 하면 내 바로 뒷번호였던 ○○이란 녀석이 모 여고 여학생을 성추행하다 걸려, 학교에서 무기정학 처분을 받은 적이 있었다. 자세한 사정은 알 수 없지만, 여하간 큰 사건이었다. 그런데 문제는 2학년 학기 말 담임선생님이 작성한 내 생활기록부에 번호가 하나 밀리는 착오로 내가 그 사건의 주인공으로 기재되었던 것이다. 그러니 3학년 담임선생님이 나를 요주의 인물로 주목하지 않을 수 없었을 것인데, 내가 분식점에서도 모범생으로 행동했으니, 선생님 입장에서는 '요런 교활한 놈이 있나'하고 벼렀을 것이고, 마침 가정 방문 때 아버지에게 그 사건을 말했으니 성질이 불같은 아버지가 그냥 지나갈 수가 있나. 합기도 유단자이자 검도의 고수였던 아버지의 무자비한 발길질 한 방에 나는 그대로 나가떨어졌던 것이다.

담임선생님도 내가 그렇게 기절하니 황당하기도 했지만 뭔가 이상하다는 생각에 다음 날 학교에 가서 교무일지 등과 대조해서 생활기록부를 꼼꼼히 재검토했고, 드디어 내가 그 사건의 범인이 아니라는 사실을 발견했다. 그러니 나와 아버지에게 얼마나 미안했겠는가. 그날 저녁 선생님은 다시 우리 집에 왔다.

"정현이가 그런 게 아니고 다른 아이인데 학교에서 실수가 있어서…."

선생님은 아버지께 진정이 담긴 자세로 사과했고, 아버지는 바로 호탕한 웃음을 크게 터뜨리고, "그렇지요, 내 자식이 그럴 리가 없어요." 하면서 정말 기뻐했다. 두 분은 그날 집에서 담아놓은 술-소주 대병 세 개쯤 들어간 과일주-을 다 드셨다. 두 분은 그 뒤로도 가끔 연락했고 김용문 선생님은 20년도 더 흘러 아버지가 돌아가셨을 때 문상을 오셨다.

할아버지는 집이 가난해서 일본으로 돈 벌러 가서 거기서 아버지를 낳으셨다고 한다. 아버지는 1929년생인데 일본에서 고등학교를 나오셨고 미술에 아주 조예가 있었다. 그림을 잘 그렸고, 고등학교 졸업 후 조선백자를 그대로 재현한다는 일본의 유명한 도예가 문하에 들어가 도자기 제조 기술을 한 2년 습득하다가 일제에 의해 징병이 되었다. 일본 육군 항공창에서 가미카제로 알려진 자살특공대 훈련을 받고 출격을 준비할 때, 마침 일본이 항복해서 죽음의 직전에서 빠져나왔다. 6·25 때도 아버지는 인민군에게 붙잡혀 탄약 상자를 나르는 데 붙잡혀 갔다가 미군 전투기가 기총을 난사할 때 도망쳐서 고향으로 돌아왔다. 두 번이나 죽음의 직전에서 살아났던 것이다. 또 인천 상륙작전 이후 국군에 징집되어 제주에서 훈련받고 부산에서 전방으로 기차 타고 가던 중, 영등포에서 잠시 기차가 쉴 때, 영등포 주둔 군대 장교가 그림 잘 그리는 사람 차출할 때 뽑혀, 전쟁이 끝날 때까지 주로 부대 미화 작업에 종사했다. 총 한 번 안 쏘고 6·25전쟁을 빠져나온 운 좋은 분이 바로 아버지였다.

아버지는 한국으로 들어왔을 때 먹고살 것이 없어 처음에는 김해에 정착하였다가 그림 그리는 솜씨가 있어 간판을 그리기도 하였으나 본격적으로 도자기를 제조하기 위해 가야산 해인사 바로 아래에 있는 가야면으로 이사를 했다. 그곳은 아주 양질의 고령토가 있었기 때문에 그 흙을 이용하여 생활 도자기를 굽기 위해서였다. 처음에는 여러 도자기를 구워 손수레에 실어 해인사 등지에 팔기 시작했는데 장사가 잘 되어 점점 규모를 넓혀갔다. 타일과 도자기 등을 굽는 공장엔 전성기 때는 150명 정도의 일꾼이 일하는 사업체가 되었지만, 부도가 나서 망하기도 하고 또 새로 시작하기도 했다. 마지막으로 아버지의 사업체가 망한 것은 88올림픽 때였다. 올림픽 특수가 있어서 엄청난 물량의 도자기를 구워 서울 도매상으로 올렸는데, 5개월짜리 어음을 발행했던 도매상이 부도를 내고 미국으로 도망가 버려 아버지는 완전히 재기불능에 빠졌다. 내가 대학을 졸업하고 아버지 회사에서 2년 정도 일을 했을 때였다. 공장이 부도가 나고 가족들은 거의 야반도주를 하다시피 하여 서울로 올라왔다. 3남 1녀의 장남이었던 나는 이제 아버지를 대신해 온 가족을 이끌어나가야 하는 가장의 역할을 해야 했다.

건축과를 졸업한 내가 서울에서 처음 한 일은 선배의 건설 단종 회사였다. 단종 회사란 한 가지 일거리를 전문화하여 시공하는 회사를 말한다. 1985년경부터 새로운 건축 외장 재료가 유행하기 시작했는데, 그것이 바로 알루미늄 복합 판넬이다. 건물 외장을 알루미늄으로 시공하는 사업에 뛰어든 것이다.

한 건물을 지을 때 먼저 터파기 공사를 하고 구조물 공사를 한다. 구조물 공사가 끝나면 외장공사가 시작된다. 건축사와 건축주는 상의해서 외관을 유리로 할 것인지, 알루미늄 복합 판넬로 할 건지, 돌로 할 것인지를 결정한다. 일반적으로 알루미늄 복합 판넬은 건식공법이고, 건물에 하중을 줄이면서 외장을 자유롭게 꾸밀 수 있는 장점이 있으므로 비교적 고급 건물에 많이 상용하는 공법이다.

처음에 선배의 회사에서 열심히 일하면서 그 일의 기본을 습득했고, '마운틴'이라는 회사에서도 일했다. 동아건업을 마지막으로 내 사업을 시작했다. 42살 때였다. 한때 돈을 벌어서 집 세 채를 사기도 했지만, 2000년에는 10억 이상 부도를 맞아 두 채는 경매로 날리기도 했다. 지금도 그 일은 소송 중이다. 그 이후 현금 거래 위주로 비교적 덜 공격적으로 일하고 있다.

한 가지 빠진 것이 있다. 징병검사 당시 나는 당시 키 180cm에 몸무게는 56kg 정도여서 육군은 자동 면제, 당연히 고향에서 방위 근무를 하면 되었다. 하지만 아버지는 공군에 자원입대를 하라고 하셨다. 마침 집안 아저씨 중에 공군 대령 한 분이 계셨는데 대구 병무청에 근무하시고 있었다. 아버지는 군대에 갔다 와야 인간이 된다는 일념에 그 아저씨께 '빽'을 써서 군대에 보내려고 했던 것이다. 아버지의 명령은 지엄했고, 나는 아버지의 명령에 토조차 달 수 없었다. 그래서 대구공군 기지에서 신검을 받았다. 신검에는 분명 불합격이었는데 군의관이 합격 처리를 했다. 대전 공군교육사령부로 가서 다시 신검을 받았는데 다시 불합격이었다. 그때 군의관이 나를 오라고 하더니 붉은 불합격 도장에 가위표를 하고 파란 합격 도장을 찍었다. 내가 왜 불합격인데 합격 도장 찍느냐고 항의했더니, 군의관은 씩 웃으며, 군대에 빠지는 것은 불법이지만 가는 것은 불법 아니라면서, 원망은 아버지에게 하라고 했다.

결국 나는 서산의 망일산 항공관제 레이더기지에서 만 36개월을 보내야 했다. 당시만 해도 구타가 심해 나는 여러 번 탈영도 생각했다. 그런데 힘들 때마다 어떻게 아는지 아버지의 군대 지인이었던 대산초등학교 교장 선생님이 면회를 와서, 나는 군대 생활의 어려운 시절을 넘길 수 있었다.

지금 생각하면 누구보다도 아버지는 나를 잘 아셨다. 내가 '욱'하는 기질이 있고, 끈질기지 못하여, 아버지는 그것을 걱정하여 어떻게든 나에게 인내심을 길러주려고 하신 것이다. 아버지는 영화 '국제시장'의 주인공보다 더 파란만장한 인생을 살았다. 자식에 대한 사랑 역시 컸다. 내가 내 사업을 시작하면서 여러 번 위기를 맞고 또 실제로 파산 직전까지 몰렸지만, 또 다시 재기하여 부지런히 몸을 움직이고 있는 것은 모두 아버지의 훈육 덕뿐이다. 내가 세상에서 가장 존경하는 사람은 이순신 장군도 세종대왕도 아닌, 바로 나의 아버지다.

아버지, 보고 싶습니다.

| 제2부 |

우리는 짐승처럼 일했다

우리는 짐승처럼 일했다
– IT 기업에서의 월급쟁이 삶

백성묵 | 한국오라클(유) 상무 |

올해로 직장생활을 한 지도 29년 차다. 국내 기업에서 2년 반을 보냈고 나머지 26년을 외국계 기업에서 월급쟁이로 지내왔다. 같이 시작했던 동료들 대부분이 회사를 떠났다. 때로는 후배들을 위해 자리를 터주어야 하는 게 아닌가 하는 고민도 하고, 아직은 그들과 경쟁도 하면서 여전히 내 가치와 역할을 해낼 수 있다는 자신감에 좀 더 해보자는 생각도 있다. 지금까지 내가 해 온 일이고 또 잘할 수 있는 일이면서, 이것 외에는 별달리 준비하고 생각해둔 다른 직업이나 일이 없기 때문이다.

오랫동안 모셨던 사장님이 환갑을 넘기며 은퇴를 하셨다. 몇몇 따르던 직원들과 저녁을 드시며 하시던 말씀이 기억난다. 나이를 먹다 보니 인생은 마치 자동차가 달리는 속도와 같아서 60대는 60km로 달려서는 주위의 풍광을 즐길 순간도 없이 하루가 후다닥 지나가 버리더라고. 요사이는 사모님과 함께 아침 일찍 대모산에도 오르시고, 이제 막 이사 간 집안도 정리하시고, 베란다에 상추 등 몇몇 채소도 기르시고 그러다 보면 하루가 너무너무 빨리 지나가더라고 하셨다. 그러시면서 후배들에게 "인생 2막에는 자신이 정말 하고 싶은 일들을 하면서 남은 인생을 사는 것이 행복이며 그리하려면 남은 자네들은 일찍부터 준비들을 하시게."라고 하셨다. IT 업종에서 그 연세까지 현역으로, 외국계 기업의 CEO까지 지내셨으니 참 성공한 경우임에도 후배들에게 꼭 전하고자 하신 말씀에는 당신도 아직은 당신이 좋아하시는 일을 시작하지 못하신듯해서, 가슴 한쪽이 먹먹해지는 걸 느낄 수 있었다.

나의 부모님 세대는 식구들 굶기지 않고 공부시키는 것이 생의 목표였다면, 우리 세대는 내 집 한 채 가지는 게 더해졌고 이제는 행복지수를 따질 만큼 삶이 나아진 것은 분명하다. 현재에 충실하게 살아왔고 책임감 있게 가족과 회사의 안녕과 발전을 위해 묵묵히 일해 왔다. 적어도 나는 그랬다. 주위에 몇몇이 미래를 위해 재테크, 투자 등 회사일 외의 과외 일들을 할 때도 나는 그러지 못했다. 한 가지 일만을 하기에도 때로는 벅차고 힘들었다. 50을 넘긴 후배들이 물어온다. 선배님께서는 노후를 위해 어떤 준비를 하고 계신가요? 나는 답한다. 아직은 지금 일을 충실히 하고 있다. 은퇴 후 일은 그때 가서 생각하지 뭐. 내 머리론 동시에 두 가지 일을 다 잘할 수는 없을 것 같다. 정년을 채운다면 그만큼 노후 대책에 대한 기간을 줄일 수 있지 않겠어. 이 말에 그들이 어떻게 받아들일지 모를 일이고 나 또한 그들과 같이 막연한 불안감이 존재하는 건 똑같다. 어느새 나도 이만큼이나 나이를 먹어 버렸다.

1979년에 고등학교를 졸업하고 대학에 갔다. 흔히들 얘기하는 베이비붐 세대의 끝자락이고, 486세대에는 끼워주질 않는 70년대 마지막 학번에 60년생 세대가 우리 친구들이다. 이제 50대 중반을 넘어가고 있고 기업체에 근무하던 월급쟁이들은 이미 상당수 은퇴를 하였다. 겨우 보릿고개를 넘긴 유년시절에 왕자표 검정 운동화가 그래도 좀 사는 집안의 자식임을 알아챌 수 있던 시절을, 라면이 정말 소고기 국물로 만들어진 고영양가 식품으로 대접받던 그런 시절을 지나왔다. 나는 아버지께서 군무원이셨던 관계로 충무, 김해, 오산을 오가며 어린 시절을 보냈다. 그래서 나에겐 소꿉 친구들의 기억이 없다. 아니 있었겠지. 아마도 짧은 시간 만나고 헤어진 탓에 그 나이에 기억이 맺혀지질 않은 탓일 것이다. 그도 그럴 것이 오산에 가니 경상도 사투리라고 애들이 놀리고, 대구에 왔을 때는 어설픈 서울 억양으로 인해 서울 다마내기라고 놀림을 받았다. 그래서 그런지 나는 어려서부터 주위의 친구들을 끔찍이 챙겼다.

초등학교를 들어가면서 대구에 정착하게 되었고 그 후로 대학까지 마치게 되었다. 아버지는 그 와중에도 사천, 대전, 예천까지 혼자서 타지생활을 하시곤 했다. 그때는 그곳들이 어찌나 먼 곳이었던지 한 번도 아버지 근무지나 숙소엘 가본 적이 없다. 뺑뺑이 4회로 중학교엘 가고 마찬가지로 뺑뺑이 2회로 고등학교에 갔다. 입시제도가 바뀌어 중학입시준비는 필요 없었고, 다만 고등학교는 연합고사를 치러 학교를 배정받는 그런 시절이었다. 7번을 뽑아 대건고등학교가 배정되었고 그날로 학교로 가 교모를 샀는데 모자에 띠가 없어서 참 많이 억울해 했던 기억이 있다. 위로 누님이 한 분 계시는데 시험 쳐 경북여고를 다니셨고 일요일이면 뜨개질로 교복 치마 띠 줄을 떠서는 치마에 기우던 것이 부러웠던 모양이다. 정확히는 경북고등학교 모자에 둘린 3줄 띠가 부러웠을 것이다. 중학교 1학년 여름방학 때 친구들과 시민운동장 수영장에서 채 1시간도 놀지도 못했는데 사람들이 우르르 집으로 빠져나갔다. 전쟁 날지도 모른다고. 1974년 8월 15일 육영수 여사가 서거하신 날이었다.

수화물. 수학, 화학, 물리이다. 나는 이 수화물을 참 못했다. 고등학교 때 월말고사 시에는 국·영·수만으로 석차를 내다보니 상위권을 유지하다가도 중간, 기말고사만 치면 석차가 떨어졌다. 그놈의 수화물 탓에. 고등학교 1학년 때 장래 희망은 외교관, 대학은 정치외교학과를 지망한다고 했지만 정작 대학은 공대 전자공학과를 나왔다. 1학년 말 담임선생님이 어머니를 면담하시면서 좋은 대학을 가려면 이과를 선택해야 한다고 권유하셨고, 법관이 되라고 하시던 어머니는 그렇게 나를 이과에 넣어주셨다. 세상일을 어찌 알 수 있을까마는 또한 지난날들에 대해 이랬으면 저랬으면 하는 가정이 어찌 맞을 수 있을까마는, 고등학교 때 이과 선택에 대해 아픈 기억은 힘든 일에 부닥칠 때마다 물색없는 원망으로 변하곤 했었다.

1979년 경북대 공대 전자공학과에 입학했다. 당시에는 국가가 지정한 특성화 대학으로 같은 학년의 수가 600명이었다. 학생 수가 많다 보니 60명씩 1반을 이루어 전체가 10반으로 한 과가 이루어졌었다. 등록금이 8만 8천 원으로 기억이 나는데 사립대를 다니던 누님에 비해 등록금 무척 쌌고 그 때문에 어머니가 참 좋아하시던 기억이 난다. 지금도 그렇지만 그 당시 한 집안에 대학을 2명이 동시에 다닌다는 것은 경제적으로는 참 부담이 되던 시절이었던 것은 분명하다. 79년과 80년에는 학교에 다닌 기억이 거의 없다. 매년 5월이 되면 축제기간이 돌아오고 그때면 응당 데모와 함께 휴교령이 내려졌다. 역사의 소용돌이 한가운데인 80

년에 대학을 다녔으니 공부라는 걸 제대로 했었겠는가. 79년은 부마사태로, 80년은 광주민주항쟁으로 개학하고 2달이면 휴교였고, 학교는 계엄군이 지키고 출입조차도 힘든 그런 시절이었다. 서클 선후배들과 시내 다방에서 만나 노닥거리다가 저녁이면 막걸리에 고갈비로 하루를 보내곤 했던 기억들뿐이다. 서클활동과 2학년 들어 학도호국단에서 총학생회로 바뀐 학생회 활동까지 하다 보니 학사경고도 받고 결국은 군대에 갔다. 당시에 몸무게가 44킬로였다. 남들과 달리 부산에서 신검을 받았는데 판정관이 몸무게가 결격이니 내년에 다시 신검을 받겠느냐고 해서 그냥 입대하겠다고 했다. 집에 오니 아버지께서 무척 화를 내셨다. 방위로 빼내려고 손을 쓰고 계셨다 한다. 평소에 표현을 잘 안 하시는 아버지께서 나의 입대에 대해서 그렇게나 상심하셨다고 한참을 지나 고모부님께 들었다.

내가 군에 있을 때, 고모부가 공군에 계셨던 아버지에게 사촌 동생의 일을 부탁하러 가셨단다. 그 자리에서 아버지께서는 내 자식은 강원도 추운 땅에서 고생하고 있는데 당신이 아무것도 해줄 게 없다 하시면서 눈물을 보이셨다 한다. 나는 아버지의 눈물을 본 적은 없다. 그만큼 강하시고 나에겐 엄하신 분이셨는데 속마음은 전혀 그렇지 않았던 것이다. 단지 표현을 안 하실 뿐이었다. 부산에서 입대하던 날에도 아버지께서는 부산까지 오셨고 입영열차 밖에서 아버지께서는 말없이 주먹을 쥐고 힘주어 파이팅을 해주시고 계셨다. 82년 2월 자대 배치 후 아버지께서 면회를 오셨다. 홍천의 추운 겨울 날씨에 손등이 터져 피고름이 맺혀 있는 걸 보시고 식사를 한술도 뜨시지 않은 것도 당신의 표현 방법이셨던 것이다. 1982년 통금이 없어지고 프로야구가 시작되었고 교복 자율화, 졸업정원제가 시행되었다. 군에서 통신병으로 첫 점프(산꼭대기에 무선 중계소 운용) 나가 FM 무전기로 개막전 중계를 들었다. 10회 이종도가 만루 홈런 쳤을 때 미쳐버릴 것 같았다.

86년 2월에 대학을 졸업했다. 군에 가기 전 제대복학생들을 보면 거의가 다 졸업 전에 취업이 결정되곤 했는데 정작 나는 2월 말 졸업식까지도 직장을 구하질 못했다. C 학점의 성적 탓도 있었지만 해가 갈수록 취업이 어려워져만 갔다. 현대, 대우, 금성, 삼성 등 대기업의 경쟁률은 60대1 정도 였던 것으로 기억된다. 삼성에 가고 싶었는데 서류전형에서 떨어졌다. 그 당시 아버지께서도 정년을 앞두고 계셨기 때문에 아들로서 여간 민망한 상황이 아니었다. 결국, 85년 12월 한겨울에 가방 하나 들고 서울로 올라왔다. 마침 서클 선배 두 분이 마포 합정동에서 자취하고 있었다. 무작정 형들 자취방으로 들어가 눌러앉고서는 회사 다니는 아는 선배들을 찾아 다녔다. 대구에서는 중소기업 채용에 대한 정보가 부족했던 시절이었다. 학교 다니면서 선배들에게 인심은 안 잃었던지 많은 선배가 자기 일인 양 자리를 알아봐 주었다. 마침내 2년 선배인 조자영 형의 추천으로 1986년 3월 듀봉컴퓨터에 SE(System Engineer)로 취업하게 되었다. 그것이 나의 사회생활의 시작점이었고 오늘날까지 IT 업종에 종사하면서 가정도 꾸리고 내 삶이 이어지게 된 변곡점이 되었다.

가끔 대학에서 학생들을 위한 취업 특강 시간을 가질 때면 나는 꼭 나의 취업 경험을 이야기해 준다. IT 기업에서는 실력이 우선이다. 중소기업이라도 경험과 경력을 쌓다 보면 언제든 자신이 원하는 기업에 경력사원으로 들어갈 수 있기 때문에 중소기업이라도 적극적으로 지원하라고. 또 한 가지는 꿈과 목표를 세우라고. 그러나 실은 나도 큰 목표를 세우고 사회생활에 뛰어들진 못했다. 나의 꿈은 고등학교 2학년 이과로 반 배정을 받았을 때 잃어버렸고, 그 후론 다시 새로운 목표를 세우질 못했다.

좀 재미난 것은 첫 직장인 듀봉컴퓨터를 다니면서는 삼성에 가고 싶었고 결국 1년 반 뒤엔 삼성에 경력 사원으로 입사했다. 삼성 다닐 때에는 과장이 빨리 되어야겠다고 마음먹었다. 과장이 되면 서랍장이 2개인 철제 책상에 팔걸이가 있는 의자를 줬고 또한 과 단위에는 여직원이 있어 아침이면 커피를 타다 준다. 그리고 커피를 마시면서 신문을 읽는다. 그게 부러웠다. 정작 과장은 외국계 왕컴퓨터코리아에서 진급을 했다. 하지만 왕컴퓨터코리아는 외국계 기업으로 더 이상 과, 부 단위 여직원이란 개념은 없었다. 90년대 초에도 외국계 기업에서는 커피는 자기가 타 먹어야 했다. 모든 일은 자기가 해야만 했다. 그 당시 부장들에게는 자동차를 줬다. 현대 엑셀이었다. 또 다짐하게 된다. 열심히 일해서 부장이 되겠다고. 한국유니시스로 옮겨 부장을 달았다. 하지만 시간이 흘러 이제 더는 부장급에겐 차량지원을 하지 않았다. 물론 그때부터는 자기 차들을 대부분 소유하고 있었다.

꿈이 바뀌었다. 이사가 되면 방이 생기고, 비서도 차량도 심지어 운전기사도 지원했다. 정말 군대의 별을 다는 것과 같은 변화였다. 2001년 이사 진급을 조건으로 한국썬으로 이직하게 되었다. 2001년 2월 1일 출근을 했는데 지지리 복도 없는 것은 그 주 주말에 사무실을 이전하게 되었고, 이전 후에는 본사 지시로 Flex Office를 구현한답시고 임원들 방을 모두 없앤다고 했다. 차량도 상무급 이상만 지원을 하고. 결국, 나는 2월 1일 딱 하루 내 방에서 오전 근무를 마치고 그 이후 한동안 내 방을 가지지 못했다. 어찌하다 보니 꼭 내 바로 앞에서 온갖 호사스런 예우가 없어지는 걸 경험하게 되었다. 지금도 가끔 전 직장 OB 선배들을 뵙게 되면 이 이야기로 한바탕 웃곤 한다. 1986년 아시안게임이 있었고 평화의 댐 국민 성금 때에 시끄러웠다.

듀봉컴퓨터(이후 대경 컴퓨터로 회사명 변경)에서는 SE로 일했다. 당시 IBM5550 Dealer사로 작지만 재미있고 실적 좋은 기업이었다. 3개월 수습 기간 중 한 달쯤 지난 후의 일이다. 영업대리님이 불러서는 제안서를 만들어 오란다. 물론 초안은 주셨는데 문제는 이걸 타자기로 쳐서 만들어 오란다. 컴퓨터 제안서를 타자기로 치라니. 다행히 군 행정병 때 타자기는 접해 본지라 이틀 밤새우고 10여 쪽 제안서를 만들었다. 내 딴에는 잘해보겠다고 타자기 먼저 치고 자로 줄긋기도 해서 챠트도 만들고. 그랬더니 전공자는 역시 다르다고 칭찬받았다. 그게 전공하고 뭔 상관인지…. 입사 후 얼마 지나 영업과장님께서 술 사주신다고 부르셨다. 한참을 먹다가 갑자기 "백성목 씨 초등학교 교가 한번 불러보세요" 하시는 거다. 당시만 해도 워낙 하늘같이 높으신 분이라 당황해서 교가가 기억도 안 났었다. 당황해 어쩔 줄을 모르는 나를 보면서 박인근 과장님께서 선창을 하셨다. "눈보라 꺾이잖고 송이송이 피어나는…." 그렇다. 그분께서 초등학교 선배님이셨다. 그 당시 마흔이 넘은 분이시니까 엄청 선배님이 되셨다. 그러면서 말씀하셨다. 이력서 검토 때부터 눈여겨봤고 사장님에게 적극적으로 추천해 주셨다고. 그 후로도 박 과장님은 동생처럼 참 많이도 챙겨주시고 거의 매일 술을 마셨다. 결국, 과장님께서는 몇 년 뒤 간암으로 돌아가셨다.

IBM5550은 PC이다. 지금과는 비교도 안 되는 오래된 모델이지만 당시만 해도 고가의 본격 업무용 PC였다. 내 월급이 23만 원 정도 시절에 본체, 모니터, 10MB Disk에다 80 cps dot 프린터까지 합치면 1,300만 원

이상이었다. 마진도 엄청나게 좋았다. 그러다 보니 기업 고객 접대가 매우 빈번했다. 강남 술집이 발달하기 전 여의도 고급 주점은 거의 다 컴퓨터회사에서 먹여 살렸다 해도 과언이 아니다. IT 전문이 아니셨던 과장님은 접대 시에는 꼭 나를 데리고 가셨다. 동생처럼 대해주시는 것도 있었고, 접대 시 혹 나올 수 있는 기술적 얘기에 대응하기 위하여 동행하게 되었다. 그래서 나는 처음부터 양주로 주점에서 술을 배우게 되었다. 가격 얘기가 나와서 한 가지 재미난 에피소드 소개할까 한다. 한번은 한보건설에 5550 2대를 납품하고 교육을 나가게 되었다. 당시는 업무용 Application이 거의 없던 시절에 보고서 작성용 KWP, 스프레드 시트인 MP, 그래픽 챠트용 MC 3가지 Software로 급여나 재고관리를 할 때였다. 은마아파트 2층 사무실에서 한참 교육을 하고 있는데 작업복을 입은 분이 교육과정을 지켜보다가 질문을 건넨다. "어이 기술자 양반, 지금 그 기계가 대체 얼마 짜리요?", "네, 한 세트에 1,300만 원 정도 합니다." 그랬더니 이분이 관리부장 호출해서는 막 화를 내시는 거다. 대체 저렇게나 비싼 기계를 뭐 한다고 더럭 샀느냐고? 그러면서 나에게 또 말씀하셨다. 지금 회사 자금 사정이 안 좋으니 그 기곗값 대신 목동 아파트 한 채 대신 가져가라고. 그분께서 나중에 한보그룹의 회장님이 되셨다. 1987년 6월에 6·29선언이 있었고 그 이후로도 한참을 최루탄 냄새를 맡곤 했다.

IT란 용어가 보편화 된 것이 언제부터인가 가물가물하다. 80년 말에는 그저 전자 또는 컴퓨터업종이라 했던 것 같다. 같은 업종이라 해도 보직과 역할은 서로 달랐다. 같은 프로그래머라 해도 사용하는 주 언어마저 다를 수가 있다. 당시 유행하던 프린터 한글화, 한글 그래픽 보드 제작, 3270 등 통신 보드 개발 등에 주로 사용했던 Assembly, C 언어가 있었고, 인사/급여, 자재 관리 등 업무용 Application을 주로 개발하던 COBOL, PL/1등도 있었다. 그 무렵 여의도에서 전자과 동기회가 있었다. 고깃집에 약 40~50명 모였던 것 같다. 재미있는 것은 Assembly, C를 사용하던 직군은 상석을 차지했다. 주로 연구소나 제품 개발팀에 속해 있는 그룹이었다. 호기를 부리면서 이번에 브라더사 프린터 한글화에 성공했다느니, 에이즈 혈액분석기를 한글화시켰다느니 등 개선장군처럼 목소리들이 컸다. 업무용 Application 개발 그룹은 연구/개발 직종의 친구들을 부러워했고, 심지어 이직을 고려하는 경우도 있었다. 인간사 모든 게 새옹지마라고 컴퓨터 업종의 보직도 매우 급격한 굴곡을 가지고 있다. 앞서 소개한 연구직들은 불과 4~5년 후 MS 윈도우의 등장에 따라 급격히 그 기능을 잃어버리게 되었다. VGA Video Card가 표준처럼 받아들여지고 프린터 등도 한글 Driver들을 제공하게 됨에 따라 일자리가 현격히 줄어들게 되었다. 일부는 용산전자상가로 옮겨 IBM PC Clone 모델을 만들기도 했고 어떤 이는 노래방 기기, 게임기 등 다양한 분야로 빠져나가 이제는 어디서 무얼 하는지도 모른다. 반대로 업무용 Application을 개발하던 그룹은 90년대로 접어들면서 MRP, ERP, 기간계 업무 전산화 등 전산 적용 업무의 범위가 넓어짐에 따라 점점 수요가 늘었고, 심지어 업무 컨설턴트로 현재까지도 각광받고 있다.

그 시절에는 4대 그룹 모두가 PC 제조업을 했었다. 현대전자, 금성사, 대우통신, 대우전자, 삼성전자 등. 그 외에도 삼보컴퓨터, 큐닉스 등 중견 업체도 있었고 수많은 중소 PC 제조업체가 있었으나 지금은 2~3개 업체를 제외하고 그 나머지의 존재를 찾을 수가 없다. 1987년 봄. 우연히 고등학교, 대학교 선배인 심형보 형을 만났다. 삼성SDS에 다니던 형은 CAD/CAM에 대해 열정적인 강의(?)를 했고 Workstation, Unix 등의 미래에 대해 열변을 토해냈다. 부러웠고 동기유발이 되었다. 나도 하고 싶다고 했고 형은 삼성 시계㈜ 공장자동화 업무에 지원해 보겠느냐고 했다. 창원 공장에 가면 Apollo DN3000 Workstation이 있다는 소리에 두말없이 지원했다. 그것이 삼성으로 자리를 옮기게 된 동기이다. 직속상관이셨던 김○○ 대리님이 Assembly 하다 온 재원이라고 회의 시에도 엄청나게 띄워주신 덕에 동료들의 질투 어린 부러움을 받기도 했었다. 당시에 사무자동화 검토가 진행되었다. 김 대리님께서는 나에게 사업 계획을 맡기셨고 나는 난감했다. 지금이야 사무자동화하면 모르는 사람이 없지만 그때는 1987년이었다. 우선은 여러 지인에게 물어봤지만 시원한 답을 얻지 못했다. 남대문 삼성본관에는 도서관이 있었다. 엄청난 양의 도서가 있었고 나는 미친 듯이 이것저것 읽고, 메모하고, 복사했다. 일본 번역 책들이 많은 도움이 되었다.

결국, 100페이지 넘는 보고서를 제출했고 칭찬도 받았다. 전산실장님께서 그룹비서실 사무자동화 추진회의에 다녀오셨다. 온화하고 말수가 없으셨던 실장님이 불러서는 우리 회사 보고서가 평가를 잘 받았다는 것과, 그날 참석하셨던 이건희 회장님이 총평에서 하신 말씀을 들려주셨다. “우리 그룹 사무자동화가 제대로 되려면 여기 앉아계시는 분들이 바뀌면 됩니다.” 당시에 여러 해석이 있었는데 나는 사무자동화는 개인별 컴퓨터 조작/활용 능력이 성숙하면 자연스레 성취된다고 생각했다. 그 당시 내 보고서 중에는 직원들에 대한 사무능력평가, 즉 워드프로세서, 스프레드 시트 운용 능력 평가 계획이 있었다. 요즘은 PC로 문서작성을 못 하면 시대에 뒤처지는 그런 세상이 되어버린 지 오래다. 1987년 88올림픽을 앞두고 건물 옥상 정비사업이 한창 진행되면서 남대문 일대

지저분했던 옥상이 말끔해져 가던 즈음에 KAL기가 공중 폭파되었다고 난리가 났었다.

Wang Laboratory는 미국 매사추세츠 로웰에 본사를 둔 대만계 미국인 왕안 박사가 설립한 글로벌 컴퓨터 업체이다. WP, PACE, OFFICE, MINI Computer, Wang Broadband Net 등 엄청난 기술과 제품들을 보유한 당시에는 IBM을 꺾을 수 있는 유일한 회사였다. 내게 첫 직장을 연결해준 조자영 형이 연락이 왔다. 왕으로 자리를 옮기게 되었으니 같이 일해보자고. 대학 선배님으로 업계 큰 인물이셨던 조완해 부사장님께서도 계신단다. 63빌딩에 사무실이 있었는데 면접 보러 가서는 그 으리으리한 사무실과 가구, 화려한 의상의 여직원들에 입이 다물어 지지가 않았다. 바닥엔 카펫이 깔렸었다. 월급도 2.5배가 올랐고 더구나 주 5일만 근무한단다. 천국이었다. 그렇게 외국계 기업에 첫발을 내딛게 되었고 지금까지도 그 일을 계속해 오고 있다.

왕에서의 생활은 내 삶에 많은 것들을 이룰 수 있었던 기초와 Insight를 제공해 주었다. 촌놈이 처음 미국 본사에 가서 연구소와 개발 중인 신제품들을 보았을 때 충격은 말로 표현할 수가 없었다. 한마디로 모든 기술적 상상은 제품으로 구현될 수 있다는 확신이 들었다. 90년 초에 MS DOS 640KB 환경으로 이미지, 보이스, 펜을 이용한 free-writing 등 기술들이 상용화되어 있었다. 그 제품의 이름이 Freestyle이다. 그 제품을 가지고 들어와 전국을 돌며 전시회를 하는데 사람들이 무슨 마술을 보는 듯 신기해했다. 그러니 얼마나 우쭐했겠는가. 그러나 애석하게도 이 제품은 속된 말로 깡그리 망했다. 이유는 간단하다. 그 놀라운 기술을 받아들이기엔 현실의 수준은 너무 동떨어져 있었다. 우리나라뿐 아니라 미국이나 유럽까지도.

왕에서는 다양한 일들을 경험했고 내 삶의 큰 성장을 이루었다. 결혼을 했고, 자식도 얻었다. 신기술, 제품 Launching을 온전히 혼자서 해보기도 했고, 112 지령시스템 등 획기적인 상상의 시스템을 실제로 현실로 완성해 보기도 했다. 영업이란 것도 배우고 제품 개발 기획 단계부터 완성까지 Full Cycle도 경험했다. 많은 교육이 제공되었고 넓은 세상을 볼 수 있는 수많은 출장 기회가 제공되기도 했었다. 입사하고 얼마를 지나 첫 해외 출장을 나가게 되었다. 목적지는 대만 연구소. 왕안 박사는 연구소를 대만에 두고 대만 경제에 많은 혜택을 제공하고 있었다. 대만 컴퓨터 산업의 성장 배경에는 왕안 박사의 투자와 지원을 빼놓을 수 없다. 장개석 공항에 들어서니 온통 WANG Logo가 번득였다. 입국심사도 왕 직원이라 하니 그냥 통과다. 나의 첫 외국 여행이었는데 비위가 약한 나는 그 습한 날씨에 온통 배여 있는 향채 냄새로 너무 힘들었던 기억이 있다. 대만 회사 사무실로 출근했다. 담당자를 찾았고 이미 관련 팀들이 회의실에 다 모여 있었다. 당시 판매 준비 중이던 PC에 사용할 허큘리스 보드의 한글화 작업을 위해 연구소에 의뢰하러 간 자리였다.

문제는 영어였다. 영어를 쓴 적이 있었어야지. 간단한 인사를 나누고 뭘 도와줄까라고 하는데 그때부터 생 땀이 나기 시작했다. 전날 밤, 나의 요청사항을 열심히 문장을 만들어 외웠는데 도통 생각이 나질 않는다. 5분 정도인가 쩔쩔매고 있으니 무리가 술렁거리기 시작했다. 안 되겠다 싶어 화이트 보드에 1. 2. 3. 단어들을 나열해 갔다. 막히면 가지고 간 조그만 동아 영어사전을 커닝해 가면서. 그랬더니 매니저가 나와서 순서대로 천천히 물어보기 시작했다. 듣기는 하니 Yes or No였다. 그렇게 이틀 동안이나 회의를 했고 그 후 원하던 한글지원 보드는 완성되었다. 이틀째 날에는 짧지만, 문장이 만들어지고 있었다. 물론 아주 쉽고 몇 개 안 되는 어휘로만. 그러던 것이 몇 개월 후 미국 본사에 3개월 장기 출장을 가서는 귀도 뚫리고 말문도 열리기 시작했다. 결국 영어란 누구 하나 도와줄 사람 없이 절박한 상황이면 어떻게든 나오게 되는 모양이다.

1991년으로 기억한다. 제1의 공략대상인 IBM과 손을 잡고 Unix 시장으로 진입한다는 전략 발표와 함께 왕의 우수한 소프트웨어들을 IBM RS6000에 탑재하여 판매하는 프로그램이 나왔다. 국내에도 담당자가 나와야 하는데 아무도 자원하지 않았다. 내가 그나마 기술 기반이 가장 가까웠기 때문에 그 일을 맡게 되었다. 본사로 가서 교육도 받고 제품을 가져와 한글화 작업도 하고 해서 출시 작업을 진행하였다. 몇 개월 동안 밤낮없이 준비해 왔는데 청천벽력 같은 소식이 들려왔다. Chapter 11. Chapter 11이란 미국 연방파산법에 따른 파산보호신청을 뜻하는 용어다. 본사가 경영난으로 인해 법정관리에 들어갔다는 소식이었다. 우리 중 그 누구도 상상하지 못한 상황이 닥쳤다. 실은 Chapter 11이란 말도 처음 들어본 용어였고 메일로 소식을 접하고는 열심히 사전을 찾아보기까지 했었다. 이전까지 한국은 판매실적이 매우 좋았다. 계속해서 성장하고 있었고, 직원 수도 200여 명 가까이 되어갈 즈음의 이야기다. 우려는 현실로 나타나 3개월쯤 지나면서 본사로부터 인원감축 지시가 떨어졌다. 처음엔 20명, 그다음엔 30명 그리고 또…. 거의 3개월 단위로 계속해서 감원 프로그램이 진행되었었다. 불과 1년이 채 지나기도 전에 이미 60여 명으로 줄어 들어있었다. 최고의 회사이면서 나의 역량을 키워주었고 가정까지 마련해준 회사가 무너져가는 것을 지켜본다는 것은 참 감당해내기 힘든 상황이었다. 그러던 차에 먼저 회사를 떠나 한국유니시스 대표이사로 계셨던 조완해 사장님으로부터 전화가 왔다. 90년대 초 구소련이 붕괴하고, 한·소, 한·중 수교가 이루어지고, 김일성이도 죽고 해서 통일이 되나 했다. 동네마다 비디오방이 있어서 중국무협영화시리즈 엄청나게 많이도 봤다. 〈초류향〉, 〈의천도룡기〉, 〈사조영웅전〉, 〈소오강호〉….

조 사장님께서 신규 사업으로 이미지, GIS 사업부를 만들어야 하는데 도와달라 하셨다. 해보겠다고 말씀드렸더니 기획본부 임원이신 최 이사님과 차 한 잔하고 가라고 하셨다. 소파에 앉아 기다리는데 비서가 찻잔을 들고 들어왔다. 천사를 보는 듯했다. 뽀얀 피부와 큰 눈 그리고 찻잔을 놓는 손이 너무도 희고 길었다. 더구나 까만색 매니큐어를 하고 있었다. 속으로 생각했다. 아~ 또 옮겨야 하는구나. 나중에 안 사실이지만 그 여직원은 대학 시절 그룹사운드 보컬이었고 아주 예뻐 졸업도 하기 전에 선배였던 신랑이 낚아채 결혼을 했단다. 회식 때 What's up을 부르곤 했는데 나는 이날 이때까지 그 노래를 그렇게 잘 부르는 여자를 본 적이 없다. 직원 2명을 데리고 이미지 사업부를 맡았다. 신규 사업이다. 문제는 유니시스가 메인프레임 회사(최초의 상업용 컴퓨터인 Univac을 만든 회사)로 인식되어 왔고 더구나 이미지 시장 자체가 초창기 도입기를 거치고 있는 상황에서 잘 알려지지 않은 솔루션을 판다는 게 여간 어려운 문제가 아니었다. 신문과 월간지에 글을 기고하기 시작했다. 신문에 특집으로 전자문서관리시스템에 대해 연재를 하고 경영과 컴퓨터, 하이테크정보 등에 기고문을 내보냈다. 반응이 오기 시작했다. 전화로 방문요청이 들어오고, 제안하고 마침내 계약들이 이루어지기 시작했다. 당시 경쟁자로는 미국 Filenet, 왕 Open/Image, 삼성전자 광파일링시스템 이

외에 몇 가지 제품들이 더 있었는데 재미있는 것은 경쟁사끼리 모여서 술도 먹고 엄청나게 친하게 지냈다는 것이다. 한국소프트산업협회에 이미지분과를 만들어 업체들 정기 모임도 하면서 정보도 나누고 힘들면 도와주기도 하며 서로 돕고 공생하는 분위기였다. 파이를 키워 나누어 가지자는 전략이었고 그 결의는 일정 시간 성공을 거두었다. 그 후 엄청난 시장이 열렸고 코스닥 상장사가 생겨나면서 우후죽순처럼 업체들이 몰려들어 그 동맹은 깨어지게 되었다.

90년대 중반을 거치면서 닷컴 열풍에 몸서리를 치기 시작했다. 국내에도 수많은 벤처기업이 생겨나고 또 일부는 장외시장에서 대박을 치고 있었다. IMF 사태 중에도 닷컴과 벤처에 대한 묻지마 투자는 광기에 가까울 정도였다. 나는 당시에 eBusiness 사업부를 맡고 있었다. 마찬가지로 기고와 강연 등을 하고 다녔기 때문에 객관적 전문가가 없던 시절 나에게도 벤처 자문이나 평가 등의 의뢰가 들어오기 시작했다. 지인들을 통해 알게 된 몇몇 기업들에 대해 추천서나 의견서 등을 보내주다 보니 감사의 뜻으로 액면가에 주식 일부를 주겠다고도 하여 도와주는 셈 치고 벤처 주식을 사기 시작했다. 그것을 알게 된 당시 나의 보스이신 본부장님도 주식을 소개해 달라 해서 주식을 나누어 사게 되기도 했다.

98년 말인가 장외시장 시세로 보유주식의 가치를 계산하니 무려 40억에 가까웠다. 허세에 도취하여 차도 기아 엔터프라이즈 3.6 CEO로 바꿔 타기도 했었다. 하지만 대구에 IDC 사업이 진행되고 있어 근 1년여 동안을 대구에서 지내다 보니 시장흐름을 놓쳐버렸다. 가끔 본부장님이 전화해서 주식 내다 팔라 했는데 지방이라 장외거래가 쉽질 않았다. 2000년 들어 보유주식을 보니까 2/3는 회사가 없어졌고 남아 있는 회사 주식의 가치는 불과 2~3000만 원 정도였다. 닷컴 거품이 꺼진 뒤였다. 물론 본부장님은 빠질 때 잘 빠져 크게 한 몫 챙기셨고 그 돈을 기반으로 압구정에 빌딩 사셨는데 그게 또 대박 나고…. 그 후로 나는 주식 투자를 한 적이 없다. 떼돈 벌 사람은 원래부터 따로 있다고 생각했다. 1998년 DJ정부가 들어섰다. 현대사의 큰 사건이었다. 외환위기 극복에 동참한답시고 나도 금붙이를 내다 팔았더니 집에 금붙이가 거의 없다.

2001년 2월 1일 썬(Sun Microsystems)에 입사를 했다. 2011년 현재의 회사인 오라클에 인수 합병된 것까지 따지면 14년째 재직하고 있다. 지나간 썬에서의 생활은 일도 일이지만 사람들의 기억이 더 새록새록 하다. 컨설팅사업부에 입사했는데 같은 부서에 학교 후배가 둘이나 있었다. 통신사업부문 영업을 맡고 있던 권○○ 부장, CTO(Chief Technology Officer)인 황○○ 부장. 이 둘은 당시 보스이셨던 오 부사장님의 신뢰를 듬뿍 받고 있던 재원들이었다. 성격도 둘이 딴판이라 하나는 사교성이 많아 오지랖이 넓고 하나는 차분하고 논리적이었다. 하나는 선배님 하면서 살갑게 달라붙는데 다른 하나는 멀찍이 떨어져 티 안 나게 도와주길 잘한다. 둘 다 사랑스러운 후배들이었다. 회사를 여러 번 옮겨 본 경험으론 입사 초기 텃세나 경계심 때문에 한동안 고생하는 경우가 많이 있었다. 그래서 유니시스 퇴직금의 상당 부분을 가지고 둘을 포함해 부장급 여러 명을 데리고 다니면서 막 먹였다. 술도 잘 못 먹는 친구들 데리고 주점까지 가서는 양주를 마시며 실컷 놀게 했다. 너네들도 임원이 되면 접대도 해야 하니 미리 연습해 두라고. 카드도 자주 쳤다. 이 친구들 카드를 무척 좋아하는 거다. 저녁 먹고 우리 집으로 가 새벽까지 카드 친 기억이 많다. 2002년 월드컵 이탈리아전도 집에서 카드 치면서 같이 봤다.

이 친구들은 집사람을 더욱 좋아했다. 그도 그럴 것이 카드 치는데 과일 줘, 커피 줘, 간식에다 밤에 배고프다면 라면도 끓여주니 말이다. 실은 다른 이들 집에도 가 봤지만, 처음에 인사하고 다시는 내다보지도 않는 집도 있었다. 참 이해가 안 되는 게 가장의 회사 직원들이 왔는데 대접을 안 한다는 게 이해가 가질 않았다. 세대 차이인가? 그렇게 부대끼며 여러 해를 보냈다. 둘 다 이사로 진급도 했다. 권 이사가 먼저 회사를 떠났고 얼마 안 있어 아내와 함께 캐나다 이민을 간다고 연락이 왔었다. 2009년인가 황 이사가 시름시름 아프기 시작했다. 간암이었다. 학교 다닐 때 간을 다쳤는데 재발했단다. 그러고 1년 있다가 아내와 어린 딸을 남기고 세상을 떠났다. 더 황당한 것은 다음 해 권 이사 팀원으로 있던 친구로부터 연락이 왔다. 권 이사가 세상을 떠났단다. 캐나다에 있으면서 간이 안 좋아졌단다. 이미 상태가 안 좋아 부인이 한국으로 데리고 나왔는데 얼마 견디지 못하고 갔단다. 자손도 없어 본인이 굳이 장례도 치르지 말라 하여 화장했단다.

공공사업부를 맡고 있을 때 일이다. 본사 경영상태가 서서히 나빠지면서 구조조정 지시가 내려왔다. 자원자 이외에 인원이 충족 안 되면 부서별로 인원 할당이 주어졌다. 당시 4명의 엔지니어가 있었는데 1명을 줄여야 했다. 며칠을 고민해도 답이 없었다. 근무 평점, 능력, 기여도, 팀 호흡 모든 게 문제 되지 않았다. 직원들이 눈치를 보기 시작했다. 고참인 고 부장이 와서는 상무님 결정에 따를 테니 너무 고민하지 말란다. 그래서 박 차장을 따로 불렀다. 박 차장은 팀 내 유일한 여직원으로 그야말로 일 잘하는 아줌마 직원이었다. 커피숍에서 만났는데 차마 말이 안 떨어졌다. 박 차장이 먼저 말을 꺼냈다. "상무님, 전가요?" 하고 물었다. 차마 대답을 할 수가 없었다. "상무님도 고심하셨겠지만, 이유를 여

줘봐도 될까요?" 나는 미안하다는 말과 함께 능력이나 인사 고가가 나빠서 그런 것이 아니라 팀원들 하나하나 살펴보면 홀벌이 가장들인데 박 차장은 그래도 신랑이 버니까 충격이 좀 덜하지 않겠어. 내가 생각을 굳히게 된 데에는 그 이유가 크다고 말해 주었다. 그러자 박 차장은 닭똥 같은 눈물을 흘리며 그 이유 하나로 십 년 넘게 죽도록 열심히 직장 생활한 걸 어떻게 포기하란 얘기냐. 여자이기 때문에 더 악착스럽게 일했는데, 이런 일이 올까 더욱 노력했는데 너무 서럽다면서 펑펑 울었다. 내내 마음에 걸렸다. 몇 년이 지나 다시 직원을 뽑을 만큼 회사 형편이 나아졌다. 고 부장을 시켜 박 차장을 찾아보라 했는데 돌아온 대답은 딸 키우는 게 너무 재미있어 다시 복귀할 마음이 없단다. 그나마 위안이 되는 얘기였다. 박 차장, 그때 생각하면 지금도 미안해.

이○○ 부장이 있었다. 황소만큼이나 묵묵하게 궂은일 마다치 않고 일하는 친구였다. 본사 AR 부서에서 메일이 왔다. 부산 ○○병원이 장기 대금 미수 상태로, 원인 파악 후 소송이라도 전개하라는 통지문이었다. 담당자가 이 부장이었다. 그 계약 건은 내가 매니저가 되기 전 일이었다. 병원정보시스템과 영상정보시스템 (EMR, PACS) 구축 프로젝트였었는데 개발이 미완료되어 수금되지 않고 있다 한다. 사장님도 걱정하시고 해서 이 부장을 데리고 부산엘 갔다. 이럴 경우 대개 2~3일 머리 맞대고 논의하다 보면 조금씩 양보하고 해결되는 것이 왕왕 있는 일이었다. 병원에 들러 전산실장님과 얘기하다 보니 웬걸 문제가 심각하다. 영상정보시스템 제안이 잘 못 된 것이다. 불가능한 것을 제안하고 commitment한 경우였다. 또한, 계약서와 달리 일부 장비는 엉뚱한 제품으로 대체되어 있기도 하고. 이러한 사실이 1년여 파악이 안 된 것도 대단한 문제였다. 전산실장님께서는 종교 재단에서 운영 중인 병원이라 그간 수차례 계약 이행에 대해 구두로 독촉만 했지 소송까지는 고려하지 않았다고 한다. 사장님께 상황을 보고 드렸다. 어이가 없으신 모양이셨다. 어쨌든 해결하겠다고 말씀드리고 그 길로 7개월을 부산에서 보냈다. 개발자들 다시 불러들여 미진한 업무 개발은 지속시키고, 납품제품 재조정하고 추가로 소프트웨어 보충하고. 그래도 영상정보시스템 구현은 기술적으로 한계가 분명히 있는 상황이었다. 병원장님까지 찾아뵙고 상황을 말씀드리고 일부 기능에 대해 계약 변경을 요청했다. 겨우 양보를 얻어 검수 완료하고 문제를 해결했다. 그 7개월 동안 이 부장은 죄책감과 불안감에 맘고생이 많았다. 처음에는 회사를 위해 무리함에도 불구하고 실적을 위해 무리수를 뒀다고 항변했었다. 그로 인해 자신이 얻은 이익은 하나도 없다고. 화가 나서 엄청나게 쏘아붙였다. 이 사건은 기본적으로 Compliance 위반이다. 이 부장 너만 문제가 되는 것이 아니고 이 사업 승인에 관여된 모든 사람이 문제가 된다. 사장님까지도 불이익이 있다. 얼마나 야단을 쳤던지 그 큰 녀석이 엉엉 운다. 서럽고 미안했단다. 부산 7개월 생활을 안쓰러울 만치 극진하게도 나를 보필했다. 그게 더 보기가 안쓰러웠다. 이 부장, 그래도 네 덕에 부산에서 회는 실컷 먹었다. 고맙다.

그 외에도 10여 년 썬 식구들과 동고동락하다 보니 기억에 남는 친구들이 한둘이 아니다. 2008년 현대해상보험 차세대프로젝트에 참여했던 충식, 윤호, 인근, 영훈, 성찬, 기수, 계홍, 중종, 영우…. 참 많다. 그때 우리는 참 짐승처럼 일했다. 2시간밖에 못 자고 일할 때 한 녀석이 없어졌다. 다음날 새벽에 출근했는데 어디 갔다 왔냐니까 다 늙은 녀석이 눈물을 뚝뚝 떨어뜨린다. 우울증을 앓고 있는 아내가 남편이 집에도 안 들어오고 전화하면 바쁘다고 빨리 끊으라고 그랬다고, 손목을 그었단다. 밤새 병원에 있다 새벽에 장모님께 인계하고 출근했단다. 프로젝트가 뭐라고. 집집이 사연 없는 사람이 없었다. 처음엔 회사를 위해서 이 프로젝트를 기반으로 다시 일어나 보겠다는 사명감 때문에 시작했지만 실은 나도 나중엔 오기로 했다. 그때 같이 고생해 준 당신들, 매우 고맙고 정말 미안하다. 이런 사실을 사장님께 알려 집사람들 불러서 위로 좀 해 달라고 부탁했다. 흔쾌히 받아주시고 식구들을 초빙하셨단다. 점심을 잘 대접하고 각자 선물도 안겨 주셨단다. 근데 문제가 생겼다. 또 말들이 나왔다. 선물로 고급 목욕제품과 목욕 가운 세트를 선물하셨단다. 물론 비서한테 시켜서 부인들이 좋아할 만한 선물을 준비하라 하셨고. 집사람들이 한마디씩 했단다. 신랑도 없는데 뭔 목욕 가운이냐고! 어차피 독수공방하고 있는데….

직업의 사전적 의미는 생계를 유지하기 위하여 자신의 적성과 능력에 따라 일정한 기간 계속하여 종사하는 일이라 한다. 좀 마땅찮은 표현이다. 생계유지만을 위한다면 그렇게 짐승처럼 일할 수 있을까? 직업은 남을 위해 남의 일을 대신해 주는 것이다. 공무원은 국민이 있고 교사는 학생이 있다. 우리에겐 고객이 있다. 고객의 사업을 더욱 잘 되게 도와주는 것이 우리의 임무이다. 일이 잘되려면 남의 일이라 치부하는 순간 그 결과는 기대할 수 없다. 매사 내 일처럼 한다면 과정도 결과도 좋게 마련이다.

30년 가까이 직장생활을 하다 보니 무수한 사람을 만났고 다양한 조직의 서로 다른 업무들을 접했다. 소중한 경험이고 자산이다. 좋으신 상사분들을 모셨고 혈육 같은 직원들과 긴 시간을 보냈다. 때론 기뻤고 때론 분했다. 그 모든 게 추억이고 돌아보면 다시 돌아가고 싶은 기억들이다. 내 인생 2막에도 그런 사람들을 만날 수 있을까? 그렇다면 인생 2막도 그리 불안한 미래는 아닐 텐데 말이다.

바늘 공포증

서효석 | 마음편한 정신과의원 원장 |

내 옷장엔 오래된, 내게 잘 맞는 양복이 보관되어 있다. 30년이나 되어서 이젠 빛도 바래고 모서리도 낡아서 입고 다닐 순 없지만, 옷장에 걸어두고 가끔 꺼내 입고는 이 옷과 함께한 시간을 그려보곤 한다.

고1 끝날 때쯤 난 처음으로 문과 이과를 정해야 하는 선택의 갈림길에 섰다. 원래 나는 남들 앞에 나서는 걸 싫어하는 정도를 넘어 두려워했고 영어보단 과학 과목을 더 좋아했다. 또한 어머니는 장남을 의대에 보내기 위해 이과를 가길 원하셨다. 그러나 난 굳이 문과를 하겠다며 난생처음 반항했고 어머닌 뜻밖에 순순히 승낙하셨다. 하지만 대학입시의 결과는 참담했고 본고사 낙방 후 집에서 내내 고개를 들지 못했다. 첫 번째 내 용기는 단지 철부지 반항으로 치부되었다. 마침 당시 대구에 신생 의대가 2개나 생겼다고 기뻐하는 어머니 요구에 못 이겨 의대에 지원해서 운 좋게 합격했지만, 전혀 기쁘지 않았다. 결과적으로 의대를 원했던 어머니의 의지 앞에 변변한 저항도 못 해보고 무너지고만 나는, 앞으로의 일이 두려웠다. 나는 많이 위축되어 있었다. 세상 앞에서 이런 두려움은 의존심과 뒤엉켜 의대 입학 후에도 계속되었다. 의대 6년간의 방황이 시작된 것이다. 의대 생활은 내게 맞지 않는 옷처럼 어색했기에 대학 시절 내내 내 인생이 아닌 것처럼 살았다. 맨날 수업 빼먹고 당구장에, 기원에, 밤이면 술집에, 전당포에, 심지어 유치장까지. 순경들도 학생증이 위조된 건지 의심했다. 남들 앞에 나서보려는 시도는 있었으나 앞으로 다가올 더 큰 문제는 여전히 못 느끼고 있었다.

그런 와중에도 낙제는 면하고 운 좋게 살아남아 본과 4년이 되니 전공과를 선택해야 했다. 여러 과 중 환자들과 말이 안 통하는 소아과와 정신과는 정말 싫었고 왠지 몰라도 외과계를 해야 할 것 같았다. 하지만 수술실 견습 중 점차 알게 된 문제가 있었다. 피곤할 때면 녹색 수술포와 혈액의 붉은색이 구분이 안 됐다. 전에도 간혹 느꼈고 다시 생각해보면 입학 당시 신체검사에서도 적녹색 구분이 힘들었는데 어찌어찌 통과되었다. 이는 외과의사가 되는데 심각한 장애였다.

또 다른 문제도 있었다. 응급실에서 여러 심한 환자들-화상이나 심한 출혈, 심장마비 환자 등은 별 탈 없이 대처할 수 있었으나 단 하나, 주삿바늘만 보면 손이 떨려서 주체할 수가 없었다. 단순한 정맥주사에도 손이 떨려 혈관을 터뜨렸다. 소아과 당직 때도 극복해보고자 시도했지만 남의 집 귀한 아기들 이마에 흠집만 내놓고 결국 보호자들의 눈총을 뒤로하고 쫓기듯 병실을 나와야 했다. 바늘 공포증이었다. 그런데 이런 문제, 아니 장애를 가지고도 유독 외과를 해야겠다고 고집스레 집착했고 그중에 당시 인기 있던 정형외과를 지원했다. 하지만 성적이나 전공의 평가에서도 해당과의 낙점을 받지 못해 예상대로 낙방했고 이후 3년간의 군의관 시절을 지난 후에도 정형외과에 대한 미련을 버리지 못해 이곳저곳을 기웃거리며 떠돌고 있었다.

그러던 중 우연히 부산에 있는 한 정신병원의 일반의로 근무하게 되었고 술과 바둑을 친구삼아 현실도피 중 거기서 만난 원장님의 권유로 정신과를 지원하게 되었다. 학교 때부터 관심 없던 과목이었지만 당시 별 대안이 없던 나로서는 선택의 여지가 없었다. 그분의 배려로 근무시간 중에도 시간을 내어 시험 준비를 하게 되었고 역시나 운 좋게 합격해서 정신과 전공의 생활을 하게 되었다. 그러나 그 또한 내가 원치 않던 길이라 생각했고 의과대학 시절 못지않게 30대 초반 전공의 시절을 헤매고 다녔다. 이미 대학 시절 입문한 여러 잡기가 꽃을 피웠고 밤새워 놀다 새벽에야 정신병동 비상구를 통해 출근하길 반복했다. 아들러나 융 심리학을 공부하면서 그 학문적인 내용은 몰랐지만, 정신 병리 문제점만 실습하는 듯이 열등감과 페르소나와 4년을 싸웠고 신생 정신병원의 갖은 전설을 만들었다. 어쨌든 마지막 석 달을 씨름해서 전문의 시험을 치르고 15년을 기다린 전문의가 되었다.

이후 대구로 돌아와선 무늬만 정신과 전문의이고 신경증 환자나 나 자신이나 별반 차이 없는 혼돈의 의사 생활이 시작되었다. 내게 맞지 않는 문과를 선택해서 실패하고, 의대를 가서는 외과를 지원해선 탈락했고, 결국 마지못해 정신과를 하게 된 나는 앞으로는 무얼 선택하고 어떻게 살아야 하는지 알기 어려웠다. 그런 중에도 현실에 떠밀려 정신과의사 시늉만 하는 나는 내가 너무 불편했다.

"누구나 좋아서 자기 일을 할 수는 없지. 적어도 다 좋을 수는 없는 거야."라고 자위를 해봐도 내 불쌍한 의사로서의 정체성은 확인할 바 없었다. 몇 년을 겨우 숨만 쉬고 살았다. 그러던 차에 내가 있던 종합병원에, 과거 대학병원에서 정형외과 과장으로 있으면서 내가 지원했을 때 떨어뜨렸던 분이 원장으로 오시게 되었다. 그래도 학교 은사인지라 먼저 인사드리고 가깝게 지내던 중 어느 날 병원 회식자리에서 지난 이야기를 하게 되었다. 내용인즉 고교 때 문과 나와서 의대 들어 온 거며 정형외과 탈락해서 정신과 오게 된 것을 술김에 하소연하듯 말하게 되었다.

그분은 아무 일도 아니라는 듯이 말씀하셨다.

"그랬었나. 그렇지만 결국 같은 일을 하게 되었네! 그려."

"네? 같은 일이라고요?"

의아해 하는 내게 그분은 천연덕스레 물었다.

"그럼 문과를 나와서는 어딜 지원했었나?"

"정치학과요. 원장님."

"거보게 이 사람아, 전부 같은 집안이 아닌가! 같은 정 씨 말일세. 허허."

어안이 벙벙하고 술이 다 깨는 듯하다. '날 놀리시는 건가. 웃자고 하시는 건가?' 하지만 이후 뭔가에 홀린듯 술에 취하지도 않고 내내 '같은 정 씨'란 말만 머릿속을 맴돌았다. 회식을 마치고 귀갓길에 문득 생각이 든다.

정치학과, 정형외과, 정신과!

'그분은 어떻게 이들을 단숨에 연관 지어 생각했을까?' 나는 이들을 한 번도 이렇게 늘어놓고 관련지어 생각을 해본 적은 없었다. 그러고 보니 서로 아무런 관계가 없지만 내 입장에서는 나와 밀접한 관계가 있다. 세 가지 다 내가 원했고 평생직업으로 생각했던 일이다. 그렇다면 그중에서 나는 왜 굳이 맞지 않는 일을 하려 했는가. 남들 앞에 서기 두려워하는 내가 정치학과에 진학하려 한 것이나, 적녹색약에 바늘 공포증까지 있는 내가 정형외과를 하려는 것이나, 또 이런 문제들로부터 자유로운 정신과는 내게 맞지 않는다고 생각하는 것이나. 나는 왜 내 인생에 억지를 쓰고 있었던 것인가?

갑자기 등에서 식은땀이 났다.

나는 지금껏 맞지 않는 옷을 입으려고 발버둥 치고 있었다. 그리고 결국에는 내게 맞는 옷을 입고도 남의 옷을 입은 양 거북해 하고 있었다. 무대 공포증도 적녹색약도 바늘 공포증도 신경 쓸 필요 없는 옷. 정신과는 본시 내게 꼭 맞는 옷이었다. 여기까지 오는 동안 수많은 시행착오도 나의 무대 공포증과 바늘 공포증을 일깨워 이곳으로 나를 인도한 이정표였다. 열등감을 깨닫고 이젠 남이 만들어준 가면 페르소나를 벗고 내 얼굴로 살아가는 길. 그리고 지금까지 찾아 헤매던 그 길이 바로 여기였구나!

지난 20여 년의 세월이, 그 방황이 주마등처럼 지나가며 가슴을 친다. 뒤늦은 술기운인지 밤공기에 눈시울이 붉어진다. 그날 이후 난 내게 맞고 어울리는 옷을 입고 출근한다.

오랫동안 나를 짓누르던 무게를 털고 새로운 정신과 참의사로서 환자를 대한다. 옷이 한 벌이라 가끔 지겹기도 하고 구겨지기도 하고 때를 타기도 한다. 그러나 가끔 벗어두고 쉴 수도 있고 세탁을 하면 되니

별문제야 있으랴. 언젠가 이 옷도 낡아서 입지 못할 때가 올 거다. 하지만 내 옷장 속의 오래된 옷과 같이 이 '정신과 의사'란 옷도 그때가 되면 옷장에서 한 번씩 꺼내 입어보고 지금을 생각하며 추억할 수 있지 않을까.

P.S

카를 구스타프 융은 의식하지 못했던 가면을 일깨워줘서 내 얼굴을 알게 해준 분이고 알프레드 아들러는 내게 의존심에서 기원한 열등감을 승화시키는 법을 가르쳐줬다.

Thanks Carl, Alf.

가지 않은 길

이호용 | ㈜화인케미칼 대표이사 |

중학생 시절, 첫 교시 수업이 끝나자마자 얼른 책가방을 주섬주섬 챙기고 미술실로 향한다. 학창시절의 여느 때와 마찬가지로 토요일은 즐거운 날이었다. 일찍 끝나 좋았고 미술대회가 있는 날은 그나마 한 시간이면 충분했으니 게다가 물 좋고 공기 좋은 곳에서 바깥바람까지 쐬니 금상첨화가 아니었겠는가. 그러나 낙엽 지는 그해 겨울, 그림이 내 갈 길이 아님을 스스로 깨달았다. 대회에 나가면 입선, 가작이지만 꽤 흔한 우수상조차 받은 기억이 없다. 나 스스로 생각해 봐도 요즘 말로 크리에이티브가 부족했음을 느꼈다. 미술 선생님의 협박 어린 감언이설에도 미술반을 탈퇴했다. 왜냐하면 미술반이 공부 안 하는 학생들 모이는 곳으로 암암리에 소문이 나 있는데 그나마 내가 그중 우등생이었기에, 내가 빠지면 미술반 이미지에 영향이 있었기 때문이리라. 내 그림 실력보고 선생님이 만류했을 리가 없다.

그럭저럭 거름지고 장에 가는 사람처럼 학교와 집을 왔다 갔다 반복했더니 어느덧 고등학생이 되어 있었다. 시간이 없어 뭘 못 한다는 건 빈말이란 게 내 생각이다. 길지 않은 삼 년의 고교 시절, 내 인생에 교양이란 틀의 반은 이 기간에 다 형성된 듯싶다. 반 친구인 상태종의 집에 가서 백 판에 나오는 비틀스, 사이먼 앤 카펑클 노래를 오로지 녹음과 재생기능만 있는 녹음기로 스피커 앞에 대고(마이크도 없었음) 녹음하면서 팝송을 흥얼거리기 시작했다. 클래식 음악을 듣고 도서관에서 Ch로 시작하는 사람 아무리 찾아도 차이콥스키는 없었다. 나중에 Tch로 시작된다는 것을 아는 과정이 클래식을 접하는 계기가 되었다. 세계명화를 한 장씩 들쳐주며 눈을 크게 뜨고 넓게 보라는 미술 선생님의 가르침을 계기로 모네의 '해돋이'에서 인상파란 이름이 나오게 되었다는 상식까지 겸비할 수 있었다. 짬짬이 시간 내어 『삼국지』, 『수호지』, 동서양 고전, 시험 대비한다고 한국 단편소설과 시를 접한 것도 이때고, 고3 그 바쁜 시간에 일본소설 『대망』 30권을 독파했다. 그래도 진로를 심각하게 고민한 것은 레마르크의 『개선문』과 파스테르나크의 『닥터 지바고』를 읽고 나서부터다. 사실 뾰족하게 뭘 해야 된다는 생각을 깊이 한 바 없지만 소설 속의 주인공처럼 사는 방편으로 '증'이 하나 있으면 좋겠다고 생각했다. 어떤 상황이 닥치더라도 사람 구실 하기 좋지 않을까 하는 내 실용적 사고방식의 결론이었다. 성적도 괜찮은 편이고 몸도 튼튼한 데다 왼손, 오른손을 자유자재로 쓴다는 점이 개선문의 '라빅' 못잖은 외과의사가 되지 않을까 생각했다. 원서를 내려고 담임선생님과 상담하니, 본인 가고 싶은데 가라고 하셨다. 집에 와서 아버님께 의대에 원서 내겠다고 말씀드렸다.

"의사하면 처자식 좋고 본인 고생한다. 가지 마라."

아버님은 단칼에 잘라 버리신다. 그때만 해도 아버지 말씀을 거역하기가 어려운 분위기가 아니었나 생각된다. 더구나 맏이로서. 사실은 아버지께서 깊이 생각하시고 말씀하신 것도 아닌 것 같은데 너무 내 생각이 없었다는 게 누구 탓할 일은 아니지만 지금도 돌이켜보면 조금 아쉬움이 있다. 지금 사는 모습도 많이 달라졌겠지. 부모로서 아버지를 존중하지만 마음 한구석에 원망 비슷한 것이 남아 있는 이유 중 큰 부분이, 자식의 장래에 대해 진지한 고민 없이 자신의 의견을 강요했던 것이라 할 수 있다. 그래서인지 나는 아들의 이야기를 늘 듣는 셈이다. 관심이 어떤 분야인지 뭘 하고 싶은지. 내가 도움될 것도 없겠지만 어설픈 충고도 않겠다고 늘 생각한다. 가급적 아들이 편안히 이야기할 수 있는 사람이 되고자 한다.

그런 우여곡절 끝에 S 공대에 진학했다. 23개 학과 중 인기 있는 곳에 가려면 공부를 좀 해야 했으나 대개 촌놈들이 그러하듯 막걸리와 감자탕에 날을 지새우고 안줏감이 부족하면 주제넘게 나라 걱정 한답시고 시국을 토론하고 별로 심각하지 않은 금서를 가끔 뒤적이기도 했다. 짬짬이 당구치고 돈 없이 즐길 수 있는 바둑도 두곤 했다. 2학기 들어 나라가 뒤숭숭한 가운데 앞에 한 번 서 본 적 없는 내가 어설프게 용산경찰서에 끌려가서 꼬박 일주일 구류 살았다(이후 평생 이런 경험 안 해야지 생각했는데 꼭 25년 뒤에 하루를 보내게 될 줄 어찌 알았겠나).

'튀어라' 하면 갑자기 선두와 꼴찌가 바뀌는 수가 있는데 내가 딱 그 짝이었다. 수배자는 A급인 건 다 아는 사실인데 좀 더 분류하고 싶던지 B, C급을 나누는 기준이 전단 쪼가리 한 장 들고 있느냐 없느냐로 나뉘고, 이게 구류 일주일과 훈방으로 나뉘었다. 최근 우리 대통령이 청와대 관련 문건에 대해 '찌라시'라고 표현한 적이 있는데 아마 찌라시 한 장이 인생을 얼마나 바꾸어 놓을 수 있는지 잘 몰라서 한 말씀이 아닌가 한다.

일주일 구류를 살고 난 후 나오니 바로 다음 날부터 중간고사가 시작되었다. 평소에 해 놓은 공부도 없는 데다가 시간도 없고 참 난감했는데 엉뚱한 데서 도움을 받았다. 지금 H대 교수로 있는 김일섭이란 친구가 잔말 말고 뒤에 앉으란다. 이때 쪽지 서신 도움을 받은 것은 이후 성적에 많은 도움이 되었다. 중간고사가 끝나고 난 바로 다음 날 정학통지서가 날아왔다. 중간고사 나름 열심히 본 게 성질났다. 이럴 줄 알았으면 일찌감치 화끈하게 놀았을 텐데.

그러고 한 열흘 있으니 10·26이 터지고, 이후는 모두가 알다시피 대한민국 모든 사람이 이듬해 봄까지 정신없는 시간을 보냈었다. 끝없는 빙하기가 오기 전 잠시 따뜻한 봄이 있기는 했다. 나도 이때 봄볕을 좀 쬐기는 했었다. 2월 말일 학년 재등록을 마치자마자 갑자기 학생과에서 연락이 왔다. 복권됐으니 작년 성적, 교수님들에게 받고 2학년으로 올라가란다. 그 당시는 짜증 났지만 중간고사 봐 둔 게 얼마나 다행한 일이었던지. 그래도 중간고사 성적이 있으니 학점을 주시기가 수월했던 모양이다. 만일 중간고사 성적이 없었다면 몇 과목은 학점을 받을 수가 없었을 것이다. 이래서 새옹지마라 하던가. 중간고사 한 번으로 일 년 세월 건졌으니 꽤나 효과적인 시험이었다.

부끄러운 이야기지만 이때 성적이 대학 4년 성적 중 꽤 좋았던 것으로 기억된다. 다른 말로 그 후로도 열심히 공부했다고 할 수 없는 증거이기도 하다. 지금 돌이켜 보면 거름지고 장에 가듯 학교 다닌다는 게 나를 두고 이야기하는 게 아닌가 해서 양심에 찔린다. 그래도 그때는 그런 실력으로도 여기저기 오라는 데가 많았으니 좋은 시절이었다. 모자란 공부 뒤늦게라도 보충하려고 대학원 2년을 다녔다. 이때가 그나마 밀린 공부를 해야 된다는 의지가 좀 발동된 시기였던 것 같다.

성적을 받고 학생과로 가니 과는 어디를 선택할 거냐고 묻는다. 본인 가고 싶은 곳 어디든 선택할 수 있다고 했다. 그 당시 전자과가 선호도 1순위, 그 뒤로 기계, 산업공학, 전산, 제어계측 순이었다. 그전부터 그림 그리는 것을 좋아했으므로 건축과 갈 생각이었는데 아무 데나 갈 수 있다니 마음이 달라졌다. 새로운 분야라서 재미도 있고 취직도 잘되는 곳이 산업공학과라고들 이야기했다. 내 동기 30여 명 중 대학교수가 20명이 넘으니 새로운 분야가 맞기는 맞다. 다들 3월 중순이 넘어 과로 들어온 나를 무슨 일이냐는 듯 의아해했지만 금방 적응이 되었다. 당시 과가 생긴 지 10년 남짓이라 교수님들의 수준도 가지가지여서 세미나 식으로 각자 공부한 것 발표하는 식으로 수업을 끌고 간 경우도 있었다. 어쨌든 이렇게 조금은 우연적이고 즉흥적으로 결정된 진로가 이후의 진로에 절대적 영향을 끼쳤다. 버리지 않고 바지 뒷춤에 넣어둔 찌라시 한 장은 보잘것없는 종이 한 장에 불과했으나 구류, 정학, 과 선택, 장교 임용 결격사유, 이후 10여 년 직장생활까지 영향 미칠 줄을 그 당시 어찌 알았겠는가. 찌라시 한 장의 기적이라고 해야 할까?

아버지 말씀 한마디, 찌라시 한 장이 이삼십 대의 내 인생을 결정짓는 중요한 터닝 포인트였다면, 내가 내 인생의 제대로 된 의사결정의 주체가 된 건 마흔이 다 되어서였다. 처음으로 내 업을 시작하려니 주위에서 격려보다는 우려를 보내는 사람이 많았다. 한마디로 "안 되면 어쩔래?"로 요약된다. 불혹의 나이지 않던가? 이제 내 갈 길은 내가 알아서 결정하리라는 의지가 발동했다. 몇 년간 부친을 도와드린 바 있지만 내 주머닛돈의 소중함을 익히 깨달은 지라 동생에게도 독자의 길을 가라고 충고한 만큼 내 인생은 내가 책임지리라 다짐했다.

그전에도 그러했고 그 후로도 여러 번 겪었지만 출발부터 어려운 건 결코 나쁜 일만 있는 것은 아니다. 주어진 문제점을 파헤쳐 개선책을 찾고 어려움을 극복하는 과정에서 심신이 단련되고 일의 본질을 깨닫게 되기 때문이다. 첫해 고생이 한 오 년간 편하게 지낸 원동력이 되었고 오늘날까지 생존하게 된 기초를 닦아 주었다. 부도난 회사 인수하고 보니 장부 조작, 외주업체 단가 부풀리고 향응 받기 등이 다반사였다. 달래도 보고 그래도 안 되는 부분 과감히 도려냈다. 거래업체 한 군데 한 군데 개별로 만나 신의 성실의 거래관계를 약속했다. 처음엔 어려운 살림에 4개월 어음을 발행하다 한 달씩 줄여가서 일 년 만에 현금지급으로 거래 관행을 확립했다.

또 한 번의 큰 결정은 2004년, 한 일 년간의 노사분규 기간에 발생했다. 준비되지 않은 상태에서 회사 규모를 확장하다 보니 허술한 곳이 한 두군데가 아니었다. 또 새로 확장한 공장이 친숙한 지역이 아닌 객지에 있어, 발생할 수 있는 여러 문제점을 제대로 파악하지 못했기 때문이다. 사망사고까지 발생해서 곤욕을 치르는 와중에 다른 한편으로 전라북도 노동위원회 출석 조사 후 납치 감금되어 'S대 야반도주과 나왔냐' 식의 인민재판수준의 야유까지 받았다. 속된 표현이겠지만 등 뒤에 붙은 거머리랑 그럭저럭 공생할 건지, 비록 상처가 남겠지만 휘발유를 끼얹을 건지 고민하다가 쪼그라진 구멍가게를 하게 되더라도 맘 편하게 살겠다고 결심했다.

어려운 가운데 주위 많은 사람의 격려와, 큰 힘이 되어준 동기들 덕에

이 시기를 잘 헤쳐 나올 수 있었다. 이후로 몇 년 더 일하고 정리하리라 마음먹었는데 현재까지 만 10년을 별 탈 없이 살고 있으니 이 시련이 오히려 전화위복이 되었다고 할 수 있을 듯하다. 참고로 앞으로도 몇 년 더 먹고사는 데 지장 없을 것이라 생각한다.

좋아하는 시 한 구절이 있다. 로버트 프로스트의 「가지 않은 길(The Road Not Taken)」이다. 여기서 중요한 것은 가지 못한 길이 아니고 가지 않은 길이란 데 있다고 본다. "숲 속에 두 갈래 길이 있었고, 나는 사람들이 덜 간 길을 택했고, 그리고 그것이 내 모든 것을 바꾸어 놓았다고."라는 마지막 구절이 그것이다.

세상에는 많은 길이 있고 쉰다섯의 나이는 그 많은 길 중 자의에 의해서건 타의에 의해서건 또는 상호 작용하에 의해서건, 선택을 했고 그 선택의 결과로 현재의 모습으로 서 있다. 앞으로 얼마나 더 선택해야 할 길이 남아 있는지는 모른다. 고등학교를 졸업하고 마흔에 이르기까지 근 이십 년을 타의와 주어진 조건에 순응한 선택의 길을 살았다면. 이후 오늘까지 십오 년은 그래도 나의 의지대로 살았다.

삶은 선택의 연속이다. 선택이란 이름으로 그중의 한 길을 들어서면 결코 돌아 나올 수 없다. 시간이란 길은 그런 식으로 우리에게 주어지기 때문이다. 스무 살 철들고 난 뒤부터 늘 좌우명처럼 가슴에 두고 있는 두 가지가 있다.

"내 멋대로 살아라(내가 하고 싶은 일을 하고 살라)."

"나를 믿고 의지하라(나를 대신해 줄 사람 없다)."

내 인생 가장 저점에서 잡은 기회

장삼철 | ㈜삼건물류 대표이사 |

내 주거래 은행의 통장 개설지는 생뚱맞게도 대구가 아닌 천안의 사직동으로 되어 있다. 내 인생에서 천안이란 곳은 군대생활을 했던 강원도 인제처럼 2년 반 정도 잠시 머물렀던 곳이다. 그런데 그 흔적이 아직 통장으로 남아 있다. 그 통장을 만든 이도 나 자신이 아니다. 당시 몸담고 있던 회사의 총무부장이 급료 통장으로 임의로 개설한 것이다. 개설 시에는 월 200만 원도 채 안 되는 급료가 들어가던, 그야말로 보잘것없는 통장이었다. 그러던 것이 불과 12년 후인 지금은 억대의 매출 통장으로 바뀌었다. 내 주거래 통장을 잘 살펴보면 내 인생이 보인다. 그 통장에 내 인생사가 고스란히 녹아 있다고 해도 과언이 아니다.

1997년 IMF 외환위기 때, 직격탄을 맞고 사업을 정리한 뒤로 이것저

것 하면서 재기를 모색하던 중, 처가 쪽 공장에서 일하자는 제안이 들어왔다. 아내의 사촌 오빠가 사주(社主)로 있는 천안의 피혁공장이었다. 그게 아카시아 향이 날리던 2002년 5월의 일이었다. 청운의 꿈을 안고 경부선 새마을호에 올랐다, 그러나 막상 도착해서 본 회사는 들었던 이야기와는 달랐다. 처남이 공장 주인은 맞지만, 경영주는 다른 사람이었다. IMF 때 부도난 가죽공장을 재력 좋은 처남이 경매로 인수했고, 그 공장을 현 경영주가 임대를 해 조업을 하고 있었던 것이었다. 처남도 그 회사의 지분을 가지고 있었지만, 서로를 견제하는 묘한 관계였다. 처남은 계약 기간이 되면 현 경영진과는 결별하고 직접 경영을 하겠다는 복안을 가지고 있었다. 그래서 인척인 나를 거기다 미리 심어두고 회사를 접수할 생각을 가졌던 것이다.

처음부터 그들은 나의 등장을 탐탁잖게 생각하고 거리를 두기 시작했다. 처남은 사무실에 자리를 하나 줄 것을 요구했지만, 그들은 생산부서에 일자리를 마련하고는 일을 하든 말든 마음대로 하라고 했다. 그들로서도 나를 염탐꾼으로 생각했기에 회사 기밀이 빠져나갈 수 있는 사무실에는 자리를 줄 수가 없었다. 할 수 없이 생산부서에서 잡일꾼으로 시작했는데, 그야말로 죽을 맛이었다. 공장은 종업원 100명 규모로, 뉴질랜드에서 양피를 수입해와 옷감용으로 가공을 하고 있었다. 독한 화공 약품 냄새와 역한 동물 기름 냄새는 고사하고 손톱 밑에 피멍이 들 정도로 힘든 일이었다. 역시 3D업종의 표본이라 할 만했다. 본의 아니게 중소기업 생산직 노동자가 되어버린 것이다. 급료는 야간 잔업을 해도 200만 원이 되질 않았다. 나머지는 서울 처남이 따로 지원해 주었다.

금방 부도가 날 것처럼 휘청거리던 회사는 잘도 굴러갔다. 나는 회사가 망하기만을 기다리며 힘든 생산직 사원으로 하루하루를 보냈다. 결국 1년 만에 회사는 부도가 났다. 기다리고 기다리던 일이었지만 막상 회사가 문을 닫자 처남은 처음 생각과는 달리, 공장의 재가동을 망설였다. 이미 사양산업이 되어버린 피혁업이 국내에서는 더는 승산이 없다고 판단한 것이다. 결국 피혁 공장은 해체 수순을 밟고 일반 공장으로 임대를 추진하기에 이른다. 그 과정에서 나는 폐공장 관리인으로 또 1년을 보냈다. 처남도 나에게 딱히 마땅한 자리를 줄 만한 게 없었다. 결국은 2년 반 만인 2004년 10월, 적수공권인 상태로 대구로 내려왔다.

대구로 내려온 나는 무엇이라도 해야 했기에 무작정 일자리를 찾아 헤맸다. 그러던 중에 눈에 띈 것이 운전 일이었다. 운전만 할 줄 알면 별다른 기술 없이도 뛰어들 수 있는 게 그쪽 일이었다. 8톤 트럭으로 대형마트 대구물류센터에서 용인과 시화물류센터로 뛰는 일이었는데, 월수는 완제 380만 원이라고 했다. 완제 380이라 함은 기름값과 도로 비를 지원받고 월급형태로 월 380만 원을 받는 걸 말한다. 수중의 2천5백만 원과 할부금 2천만 원을 합해 차를 구입하고 2004년, 12월 2일 첫 운행을 시작했다. 야간운전이라 힘이 들었지만 벼랑 끝으로 몰린 나는 기꺼운 마음으로 열심히 일했다. 얼마나 긴장을 했으면 처음 석 달간은 졸음도 오지 않았다. 각오를 단단히 하고 바짝 긴장하면 운전할 때 절대 잠이 오지 않는다. 그 일을 2년 정도 하자 자리가 없어지고 말았다. 1년 만에 할부금을 다 갚고 돈도 제법 모았으나, 8톤 차를 팔 때 너무 큰 손해를 봐서 별로 돈은 번 게 없었다. 그러나 운수업이라는 업종에 대해서는 많은 것을 알게 되었다.

운전 일을 하면서 알게 된 동료에게서 다른 일자리를 소개를 받고 11.5톤 트럭을 5천만 원에 구입했다. 그 일은 '월대'가 아닌 이른바 '탕바리'였다. '탕바리'란 월정 금액을 받는 게 아니고 건당 운임을 받는 것을 말한다. 탕바리는 운전기사의 경영마인드가 필요했다. 능력에 따라 수입의 큰 차이가 있었으니 말이다. 예전 자영업과 상무로 재직했을 때의 회사 경영 경험이 큰 도움이 되었다. 서로 다른 직종이었지만 사업의 이치는 똑 같았다. 주로 상행 때는 창원 LG전자 공장에서 수도권 배송 짐을 싣고, 하행 때는 약품 택배 짐을 실었다. 상행과 하행 화주(貨主)가 다른 셈이었다. 그러나 고정 짐이 아니어서 짐이 빠질 때가 많았다. 그 짐을 잘 맞추는 것이 관건이었다.

LG전자 짐이 없을 때는 진해 장천항에 가서 바나나 오렌지 등 수입 과일을 싣기도 했다. 수도권의 수입 과일 창고는 주로 김포 등 외진 곳에 소재하고 있었다. 짐이 무겁고 거리가 멀어서 기름값을 제하면 벌이가 별로였다. 그래서 고참 운전자들은 기피를 하는 편이었다. 그렇지만 나는 허리를 굽실거리며 고맙게 일을 받았다. 그때부터 물류사무실 소장님이 나를 눈여겨 봤다. 아무도 안 가려는 곳을 자원하니까 필요한 사람이라 여겨졌던지 좋은 짐이 나올 때면 우선적으로 챙겨주었다. 지금 남아있는 안동 물류 2대도 그렇게 얻은 자리다. 내려올 때도 마찬가지였다. 제약회사는 토요일은 휴무였기 때문에 짐이 없었다. 다른 짐을 찾아 나서다가 알게 된 것이 대형마트 짐이었다. 대형마트는 일요일이 대목이기 때문에 토요일 내려오는 짐이 있었다. 뜻이 있는 곳에 길이 있다고, 적극적으로 짐을 찾아 나서니 그곳에 짐이 있었다.

그렇게 일하기를 1년이 지나자, 운수업에는 완전히 눈을 뜨게 되었다. 약품 택배 회사에서 대구로 뛰는 자리가 나기에 자릿값 500만 원을 주고 그리로 옮겨갔다. 그리고는 반대 조 자리도 700만 원을 주고 인수를 해서 2대가 교행(交行) 하던 것을 1대가 당일 바리로 뛰는 것을 시도했다.

수도권으로 올라갈 땐 구미 LS전선에서 짐을 받았다. 성공이었다. 하루 35만 원씩을 벌 수 있었다. 주 5일 일했으니 20일 잡으면 월 700만 원의 수입이 생긴 것이다. 막상 돈을 보고 일을 시작은 했지만 잠이 너무 모자랐다. 시간상으로도 도저히 5시간 이상 잘 수가 없었다. 인생 최대의 도박이 시작되었다. 성공이냐 실패냐는 곧 '죽느냐 사느냐'의 문제였다. 이순신 장군의 필사즉생 필생즉사 정신을 떠올렸다. 죽기를 각오하고 맞닥뜨려 보자! 자식들 앞에서도 "일하다가 장렬히 죽는 모습이 더 보기 좋지 않겠는가?" 하는 마음마저 들었다.

잠이 많이 모자란 상태에서 운전하면 몽롱하다. 정신은 있지만 차를 차선 안에 반듯하게 넣지 못한다. 술 취한 사람 운전하듯 차가 옆으로 왔다 갔다 한다. 균형감각을 잃어버리는 것이다. 몇 번이나 터널 벽에 부딪힐 뻔했는지 모른다. 잠 깨운다고 머리를 차에다가 쾅쾅 부딪치고 미친 사람처럼 괴성을 지르기도 했다. 길바닥에 주먹을 내리쳐 피가 나도록 자해도 했다. 그러나 인간은 환경의 동물이라 했던가. 그런 극한 상황에서도 3개월이 넘어가자 서서히 적응되었다. 잠을 다스리는 기술도 생겼다. 주어진 시간을 잘 쪼개는 일이었다. 한 시간 반, 한 시간 반, 한 시간, 30분 이런 식이었다. 경험에 의하면 같은 시간이라도 쪼개 자면 훨씬 낫다. 모자라는 잠은 토, 일요일 밤낮 가리지 않고 죽은 듯이 잤다.

그렇게 5년을 일했다. 목숨을 담보로 한 도박이었지만 결국은 성공하였다. 2년 차 되던 해에 14톤을 한 대 더 사서 창원 LG에 넣었다. 곧이어 안동 야간 고정자리에 5톤 차를 사 넣었다. 또 14톤을 사 넣고, 5톤을 넣고…. 내가 한 달에 700만 원을 벌고 나머지 차가 벌고 하니 돈은 잘 모였다. 모이면 또 차를 사 모으다가 2년 전에는 물류사무실까지 냈다. 10년을 앞만 보고 정신없이 달렸다. 지나고 보면 참으로 무모하고도 위험천만한 도전이라 아니 할 수가 없다. 그러나 무일푼의 상태에서는 어떤 계기를 만들지 않고는 절대로 성공하기가 어렵다. 지금 어려운 상황에 부닥친 이가 있다면 당장 밖으로 나가 무엇이라도 할 것을 충고한다. 하다 보면 무슨 길이 보인다. 방안에서 아무리 머리를 짜내봤자 헛일이다. 복권 같은 것은 사지 말자. 당첨될 리 없다. 절대 돌파구가 되지 못한다.

낯선 객지에서 컨테이너 방에 잠을 자며 통장에 200만 원짜리 월급이 찍힐 때만 해도 나는 내 인생에 이런 반전이 있으리라고는 생각도 못했다. 그러나 그 통장이 주거래 통장으로 변신하고 지금 거기엔 큰돈이 입출금된다. 아무리 생각해도 꿈같은 일이다. 궁여지책으로 운전 일에 뛰어들 때만 해도 그게 기회인 줄 몰랐다. 막장으로 몰렸다고 생각하고 호구지책으로 악착같이 일했는데, 그게 성공을 불러온 것이다. 따지고 보면 기회가 거창하게 따로 찾아왔던 것이 아니라 위기를 극복하는 과정에서 자연스럽게 발생한 셈이다. 그런 걸 보면 위기와 기회는 동전의 양면과도 같다. 따로가 아닌, 서로를 동반하고 다니는 것이다.

영화 '사관과 신사'를 보면 주인공 리차드 기어를 혹독하게 교육 하던 흑인 교관이 마침내 장교로 임관한 주인공에게 정중하게 거수경례를 올리는 장면이 나온다. 흑인 교관은 부사관이었던 것이다. 그 장면을 떠올리며 나는 내 인생에도 나를 혹독하게 조련했던 교관이 있었다는 생각이 든다. 바로 '운명'이라는 교관이다. 운명은 나를 정말 힘들게 했다. 그러나 그것이 나를 높은 곳에 우뚝 세우려고 했던 과정이었다는 생각을 할 때 참으로 고맙다는 생각을 하게 된다. 가혹하였으되 견딜 수 있을 만큼의 시련만 줬으니 이 또한 얼마나 고마운 일인가.

우리네 인생살이에서 보면 삶의 무게에 부하가 좀 과하게 걸리면 주저앉아버리는 사람이 있는가 하면 스프링처럼 튀어 오르는 사람이 있다. 전자는 패자의 전형이고 후자는 대개 재기에 성공한다. 난 후자에 해당하는 경우이다. 설상가상 가정사까지 겹쳐 사면초가 상태였지만 절대 포기하지 않았다. 아버지 어머니가 나에게 얼마나 많은 기대를 하고 어떻게 키웠는데, 실망하게 해 드릴 수는 없었다. 내 아이들에게도 못난 아버지가 될 수 없었다. 내 기어이 재기해서 당당한 모습을 보여주겠노라고 입술을 깨물며 다짐을 하던 것이 어제 같건만 벌써 10년 전의 일이다. 물론 아직도 갈 길은 멀지만 일단 교두보는 확보된 것 같다. 앞으로도 지금껏 그래 왔던 것처럼 노력할 것이다. 절대 초심을 잃지 않을 것이다.

나는 국수집 사장이다

이현우 | 이십오시 국수 대표 |

우당탕탕!

"아지매! 여기는 안 주는교?"

"네에. 지금 나갑니다."

딸그락!

"손님, 죄송하지만 먼저 주문하시고 기다리시면 바로 자리 납니다. 조금만 기다리세요."

"자아, 7번에 칼 셋, 잔치 두울. 잔치는 대자로!"

와글와글 홀 이모의 힘찬 목소리가 주방까지 느껴진다. 여느 때와 같이 늘 전쟁을 치르는 우리 가게의 점심시간 풍경이다. 이제 삼 년. 오랫동안 팔자처럼 여기고 해왔던 옷 장사, 운명처럼 했던 상가임대업을 마감하고 호구지책으로 시작한 국수집이 그나마 불경기도 아랑곳없이 손님들이 오시니, 시작할 때 주위 친구들의 염려에 조금이나마 보답하는 기분이다.

어린 시절부터 서문시장에서 가게를 하셨던 어머니 덕분에 장사가 낯설지 않았던 나는 고등학교 방학 때 벌써 친구네 집에서 운영하던 동화천 유원지에서 장사의 서막을 열었다. 현재는 공산댐 건설로 인해 흔적을 찾아볼 수 없지만, 한때 그곳은 수려했던 주변 풍광으로 꽤 유명했다. 여름엔 계곡의 물을 막아 수영장, 보트장을 했고, 겨울엔 스케이트장으로 당시 대구 근교에선 상당히 인기 있는 명소 중의 하나였다. 겨울철엔 형들에게 배운 어쭙잖은 기술로 스케이트 날도 갈고, 어묵 같은 간식도 팔았다. 그곳 생활은 내게 크고 작은 많은 인연을 주었다. 아내와의 만남도 거기에서였다. 1980년 여름, 백 바지의 날씬한 아가씨가 같이 있던 형의 동생이라며 찾아왔다. 지금 아내와의 첫 대면이었다.

그때의 기억 중, 제일 생각나는 것 하나가 바로 영신고에 다니던 이봉걸이란 거인 씨름 선수다. 원래 그 친구는 강원도 출신인데, 스카우트돼 오면서 영신재단에서 소유하고 있던 봉무동의 사슴농장에 부모님들이 관리원으로 같이 오시게 되었다. 평일엔 학교 씨름단 기숙사에서 생활하다가 휴일이면 농장에 와서 지내다 보니 자연히 가까이 있는 동화천에 자주 왔었다. 이봉걸은 그 큰 덩치에 어울리지 않게 조그만 보트에 관심이 많았다는 것이 문제였다. 사실 보트란 게 중심이 잡히지 않으면 뒤집히기 일쑤인데 막무가내로 타겠다고 우겼다. 몇 번의 물벼락을 맞고도 고집을 부리다 결국은 시비로 다툼이 생기게 되었다. 당시 내 키는 이봉걸 선수의 가슴 치에도 못 미쳐 그가 마음만 먹는다면 사실 한 손으로도 가볍게 나를 물속에 처박을 수 있었다. 그렇지만 내 마당이라

워낙 드세게 달려드니 기가 찼는지, 큰 불상사 없이 돌아갔다. 그런 인연으로 제법 좋은 관계를 유지하다가 천하장사도 되고 이름을 날리면서 만나질 못했다. 최근에 건강이 좋질 않아 병원에 있다는 소리를 들었다.

그 당시엔 겨울만 되면 연중행사처럼 서문시장에 큰불이 나곤 했었다. 우리 집도 예외 없이 점포가 전소된 적이 여러 차례 있었다. 그럴 땐 어쩔 수 없이 어머니를 도울 수밖에 없었는데, 시장에 불이 나면 상가 복구 때까지 각 지구별 연결통로인 육교나 길 가장자리에서 노점을 펼쳐 영업을 해야만 했다. 그래도 운 좋게도 우리 집은 목 좋은 육교에 자리를 잡았지만 칼바람을 맞아야 했다. 아침에 철 물통에 뜨거운 물을 잔뜩 담아 담요에 둘둘 말고 그걸로 몸을 녹이며 버틸 수밖에 없었다. 다행히 이상할 정도로 점포에서보다 장사는 월등히 잘 되었다. 그땐 정말 추운 시절이었다. 당시 아버님께선 암 수술 후 집에서 힘들게 투병 중이셔서 집안 분위기가 상당히 암울 했었다. 내가 동화천에 도피해 있었던 이유도 그런 영향이 컸다. 지금 생각하면 불효막심했던 일이다. 그러시던 부친께선 박정희 대통령보다 두 달 앞서 돌아가셨다. 아버님 임종을 보시고 어머니께서 제일 먼저 하신 행동이 지금도 잊히지 않는다. 말기 암의 엄청난 고통을 조금이나마 덜기 위해 병원 하시는 친척분이 구해준 모르핀 주사약 박스를 수돗가에 내동댕이치시며 오열하시던 어머님도 몇 해 전 아버님 곁으로 가셨다.

해병대에 자원해 졸병 생활을 하던 중에 내겐 팔자처럼 또 장사의 기회가 찾아왔다. 우리 부대 앞 '일월회관'이라는 아주 큰 PX가 있었다. 영문은 모르지만 그곳 관리병이 영창을 가게 되어, 갓 일병을 달고 힘든 시기를 보내던 차에 대대 선임하사께서 어떻게 잘 보셨는지 나를 추천해 주어 그곳으로 파견 근무를 하게 되었다. 처음엔 뭐가 뭔지도 모르고 허둥대다가 차츰 부기도 배우고 장부 정리하는 것도 익히고 나서는 적응이 되었다. 그때 배운 부기는 내가 장사를 하면서 살아가는 데 큰 밑천이 되었다. 그곳은 이권이 워낙 큰 곳이어서 업자들이 일개 사병이었던 관리병에게도 수입을 챙겨줄 정도였다. 거기에서 장사의 생리를 많이 터득하기도 했다.

제대하고는 취직은 포기하고 어머니 도움으로 범어동에 상가를 얻어 제과점을 열었다. 요즘이야 브랜드 제과점이 많지만, 그때는 동네 빵집이 주류를 이루었다. 그만큼 재미도 좋았다. 성탄절이나 세모 땐 엄청나게 많은 케이크 주문이 들어와 별도로 창고를 빌려 만들기도 했다. 그러던 중에 자영업계에는 큰 변화가 생겼다. 의류시장의 중저가 브랜드의 등장이었다. 백화점 옷 아니면 시장 옷으로 구분되어 있던 의류시장에 싼 가격에 메이커 있는 옷을 입을 수 있다는 것은 상당히 파격적인 '사건'이었다. 특히 캐주얼 의류인 '이랜드'라는 브랜드는 젊은 층을 타깃으로 급성장하고 있었다. 도로변의 점포들을 의류판매장으로 변신시켜 가두매장의 임대료를 급상승시킬 정도였다. 나도 그 분위기에 편승해 제과점을 접고 대명동에서 브랜드 의류대리점을 개업하였다. 의류판매업의 시작이었다. 그러나 이후 20년간 크고 작은 회사의 많은 브랜드를 해봤지만 빛 좋은 개살구에 불과했다. 빠듯한 마진율과 높은 투자 임대료, 세금, 인건비를 제하면 투자액 뽑기가 녹록지 않았다. 그나마 재미있었던 사업이, IMF 시절 부도난 회사의 제품을 싸게 받아와 땡처리하는 장사였다. 바빠서 밥 먹을 시간도 없을 정도로 문전성시를 이루었다.

세상에는 영원한 것은 없는 법이다. 이 만고의 진리는 의류시장에서도 나타났다. 도심 여기 저기 형성되어 있던 상권들이 가두매장의 맹점인 주차문제 등으로 차츰 외곽지의 패션몰에 자리를 내주게 되었다. 그 시기에 맞추어 나도 반야월 이마트 옆 대로변에 아는 분의 땅을 장기 임대하여 상가를 지었다. 인지도 있는 브랜드를 유치하고 적극적으로 홍보했더니, 상가를 채 준공도 하기 전에 임대가 다 될 정도로 분양은 순조로웠다. 부근의 땅 주인들도 자신들의 땅에 상가 개발 의뢰를 해와 몇 군데 상가를 더 지으니 제법 근사하게 쇼핑몰이 형성되었다. 직접 장사할 때보다 여러모로 여유도 있고 임대수입도 괜찮았다. 그렇게 몇 년간은 잘 보냈지만, 그 기간은 그리 길지는 못했다. 계약 기간 5년이란 게 내겐 짧은 시간이었지만 땅 주인에겐 길었던 모양이다. 계약만료와 함께 나름 힘들게 만들어놓은 상가 전체를 양도해 달라고 했다. 재주만 부린 곰처럼 고스란히 돌려주고 나니 남는 게 별로 없었다.

다신 남의 땅에선 임대사업을 하지 않겠노라 마음을 먹던 차에 기회가 찾아왔다. 동구 봉무동에 대구시와 대기업이 컨소시엄 하여 '이시아폴리스'라는 새로운 타운 조성을 준비하고 있다는 소식이었다. 분양조건도 매우 좋았다. 이게 내게 주어지는 마지막 기회라 여기며 내 의류사업의 종결 편을 써야겠다고 각오하고 많은 준비를 했다. 우선 사업계획서를 만들고 투자자를 물색했다. 다행히 주변에 자금 여유가 있는 몇몇 지인이 동참하길 원했다. 천오백 평의 상업 부지를 분양받고 설계와 건축이 시작되었다. 몰의 필수인 빅 브랜드 유치를 위해 브로커처럼 하루 저녁 몇백만 원의 술값을 법인 카드로 날리고 못 치는 골프도 쳤다. 제법 사업가 행세를 하며 2년 넘게 상가 일에 몰두했다. 하지만 결과는 계획과는 다른 방향으로 흘러갔다. 무리한 대출로 인한 금융부담, 경기 불황으로 상가 임대 역시 원만치 못했다. 그 와중에 투자자들과의 반목이 발목을 잡았다. 결국 나의 노후 생활과 미래보장을 확실히 해주리라 믿고 모든 것을 걸었던 그곳에서 손을 뗄 수밖에 없는 상황이 벌어지고 말았다. 모든 게 내 탓이었다. 기회를 위기로 몰아간 것은 내 무능의 소치 아니겠는가. 다시 빈털터리가 되었지만 오히려 홀가분했다.

다시 뭔가를 시작해야만 했다. 우연히 후배가 하는 국수집에서 콩국수를 한 그릇 하다 후배의 권유로 이틀 만에 선택의 여지도 없이 동네의 빈 점포를 얻었다. 겨우 국수집 할 자금은 되었지만 가족 누구에게도 알리지 않고 혼자서 가게를 꾸미기 시작했다. 철거부터 칠, 도배, 전기공사까지 며칠간 거의 내 손으로 모든 걸 다했다. 식탁과 의자를 들이고 나서야 아내를 불렀다. 아내는 가게를 보더니 하염없이 눈물을 흘렸다. 무슨 대단한 사업이나 할 것처럼 호언장담하더니, 겨우 초라하기 짝이 없는 국수집이냐 하는 처량한 생각이 들었던 모양이다. 하지만 요즘 와서는 이게 원래의 내 모습이 아닌가 싶은 생각이 든다. 섣부른 판단일지 몰라도 이제 손님에 대한 염려는 하지 않아도 될 정도로 꾸준하게 손님이 많다. 몸은 힘들어도 장사는 잘 되고 있다. 장사에 대한 스트레스도 옷 장사에 비하면 아무것도 아니다. 야구 선수가 3할 치기가 어렵다고 하지만 옷 장사는 2할 치기도 힘들다. 열이 와서 둘이 사가기도 힘들다는 이야기다. 하지만 국수집은 열이든 백이든 들어오면 다 먹고 간다.

비록 한해 여름을 주방에서 보내다 보면 5kg 정도 몸무게가 축나고, 겨울철 반죽을 하다 보면 손이 트기가 일쑤이지만 나는 이 일이 좋다.

요즘도 가끔 예전에 일하던 사람들로부터 상가 일을 벌여보자는 제안이 들어오지만 일언지하에 거절한다. 현재의 국수집 주방장이 나에게 딱 맞다. 우리 가게엔 택시기사, 일용직 근로자 등 하루하루를 힘들게 사는 사람들이 많이 찾아온다. 그중에는 매일 출근 도장을 찍는 분들도 있다. 그들은 이미 가족과도 같다. 가끔 그들과 소주잔을 기울일 때도 있다. 그때는 정말 행복하다.

먼 길을 돌아서 여기까지 왔다. 바로 여기가 내가 가장 행복한 지점이라고 믿는다.

나의 국수를 맛있게 드시는 손님 여러분, 정말 고맙습니다.

바다를 사랑하는 산골 촌놈 이야기

김종천 | 오로라법률사무소 대표, 미국변호사 |

원양어선 '오룡호'가 베링 해에서 침몰하여 무려 50명이 넘는 귀중한 인명이 사망하거나 실종되었다고 한다. 실종은 법률상의 용어이지 실상은 실종자 전원은 사망한 것으로 보아야 한다. '세월호' 참사가 현재 진행형인데 또 많은 귀중한 생명이 희생된 것은 안타까운 일이다.

겨울의 북태평양 특히 베링 해는 엄청나게 거칠고 사납다. 과거 약 30여 년 전에 이 지역 베링 해를 참 많이도 다녔다. 엄청난 파도를 헤치며 항해를 하는데 파도의 높이 때문에 멀리 보이는 어선들이 보였다가 사라지고 보였다가 사라지곤 한 기억이 떠오른다. 1987년 초 동기생이 승선한 '한진 인천호'가, 모든 선원과 함께 흔적도 없이 사라졌던 바다가 바로 베링 해였다. 베링 해를 거치는 항로는, '대권항로'라 하여 우리나라에서 미주 지역으로 가는 최단거리 코스다. 예나 지금이나 수많은 화물선이 화물을 싣고 이 지역을 지나다닌다. 또한 풍부한 어족자원 때문에 수많은 우리나라 어선들이 이곳에서 조업한다. 이렇게 위험한 곳에서 죽음의 위험을 무릅쓰고 가족의 생계를 위해 일하다가 사고를 당한 선원들과 가족들에게 위로하는 마음을 가지는 것은 누구나 다 마찬가지일 것이다. 그러나 현실적인 문제로서 유가족을 비롯한 피해자들이 누구로부터 어떤 보상을, 얼마나 받을 수 있을지에 대하여 생각하게 된다. 아마도 직업적인 습관의 발로 때문일 것이리라.

나는 음력으로 1960년 막바지에 경북 청도의 매전 금곡리에서 농사를 지으시던 일자무식의 부모님 사이에서 4형제 중 막내로 태어났다. 당시 부모님의 연세로 보아서는 나는 태어나지 못할 수도 있었다. 부모님은 농사를 업으로 하셨으나 당신들의 소유로 된 논이나 밭을 가지지 못하였다. 어릴 적 난 그러한 사실을 깨닫지 못하였다. 당연히 우리가 경작하는 몇 마지기 안 되는 전답들이 우리 것인 줄로만 알고 있었으나, 그것들이 문중 소유의 땅이라는 것을 초등학교 입학할 때쯤 알았던 것 같다. 훌륭한 조상님 덕에 문중 재산으로 물려주신 논과 밭을 마치 내 것처럼 부쳐 먹을 수 있었던 것이다. 여기서 훌륭한 조상님을 우리는 '삼족당 할배'라고 부른다. 내 아버지도 그렇게 불렀고 내 할아버지, 할아버지의 할아버지, 또 그 할아버지의 할아버지도 그렇게 불렀으리라. '삼족당 할아버지'의 본명은 대(大)자 유(有)자(대유)이시고 호가 '三足堂(삼족당)' 으로 나의 15대조 할아버지이시다. 할아버지께서는 조선 중기 청도군 이서면 운계리에서 태어나셨고, 무오사화로 참화를 당한 탁영 김일손 할아버지의 조카였다. 할아버지는 김일손 삼촌의 반역죄로 부친과 같이 호남으로 귀양 갔다가 중종반정으로 복권되어 9년 만에 돌아와 관직에 나갔다가 기묘사화 때 관직을 사임하고 내 고향 금곡(金谷)에 터를 잡았다. 할아버지는 그 후 '삼족대'라는 재실을 지어 후학을 양성했던 문인이시며, 청도에서 발원한 김해김씨 '삼현파' 중 하나의 종파인 '삼족당파'의 시조이시다. 사실인지 아닌지는 몰라도 이 할아버지께서 "앞으로 자손들은 관직에 나가지 마라."라는 유훈을 남기셨다고 한다. 그래서 인지는 몰라도 직계 후손 중 이름 있는 관직에 나간 사람이 별로 없다는 이야기가 있다. "굽은 소나무가 선산 지킨다."는 말처럼 직계 후손들이 변변치 못하여 합리화를 위한 변명일 수도 있다.

그러나 내가 태어나기 전에는 그래도 마을에서 유일한 기와집이 아버지 소유였다고 한다. 그런데 그 유일한 기와집과 약간의 전답을 아버지께서 술과 노름 등으로 다 날려 버리셨다고 한다. 내가 기억하기로도 부끄럽지만, 아버지는 일 년 중 농번기 며칠을 제외하고는 술과 노름으로 사셨던 것 같다. 오일장이 열리는 동곡장에 가셨다가 다음 오일장까지 아니 그 이상까지 주막에서 사셨다. 어머니나 자식들이 아버지를 찾으러 가면 오히려 역정을 내시곤 하셨다. 다행히 오일장에 가시지 않은 날 또는 일찍 돌아오신 날은 동네 주막에서 몇 날 며칠을 술과 노름에 빠져 사셨다. 그러다가 마을의 유일한 기와집도 날리고 약간의 전답도 날리고 심지어는 기르던 소까지 몰고 가서 날리셨다고 한다. 어린 시절 아버지의 행태가 나쁘다는 것을 알면서도 어머니께서 "아버지 모시고 오라."고 하시면, 주막으로 달려갔다. 아버지께서는 다른 노름꾼들과 낄낄거리면서 나에게 동전 몇 푼 쥐여주었고, 그러면 나는 그것을 받아 부리나케 돌아 나온 적이 많았다. 아버지의 그러한 행태는 새마을 운동이 시작됨으로 인해 끝났던 것 같다. 그 당시 우리나라의 대부분의 아버지는 성실히 살았으나, 내 아버지 같은 사람들도 꽤 있었다. 어쨌든 우리 형제들은 아버지는 닮지 말아야 했다. 어머니가 입버릇처럼 하시던 말씀이 “아버지는 닮지 마라.”였다. 그래서 돌아가신 지 30여 년이 지나서도 우리 형제들은 아버지를 존경하지는 않는다. 물론 더는 원망하고 미워하지도 않는다. 아버지는 한마디로 가장의 역할을 남들같이 못하셨다. 그러나 남들한테는 잘하신 것 같다. 당신보다 훌륭한 친구도 많고 아는 사람들도 제법 있었다. 빌린 돈은 꼬박꼬박 잘 갚았는지 친구들 사이에서 신용도 있었다. 초등학교 다닐 때 겨울이 되면 쌀과 돈이 다 떨어졌다. 학교에 내는 월사금은 늘 빌려 낸 것 같다. 면 소재지에 있는 학교 가는 길가에 혼자 사는 아주머니가 단골 전주였다. ‘나실 댁’이라고 기억한다. 아버지 심부름 왔다고 하면 두말하지 않고 돈을 빌려 주었다. 나중에 월 5부 이자로 갚았지만. 이 분은 당시 사법서사를 하시던 아버지 친구분의 소실이라는 소문이 있었다. 도저히 아버지와 친구가 될 수 없을 것 같은 아버지 친구분은 키도 크고 인물도 잘 생기셨던 것으로 기억한다. 최근 그분의 아드님 되시는 분의 사진을 신문에서 보고 내가 기억하고 있는 아버지 친구분의 옛날 모습과 너무도 닮았음에 놀랐다. 사진의 그분은 헌법재판관을 지내고 최근까지 모 대학의 총장으로 계셨던 분이시다.

반면, 어머니께서는 너무나 심성이 곱고 정이 많으신 분이셨다. 미련하리만치 천성이 착한 분이셨다. 어머니는 경주 최씨로 같은 면의 ‘사곡’이라는 골짝 동네에서 18살에 소위 양반집이라는 곳에 시집을 오셨다. 외가는 비록 골짜기에 위치하였지만 사는 것이 비교적 괜찮은 집이었다. 어머니는 5살 위인 아버지에게 시집와서, 1년도 지나지 않아서부터 동서 시집살이를 거의 10년간 했다고 하셨다. 아버지가 결혼 1년도 지나지 않은 상태에서 홀연히 만주로 떠났기 때문이다. 어머니는 종종 십 년간의 동서 시집살이가 가장 힘들었다는 이야기를 하셨다. 아버지가 만주로 가서 처음에는 돈을 몇 푼 부쳐 주었다. 그러나 그 돈은 어머니에게 부친 것이 아니라 할아버지에게 부친 것으로 어머니는 한 푼도 쥐어 보지 못했다고 한다. 십 년간의 동서 시집살이 끝에 어머니는 아버지가 있는 만주로 가셨다. 당시 만주에서 관리하던 큰 외삼촌의 도움으로 아버지가 계신 만주 봉천(지금의 '심양')으로 무사히 찾아가실 수 있었다고 한다. 외삼촌은 요즘 기준으로 치면 일제의 녹을 먹은 친일파라고나 할까? 일제 강점기 때 관직에 있었다고 전부 다 친일파라고 할 수 없다는 게 개인적인 생각이지만.

어머니에게 "그 당시의 아버지는 어떻게 살고 계셨나?"고 물어 본 적이 있다. 한 마디로 형편없었다고 하셨다. 아마도 아버지의 술과 도박은 만주에서부터 시작된 것이 아닌가 싶다. 당시 만주는 마약꾼 천지였다고 한다. 그나마 다행인 것은 아버지는 마약은 하지 않았다. 당시 마약에 빠진 사람들은 마지막에는 마누라와 딸까지 팔아넘겼다고 한다. 아버지에게서 들은 이야기다. 부모님께서는 해방되어 귀국하셨다. 당시 서울을 지나올 때 귀국자들을 조사하면서 나라에서 "서울에 살려고 하면 적산가옥을 주겠다."고 제의를 했다고 한다. 아버지는 이 제의를 거절하고 고향으로 귀향하셨다고 한다. 두고두고 후회하셨다.

초·중학교는 고향에서 다녔다. 중학교는 무시험이 시작된 해에 개교한 신설학교로 3회로 입학하였다. 한 면의 4개 초등학교에서 모인 학생이 4반으로 약 240명 정도였다. 그중에 남학생이 2개 반 여학생이 1개 반이었다. 남학생과 여학생의 합반을 우리는 '짬뽕반'으로 불렀다. 불행히도 3년 졸업할 때까지 한 번도 짬뽕반에 배치를 받지 못하였다. 고등학교는 대구로 유학을 왔다. 그것도 인문계로. 중학교 때 담임선생님께서는 우리 집 형편을 고려하여 대구상고로 진학하라고 권하셨다. 그러나 형들의 의지와 권고로 연합고사를 거쳐, 소위 대구 지역의 뺑뺑이 2회로 인문계 고등학교로 진학하였다. 아버지의 능력과 책임을 뛰어넘는 결정이었다. 아버지는 형제가 3분인데 할아버지가 큰아버지는 서당을, 작은아버지는 학교를 보내주고 당신은 지게만 지라고 했다고 할아버지에 대해 원망을 많이 하셨다. 그러면서 당신은 아들을 낳으면 똑같이 중학교만 보내겠다고 작정했다고 하셨다. 일제 강점기 시대 때 중학교는 아무나 갈 수 있는 것이 아니었지만, 아버지는 세월이 바뀌었어도 동일한 생각을 가지셨다.

실제로 아버지는 우리 형제를 중학교까지만 보냈다고 할 수 있다. 그것도 어머니의 노력이었지만. 나나 형들의 중학교 이후의 학업 과정에 아버지가 기여한 부분은 거의 없었기 때문이다. 고등학교 3년은 큰형의 결혼으로 형수 밥을 얻어먹은 기간을 제외하고는 거의 촌에서 유학 온 대부분의 친구와 마찬가지로 자취생활을 하였다. 나는 형들과 나이 차이가 좀 있다 보니 철이 들 무렵부터는 거의 나 혼자만 부모님과 살았다. 따라서 땔감을 마련하고 소를 먹이고 하는 일들은 거의 내 몫이었다. 초등학교 때부터 지게를 지고 리어카를 끌고 마을 주변의 산이란 산은 다 올라다녔다. 까마득한 산꼭대기에서 나무를 한 짐 지고 내려오다가 넘어지고 구르기를 수도 없이 했다. 나의 이런 생활은 대구로 유학 간 후에도 별반 달라지지 않았다. 농번기 때는 거의 매주 토요일 고향

집에 내려가서 일했다. 특히 겨울 방학 때는 방학 내내 고향 집에서 1년 치 땔감을 하러 산을 오르락내리락하였다. 그래서 내 청년기에는 남들과 달리 산을 거의 오른 적이 없다.

고등학교 3학년 때는 군에서 제대 후 말단 공무원을 하던 둘째 형과 같이 생활하였고 이때부터는 거의 이 형을 비롯한 형들의 도움으로 대학까지 마칠 수 있었다. 이 형은 현재 서울의 모 사립여고에서 부 교장으로 재직 중이며 정년퇴직을 앞두고 있다. 형들에게 평생 마음의 빚을 지고 산다. 대학은 부모님께서 공부시키실 능력이 없다는 것을 뻔히 알았기에 선택의 여지가 없이 입학금과 수업료가 면제되고 전원 기숙사 생활을 하면서 숙식과 피복 그리고 책들이 공짜로 제공되고 졸업하면 돈도 잘 벌 수 있다는 해양대학 항해학과에 35기로 입학했다. 1979년 2월 초 정식 입학 전 3주간 내무 훈련이라는 적응 훈련을 위하여 가입교를 하였다. 훈련은 혹독했다. 아무런 사전 지식 없이 가입교한 부산의 해양대학. 한겨울 바닷바람이 매섭게 몰아치는 섬–해양대학은 부산의 태종대 가는 길목의 '조도'라는 섬에 자리 잡고 있다–에서 새벽 5시 반부터 자정이 넘는 시간까지 선배들이 시키는 혹독한 훈련을 받았다. 그러던 중 내 바로 옆방에서 동기 2명이 스팀 가스에 질식되어 숨지는 사고가 발생했다. 스팀 가스에 의해 사람이 죽을 수 있다는 사실을 그때 처음 알았다. 야간 훈련을 마치고 순검이라는 점호를 받는데 순검 끝나고는 환기창을 열어 놓아야 하는데 이 친구들이 그대로 잠이 든 상태에서 스팀 가스가 터져 나온 모양이었다. 그 사고로 우리의 3주간 예정되었던 내무 훈련은 2주 만에 끝났다. 그 이후로 2주 내무 훈련이 정착되었던 것 같다.

입학하고 제복을 입은 후보생—당시 해양대학 학생은 전원 해군 ROTC 신분이 부여되었다—시절이 시작되었지만, 상식적인 대학 생활과는 전혀 거리가 멀었다. 1학년 때는 군대로 치면 거의 신병과 같은 생활이었다. 툭하면 단체 기합에 '빳다' 세례가 있었다. 그러한 훈련과 기합에 대한 정당성 여부를 물을 이유는 없었다. 선배들은 더 심한 과정을 거쳤다는 것이 그 이유였다. 2학년이 되면서 일반학과 학생들이 처음으로 입학하였다. 이들은 ROTC 신분이 아닌 일반대학생 신분으로 그야말로 진정한 대학생활을 누리는 것 같았다. 이들이 입학하면서 전통적인 상선 사관을 양성하는 승선학과와 그렇지 않은 일반학과가 구분되었고, 우리 기수는 학관—수업하는 교실 등이 있는 건물을 이렇게 불렀다—청소를 한 마지막 기수가 되었다. 같은 학생인데 일반학과 학생들이 사용하는 강의실이나 화장실을 승선학과 학생들이 청소할 수 없다는 것이 이유였다. 이들은 이후 해운계 및 각 분야에서 왕성하게 활동을 하게 된다.

3학년 때는 6개월간 실습을 하였다. 학교에 실습선이 한 척밖에 없는 관계로 우리 동기는 전반기와 후반기로 나누어 실습하였다. 실습은 실습선인 한바다호에서 생활하며 수업과 연안 항해, 원양 항해 등을 하면서 선박의 조선술과 운항술 등을 배우고 익히는 과정이었다. 이때 처음으로 실습선을 타고 호주와 뉴질랜드 그리고 파푸아뉴기니 등을 가보았다.

4학년이 되었다. 4학년은 그야말로 내 세상이었다. 아무도 건드리는 사람이 없었다. 조별과—아침에 하는 기상 점호와 체조 등—가 끝나면 거의 자유였다. 그때 유행한 말이 있다. "해양대학교 4학년은 부산시장과도 안 바꾼다." 대학 4년간 공부를 한 적은 거의 없었다. 솔직히 뭘 했는지 기억이 잘 나지 않는다. 인생에 대한 고민도 별로 하지 않았던 것 같다. “배 타는데 무슨 공부가 필요하냐?”는 일부 선배들의 어설픈 조언과 체질에 맞지 않는 규율을 핑계로. 그러나 대학 4년 동안 비록 공부하지 않았지만 나는 내 인생 평생의 반려자인 아내를 만났다.

대학 4학년 때 기숙사 같은 라인의 선배와 후배 간의 정을 끈끈히 하기 위한 의식 또는 절차가 있었다. 제일 고층에 있는 4학년이 아래층들의 후배를 불러 기합을 한 번 주고 빵과 우유를 사주면서 안면을 익히는 그런 의식이었다. 그런 의식 중에 아래층의 후배는 반드시 선배들을 위해서 미팅을 주선해야 했다. 1982년 3월의 어느 토요일이었던 것 같다. 드디어 2학년 후배가 미팅을 주선하였고 난 그 자리에 4학년으로 폼잡고 참석하게 되었다. 당시 몇 명이 그 자리에 있었는지는 기억이 나지 않지만, 첫눈에 들어오는 여학생이 다행히 나의 파트너가 되었다. 이 여자다 싶었다. 부산교대에 갓 입학한 학생으로 친구 만나러 왔다가 갑자기 참석하게 되었다고 하였다. 성을 물으니 김 씨란다. 본이 어디냐고 물으니 경주 김씨란다. 다행이다 싶었다. 당시 동기생 중에 동성동본으로 고민하고 괴로워한 친구가 있었기 때문이다. 입학하자마자 처음 나온 미팅에, 제복을 입었지만, 머리가 텅 빈 나를 만나게 된 것이다. 이후 약간의 곡절이 있었지만 1988년 나는 아내와 결혼을 하게 된다. 내 인생에서 가장 잘 선택한 일이라고 장담한다. 아직도 그 미팅을 주선한 고마운 후배의 이름과 얼굴을 선명하게 기억한다.

1983년 2월 졸업을 하게 되었다. 졸업하면 지원자 및 지원하지 않은 일부는 해군 장교로 현역복무를 하게 되나 당시에는 해군 장교의 자원이 충분해서였는지 약 380여 명의 졸업생 중 11명만 해군에 입대하게 되고 나머지는 예비역으로 편입되어 3년간 의무적으로 승선생활을 해야 했다. 학교 다닐 때 성적이 시원찮아서인지 희망하지 않은 회사로 배사(配社)가 되었다. 당시 국내 유력선사나 돈을 많이 준다는 외국 회사(이를 송출회사라 한다)에 승선하고 싶었지만. 다 떨어지고 중형해운회사에 배사가 되었다. 졸업하는 그 해 아버지께서 72세로 돌아가셨다. 당시로는 살 만큼 사신 것이었다. 평생 가정에 충실하지 못한 아버지였지만 관을 묻을 때는 그래도 눈물이 났었다.

첫 배에서의 삼등 항해사의 생활은 복에 겨운 생활이었다. 주로 일본과 미국 서부를 다니면서 밀 등을 실어 나르는 배였다. 별로 어려운 것이 없었다. 먹는 것도 생전 먹어보지 못한 것들을 먹었다. 이때 참치를 처음 먹었다. 당시 배에서는 '마구로'라고 일본말로 불렀다. 그 회사에서 1년 반 정도를 승선하였다. 이때부터 여러 가지 고민이 시작되었다. 돈 잘 벌 줄 알고 배를 탔는데 전혀 아니었다. 당시 해운업계의 불황으로 해운통폐합이 이루어졌다. 배를 오래 탈 생각이 사라졌다. 4학년 때 해상보험 수업시간에 "앞으로 해상보험이 유망할 거다."라는 교수님의 말씀이 생각이 났다. 여러 가지를 알아보니 해상보험의 전문가 중에 해상손해정산인(Average Adjuster)이라는 전문 자격증이 있다는 것을 알았다. 영국이나 미국 등에서는 이런 사람들이 상당한 대우를 받는다고 했다. 우리나라도 이러한 제도를 도입한 손해사정인–손해사정인은 이후 호칭의 인플레이션으로 손해사정사로 바뀌었다–제도가 정식으로 도입될 거라는 이야기를 들었다. 이 자격을 따면 배를 안 타고 되고 개업도 가능하다고 하였다. 당시 이 제도와 시험이 있긴 있었지만, 법적으로 뒷받침되지 못하여 유명무실하였다.

시험과목을 알아보니 1차에 회계학이 들어 있었다. 회계의 회자도 모르는 상황에서 무턱대고 서점에서 회계학 책과 시험과 관련이 있는 몇 권의 책을 구입하여 유대인 회사 송출선인 OBO 선에 이등 항해사로 승선을 하게 되었다. 이 회사는 영국에 본사를 둔 유대인이 운영하는 조디악이라는 회사였다. OBO는 Ore, Bulk, Oil의 약자로 광석이나 석탄, 벌크 화물과 기름 등을 운송하는 다목적 선박이다. 한 종류의 화물만 실어도 쉽지 않은데 한 항차는 기름을 실었다가 다음 항차는 석탄을 싣고 그다음 항차는 벌크 화물을 실어 나르는 것이 여간 힘든 것이 아니었다. 이 선박의 주 항로는 유럽, 남미, 중동 등으로 그야말로 다목적 선박답게 여러 곳을 다녔다. 책을 구입하여 승선하였지만, 선박의 사정상 공부를 할 틈이 별로 없었다. 이 배를 타면서 유대인의 지독함도 체험하였다. 배를 빌려주면 용선주가 기름을 제공하는데 매일의 기름 소모량과 위치를 선주와 용선주에게 각각 다르게 보고하여 어느 정도 지나면 그동안 용선주 몰래 비축해 두었던 기름을 해도(海圖) 및 세계지도에도 잘 나오지 않는 아프리카 부근의 대서양 어디 작은 섬 깊숙이 숨어 들어가 팔았다. 인공위성으로 선박의 위치가 추적되는 요즘 같으면 불가능한 일이었다. 기름을 판 돈은 선원들의 일 년 임금을 충당하고도 남았다.

이후 이 배를 하선하고 다른 배에서 이등 항해사를 한 번 더 하게 되었다. 이 배에서는 시간이 많아 다행히 공부할 수 있었다. 이 배 하선 후 손해사정인 1차 시험이 있었고 다행히 붙었다. 2차를 준비해야 했으므로 시간을 벌기 위해서 해상보험을 전공하는 대학원을 알아보았다. 성균관대학교의 보험대학원이 제일 괜찮다고 했다. 이 대학원에도 한 학기를 다녔다. 그 해 손해사정인 2차 시험은 떨어졌다. 여러 가지 바뀐 내용이 포함되지 않은 오래된 책으로 공부한 결과였다. 한 학기 동안은 명륜동 지하의 고시실 비슷한 곳에서 생활하였다. 추가 등록을 할까 했는데 역시 배를 그만 타려고 작정한 동기생이 모교 대학원에 지원할 예정이라고 했다. 성대 대학원은 당시도 등록금이 제일 비쌌다. 도저히 계속 다니기가 불가능했다. 동기생과 같이 다시 부산으로 내려가 대학원 경영학과에 지원하였다. 태어나서 처음으로 등록금을 면제받았다. 이때가 1988년 초였다. 당시 아내는 초임교사로 발령을 받은 상태였다. 졸업은 그 전해에 하였지만, 당시 대통령의 해외 순방 등으로 재정상태가 문제였는지 그해에 아무도 발령을 받지 못하고 있다가 1년 후배들과 같이 발령을 받았다.

88 올림픽이 열리는 해 4월 17일 결혼을 하였다. 그 해 손해사정인(해상보험 전공) 2차 시험을 치렀다. 당시는 몇 명 뽑지를 않고 합격이 쉽지 않아서 시험이 되면 마치 대단할 것 같은 착각을 하였었다. 8월에 2차 시험을 치르고 가지고 있는 돈도 다 떨어지고 해서 일등 항해사로 마지막 배를 타러 나갔다. 이렇게 해서 대학원 경영학과도 한 학기를 다니고 그만두게 되었다.

일등 항해사로 처음 승선한 배는 한때 유명한 일본 해운사인 상꼬 라인(Sanko Line)소속의 벌크 전용선이었다. 일등 항해사는 선장의 지휘를 받아 선체와 화물과 관련된 일을 책임지는 자리다. 필리핀에서 승선을 하였고 그 배는 화물을 내리자마자 일본의 조선소에서 드라이 도킹(Dry Docking)을 하였다. 드라이 도킹은 몇 년간 운항한 선박을 발가벗겨 물을 뺀 도크(Dock)에 올려서 구석구석을 점검 및 검사를 하고, 문제가 있는 부분은 적절한 수리와 조처를 하는 것이다. 이때 처음으로 일본 선주의 감독관과 같이 선박의 구석구석을 헤집고 다니며 선박의 구조 등을 직접 파악할 수 있었다. 이때 아내로부터 손해사정인 2차 시험 합격자 명단이 실린 신문을 받았다. 이후 이 선박에서 약 일 년 동안 승선을 하면서 매 항차마다 각기 다른 화물을 운송하였다. 힘은 들었지만 실제로 많은 것을 배우고 경험할 수 있었다. 일등 항해사를 처음 하다 보니 처음에는 모든 것이 서툴렀다. 대학 5년 선배인 선장으로부터 많은 질책을 받았다. 거기다가 매번 다른 화물을 싣다 보니 처음부터 책을 보고 공부하여 화물을 싣고 운송할 수밖에 없었다. 처음 얼마 동안은 받아들이다가 나도 감정이 격해져서 어느 시점부터는 '선장님'이라고 부르던 호칭을 '캡틴'이라고 불렀다. '캡틴'도 경어였으므로. 선장은 몇 개월 후 하선을 하면서 '미안하다'고 사과하였다. 나의 어린 시절 철없던 객기였던 것 같다.

이 시기에 즉, 일등 항해사로 승선하여 얼마 지나지 않아 캐나다 밴쿠버에 각재(Timber)를 선적하기 위하여 입항하였다. 한참 일을 하고 있는데 이웃 부두에 정박하고 있는 같은 상코라인 소속의 선박에 승선하고 있던 1항사 경력 베테랑인 1년 선배가 찾아왔다. 선배로서 나를 만나보고 한 수 가르쳐 주려고 와서 이런저런 대화를 하는 과정에서 그간의 내 관심사와 손해사정인 시험에 합격한 사실 등을 이야기하였다. 그 선배도 해상보험 등에 관심이 있었던 것 같았다. 몇 년의 세월이 지나 내가 H 보험사의 클레임 팀장을 할 때, 그 선배는 선장으로 진급하여 해난사고를 당하고 그 사건을 계기로 서른이 훨씬 넘은 나이에 새로이 법학을 공부하려고 명문 사립대학인 K대 법대 대학원에 입학했다. 그 무렵 '김&장'에서 선박 충돌 등에 대하여 자문역을 하던 그 선배와 만나게 되었다. 현재 그 선배는 K 대학 로스쿨 교수로서 해상법 분야의 권위자로 활발하게 활동 중이다.

1989년 1년에서 약 1주일 모자라는 기간의 승선생활을 마치고 하선하였다. 더는 승선생활에 미련이 없었다. 해상보험 분야에서 뜻을 펴 보자는 일념으로 이러저러한 사람들을 찾아다녔다. 몇 군데, 면접도 보고 하였지만 내가 처음에 기대했던 것과는 영 딴판이었다. 그래서 비교적 규모가 큰 손해보험 회사들의 사장님에게 편지를 썼다. "저는 올해 한국 나이로 30세 되는 아무개로 이런 학교를 나와 이러저러한 경험을 가지고 해상보험업계에서 일을 해보고 싶습니다. 뽑아 주시면 최선을 다하겠습니다." 대충 이런 식이었다. 곧바로 여러 군데서 연락이 왔고, H 보험사에 2년의 경력을 인정받아 입사하게 되었다. 그때가 1989년 10월 1일이었다. 내 인생에서 두 번째로 잘한 선택이었다. 몇 달 뒤 당시 같은 빌딩에 있던 그룹 소속 H 상선의 운항담당 직원이 업무회의에 참석하였다. 졸업 후 처음 만나는 동기생이었는데 그는 3년 차 대리였다.

처음 H 보험사에서 맡은 업무는 선박 클레임이었다. 처음에는 거의 대학 1학년 때와 비슷할 정도로 기합이 바짝 들어 업무를 하였다. 나름대로 열심히 했다. 그렇지만 무엇보다 상사를 잘 만났다. 사원 대부분이 그룹 공채출신이었던 당시, 미국에서 MBA를 마치고 나보다 몇 년 전에 경력직으로 입사하였던 과장은 경력직으로 입사한 나의 입장을 너무나 잘 헤아려 주었다. 바로 위 상사였던 대리는 처음 업무에 임하는 나에게 이것저것 자세히도 알려 주었다. 이분들과는 현재도 형제와 같은 마음으로 교류하고 있다. 이때 선박 클레임 담당자로서 미국 국방성을 상대로 하는 구상사건을 처리하면서 처음으로 생소한 영·미법 체계하의 용어들을 접하게 되었다. 이 사건은 내가 입사하기 전 H 상선의 선박이 처녀항해에서 브라질에서 화물을 가득 싣고 출항하던 중 암초에 걸려 좌초되면서 선박과 화물 약 4,400만 불 어치가 전부 멸실된 건이었다. 보험사는 일단 보험금을 지급하고 미국 국방성에서 발행한 해도의 결함을 이유로 미국 국방성을 상대로 뉴욕 연방법원에 구상소송을 제기한 건이었다. 영국 및 미국 변호사를 선임하여 실질적 재판은 이겼으나 당시 클린턴 대통령이 '주권면책'이라는 법 이론을 소급하여 적용하는 법안에 서명하는 바람에, 결국 한 푼의 구상금도 받지 못하고 종결할 수밖에 없었다. 이해할 수 없는 법치주의 국가가 바로 미국이었다. 이처럼 H 보험사에서 일하면서 해상법 혹은 해상보험법 분야의 쟁쟁하고 유명한 국·내외의 변호사 등 많은 전문가를 알게 되었다.

약 1년 후 대리로 그리고 그 후 누락 없이 차장까지 승진하였다. 그런데 나는 운이 좋았던 것인지 대리 말년 시절부터 사실상의 클레임 팀장 역할을 하였다. 그러나 누구든지 영원히 한자리에 머물 수는 없다. 2000년 1월 영업부로 발령이 났다. 열심히 영업하러 다녔다. 이때 처음으로 같은 회사의 영업부 직원은 동료라기보다는 거의 경쟁자라는 것을 깨달았다. 물론 회사 시스템의 문제도 있지만, 실적이라는 것 때문에 회사의 이익보다는 개인의 실적이 중요하므로 회사 동료 사이는 협력의 관계가 아니었다. 갈등이 심했다. 그러던 차에 평소 잘 알지는 못하지만, 안면이 있던 굴지의 로펌에서 근무하던 모 변호사가 새로이 개업을 시작하면서 나에게 같이 일하자고 제의를 했다. 그 변호사에 대하여 자세히 알아보지도 않고 11년간 정들었던 회사를 떠나기로 했다. 그때가

2000년 7월이다. 모 변호사와 같이 한 기간은 순탄하지 못했다. 모욕을 느낀 적도 많았다. 모든 사람이 며칠 혹은 몇 달을 견디지 못하고 떠났다. 나 역시 6개월여만에 결별을 했다.

그 후, 영국이나 미국의 로스쿨 정규과정으로 유학 가는 것을 심각히 고민하였다. 그러나 나이도 나이지만 역시 돈이 문제였다. 마침 2, 3개월을 같이 지내다가 나보다 약 한두 달 정도 먼저 떠난 현재의 동지이자 동료인 K 변호사와 미국인 B 변호사가 '오로라법률사무소'라는 이름으로 새롭게 시작해 보려고 하는 중이어서 합류를 하게 되었다. 당시 강남 벤처기업의 몰락으로 빈 사무실이 많은 상황에서 거의 공짜로 작은 공간에 자리를 잡았다. 이때가 2001년 2월 초였다. 4개월 후 그동안 모은 약간의 돈과 집을 담보로 임대료에 해당하는 자금을 대출받아 청계천 변의 관광공사 건물로 이사하였다. 이렇게 시작한 현재의 '오로라법률사무소'는 벌써 거의 15년이 다 되었다. 그동안 여러 가지 사연도 있었지만, 해상 및 해상보험 등을 전문분야로 하는 부티크(Boutique) 로펌으로 어느 정도 자리를 잡았다. 무엇보다 친정인 H 보험사 및 여러 보험사의 선후배 그리고 해상분야에 종사하시는 주위 여러분들의 도움이 있었기에 가능한 일이었다.

이 바닥에서 관련 일을 하기 위해서는 남의 나라 자격증이라도 필요하였다. 약 6개월간 같이한 변호사와 결별 이후 쭉 생각한 바대로, 가장 단기간에 최소의 비용으로 자격증을 취득하는 방법을 알아보았다. 자국 외의 나라에서 법학사를 취득한 사람이 미국의 로스쿨에서 석사(LLM)를 마치면 뉴욕 등 일부 주에서 변호사 시험 칠 자격을 준다는 것이다. 우리나라 대부분의 변호사나 정부 부처 공무원들이 미국에서 변호사 자격을 취득하는 과정인 것이다. 좀 더 알아보니 학부에서 최소 3년의 과정을 거쳐야 한다는 것이다. 방통대 법대 3학년에 편입하여 법학사 학위를 딴 나는 해당이 되지 않았다. 그래서 뉴욕주 변호사시험 위원회에 편지를 썼다. "나는 이러이러한 사람이고 대한민국의 방통대 법학사 학위를 가지고 있으며 해양대학 해사 법학과 석사도 했으며 박사 과정도 밟고 있고 보험 회사에서 이러저러한 일을 한 경력이 있는데 귀 나라에서 LLM을 마치면 시험 칠 자격을 주겠느냐고?" 회신이 왔다. "LLM을 하면 시험 칠 자격을 주겠다"고. 이후 뉴욕주에서는 우리나라 방통대 졸업생은 소위 원격 과정을 거친다는 이유로 더는 시험자격을 허락하지 않는다. 아마도 내가 마지막으로 응시자격을 부여받은 것 같다. 몇 군데 로스쿨에서 입학허가서를 받았다. 인디아나 대학의 로스쿨로 정하였다. 이 학교는 미국 중부에 위치한 인디애나주 블루밍턴이라는 도시에 위치한 주립학교로 사립보다 상대적으로 등록금이 저렴하였다. 이 도시는 전형적인 농촌 지역으로 학교를 중심으로 형성된 도시이다. 가을의 블루밍턴의 경치는 환상적이다. 그곳에서 유학한 많은 동문이 그곳의 경치를 잊지 못하고 있다.

2002년 6월 초 가족들과 같이 예전에는 꿈도 꾸지 못했던 미국으로 유학의 길을 떠났다. LLM과정은 세계 여러 나라의 학생들로 이루어졌다. 수업은 정규 법대(JD)생들과 같이 하였다. 영어가 짧아 알아들을 수 있는 것이 별로 없었다(한국에서도 예습하지 않은 경우 교수의 강의를 알아듣는 것이 별로 없었지만). 다행히 교수가 다음 진도 나갈 것을 읽어 오라고 미리 알려 준다. 그 양이 방대하나, 그래도 대충이라도 미리 읽어간 날은 귀에 들어오는 것이 조금 있기는 하였다. 어차피 책은 눈으로 보는 것이니까 별로 개의치 않았다. 동기 중 한국 학생들은 다양했다. 현직 변호사와 교수, 유명신문사 법조 담당 기자, 정부부처의 사무관과 서기관급들인 공무원, 기업의 법무팀 직원, 그리고 한국에서 석사와 박사까지 마친 사람까지. 법을 하는 사람들은 예전에는 독일로 유학을 갔으나 이때부터는 거의 유학지가 미국이 대세였다. 국제 조약이나 협약 또는 국제거래 문서 등이 전부 영·미법을 근간으로 하여 만들어졌기 때문이다. 동기들 전부 정상적으로 내로라하는 법대를 나온 사람들이고 나 같은 사이비는 한 명도 없었다. 이곳에서 LLM과정을 마치고 여러 번의 시도 끝에 뉴욕주 변호사 시험에 합격할 수 있었다.

2008년쯤 대학 후배인 모교의 지도교수가 논문 쓰는 유효기간이 임박하였다고 박사논문을 쓰라고 했다. 부랴부랴 자료를 모으고 하여 논문을 썼고 2009년 8월 논문은 통과되었다. 실생활에 별 도움이 안 되는 것이긴 하지만 법학박사가 된 것이다. 그 해 6월 시집 잘못 와서 오랜 세월 고생만 하셨던 어머니께서 93세로 돌아가셨다.

해상보험에 뜻을 둔 지 벌써 약 30여 년이 되었다. 해상 변호사는 기본적으로 해운, 조선, 해상보험, 물류, 국제간의 거래 등의 법률관계를 전문적으로 하는 변호사를 말한다. 국제거래에 관한 법은 해상법 및 해상보험법을 근간으로 하는 것이라 해도 과언이 아니다. 이 분야는 좀 특이한 분야로 진입이 쉽지가 않다. 국제적이라는 용어에 솔깃하여 발을 들여 놓았다가도 떠나는 사람이 많다. 그 이유는 여러 가지지만 그중에서도 근간이 되는 법들이 대체로 영·미법이고 영국 등에서 사건이 다루어지는 경우가 많기에 상대적으로 국내 시장이 협소하기 때문이다. 같은 이유로 클라이언트들로부터 인정받기 위해서는 최소 10년 이상의 경험

등이 필요하다. 그러나 어느 분야나 마찬가지지만 모든 것은 자기 하기 나름이다.

고등학교 때 설악산으로 수학여행 가서 처음으로 속초의 바닷물이 짠지를 맛본 내가, 어쩌다가 마도로스가 되고 바다와 관련이 있는 일을 하게 될 줄은 어릴 적에 꿈에도 생각하지 못했었다. 참으로 사람의 앞길은 알 수가 없다. 지금 50대 중반의 나이지만 앞으로의 인생은 신만이 알 수 있을 것이다. 다만, 자식들에게 부끄럽지 않은 아버지로 살아갈 수 있기만을 바랄 뿐이다.

덕분에 사는 세상

김창규 | 대구수성시니어클럽 관장 |

나는 1986년 사범대학 교육학과를 졸업했다. 선생이 꿈이었다. 그러나 나의 인생 역정은 내가 원하는 대로 흘러가는 것이 아니었다. 첫 직장은 졸업하기 전에 비정규직으로 들어간 대구의 명성예식장이다. 나를 당긴 친구가 있었으니 바로 고등학교 친구 이상근이다. 1년 정도 근무하는데 예식장 사장은 자기 사촌 동생이 운영하는 서울의 컴퓨터 관련 회사 근무를 권유했다. 대구 촌놈이 서울에서 직장생활을 하게 되는 인연을 이때 맺게 되었다. 이상근이도 함께 올라왔다. 이상근은 이때부터 지금까지 서울생활을 하고 나는 몇 년 후 대구로 내려왔다. 두 번째 직장은 지금 와 생각해보니 이전 직장에서의 퇴출로 이어진 구제성 소개 직장이었지 싶다. 하지만 문과 출신이어서 그런지 도대체 컴퓨터 프로그램을 취급하는 회사에 흥미를 붙이기는 어려웠다.

그러던 차에 대학 동아리 선배가 자신이 근무하는 건설회사(엄밀히 말하면 설비 단종회사) 자재 업무를 맡길 믿을 만한 사람이 필요하니 옮기라고 해서 세 번째 직장을 가지게 되었다. 서울 시내 한복판 명동성당 근처 건설현장에서 2여 년 정도 노다가(?) 반, 자재 업무 반의 일을 통해 공사현장에 대해 감(感)을 잠시나마 익혔다. 새벽 5시 반까지 공사현장에 도착해 일을 하다 보면 즐비한 빌딩 사이로 셀러리맨들이 출근하는 모습을 보았던 그때가 내 삶에 있어서 가장 부지런했고, 공사장을 오르락내리락하면서 체력을 키웠던 시기였던 것 같다. 이때 '진로'에 다녔던 안치오랑 외국어대학교 앞 이문동에서 자취생활을 같이 했다. 이 직장 생활도 잠시, 대구로 내려가 교사로 취업하기 위해 사표를 내었다. 그런데 그때 바로 대구로 내려갔더라면 지금쯤 선생 노릇을 하고 있었을 것인데 잠시 휴식하고자 일주일간 강원도 여행을 간 것이 문제였다. 여행을 마치고 대구에 내려와 보니 대학 교수님이 나를 학교에 추천하려고 일주일 동안 무던히 찾았다는 것이다. 아뿔싸! 나는 강원도에서 놀고 있었으니 말이다.

'선생 인연이 없구나!' 생각하고 이런저런 일들을 작당하고 있었는데 친구 정붕진이 "니가 가진 여러 재주가 있으니 기획사나 한번 해보지." 라고 해서 내가 가지고 있던 돈을 탈탈 털어 중구 계산동 인쇄 골목에 '피아기획'이라는 작은 광고회사를 차렸다. 네 번째 직장이었다. 나름 그리고, 쓰고, 기획하는 잔재주를 가지고 있었던지라 적성에는 맞았다. 그런 데다가 돈 들어오는 재미가 솔솔 했고, 친구들은 직장생활 하는데 나는 사장소리 들으니 젊은 시절 유세 부리기에 좋았던 모양이다. 한편 이곳은 가끔 고등학교 친구들의 밤 문화 아지트로 사용되기도 했는데 모두 돌아가고 난 뒤 뒤치다꺼리를 하는 것은 고역이었지만, 대건 28 동기회를 만들고 전국에 흩어진 친구들을 규합했던 시간은 매우 보람 있었던 것 같다. 초대회장을 맡은 정붕진이 애썼다. 보고 싶은 친구 붕진아! 이 시절 가장 큰 도움을 준 친구는 고등학교 친구 이도희다. 구멍가게 수준의 사업체를 운영하는 친구를 믿고 포항 '육일 그룹'의 첫 사보 작업을 아무런 의심 없이 용역을 준 것이다. 지금 생각해봐도 고마운 일이다. 내가 가진 젊음과 끼로서 회사를 키워나갔다. 정치광고도 손대면서 몇 개월간 억 단위의 돈도 벌었으나 장사치는 아니었던 모양이다. 5여 년 동안 운영해왔던 회사를 정리하고 다시금 내 인생 경로를 고민했다. 비교적 내 성향에 맞는 '사회복지 일을 하자'라는 맘을 먹었다. 그리고 대구대학교 사회복지대학원에 진학했다. 이 당시 영향을 준 친구 둘이 있었다. 이국진은 중구청(현, 중구청 가족복지과장)에서, 김정표는 남구청(현, 예천 노인종합복지관장)에서 '사회복지전문 공무원'으로 근무하고 있었다.

공부하는 동안 '노니 장독 깬다'고 학자금을 벌어보자는 생각에 대명동 계명대 건너편에 '꼬치미'라는 포장마차를 하게 되었다. 다섯 번째 직장, 두 번째 사업이었다. 이때 도움을 준 친구는 인테리어 회사를 운영하고 있었던 추원일이다. 당시 그 친구는 일본 음식 관련 식당 인테리어를 전문적으로 하고 있어서 허름한 실내 포장마차에 일식 안주를 접목해 멋지게 꾸며 주었는데, 포장마차치곤 맛이 있다는 소문이 나기도 했다. 참으로 많은 동기와 사람들이 넘나들었던 같다. 그러나 '앞으로 남고 뒤로는 밑진다'는 말이 있듯이 장사는 잘 되었지만, 돈은 많이 벌지 못했다. 친구들한테 받은 술값보다도 노래방비 등 뒷돈이 더 많이 나가기도 했다.

2여 년의 시간이 지나 대학원을 졸업하고, 중학교 친구 소개로 보건 대학에서 첫 강의를 맡게 되었다. 고마운 친구였다. 지금도 그 친구 인연으로 모 대학 사회복지학과에서 겸임교수를 10여 년간 하고 있다. 그런데 조건이 있었다. 친구는 "그래도 대학강사인데 포장마차 한다면 우스운 모양새다."라며 은근히 포장마차 폐업을 권유했다. 문을 닫기로 하고 그동안 도와준 지인들과 손님들을 초대해 일주일 동안 재미난 폐업식을 했다. 그리고 대학 강사 길로 접어들었다. 비록 사범대학을 나와 중고등학교 선생 노릇은 못했지만, 대학교에서 시간강사를 하면서 지역복지관에서 자원봉사를 했다. 강사를 직업으로 치자면 여섯 번째 직장인 셈이다.

다음은 일곱 번째 직장 이야기다. 복지관에서 청소년 멘토링 자원봉사를 하던 중에 한 분이 나에게 "'사회복지법인 함께하는 마음재단'에 연구원을 모집하니 한번 해 보세요."라고 권유했다. 정보를 준 그 날이 원서 마감일이었다. 부랴부랴 서류를 준비했지만 다 챙기지 못한 채 서류를 팩스로 들어 밀었다. 면접을 봤다. 그리고 그 조직 최초의 연구원이자 가장 고령자로서 1년 계약직으로 채용됐다. 일곱 번째 직장이고 두 번째 비정규직 직장이었다. 아~ 미생(未生). 그렇지만 바빴다. 대학 강사와 연구원이라는 투 잡을 했고, 자원봉사도 했으니. 그렇게 또 일 년이라는 시간이 흘렀고 계약 만료 시점에서 피아기획을 통해 터득한 감각 덕분인지 '기획실장'이라는 직함과 함께 정식 '사회복지사' 직원이 됐다. 2000년을 시작하는 해에 얻은 직장이었다. 여덟 번째 직장이었다. 그러나 하나를 얻으면 하나를 잃는 법인가! 대학 강사를 그만둬야 했다. 사회복지사로서의 직장생활은 십 수 년간 갈고닦은(?) 다양한 삶의 경험

덕분에 비교적 사회경험이 부족한 사람들로 구성된 사회복지조직 안에서 다양한 사회 인적·물적 자원을 가진 사람으로 인정받았다. 그리고 4여 년 만에 기관장 직책을 맡았고, 현재는 노인들의 일자리를 지원해주는 노인복지시설 '대구 수성 시니어클럽' 기관장의 소임을 맡고 있다. 또한 사회복지사로, 사회적 기업가로, 그리고 젊은 시절 하고 싶어 했던 선생 노릇을 대학(사회복지학과)에서 하고 있다.

허허. 그런데 신기한 사실이 하나 있다. 고등학교 생활기록부에 담임이셨던 김재근 선생님은 나의 진로에 대해 '한사대(한국사회사업대학교) 사회사업학과'로 굵은 글씨로 적어 놓았으니 공부를 못해서인가, 천성이 고와서인가. 아무튼 운명처럼 써놓은 그 한마디의 직업을 가지려고 나는 7번의 직업을 바꾸었단 말인가! 1986년에 대학을 졸업하고 지금에 이르기까지 칠전팔기(七顚八起)라는 사자성어를 붙이기는 뭐하다마는 8번의 직업을 통해 현재의 나 김창규가 만들어진 셈이다. 돌아보니 그동안의 삶 속에서 쓸모없는 경험은 없었고, 쓸모없는 사람도 없었다. 세월 가운데 경험한 모든 것들이, 만났던 모든 사람이 나를 만들게 한 것이었다. 천상 시인 천상병의 '행복'이라는 시(詩)다.

나는 세계에서 제일 행복한 사나이다
아내가 찻집을 경영해서 생활의 걱정이 없고
대학을 다녔으니 배움의 부족도 없고
시인이니 명예욕도 충분하고
이쁜 아내니 여자 생각도 없고
아이가 없으니 뒤를 걱정할 필요도 없고

집도 있으니 얼마나 편안한가….

돌아보니 나 또한 행복한 사나이이다. 부모님 살아계시고, 형제가 무고하고, 직장이 있어 끼니 걱정 없고, 가르치기도 하고 배우기도 하니 유익하고, 내 몸뚱이 건강하여 어디든 갈 수 있고, 멀리 있어도 밤이 늦어도 찾아갈 수 있는 벗이 있고, 술 권할 수 있으니 사람들과 어울릴 수 있고….

이처럼 내가 누리고 있는 이 모든 행복을 가만히 생각해보니 금세 고마움이 느껴지는 다 '덕분 세상'이라는 것이다. 가만히 지난 시간 되돌아보고 현재에 살아있는 나의 존재를 살펴보니, 하나하나 고맙지 않은 것이 없다. 내가 현재 이렇게 행복한 것은, 내 심신을 건강하게 낳아주고 키워준 부모님 덕분이고, 세월 덕분이고, 직장과 직원 덕분이고, 친구 덕분이고, 지인들 덕분이고, 세상 모든 것들 덕분이다.

더욱이 지난날 비틀거리고 넘어지고 한 덕분에 조금씩이나마 나 자신을 알게도 되었고, 만큼 지족(知足)할 줄 알게 되었으니, 과거에 상처 준 사람이나 그 경험들이 현재의 나를 있게 한 것이기에, 오히려 그 사람이 고맙고 그 경험이 값지다. 오히려 내가 상처 준 것이 아닌가 하며 부끄러워지고 미안해진다. "내가 무지하여 나에게 베풀어 준 배려를 망각하여 모르고 있었던 것이 있다면 용서 바랍니다."

덕분에 오늘의 내가 존재한다. 다시 한 번 생각해봐도 나의 존재와 인연 닿지 않은 것이 없고, 덕분이 아닌 것은 이 세상엔 한 가지도 없는 것 같다. 참으로 감사한 세월이다.

나는 치과의사다

곽동호 | 대구 곽치과병원 원장 |

"동호야 부탁이 있는데 우리 학교 와 가 직업 소개하고 우짜든 그리로 갈 수 있는지 두 시간 교육 기부하믄 안되겠나? 갑자기 이케가 미안하다."

몇 년 연락이 없던 초등학교 친구로부터 며칠 전 이렇게 문자가 왔다.

고등학교 친구들이 어느 날 갑자기 단체 카톡방을 결성했다. 50대의 수다방이 된 것이다. 나이가 들수록 힘은 부치지만 입담은 더 세어지는 것 같다. 남성호르몬 수치는 줄고 여성호르몬 수치가 높아지는 것은 분명하다. 단체로 수필집을 만든다고 한 동기로부터 참여하라고 연락이 왔다. 고민스러웠다. 무엇을 쓸 것인가?

고등학교 졸업 후 35년 각자 삶의 방식도, 직업도 다양하다. 이 이벤트를 이끌고 있는 친구가 조언한다. 자기만의 이야기가 좋겠다고. 자기만의 이야기라….

고민 끝에 내린 결론이 나의 직업 이야기다. 나는 30년째 치과의사로 살고 있다. 교육 기부한 내용이기도 하다.

나의 직업은 치과의사이다. 치과의사의 꿈을 어린 시절부터 꾸었던가? 그렇지는 않다.

나는 고등학교 3학년 예비고사(지금의 수학능력시험과 비슷) 발표 후 서울대 공대를 목표로 공부를 했다. 점수는 비슷하게 나왔으나 아버님께서 의대나 치대를 권유하셨다. 의대를 갈 것인가, 치대를 갈 것인가. 답은 의외로 쉽게 나왔다. 친구 형 때문이었다. 고등학교 절친(지금은 신부님)의 형이 경북대학교 의과대학생이었는데, 친구 집에 놀러 갈 때 마다 친구 형은 공부에 열중하고 있었다. 그 형을 보고 나는 의과대학 공부가 무척 힘들다는 것을 어렴풋이 느꼈다. 공부 좀 덜 하자고 잔머리를 굴린 것이 결국은 치대로 방향을 설정하게 된 이유다. 의대는 신체 전반의 공부, 치대는 치아와 구강만 공부하기 때문에 매우 편할 것이라고 생각했다. 물론 철이 없는 좁은 소견이었지만. 지금 보면 치과대학 공부도 그 양이나 질적인 면에서 의과대학 공부와 별반 차이가 없다고 생각된다. 치예과 시절 2년은 좀 편한 과정을 보냈으나 본과 1학년부터는 어려웠다. 선배들을 보면 본과 1학년에서 2학년으로 진학 못하는 유급 비율이 많게는 20% 이상 되는 경우도 있었기 때문이다. 우리 동기는 46명 입학하여 37명이 졸업하였다. 졸업 후에는 크게 두 부류로 진로가 나누어진다.

하나는 빠른 개업의의 길로 가는 경우(군 미필의 경우 주로 공중 보건의로 근무 후 바로 개원)와 또 하나는 치과 전문의 과정인 수련의 과정을 거치는 경우다. 나는 후자를 택해 구강악안면 외과(교통사고로 인한 안면부 골절 치료, 구강내외 악안면부 종양 치료, 구강암 처치 및 회복술, 요즘 각광받고 있는 양악수술, 임플란트 수술 등)를 전공하였다. 그 당시에는 인원이 부족하여 1년차 당시 365일 매일 경북대학교 부속병원에서 당직을 하였다. 일요일 오전 잠시 집에 들러 속옷 갈아입고 다시 병원으로 가야 하는 생활의 연속이었다. 힘든 1년차 시절은 입원환자 주치의를 맡게 되는데 나의 선배님의 가르침 중 가슴에 남는 것이 있었다. 주치의는 하루 3번 이상 환자와 대면하라는 것이었다. 아침, 점심, 저녁 회진 3차례를 지키려고 참 많이 노력한 것이 기억에 남는다.

아침 수술은 보통 8시에 들어가는데 그전에 준비할 것이 많다. 주로 전신마취를 하는 수술이어서 이때는 폴리 시술(소변이 자동으로 배출되도록 하는 시술) 등의 시술을 위해서는 7시 전부터 준비하여야 한다. 구강암, 양악 수술 등은 그 당시에는 10시간 이상 걸리는 경우도 종종 있었다. 수술을 마치고 나오는 시간이 보통 저녁 7~8시가 되는 경우가 많았다. 지금은 여러 가지 기구, 시술 방법의 변화로 시술시간이 많이 단축되었지만 80년대에는 흔한 경우였다. 이런 상황에서도 환자와 많이 대면하도록 노력한 것이 군의관 복무 후 개업의 초기에 입원환자들이 많이들 찾아주신 원인이 되었다. 어떻게 알았는지는 잘 모르지만 환자분들이 일개 수련의를 많이 찾아오셨던 것이다. 당시 치료는 수술과는 상관없는 보철, 보존, 신경 치료 등 일반 치과 치료인데 매우 미안하기도 하고 황송스러운 일이기도 하다.

치과 개업시 필요한 보철, 치주, 신경 치료 등은 인턴 시절에 한 경험외는 없어, 군의관 시절 다른 치과 군의관과 전문 지식을 많이 공유하며 공부하였다. 군의관 39개월 동안 훈련 기간을 제외한 만 3년 동안은 나의 전공분야인 사랑니 발치나 구강내외소수술 외 여러 가지 보철, 치주, 신경 치료 등 개업의로서 필요한 지식을 습득하기 위하여 각각의 전문의 과정을 거친 선후배와 함께 공부하였다. 군의관 시절부터 제대 후 개업의 생활을 하면서도 10년 넘게 스터디 그룹을 결성하여 공부하였다. 또 치과의 다양한 분야의 전문가의 강의를 듣기 위해 국내외로 다니며 열심히 공부했다. 많은 주말을 여기에 할애하였다. 각자 주말에 공부한 것을 주중 근무 마친 후 모여 토론하고 각자의 케이스를 가지고 서로의 단점을 서로 지적하며 임상의 질을 높이기 위해서 많이 노력하였다.

나는 치과 병원을 15년째 운영하고 있고 그전 10년간은 종합병원에서 치과를 독자적으로 경영하여 왔다. 그간 치과병원을 운영할 수 있는 밑바탕은 위에서 언급한 바와 같이 노력한 결과가 아닐까 생각된다. 치과의사의 숫자가 적고 여러 상황이 지금보다는 수월하던 시절이었기 때문에 대학 동기를 보면 대부분 치과의원 원장으로 잘 지내고 있다. 하지만 몇몇 동기는 아직도 여러 가지 이유로 인하여 개원 실패를 거듭하고 또 여러 번 개원 이전에도 힘들어했던 봉직의 생활을 하면서 힘들게 지내는 경우도 있다.

지금 생각하면 인생에 한번 되돌아가고 싶은 추억의 시절이 있다면, 1988년 서울올림픽이 개최되던 해 영천 3사관학교에서 군의관 후보생 훈련 후 15사단 군의관으로 강원도에서 근무하던 시절이 아닐까 한다. 그때 나는 운전면허도 없었고 운전면허증을 따려면 화천까지 가야만 하는 오지 중의 오지에서 근무했다. 고향 대구까지 오려면 서울 상봉터미널, 청량리, 서울역, 동대구역을 거쳐야 했다. 전임 군의관으로부터 10만 원에 스쿠터를 인수받아 첫째를 임신 중이던 아내를 뒷좌석에 태우고 군인아파트에서 장보러 다녔고, 집사람은 요리책을 찾아가면서 신기한(?) 요리를 해주던 시절이 평생 가장 기억에 남는다. 아내로부터 받은 식사 대접이 당시가 가장 좋았던 시절로 기억된다. 출산을 위해 아내가 대구 친정으로 떠난 후 몇 달을 아침, 저녁을 거의 라면으로 끼니를 해결할 수밖에 없어 위장이 좋지 못해 속 쓰렸던 기억이 지금도 생생하게 난다. 13평 군인 아파트는 너무 낡아 후방으로 이동한 다음 해 폐쇄될 정도로 형편없었다. 겨울 창문을 비닐로 밀봉을 하고 난방을 위해 연탄을 나르고 갈던 그 시절이 참 좋은 추억으로 평생 남는 것은 참 아이러니하다. 전방 일 년 근무 후 후임 군의관에게 스쿠터를 7만 원 받고 인수시켰다. 스쿠터 수리비만 약 20만 원 이상 들었는데….

의사들에게는 환자가 주된 상대다. 내 스스로 질문을 던진다. 과연 개원의 생활 중 가장 기억에 남는 환자는? 기억을 더듬어 보면….

첫 번째 환자는 중학교 2학년 여학생이었다. 부모와 같이 내원하였는데 초등학교 1,2학년 이후로는 아이의 웃는 모습을 볼 수 없었고 학교 가는 것 외에는 친구와 어울리지도 않고 방에만 틀어박혀 있다고 하였다. 6년 가까이 웃지를 않다니? 왜? 이유인즉 아이의 구강 상태는 전치부 포함 거의 모든 치아에 커다란 충치로 인하여 웃을 수 없는 모습이었던 것이다. 사춘기와 겹쳐 이것이 아이에게 정서적으로 나쁜 영향을 미친것 같아 안타까웠다. 치료 결과 확인을 위해 다시 내원했을 때 부모님은 다시 아이의 웃는 모습을 보았다고 매우 기뻐했다. 그뿐만이 아니다. 달라진 학교생활, 친구와의 관계에 많은 변화가 있다는 이야기를 듣고 매우 보람을 느꼈다.

두 번째 환자는 50대 후반의 중년 여성으로, 지금부터 약 20년 전 1년 동안 대구에서 유명하다는 치과 3곳을 다니며 치료를 받고 3개의 틀니를–임플란트가 잘 알려지지 않은 시절–장착하였으나 여전히 불편하고 아프고, 마음대로 음식을 먹을 수 없었던 경우였다. 옛날 친구들은 맛있게 점심을 잘 먹는데 자기는 그렇지 못하기 때문에 속상하다고 내 앞에서 눈물을 보인 적도 있었다. 나는 틀니의 한계성을–자연 치아, 임플란트가 100점이면 매우 훌륭한 부분 틀니는 30점, 완전 틀니는 10점 정도–설명하고 임플란트를 시술했다. 시술 후 만족하며 웃으면서 병원을 나설 때 의사로서의 보람을 느꼈다.

세 번째 환자는 자식들이 돈을 모아 치아가 없는 아버지에게 임플란트를 해 드리려고 하여도 자식에게 부담을 주기 싫어 불편한 틀니를 고집한 70세 환자분이다. 자식을 위한 부모의 마음은 이해가 되지만 잘 먹지 못해 건강을 해치면 이것이 더 자식에게 부담을 준다. 아무리 금술 좋은 부부 사이라 하여도 대신 먹어줄 수 없고 부모 자식 사이도 대신 먹어줄 수 없다(간혹 해외 토픽으로 선천적 구강 질환으로 평생 대신 씹어준 부부는 있다). 자기의 건강은 자기 스스로 지켜야 한다고 생각된다. 현재 대한민국 평균 수명이 많이 길어진 이유는 여러 요소가 있으나 그중 가장 큰 요소는 저작 기능 향상이 아닐까 생각된다. 특히 임플란트의 기여도가 높다고 생각된다.

네 번째 환자의 경우는 부부 사이도 궁합이 잘 맞아야 잘 산다고 하듯이 환자와 의사도 서로 잘 만나야 된다고 생각되는 60세 남자 환자분이다. 10년 전쯤에 우리 병원에서 임플란트를 시술한 환자분의 소개로 내원하였다. 상악 우측 어금니 부위에 친구 아들이 치과의사라서 임플란트 수술을 받았지만 실패하여 한두 번도 아닌 무려 열세 번을 수술하였음에도 불구하고 실패하였다고 했다. 물을 먹으면 상악동 인접 구강내로 생긴 구멍(4x2cm)으로 물이 들어갔다 나오곤 해서 음식물 섭취가 곤란하여 경북대학교 부속병원에 입원하여 전신 마취하에 수술 약속을 잡아놓았으나 입원과 전신 마취하는 것이 두려워 내원한 분이었다. 다행스럽게도 국소마취로 관통된 상악동과 구강점막 부위를 밀봉하는 수술을 한번 만에 성공하였던 경우였다. 참 다행스러웠다. 환자분의 끈기에 참 놀란 경우였다. 환자와 수술하는 의사 모두 한 번의 수술도 참 힘들다. 그런데 무려 열세 번의 수술이라! 동기 분들이라면 그렇게 하겠습니까? 친구의 아들이 수술했기 때문에 그랬다고 하니…. 그렇다고 해도 참 이해하기 힘든 경우였다.

현 시점에서 바라본 치과 이슈에 대해 속풀이를 하고 싶다.

몇 가지 있지만 우선 임플란트. 우리나라에서 임플란트 시술된 지는 1970년도 중후반 이후 근 40년 가까이 되는 것 같다. 현재 우리나라에 유통되는 임플란트 종류는 약 300가지가 넘지만 내가 임플란트를 처음 시작 하던 때가 1989년. 이때는 국산 임플란트가 없었다. 그러나 지금은 국산 임플란트도 많이 유통되고 있다. 국산 임플란트도 수준이 많이 향상되어 외산에 비해도 손색이 없을 정도다. 처음 임플란트를 시작한다고 할 때 주위 친구 의사, 선후배 분들이 이런 이야기를 나에게 했다. 곽선생 틀니하면 되는데 왜 임플란트 수술을 하노? 부작용도 많다고 하던데. 이런 '카더라 통신(자기들은 해보지도 않고)'이 횡횡할 때 였다. 그 당시에는 임플란트를 하지 않아도 치과의사 숫자가 많지 않아서 치과운영에 큰 지장이 없던 시절이었다. 지금은 임플란트를 하지 않으면 치과 운영이 힘든 상황이 되어 선배 분, 외국 치과의사(일본, 캄보디아)들이 나의 병원에 견학, 연수하는 경우가 종종 있지만 당시에는 그렇지 않았다. 개업의로 민감한 문제가 수가(비용) 문제다. 임플란트 종류도 많고, 상부 보철물 차이–금과 사기, 사기 종류도 다양하다–임플란트와 보철물을 연결해주는 부분의 차이, 어금니 전치부 차이, 골 이식, 상악동 거상술 등 다양한 상황에 따른 수술의 난이도 차이 등이 수가에 반영되어야 하는데 현실은 참 어렵다. 똑같은 식자재를 사용하더라도 음식의 맛이 요리하는 요리사에 따라 다르듯이 같은 재료(임플란트)를 사용하더라도 그 결과는 많은 차이가 나는 것이 현실인데 수가는 그것을 제대로 반영하기가 어렵다.

또 하나는 치과의사하기 참 힘든 점이 있다는 것. 바로 치료 결과 흔적이 남는다는 것이다. 이는 정형외과 의사와 좀 비슷하다. 치과 치료의 대부분을 차지하는 신경치료, 보철, 임플란트 시술 등은 엑스레이 사진 한 장 찍어 보고 구강 상태를 보면 시술한 그 의사의 점수가 60, 70, 80점의 술식인지 90, 100점인지 같은 치과의사가 보면 대부분 단번에 알 수 있다는 점 때문이다.

또 다른 이슈는 급속한 디지털화, 치료 재료 및 술식의 변화다. 보철을 위한 인상 대신 구강 스캐너로 촬영하여 컴퓨터상 보철물을 만들고 임플란트 시술시 CT와 구강 스캐너로 채득한 영상을 조합하여 최적의 임플란트 시술을 도와주는 술식(네비게이션 임플란트), 교정치료에도 철사를 사용하지 않고 투명 교정 장치로 치료하는 기술 도입 등 상상하는 것 이상 아주 빠른 속도로 새로운 술식이 치과 임상에 도입되고 있는 것이 현실이다. 따라가기 참 쉽지 않다.

또 하나, 네트워크 치과 문제. 예전에는 보철물인 크라운이나 브릿지가 탈이나 내원한 환자분이 많았다. 요즘은 시술한 임플란트가 문제가 되어 내원하는 경우가 많다. 시술한 임플란트가 아파서 시술한 병원에 가니 시술한 원장이 없다고 하는 경우도 많다. 병원은 있는데 시술한 원장이 없다! 왜 그럴까. 바로 바지 원장이었기 때문이다. 술집 바지 사장과 마찬가지로 월급을 받고 일하는 의사인 것이다. 주로 네트워크 치과에서 흔히 볼 수 있는데 1,2년 이내 원장이 바뀐다. 원장이 주인이 아니기에 책임감이 없는 것이다. 치료비가 싸다고 다 좋지는 않은 것이다. 임플란트를 하루 이틀 사용할 것이 아니기 때문이다.

나는 치과의사 정말 잘하고 싶었다. 우리 주의에는 의사, 치과의사, 변호사, 회계사, 세무사, 변리사, 건축설계사 등 수많은 전문 직종이 있다. 그렇게 길지는 않지만 50대 중반의 삶 동안 나는 경험하였다. 같은 전문 직종에 종사하더라도 자기 업무의 수행 능력과 고객을 대하는 자세가 천양지차인 것을. 훌륭한 치과 의사의 길은 무엇일까? 훌륭한 치과의사는 환자에게 인정받으면서도 같은 업종에 종사하는 치과의사 모두에게 인정받는 사람이라고 생각한다. 자기 분야에서도 인정받고 존경받는 사람. 하지만 참 쉽지 않다. 환자들에게만 인정받아 환자는 많아도 동료 의사에게 여러 가지로 인정받지 못하는 경우를 종종 보기 때문이다.

돌아가신 아버님께서 한 말씀이 생각난다.

"큰 아야, 50살까지만 병원 해라."

벌써 50대 중반의 나이이다. 아버님 말씀대로라면 5년 전에 그만둬야 할 나이다. 2년 전 한동안 참 많이 아팠다. 그래도 온종일 병원을 비운 적은 단 한 번도 없이 참 열심히 했다. 미국의 어느 조사기관에서 의사들의 평균 수명을 조사해 보니 다른 의사에 비해 치과 의사의 평균 수명이 최하위라는 연구 결과가 있었다. 여러 가지 이유는 있지만 치료하는 부위의 시야가 좋지 못하기 때문에 그렇지 않을까. 매우 협소하고 1㎜의 정밀성을 요하는 술식 등 신경을 곤두세워야 하는 직업적 스트레스가 주범이 아닐까 생각한다.

공대를 가려고 했으나 아버님의 말씀대로 의대나 치대를 가기로 했고, 공부 덜 해도 되겠다는 잔머리를 굴린 결과 치대를 택했고, 결과적으로 치과의사가 되었다. 하지만 원망도 후회도 없다. 아니 자랑스럽다. 내 비록 훌륭한 치과의사인지 알 수 없지만 좋은 치과의사가 되기 위해 노력했다. 한 번 더 태어난다면 그때도 나는 치과의사가 되어 있을 것이다.

부업(副業) 이야기

권재배 | ㈜동아기술공사 전무, 환경기술사 |

나는 촌놈이다.

서부 경남의 산골에서 촌부의 3남 3녀의 막내아들로 태어나 강나루 다리를 못 건너 초등학교를 9살에 입학했다. 시골 고향이 댐 공사로 수몰되는 바람에 대구로 전학해 초등학교, 중학교, 고등학교를 졸업하고 서울에서 역사 깊은 사립 S 대학을 나와 평범한 직장인으로 살아온 삶이다.

초등학교 가을 체육대회 때 달리기 시합이 있었다. 다른 친구들은 추리닝 비슷한 것을 입고 뛰었는데 나는 급한 김에 내복을 입고 달리기를 해 주위 사람들에게 웃음을 자아내게 한 적이 있을 정도였다. 대구로 이사 와서 6학년 때 스승의 날 담임 선생님이 스승의 날 선물을 가져오라 하길래 양말 한 켤레를 사가지고 포장도 없이 드렸더니, 그때 선생님

왈, "이거 누가 가져왔노? 으잉?" 그래서인지 졸업 무렵 우등생 대상을 뽑는데 성적순 5명을 뽑는다길래 일어났더니 그 선생님 왈 "너는 앉아라." 해서 너무 속상해 한 적이 있는–이 사건은 우리 동기 이수형 군도 알 거다. 지나 나나 그 선생을 싫어했다–그런 촌놈이다.

1. 부업1(과외하기)

나는 서울의 변두리 오류동에서 대학 생활을 시작하였다. 왜 하필 오류동이냐면 중·고 동창생 이 00군이 오류동에서 고등학생들 과외를 하면서 먼저 정착하였기 때문이다. 나도 그 친구의 소개로 고등학교 1학년 남학생 4명을 가르치는 과외를 시작할 수 있었다. 그때 단독 룸 하숙비가 12만 원 정도였고 한 학생당 2만 5천 원씩의 과외비를 받아 하숙 생활을 할 수 있었다. 그 친구는 국립 S대를 다녔던 수재다. 그 친구와 같이 과외 학생 부모와 면접 볼 때 나도 얼떨결에 S대 다니는 걸로 되어 버렸다. 속일 생각은 없었는데도 그 학생 부모와 학생들은 당연히 나를 국립 S대 다니는 학생으로 생각하였을 것이다. 하지만 이 비밀은 끝까지 가지 않았다. 군을 제대하고 복학하여 학교를 다니는데 내가 가르친 학생 중 하나가 후배가 되어 있었던 것이다. 그때의 미묘한 감정이란 이루 말할 수 없었다. 나의 과외는 80년 초 군 입대로, 그 친구의 과외는 가르치던 여학생과의 러브 스토리를 마지막으로 끝을 맺게 되었다.

인생은 연극으로 치면 3장 9막이요, 운동으로 치면 마라톤으로 비유하면 되지 않을까 생각한다. 이렇게 나의 인생 1장 3막은 막을 내리게 되었다.

2. 부업2(인형 눈알박기)

대학 졸업을 하고 모 대기업에 취직해 모 대학교 교무처에 근무하던 남원 춘향골 아가씨와 결혼도 했다. 그리고 딸 둘을 두었다. 80년대 말 우리나라에는 광풍이 여러 가지 있었으나 그중 주식 광풍, 땅 투기 광풍을 기억하지 못하는 사람은 별로 없을 것이다. 나도 예외는 아니었다. 어렵사리 성남의 개인 주택에 전세를 살면서도 포철에 다니는 대학 친구와 모 기업에 다니는 친구 이렇게 3명이 거금을 투자하여 포항 인근에 땅을 사게 되었다. 그때 땅을 매입할 때는 외지인의 이름으로 등기 이전을 할 수 없는 지역이 있었다. 그래서 포철 다니는 친구 명의로 이전을 하고 우리는 합의서 한 장만 남겼다.

세월이 지나 포철 다니는 친구는 사직을 했다. 알아보니 이혼까지 했고, 이후 연락 두절. 나의 땅 투기는 물거품이 되어버렸다.

어느 날 퇴근을 하고 집에 왔는데 집사람이 부업을 시작했다고 한다. 그 내용인즉 인형 눈알박기, 시곗줄 꿰매기 등이었다. 좁은 방 한 칸 집에 애는 두 명. 참 참담한 수준이었다. 나도 퇴근하고 나면 수시로 도왔던 그 부업, 반찬값에 일조는 하였던 것 같다.

3. 부업3(인형뽑기)

회사 생활 십수 년이 지나면서 그동안 알뜰히 모아서 성남에 아파트 한 채를 가지게 되었다. 비록 융자는 받았지만 그나마 나의 집이고 행복한 나날이었다. 그때 직장 후배가 아주 좋은 사업이 있으니 해보지 않겠냐고 제의해서 시작한 게 '인형뽑기'였다. 집 근처든 길가 어디든 인형뽑기 기계 한두 개를 두고 있으면 애 어른 할 것 없이 붙어서 기계 속에 들어 있는 인형뽑기에 열중하는 그런 모습을 심심찮게 봐왔던 터였다.

나는 성남의 종합시장에 가게를 임대하여 기계 12대를 설치하여 본격적으로 부업을 시작하였다. 사업 초창기 잘 되어 가는 줄 알았던 사업이 1년이 지나고 2년이 되면서 그 열풍이 서서히 식기 시작하였다. 퇴근하고 밤늦게까지 근무하던 나의 노력과는 별개로 이 사업 또한 만 2년을 넘기면서 헐값으로 매각하여야만 했다. 이때 배운 철학이 "유행 사업에 투자하지 말고 유망 사업을 찾아라"였다.

4. 부업4(암웨이)

나에게는 항상 2% 부족한 뭔가가 있는 것 같다. 타고난 운명일까? 라고 자문도 해보지만 영 답을 얻을 수 없다. 북아현동 재개발 사업 딱지를 사면 돈 번다는 모 공무원의 말에 귀가 솔깃해 투자를 했지만 헛 다리만 짚고 매각하였던 차에, 회사 선배 부인의 권유에 암웨이 사업에 발을 디뎠다. 이 사업은 와이프의 권유도 한몫했다. 굳이 사업이라고는 볼 수 없지만 시간과 정력을 쏟아야 하는 그런 분야였다. 은행 지점장, 교사, 공무원, 회사원 할 것 없이 많은 사람들이 이 다단계 사업에 종사하고 있었다. 나 또한 수많은 친구(우리 동기들 몇 명도 포함), 친척, 지인과의 접촉을 통해 꿈에 그리는 다이아몬드를 달성해 보려고 했지만 신문지상의 집중포화와 함께 하나 둘 이 사업에 종지부를 찍고 떠났다. 나도 떠났다.

이렇게 나의 인생 2장 3막은 막을 내리게 되었다.

나는 이제 인생의 3장을 시작하려고 한다. 곧 주업은 종지부를 찍을 것이고 또 다른 부업을 주업으로 삼아 살아야 할 형편이다.

나는 촌놈이다.

잡초 같은 근성이 있다. '존버정신'–존나게 버티는 정신, 소설가 이외수가 말했다고 한다–도 겸비했다. 거머리같이 붙으면 배가 불러야 떨어지는 그런 습성도 가지고 있다. 그러나 나 자신에게 하듯 남에게 독하지 못하다. 항상 손해 보고 산다는 집사람의 잔소리 아닌 잔소리를 평생 달고 산다. 앞으로의 삶이 나도 궁금하다. 그러나 이제는 잘못 디디면 벼랑 끝이라는 점을 항상 가슴에 품고 산다. 그리고 성공에 대한 자신도 있다. 이때까지 부업에서 많은 실패를 겪어서 노하우도 많이 쌓였다. 한번 지나면 끝나는 인생 이렇게 지나가게 할 수는 없지 않은가? 많이들 이야기하는 100세 시대, 우리에게 남은 인생은 길다면 길다. 인생 3장을 어떻게 만들어 가느냐가 정말 중요한 시점인 것 같다. 누구나 성공만 하는 인생이 있을까?

나의 주우(酒友) 신부님에게 물어봤다.

'열씨미' 기도하란다.

유년의 꿈

김원희 | 명가정원 대표 |

내 유년 시절을 보내던 고향은 곶감과 양잠으로 유명한 상주의 한적한 시골 마을이었다. 감나무와 뽕나무가 지천으로 널려있고, 마을 앞으로는 반두(족대) 들고 한 시간만 다니면 메기, 붕어, 모래무지 등 물고기를 한 동이나 잡을 수 있는 맑은 개천이 흘렀다. 그러나 콩서리와 수박서리, 개구리 뒷다리 구워 먹으며 한참 꿈을 키우던 초등학교 3학년 때, 아버님의 뜻에 따라 대구로 전학하였다. 아무래도 자식만은 농사를 짓지 않고, 공부로 성공하기를 바라는 당신의 마음 때문이었을 것이다. 뗏목으로 버스를 실어 나르는 낙동강 나루를 건너 대구 간호대학 뒤에 새로운 보금자리를 만들고, 신암 초등학교로 전학을 했다.

대구로 전학을 와서는 반 아이들로부터 덩치가 작고 촌티가 난다고 촌놈 소리를 많이 들었다. 그 소리가 왜 그리 듣기 싫었는지? 요즘으로 치면 '왕따'인 셈이었다. 그래서 늘 공부는 뒷전이고 학교생활에도 애착을 느끼지 못했다. 중학교 역시 학군에 의해 동구에 배정을 받았지만 특별한 기억은 없다. 중학교 졸업을 하고는 연합고사를 쳐서 대건 고등학교에 입학했다. 지금의 교우 관계는 모두 고등학교에서 만들어졌다고 해도 과언이 아니다. 그래서인지 학창 시절의 추억은 고교 시절만 아름답게 기억이 난다. 초등학교 때 도시로 전학 오면서 따돌림을 받은 기억이 있어서, 고교 시절에 혹여 시골에서 전학을 오는 친구가 있으면 내가 먼저 말을 붙이는 등 가까이 가려고 노력했을 정도이다.

고교를 졸업하고는 전문대학 기계 설비과를 졸업했다. 1981년 입대를 해서 84년 제대를 하고 대학 다닐 때 딴 자동차 정비사 자격증으로 대우자동차에 입사하면서 사회생활을 시작하게 되었다. 그때부터 자동차 A/S 정비 기사로서 촌놈 특유의 성실성을 발휘하였다고 자부한다. 91년도에 드디어 자동차 수리점을 개업했다. 성실과 정직을 신념으로 삼고 고객에게 최선을 다하니 그 지역에서는 꽤 손님이 몰려올 정도로 유명해졌다. 그러나 그 무렵, 시골 아버님께서 교통사고를 당하셨다. 집안 친척 문상을 다녀오시던 중에 유명을 달리하신 것이다. 존경하는 아버님을 보내고 나니 그렇게 보람을 느끼면서 가까이했던 자동차가 갑자기 두려워지는 것이었다. 그래서 정비업을 그만두고 수개월 허송세월을 보내며 방황하다가 목구멍이 포도청이라 다시 정비업을 열어보았으나 이미 초심은 식어 예전 같지가 않았다. 그래서 결국 전업을 생각했다.

마침 97년도에 성서 3차 단지에 땅을 분양받아 놓은 게 있었다. 2002년 초에 그 땅에 식당을 열기로 마음을 먹었다. 그때만 해도 성서 3차 단지는 허허벌판이나 다름없었다. 막상 자동차 정비업에만 종사했던 내가 식당이라는 생소한 분야에 도전하는 데는 많은 고민을 하였다. 그러나 선택의 여지가 없었다. 이미 정비업은 접었고 마음도 떠났기 때문에 호구지책은 그 길밖에 없었던 것이다. 먼저 식당을 하는 친구의 비법 소스와 운영 노하우까지 무료로 전수받았다. 진정성을 느끼는 데 부족함이 없을 정도로 든든한 우군이 되어준 친구의 지원을 받고 시작한 음식점은 두 달도 채 되지 않아서 만원을 이루었다. 거기에는 양창근을 비롯한 고등학교 동기들의 물심양면, 진심이 느껴지는 위로와 격려가 있었다. 그 당시 심어진 조경수는 13년이 지난 지금도 잘 자라고 있다.

누구나 그렇겠지만 처음 해 보는 업에 대해서는 시행착오가 필연적으로 따르기 마련이다. 그러나 특유의 성실함으로 극복해 나갔다. 지금은 많이 개방되었지만, 같이 음식점을 하는 사람들은 절대 좋은 음식재료 공급처를 알려주지 않았다. 직접 몸으로 뛰어다니며 스스로 물건을 구해 와야만 했다. 처음 몇 년간은 새벽 한 시에 가게를 마치고 아내와 같이 칠성 시장에 갔다. 내일 조리할 양질의 물건을 확보하기 위해서다. 산지에서 생물 생선이 도착할 때까지 기다렸다가 제일 싱싱한 녀석을 골랐다. 그러다 보면 새벽 네 시를 넘기가 일쑤였다. 그렇게 몇 년을 하다 보니 동해에 배를 가지고 있는 업자를 알게 되었고, 진정 마음을 트고 거래하는 사이가 되었다. 그때부터는 매일 시장에 나가지 않고도 우리 가게까지 신선한 해산물을 직접 배송받을 수 있었다.

또 일주일에 두 번 정도는 점심 영업이 끝나면 마산까지 달려가서 살아있는 각종 해산물과 해풍에 말린 찬거리를 사오기도 하였다. 늘 머리에는 장사에 대한 생각이 떠나지 않고 있었다. 장사하는 내내 여유롭게 여행을 다녀본 적은 별로 없지만, 혹여 짬이 나서 여행이라고 가면 주로 주말에 바닷가를 선택하게 되었다. 여기에는 다 이유가 있었다. 돌아오는 길에 어시장에 들러서 싱싱한 생선을 사기 위해서다. 그만큼 직업의식에 투철하였다. 내 차는 항상 생선 비린내가 진동해서 어릴 적 우리 아이들은 오만상을 찡그리며 불만을 토로하곤 했다. 그렇게 하길 십수 년, 이젠 아이들도 다 커서 작은 아이가 벌써 대학 4학년이 되었다. 고생은 했지만, 경제적으로는 꽤 성취를 이루었다. 이제 여유가 좀 생겨 뒤를 돌아보니, 왜 그렇게 악착같이 일에만 열중했을까? 하는 회의가 들기도 한다. 아내에게도 여유를 가지고 살지 못한 데 대해 원망을 가끔 듣곤 한다. 그러나 한편으로 생각해 보면 지금 이만큼이라도 사는 게 어딘가 싶기도 하다. 열심히 한다고 다 성공하는 것도 아니지 않던가. 가까운 주변만 둘러보더라도 경제적인 이유로 가정이 와해하거나 곤경에 빠진 사람들은 부지기수이다. 어찌 보면 포시랍기 짝이 없는 불만이다.

어느새 오십 중반을 지나는 나이가 되었다. 여유를 즐기지 못하고 강박 관념에 갇혀서 바동거리고 산 것에 대해 회한도 있지만 그런 것은 동시대를 살아온 우리 세대들의 공통된 사고이며 생활 방식이 아닐까 싶다. 이제부터라도 나를 위한 삶을 살아야겠다는 생각은 드는데, 솔직히 너무 막연하다. 나를 위해 살아본 일이 없어서인지 도무지 그렇게 사는 방법 자체를 잘 모르겠다. 그렇지만 머지않은 미래에는 감나무와 뽕나무가 많던 내 어렸을 적 고향으로 귀향해서 메기, 미꾸라지, 피라미 잡으며 즐거워하던 유년 시절로 돌아가는 꿈을 꾼다. 과연 그런 날이 올지는 모르겠지만. 마음으로는 늘 그 시절을 즐기는 나를 그려본다.

마을은 또 있다

노재호 | 전 SK Networks 상하이 본부장 |

山重水復疑無路(산중수복의무로)

柳暗花明又一村(유암화명우일촌),

산은 첩첩 물은 돌고 돌아, 길이 없는가 여겼더니

버드나무 그늘 아래 아름다운 꽃 핀 또 하나의 마을 있네.

이 시는 송나라의 애국시인인 육유(陸遊)의 「유산서촌(游山西村)」이라는 시에서 나오는 구절로, 어두운 현실이 끝나는 길목, 혹은 힘든 상황 뒤에는 좋은 상황이 기다리고 있다는 것을 비유하는 시구다. 많은 후세인들이 어려운 상황을 겪을 때 한 번씩 읊게 되는 유명한 시이다.

육유는 침략자 금(金)나라에 대하여 철저한 항전주의로 일관한 격렬한 기질의 소유자였으며, 주화파(主和派)를 경멸했다. 당시 남송 고종은 재상 진회(秦檜)와 함께 금과 화친을 도모하였고, 명장 악비(岳飛)까지 독살했다. 육유는 악비의 죽음을 한탄하며 애국충정에 찬 시(詩)를 남겼다. 육유는 사랑하는 연인이었던 당완(唐琬)과 혼인을 하였는데 어머니의 구박과 강요로 이혼하고 왕씨와 재혼을 하였다. 당완도 재가하여 조사정(趙士程)이라는 사람의 부인이 되었다. 하지만 사랑을 이루지 못한 두 사람이 10년 뒤 우연히 만나 서로를 그리워하는 마음을 심원(沈園)의 벽에 시(詩)로써 화답했으며 이 일이 있은 지 얼마 후 당완은 죽고 말았다. 그때 심원의 담벼락에 남긴 시(詩)가 유명한 「채두봉(釵頭鳳)」이다. 이후에도 육유는 당완을 그리워하는 마음과 회한(悔恨)을 많은 시로 남겼다.

육우는 여러 차례 과거시험에 실패하였다가 쇄청시(鎖廳試)에 급제하였지만 진회의 방해로 결국 관직에 나아가지 못했다. 이후 고향 산음(山陰: 현재의 紹興)으로 돌아가 시작(詩作)에 몰두하였고 병서(兵書)를 가까이하며 검술연마에 힘썼다. 34세에 복주(福州)에서 첫 지방관리가 되었으며 여러 지방의 지방관을 전전하였다. 1162년 중앙으로 복직하여 추밀원편수관(樞密院編修官)으로 봉직했다. 남송 효종이 즉위하고 육유는 진강(鎭江)의 통판으로 임명되어 금(金)을 치고 옛 영토를 회복하자는 주전론(主戰論)을 내세웠다. 하지만 북벌론이 실패하고 주화파(主和派)가 득세하자 그도 벼슬을 잃고 낙향했다. 이후 정계 복귀를 했지만 번번이 주전파와 주화파의 갈등에서 패배하였다.

65세 때에 향리에 은퇴하여 농촌에 묻혀 농사를 지으며 지냈다. 32세부터 85세까지의 약 50년간에 1만 수(首)에 달하는 시를 남겨 중국 시사상(詩史上) 최다작의 시인으로 꼽히고 있으며, 당시풍(唐詩風)의 강렬한 서정을 부흥시킨 점이 최대의 특색이라 할 수 있다. 자신의 파란만장한 생애와 국토회복의 절규를 담은 비통한 우국의 시를 짓는가 하면, 가난하면서도 평화스러운 전원생활의 기쁨을 노래하는 한적한 시를 짓는 등 매우 폭넓게 활동한 시인으로 알려져 있다. 저서에 『검남시고(劍南詩稿)』(85권)가 있다.

종합 상사맨으로 중국 상하이에서 5년간 일했다.

주재 초기에 리먼 사태로 일컬어지는 금융위기를 맞아 많은 어려움을 겪었음에도, 구성원들과 혼연일체의 노력으로 하나하나 벽돌을 쌓아가면서 기초를 다지고 새롭게 시작했던 일들도 어느 정도 틀을 갖추어 탄탄한 기반이 다져졌다.

특히 그해에는 그동안의 고생이 꽃을 피워 상당한 실적을 시현하게 되었고 특히 중국에 나와 있던 모든 사업부가 매우 고전하고 있던 시절이라, 상대적으로 나의 사업부가 두드러지게 보였던 시점이었다. 주재 기간도 5년이 경과하여 본사에 복귀하여 새로운 책임을 맡아 새로운 직위에 대해 구상을 하느라 꿈에 부풀어 있던 시기이기도 했다.

또한 국경절을 맞게 되어 한국에서 공부하고 있던 아이들이(큰 애는 대학 졸업반이었고 작은 애는 대학 신입생) 아빠, 엄마와 마지막 중국 생활을 같이 보내겠다고 하여, 즐거운 여행 계획도 짜고 있었다. 중국에서 마지막으로 맞는 국경절 연휴를 알차게 보내기 위해 마음이 한껏 부풀어 오르던 바로 그때, 내 산하의 내수 사업을 맡고 있는 한 팀장이 어두운 얼굴로 내 방에 들어왔다. 팀장이 방문을 잠그고 사고에 대한 긴급보고를 하는 순간, 그동안의 행복했던 모든 시간들은 한순간의 연기같이 사라져 버렸다. 모든 여행 일정을 긴급히 취소하고 사고를 수습하고 해결할 방안을 강구하였으나 국경절 연휴 기간이라 마음과 같이 진행할 수 있는 일은 하나도 없었다. 오랜만의 가족여행에 들떠 있던 가족들에게는 내밀한 사정을 다 얘기할 수도 없이 가족들과는 상하이 시내 집 근처에서 간단하게 식사 한번 하는 것으로 때울 수밖에 없었다. 국경절 연휴 7일이 7년처럼 길게 느껴지기만 했다.

사고금액이 상당한 규모에 달하는지라 당연히 본사도 발칵 뒤집혔고 대책위원회를 구성하고 전문 인력들이 파견되는 등 사고 수습을 위해 필요한 조치들이 취해지고는 있었으나 일은 점점 더 꼬여만 갔다. 먹으면 토하여 아무것도 먹을 수 없는 상태와 불면의 밤은 지속되었다.

사고 초기에 해결에 대한 가능성이 보여 실낱같은 희망을 가지고 여기저기를 알아보았으나, 마치 양파를 까듯이 까면 깔수록 성공한 중국 경제 이면의 추악한 모습과 빠른 시기에 급성장한 중국 기업들의 취약하고 사악한 민낯들이 드러나게 되면서, 사건은 점점 미궁에 빠져 들어갔다. 그동안 찬양 일색이었던 조직 내의 싸늘한 냉기는 나를 더욱 힘들게 했다. 믿었던 사람들조차 비난의 대열에 동참하여, 없는 사실도 마치 그랬던 것처럼 만들어버리는 조직 내의 분위기는 나를 미치기 직전까지 몰고 갔다. 나는 조직 내에서 철저히 고립되었다. 나는 하이에나 떼에 둘러싸여 마지막 생존을 위해 저항하는 상처 난 처참한 짐승으로 변해 있었다.

이러한 불면의 밤이 지속되고 있던 어느 토요일, 그 날도 몇 시간 잠을 자지 못하고 터질 듯한 가슴을 부여안고 아파트 1층으로 내려왔다. 이러한 내 상태를 아는지 운전기사가 평소에 회사로 가던 길이 아닌 다른 길로 우회하면서 시간을 끌고 있길래, 오늘 하루는 모든 것 잊어버리고 중국 근대 문학의 아버지라고 하는 루쉰(魯迅)의 구거(舊居)가 있는 소흥으로 가자고 하였다.

소홍은 중국 인문학의 성지라고 할 수 있을 만큼 당송시대의 유명한 문객을 배출했다. 왕희지의 고향이기도 하고 중국 강남시대를 연 문인들을 수도 없이 배출한 예향이며 소흥주로도 유명한 도시이다. 소흥에서 루쉰의 구거를 둘러보았다. 루쉰이 살았던 시대 중국은 열강들의 침략으로 나라가 산산조각이 나고 국민들은 아편과 도박으로 희망없이 살아가는 때였다. 그 처참한 시기를 펜 하나로 국민을 각성시키기 위해 일생을 바쳤던 루쉰의 삶을 반추하면서 구거를 나오는데, 안내원이 루쉰의 구거를 관람하는 관람권으로 조금 떨어져 있는 심원(沈園)을 무료로 관람할 수 있다고 가보라고 한다.

어차피 하루를 다 접기로 하였기에 별 기대 없이 심원으로 향하였다. 중국 송나라 시절의 중국 정원의 전형을 그대로 보존하고 있다는 정원을 구경하고 끝 지점에 있는 육유의 기념관에 들어간 순간!

기념관 중앙에 후세의 명필가가 써놓은 육유의 시, "山重水復疑無路(산중수복의무로), 柳暗花明又一村(유암화명우일촌)"를 보는 순간, 온몸에 전율이 일면서 나도 모르게 눈물이 확 쏟아지고 말았다.

풍전등화의 위기 속에 대금 항전을 주장하다가 모든 관직을 삭탈 당해 가족들의 끼니마저 걱정하던 시인, 그 웅후한 기상이 동쪽의 조그만 나라에서 온 과객의 상처 입은 마음에 비수처럼 다가왔다. 그 시인도 고립무원의 고독 속에서 봄이 오면 버드나무가 우거지고 꽃이 피면 또 한 마을이 있음을, 그 희망을 얘기하지 않았는가! 하물며 아직 가진 것이 많음에도 그것을 내려놓지 못하고 움켜쥠을 위해 번민하고 있는 한 속물의 고통은, 한 줌의 재보다도 가볍지 않은가!

결국 그 일로 인해 나는 27년간 일했던 종합 상사맨의 경력을 마무리

해야 했다.

십수 년간의 해외 생활과 본사에 근무할 때도 일 년의 삼 분의 일은 해외 출장으로 그야말로 바쁘게 앞만 보고 달려왔던, 그래서 정작 중요한 삶의 가치가 무엇인지도 모르게 정신없이 살아왔던 상사맨의 삶을 정리하고 지금은 지극히 평범한 일상으로 돌아왔다.

그동안의 노고에 대한 회사의 배려로 생활의 걱정은 크게 하지 않아도 되었다. 이제는 여유로움 속에서 그동안 만나지 못했던 친구도 만나고, 보고 싶었던 책도 보면서 인문학의 향기가 듬뿍한 가운데서 다시 제2의 인생을 살려고 한다.

지금도 가끔 육유라는 시인과의 그 만남을 돌이켜본다. 엄동설한의 매서운 칼바람 속에 도저히 길이 없을 듯한 그 고통 속에서도 희망의 끈을 놓지 않았던 시인의 그 도도함을 생각한다.

언제 여유가 되면 다시 소흥을 찾아보려고 한다.

초겨울에 가는 비가 내리면 작은 운하와 아름다운 반원형의 다리가 더욱 아름다울 것이다.

베스트 프랜드

류태규 | 청해마린 대표 |

내 인생에서 가장 힘들었던 때는 이십 대 끝자락에 배를 계속 탈 것인가 육상생활을 할 것인가 선택해야 할 시기였다. 배를 타는 게 나는 죽음만큼이나 싫었다.

1987년 12월 31일 캐나다에서 원목을 싣고 인천항으로 오는 도중 캄차카반도 동쪽 해상에서 초특급 거대 폭풍을 만났다. 갑판 위 원목을 지지하던 기둥이 휘어지고 배는 5도 이상 기울어진 상태에서 선수 쪽에서 큰 파도 하나 만나면 파도가 25,000톤 선체 브릿지 꼭대기까지 덮쳐왔다. 선장과 갑판장이 겁이 나서 아예 밖으로 나가지 않았다. 일등항해사가 진두지휘해서 위험한 상황에서 목숨을 무릅쓰고 와이어 고박작업을 했다. 인천항에 들어오니 배에는 원목은 보이지 않고 파도를 덮어써 바닷물에 얼어붙은 얼음 섬으로 변해 있었다. 원목에 소방호스로 물을 쏘아 녹인 다음 하역을 하였다. 그 파도 난리 통에 침몰하는 배에서 꺼져가는 생명, 죽음을 상상해 보았다. 그래도 겁나지 않았다. 평생을 바다 위에서 보내는 것과 죽음과의 의미차이가 크게 느껴지지 않았다.

현대상선에서 1등 기관사를 마지막으로 북미 다니는 컨테이너선을 18개월 가득 채우고 하선하니 2천 몇백 정도 돈이 전부였다. 6년을 꼬박 바다 위에 바쳤는데 남아있는 게 별로 없었다. 그전에 번 돈은 집에서 쓰고 없었다. 해양대 동기생 중 어떤 친구는 집을 사고 경제적으로 완전히 일어서 있었다. 배를 계속 탄다면 인생 전부를 바다에 바칠 것 같아 번민을 많아 결국 배를 그만 내리기로 했다.

좋아하는 아가씨가 있었으나 뜻대로 잘 안 되었다. 내가 일방적으로 좋아했는데 만나기만 하면 속마음과 행동이 달라져 트러블이 생겼다. 뜻대로 되지 않아 좋지 못한 폭언으로 헤어졌다. 그렇게는 하지 말걸…. 평생을 뒷골 땅기는 부끄러운 추억으로 남아있다.

무작정 상경을 했다. 1990년, 먼저 서울에 와 있는 대건고 동기이자 해양대 동기인 신성수 집에 몇 개월 얹혀살다가 같은 처지 비슷한 생각으로 상경한 동기 총각 셋이 합정동 지하방에서 서울살이를 시작하였다. 그러면서 지금의 업으로 발을 들이게 된 계기가 있었는데 골드마리나라는 올림픽대교 바로 아래 있었던 수상레저업체에 취직했던 것이다. 취업해서 막상 회사에 다녀보니 수상레저업체는 빛 좋은 개살구였다. 껍질은 수입요트, 보트, 수상스키, 제트스키 등 화려하게 보였지만 정작 경비는 엄청나게 들어가고 알맹이, 즉 수익은 별로 없었다. 고등학교 때 공업 과목을 가르쳤던 선생님 말씀이 떠올랐다.

"럭키 치약과 우산 회사를 비교하면, 시작은 비슷했으나 나중은 크게 달라진다. 철 타는 사업은 하지 마라."

레저업이 딱 우산 장사라 여름 한 철 벌어 1년 먹고 살아야 하고 빛 좋은 요트는 돈 먹는 하마였다. 그때 당시에도 우리나라에는 레저 시대가 온다고 들떠있었다. 그러나 비전이 없었다. 특히 4계절이 뚜렷한 우리나라에서는 수상 레저업은 인력 관리부터 구멍이 있어 이건 아니다 싶었다. 레저용으로 쓰던 엔진이 어선용 산업 엔진으로 들어가기 시작하였다. 그러던 차에 통영에서 마린샵을 하는 선배를 만났는데, 같이 사업을 해보자고 제안을 받고 내려갔다. 거기서 운명적 여성, 나와 평생 동고동락을 같이해 줄 여성을 만났다. 지인이 자기 사무실로 점심시간에 맞추어오면 예쁜 아가씨를 소개해주겠다고 해서 일하다가 점심시간에 갔는데 아무리 기다려도 오지 않았다. 2층에서 내려오는 데 진청색 땡땡이 물방울 원피스에 긴 생머리 아가씨가 올라오는 것이 아닌가. 첫눈에 가슴이 뛰었다.

저 아가씬가?

내려와서 전화해보니 맞단다. 그 후 우리 사무실로 데려오는 물밑 작업을 해서 같이 근무하게 되었다. 나이 차이가 좀 났으나 지내온 환경이 나와 많이 비슷해 서로 공감하는 부분이 많았다. 진심으로 대하게 되고 저절로 마음이 통하게 되었다. 사랑의 싹도 트기 시작했다. 하지만 그녀에게는 주변에서 집적거리고 집까지 찾아가는 놈들도 있었다. 하지만 그녀는 다른 남자한테는 일체의 눈길도 주지 않고 끝까지 나를 따라주었다.

통영에서 선배와 같이 했던 사업은 원활하지 못했다. 그 선배는 유능하고 똑똑했지만, 사업가로서는 나하고 의견차이가 컸다. 우선 선배는 장사꾼이 지켜야 할 기본적인 약속 관념이 없었다. 예술가형이나 정치가형으로 이상주의자에 가까웠다. 그 자리에서 내가 사장을 하면 잘할 수 있겠는데 인간적으로 의리상 그럴 수는 없었다. 그래서 새롭게 시장이 커지는 전라도 쪽으로 가기로 결정했다. 먼저 고흥에 자리 잡고 있는 친구가 도움을 청해 와서 그곳으로 갔다. 내가 먼저 고흥으로 가고 며칠 후 그녀가 왔다. 하지만 살 집이 없으니 같이 살 수가 없었다. 눈물을 머금고 돌아가 기다리라 했다. 그녀가 울면서 돌아가는 게 기가 막혔다. 당시 나는 통영에서 선배와 작별을 할 때, 제대로 내 몫을 돌려받지 못해 가진 게 없었다. 그때만 하더라도 통영에서 고흥까지는 버스 몇 번을 갈아타고 와야 하는 길이었는데 온종일 울면서 갔다고 한다.

뭔가를 결정해야 했다. 고민 끝에 아무리 힘이 들어도 일단 합치기로 했다. 연탄을 때는 시골집 방 하나를 구했다. 그녀가 고흥으로 와서 살림살이를 시작했다. 가난했지만 마음의 안정을 얻을 수 있었다. 꿈같은 시간이었다. 하지만 임신을 했는데 유산이 되었다. 그런 아내를 병원에 지인과 함께 보내고 나는 신안군 비금도에 기계 일을 하러 가야만 했다. 그날 밤, 나는 비금도에서 밤하늘 별을 보고 울고, 아내는 병원에서 울었다. 이렇게 인생을 살아야 하는지를 생각하니 참 억울했다. 그런 우여곡절을 겪고 강진 마량에 정착을 했다.

마침내 아들도 태어났다. 언젠가 2대 독자였던 나의 아버지가 우리 형제 6남매 모인 자리서 일생에서 가장 기뻤던 날이 내가 태어난 날이라 하셨는데 나 역시 그러했다. 그날은 신지도 백사장에서 우리나라에서 제일 큰 300마력 선외기를 장착하고 있었다. 모래사장이라 차가 들어가지 못해 동네 사람들 7~8명이 엔진을 목도해서 도와주었다. 그러고 있는데 아들을 낳았다는 연락을 받았다. 2번을 유산하고 조심조심해서 얻은 아들이었다. 얼마나 기뻤던지 일은 대충하고 최대한 빨리 달려갔다. 가는 길에 강진읍에 있는 꽃집에 들렀다. 좋은 꽃을 몽땅 사 들고 가려 했는데 꽃이 들국화밖에 없었다. 일단 한 다발 샀다. 케이크도 샀다. 그런데 가서 보니 케이크에는 곰팡이가 피어있었다.

수고했다고, 고맙다고….

지금도 아내는 아들 낳았는데 겨우 들국화 사왔다고 핀잔을 한다. 그래도 안 사온 것보다 낫다고. 그 들국화는 몇 년 동안 벽에 걸려있었다.

아무것도 없이 시작한 가게라 처음은 참 어려웠다. 돈이 있으면 금방 일어설 것 같은데 돈 빌리는 게 힘들었다. 하지만 물건값을 갚는 데는 약속기간을 절대 어기지 않았다. 조금씩 신용이 쌓이니 나중에는 점점 큰 금액의 물건을 주었고, 좀 지나자 내가 원하지도 않는 물건까지 막 보내주었다. 고객들도 처음엔 경상도에서 온 사람이니 가버리면 그만이라고 돈이 있어도 지불을 늦추곤 했다. 하지만 믿음이 생기니 어떤 사람은 엔진을 장착하기도 전에 천만 원이 넘는 대금을 전액 지불해 주기도 했다. 그 후로는 경제적으로는 순조로웠다. 좀 더 좋은 집에서 사는 건 뒤로 미루었다. 딸이 "아빠 왜 우리는 이런 집에서 살아?" 라고 했을 때 참 마음에 걸렸다.

처음 시작했을 때 마누라가 좁은 방에서 아들, 딸 키우고 직원들, 세 끼 밥해주고 경리 일보고 빨래까지 해 준 공로가 지대했다. 서른둘에 시작해서 십여 년 넘게 정말 열심히 일했다. 한 달에 한두 번 정도만 쉬고 추운 겨울에도 1톤 정도 되는 바람막아주는 것도 없는 작은 보트를 타고 마량항에서 완도, 신지도, 노화도, 보길도, 금일도, 생일도, 금당도, 조약도 등 도서지방 곳곳을 돌아다녔다. 돌아올 때면 온몸이 얼어붙어 있었다. 30노트 속도(시속 약 55km)로 온종일 다니다 보면 휘발유를 12말, 즉 240*l*를 쓴 적도 있었다. 어떤 날은 폭풍 속에서도 겁 없이 파도를 뚫고 바다 위를 내달렸다. 영화에 나오는 장면 같은 때도 많았다. 뒷날 생각해보니 무식하고 용감했었다.

가난했던 6~70년대, 나는 그중에서도 더욱 가난한 집안의 육 남매 중에서 장남으로 태어났다. 어릴 때 아버지가 결핵을 앓아 집안 형편이 매우 어려웠다. 그래도 장남이라는 이유로 여동생들보다는 나에게 특권을 주었고 책임도 지워주셨다. 재능있는 여동생들이었지만 실업계 고교와 산업체 고교에 가야만 했다. 그래서 항상 여동생들한테 미안함이 남아있다. 덕택에 끝에 남동생 둘은 대학을 마칠 수 있었다. 물려받은 재산은 없고 의무만 남다 보니 우리 형제남매간에는 우애가 좋다. 대구에 계신 아버지가 몸이 편치 못해 일을 못 하시고 동맥류라는 병으로 대수술까지 하다 보니 병원비에 생활비까지 15~6년 동안 보내야 했다. 대구에 있는 여동생들이 지극정성으로 병간호를 도왔고 그래서 아버지 돌아가실 때까지 요양원에 가시지 않고 모실 수 있었다. 돌아가시기 얼마 전에는 집에서 간호하는 게 도저히 안될 것 같아 시설 좋은 보훈병원에 모셨는데, 안 계시려고 해서 다시 집으로 모셨다가 돌아가셨다. 남동생들도 자리가 조금씩 잡히면서 형제간에 어려움이 있을 때 힘을 보태주었다. 그래서 우리 형제들은 말로는 표내지 않아도 참으로 속정이 깊다.

무엇보다도 나는 아내를 잘 얻었다. 그 세월 동안 불평하지 않고 따라주었던 아내가 고맙다. 무엇보다 내가 힘들고 괴로움이 있을 때 그것을 다 받아주었던 아내에게 감사한다. 몇 년 전 우리 대건 28 동기가 체육대회를 주관했던 그 해 꼭 참석하려 했는데, 그때는 업무스트레스가 심했다. 한이불 덮고 있으면서도 마누라가 아주 미웠다. 내 마음 몰라준다고…. 그러더니 안면마비가 왔다. 고생했던 마누라 미워해서 생긴 업보 같았다. 생각해보니 전부 내 욕심 때문인 거 같았다. 아내에게 좀 더 인내하길 바랐고 더 많은 요구를 했던 게 화근이었다.

지난여름 생각지도 못한 친구들한테서 연락이 왔다. 28회 동기회를 광주에서 한다고 총무 이상춘이와 전라도에 한 놈 정도는 있지 않을까 해서 찾았다는 변찬우라는 동기였다. 대건고 은사님이신 변종곤 미술 선생님이 광주시립미술관에서 전시회도 겸해서 모임을 광주서 하기로 했단다. 이런 인연이 또 있을까 싶었다! 이 은사님은 1982년도 해양대학 시절 한바다호 실습선을 타고 뉴욕 항에 입항했을 때 혹시 제자들이 있는가 해서 찾아오셨던 선생님이었다. 고교 시절 방학숙제 포스터 그림을 그려간 걸 보고 미술반에 들어오라고 해서 애를 먹은 적도 있었다. 사실 그 그림은 내가 그린 것이 아니고 솜씨 좋은 내 여동생이 그렸던 것이다.

광주 모임에서 잃어버렸던 옛친구들을 찾았다. 대부분은 얼굴도 모르는 친구들이었지만, 오랜 세월로 인해 변해버린 얼굴에서 옛 모습의 흔적을 찾아보려고 애를 썼다. 혼자 전라도 땅에 와서 지낸 오랜 세월, 그 비워두었던 세월을 이번 모임으로 채워 넣었다. 반갑다! 고맙다! 친구야!

그동안 24시간 친구를 대신해준 나의 아내, 여보!

어린 나이에 나 따라와서 23년 넘게 수고 많이 했습니다.

이제는 내가 당신에게 보상해줄 차례가 되었네요.

아직까지도 변덕스런 내 마음을 잘 맞춰주는 천사표 마님.

당신은 나의 베스트 프렌드입니다. 사랑합니다….

잘 살아 보려 한다고 잘 살아지나?

석진보 | JB재무컨설팅 대표 |

내 컴퓨터에 다음과 같은 글을 붙여놓고 산다.

"피차 사랑의 빚 외에는 아무에게든지 아무 빚도 지지 말라"(롬 13:8),

"Money is the answer for everything."(전 10:19),

"무엇이든지 기도하고 구하는 것은 받을 줄로 믿으라 그리하면 너희에게 그대로 되리라."(막 11:24),

"宴樂(연락)을 좋아하는 자는 가난하게 되고 술과 기름을 좋아하는 자는 부하게 되지 못하느니라."(잠 21:17)

사무실에서 그리고 고객들이 내 컴퓨터에 붙은 글을 수없이 많이 봤겠지만 단 한 명도 내가 써 붙여 놓은 이 글에 대하여 질문하거나 관심을 표한 사람이 없다. 왜일까? 불교를 믿어서? '너 혼자 그렇게 믿고 살아, 난 나의 삶이 있으니까' 이렇게 생각해서? 여하튼 나는 오늘 이 글이 내 삶에 얼마나 제대로 반영되고 있었는지 한번 생각해 보려 한다.

• 피차 사랑의 빚 외에는 아무에게든지 아무 빚도 지지 말라

과연 그런가? 왜 나는 사랑의 빚만 지고 있는 걸까? 내가 자라서 이날 이때까지 과연 사랑의 빚을 얼마나 지고 있나?

서울로 대학원 유학 와서 첫 학기 재무관리 과목 시험을 치렀는데 선배가 가르쳐준 글씨 빨리 쓰는 펜으로 답안을 엄청나게 적었으나 양심상 교수님을 찾아갔다. "교수님. 제가 공부한 부분과 시험문제가 달라 엉터리 답안 적어 놓았습니다. 과목을 포기코자 합니다." 야쿠르트 2병을 사서 온 제자가 있었을까? 교수님은 공부를 부분적으로 해서는 안 되지, 하시며 포기하지 말라고 다독이셨다. 시험 다음 수업시간에 교수님은 누구나 교수님의 수제자로 지목하는 학생을 엄청나게 나무라셨다. "뭐 좀 안다고 제대로 공부를 안 한 것 같아. 그런 식으로 공부해서 교수가 되려 하나? 엉망이야." "제군들도 제대로 공부를 안 했구먼. 다음번 학기말 시험의 배점을 70%로 하겠어." 중간고사 30%, 기말시험에 70%로 배점하신다고? 난 감동해서 정말 열심히 공부했다. 그 어려운 재무관리 과목에서 난 A 학점을 받았다.

첫사랑과는 대학원 다닐 시절, 제대로 연결이 원활치 않았다. 대학원을 간 것도 그녀의 영향이 컸다. 가정 형편상 국립 경북대학교에 갔다. 물론 서울대도 국립대학이지만 실력이 안 됐다. 가정 형편을 고려하면 대학원을 간다 할 수는 없었다. 그런데 서울대 대학원을 목표로 한

때 공부했던 것을 아는 과 동기 녀석이, 서강대 대학원 원서를 갖고 와서 나보고 시험을 쳐 보라고 했다. 서울 가서 원서를 사긴 했는데 제 녀석은 안될 것 같고 원서대가 아까웠는지 나보고 시험을 쳐라 한 것이다. 카투사에 합격해 놓았기에 졸업하자마자 군대 가면 되었다. 군대 가기 전 그녀와 서울 구경을 하고 싶었다. 대학원 시험은 구실이었다. 그녀와 함께 서울엘 갔고 시험을 쳤다. 근데 이게 웬걸…. 덜컥 합격통지문을 받은 것이다. 고민했다. 대학원등록 마감일 날 그녀를 만나 커피를 한 잔했다. 그녀는 내가 서울로 가야 한다고 했다. 그래야 그녀도 서울의 모 대학원을 지원할 것이고 부모 반대 없이 사귈 수 있다는 것이다. 그녀의 부모님은 군대도 안 갔다 오고 취업도 아직 되지 않은 녀석이라고 나와의 사귐을 반대했다. 그녀의 전공이 전공인 만큼 부잣집에 딸을 시집보내고자 하는 것은 나도 안다. 그러나 피 끓는 젊은 나이에, 그녀 부모의 교제 반대는 내 인생에 엄청난 앙금으로 자리 잡았다. 더군다나 같은 교회를 다니면서….

그녀 말에 영향을 받아 경산의 이모님께 전화를 드렸다. 마침 100만 원 수표 한 장 받은 게 있다며 빨리 와서 돈 가지고 가서 등록하라셨다. 나의 물주 이모님! 평생에 그 은혜를 어찌 다 갚을는지…. 은행 직원은 마감 시간이 넘었는데 헐레벌떡 뛰어온 나를 보고 축하한다며 송금 처리를 해주었다. 대학원 등록금이 그 당시 무려 75만 원이었다. 국립대학에서 제일 많이 내 본 돈이 20만 원이 채 안 되었으니…. 무지 큰돈이었다.

대학원 한 학기를 마치고 나는 다시 고민했다. 외삼촌 댁에 기거하며 사촌 동생들을 가르치며 학교에 다녔는데 이 녀석들이 제대로 공부를 안 하니 참 난처했다. 가출을 때때로 하지를 않나…. 사촌 동생 엉덩이를 매로 치며 그리 공부하자 했는데 공부를 제대로 안 하니, 안 그래도 외삼촌 내외 눈치 보이는데 밥 먹을 때 이런저런 사유로 혼나는 사촌 동생들을 보니 영 마음이 편치 않았다. 서울로 대학원을 온다던 그녀는 서울에 오지 못했고 왠지 전화 연결도 잘되지 않았다. 변심? 여러 가지로 맘이 편치 않아 교수님께 대학원을 그만두겠다고 했다. 일단 좀 기다려보라셨다. 대구 집에 내려와 있는 내게 교수님의 전화가 왔다. 조교를 하면 학비는 면제를 받으니 조교를 해보라 하셨다. 또한, 마침 주변에 인망 있으신 지인분께서 서울의 자기 친구 집에 가서 입주 과외를 하라시며 주선해 주셨다. 다시 난 대학원을 다닐 수 있었다.

• Money is the answer for everything.

영어 성경을 보던 어느 날 난 소스라치게 놀랐다. "돈은 범사에 응용되느니라"의 영어 성경 표현이 "Money is the answer for everything." 인 것이었다. 신은 정말 정교하시다. 만일 "Money is the answer for everything and everybody." 라고 했더라면 큰일 날 뻔 했다. 방점을 everything에서 찍어 놓았기에 망정이지 사람 위에 돈이 있을 뻔했다. 결혼하고 20년이 훨씬 지났을 때 어느 날 아내가 고백했다. "사실 당신과 결혼하게 해달라고 기도했어요. 결혼하게 되면 한평생 이 남자만을 사랑하며 살겠다고 서원했어요." 난 엄청나게 놀랐다. 내가 그리도 매력적이었나? 뭘 볼 게 있었다고? 아내와 결혼하기 전 대학원을 마친 나는 군대 가기 전 어느 조그마한 중소기업 무역관리부에서 일을 도와주고 있었다. 나의 물주 이모님께서 대학원에서 배운 실력을 그 회사 가서 좀 도와주라 하셨기에, 하명을 받은 나는 일언반구 반대 없이 일했는데 그 때 내 책상 바로 앞의 옆자리에 앉은 여자가 현재의 내 아내이다. 요즘도 있지만, 당시 '뻥이요' 과자를 우린 자주 나눠 먹었다. 회사 내의 여러 여인의 눈길을 느꼈으나 듬직한 체구의 아내는 내 눈에 쏙 들어왔다. 이미 첫사랑을 떠나보내고 두 번 세 번 연거푸 사랑 전선에 실패한 사실을 아내는 다 알고 있었다. 난 더는 사랑 타령을 하고 싶진 않았다. 그 중소기업을 3개월여 만에 그만두게 되어 아쉬운 끝에 한번 만나자 했다. 바깥에서 만난 우리 둘은 그간의 속마음을 털어놓았는데 그날 바로 백년가약을 맺었다. "난 결혼할 여자가 아니면 이제 여자는 사귀지 않을 거라." 했더니 바로 즉답을 해 온 탓이다. "저도 장난으로 말씀드리는 것 아니에요."

그때 나는 군 미필에다 직장도 제대로 정해지지 않은 상태였다. 대학원을 졸업하고 입영통지문 올까 봐 잠시 숨 고르기를 하는 중이었다. 아내는 아무 조건 없이 나를 신랑감으로 지목했다. 이후 나는 시험을 쳐서 삼성물산에 입사했다. 회사에는 휴직하고 병역을 마치고 복직했다. 복직 후 그해 겨울 우린 결혼했다. 계속 삼성에 다녔으면 얼마나 좋았을까? 때때로 생각해 본다. 아이들 둘 낳고 만 13년 9개월을 삼성에 다녔다. 직장 다닐 때도 아픔은 있었다. 아버지 잘 만난 사람은 인사 고과도 잘 받는 것 같다. 돈 많은 부자 부모를 둔 사람은 집도 일찍 마련하고 자동차도 일찍 샀다. 추운 겨울날 포대기에 아이 업고 상계동 집 구하러 다닌 생각을 하면 아직도 눈물이 난다. 어제 친구 한 명이 카톡에 글을 올렸다. "재산이 있다면 물려주는 기 맞나 안 물려주는 기 맞나?" 이란 글을 올린 것을 보았다. 그걸 질문이라고 하나? '집과 재물은 조상에게서 상속하거니와' 라는 성경 말씀이 있다. 물려주어라.

순 자산 3000만 불(우리나라 돈 300억 이상)을 가진 슈퍼리치는 전 세계 21만 1,275명. 전 세계 인구의 0.004%다. 그들은 전 세계 부의 13%를 차지하고 있다. 그런데 부의 축적과정을 보면 자수성가 64%, 순수상속 17%, 상속 후 재산증식 19%다. 생각해 보라. 64%에 눈을 돌릴 게 아니라 17%+19%=36%가 된다. 이 36%를 보라. 없는 데서 출발하여 64%에 들어가려면 극히 소수만이 성공한다. 그런데 소수의 부자가 상속하여 자손을 부자로 만드는 건 식은 죽 먹기다. 그들이 슈퍼리치가 될 확률은 무지무지 높은 거다. 부자는 대물림이다. 다만, 슬기로운 아내는 돈으로 살 수 있는 것이 아니다.

부자는 냉정하다. 자식 경제교육도 완벽하게 시킨다. 난 연봉 3배 받을 기회를 과감히 뿌리쳤다. 의리라는 명분으로. 나의 아버지는 부자가 아니다. 아버지가 부자였다면 의리보단 3배의 연봉 준다는 데로 바로 옮기라고 평소 교육하셨을 것이다. 인생을 살면서 연봉 3배를 받을 기회가 흔할 것 같은가? 없다고 보면 된다. 오늘 아침 딸이 자신이 다니는 빵 가게 신규 매장의 월 매출이 3,600만 원이라며 '빵 가게를 차려야 하나' 라고 제 어미랑 이야기했다 들었다. 26세의 딸. 뭘 고민하나? 빵 가게를 차리면 된다. 아버지가 부자였다면 바로 가게 내주고 실패하더라도 경험을 쌓게 해 주었을 것이다.

삼성을 왜 그만두었을까? 그 일류 직장을 그만두었다고 장모께서 3년간 사위가 삼성 다닌다고 거짓말하셨단다. 때때로 아내가 간혹 일하긴 했지만, 장남으로 부모 모시고 혼자서 벌어먹기는 쉽지 않았다. 대기업이라 한창 일할 때는 내 월급이 얼마인지도 모르고 일에만 몰두했었다. 카드로 돌려막기 하던 삶이 완전히 끝난 것은 과장 고참 정도의 시절이었던 것 같다. 직장 선배와의 의리 때문에 연봉 3배를 과감히 포기했던 나에게, 때때로 바가지는 엄청나게 스트레스였고 벌어도 벌어도 끝이 없는 이 삶은 대체 언제 끝이 나나 싶었다. 때로는 주변에서 연봉 3배를 포기했다고 놀리기까지 하고.

지금은 삼성카드에 합병된 삼성캐피탈 감사팀 과장 녀석이 날 보고 금품수수를 했단다. 기가 막혔다. 상사와 트러블이 생겨 부서를 이동하게 되었고 그날 12명의 부하 직원들이 오천 원에서 1만 원을 걸어 행운의 열쇠를 마련해 주었고(행운의 열쇠는 금으로 만든다) 그걸 받았다고 날 보고 금품수수라고 했다. 경영관리팀장을 하다가 감사팀장으로 보직 변경된 이의 개인적 사감이라고도 생각되었다. 회사내에서 내가 대표이사의 오른팔이니, 리틀 제(대표 이사의 성씨가 제씨였다)라느니 하는 소문이 돌았던 것도 나도 알고 있었고, 업무 때문에 당시 경영관리 고참부장이던 그에게 말대답하다가 "감히 대드느냐?"고 한소리 먹은 것도 기억났다.

나도 삼성물산 감사팀에서 일해본 적이 있는 사람이다. 얼토당토않은 감사보고서를 올려놓고 감사팀 과장 녀석 하나가 최고 보직이라 생각한 심사팀장 출신인 나를 불러서 건방지게 구두경고란다. 되먹지도 않은 감사보고서에 대한 대표이사의 지시사항은 이러했고 나의 답변은 이러했다.

금품을 받지 않겠다는 진술서를 하나 받아놓으라.

–못써!

감사팀에서 구두경고 하라.

–감사팀 니네나 일 똑바로 해!

금품은 돌려주라 하라.

–바로 돌려준다!

나는 그날 멀쩡히 출근했다가 기고만장 교만한 마음이 넘치던 시절이라 바로 사표를 내고 대표이사가 우리 집에 삼고초려를 하지 않으면 다시는 월급쟁이 안 하겠다고 생각했다. 대표이사는 결국 우리 집에 오지 않았다. 그 돌려준 황금 열쇠는 당시 부하 과장이 부하 사원들에게 돌려줬는지는 모르겠다.

• 무엇이든지 기도하고 구하는 것은 받은 줄로 믿으라 그리하면 너희에게 그대도 되리라

아내의 고생은 내가 삼성을 떠나면서부터 시작되었다. "물산으로 다시 돌아와 중국 주재원으로 나가라."며 서강대 출신의 임원이 부르셔서 말씀하셨다. 당시 임원의 말씀은 법이었다. 그러나 가족은 반대했다. 아이들은 울며 중국 가기 싫다 했다. 사람이 앞으로의 운명을 알 수 있다면 얼마나 좋을까? 중국이 이리 큰 시장과 강국이 될 줄 누가 알았으랴….

뜸들이다가 다른 회사에 재취업할 타이밍을 놓쳤다. 꿈에도 생각해보지 않았던 보험회사 영업을 하게 되었다. 고등학교 동기를 만났더니 얼굴에 기름기가 흘렀다. "ING가 이렇게 자신을 바꾸어 놓았다."고 했다. 개인적 사항이라 밝히긴 그렇지만 수백만 원을 연금으로 불입중이라 했고 월 받는 수당도 장난 아닌 금액이었다. 보험회사를 방문하여 책상 유리 밑에 깔린 자료를 보고 나는 기겁을 했다. 2003년 11월 월 소득 1위에서 10위까지 수당액이었다. 1등 월 1억 2천만 원, 10위 7,700만 원. 당시 ING 보험왕 연 소득 22억! 난 눈이 뒤집혔다. 내 누구에게 뒤지지 않는 삶을 산다고 자부했건만 내 받았던 연봉이 이곳 1위 한 달 치 월급도 안 된다고 생각하니 기가 찼다.

소개받은 매니저의 이런저런 설명은 귀에 들어오지도 않았다. 마음은 이미 기울었고 한번 도전해 보고 싶었다. 마지막으로 질문했다. "기본 월급은 없는 건가요?"라는 질문에 '실적이 없으면 손가락 빨고 실적이 있으면 수당은 무한대'라는 답이 왔다. 난 정말 가슴에 전율이 찌르르 흐름을 느꼈다. 바로 이거다. 죽으라고 열심히 일했는데 일 제대로 안 한 녀석이랑 봉급쟁이라는 명분으로 공평하게 나누는 건 정말 싫었다. 기껏해야 고과로 구분하고 승진에 반영되어 좀 더 받을 뿐. 어느 세월에 월 1억 2000만 원을 벌겠는가?

삼성에서 사표 쓰고 아내에게 사표 썼다고 일방 통보한 죄책감 때문에 하루만 의사 결정할 시간을 달라 했다. 하지만 이미 결심했다. 보험이고 뭐고 해 볼 거다. 사람 하는 일인데 못할 게 뭐가 있을까 싶었다. 입사원서를 기재하고 나니 입사 전 교육을 받아야 한단다. 지점장에게 입사안내 교육을 받았다. 끝에 나 혼자 회의실 방에 놔두고 비디오 한 편을 틀어주며 이런 말을 했다. "이 비디오를 보시고 보험 일을 해보시겠다 싶으면 말씀하시고, 도저히 못 하겠다 싶으면 지금이라도 관두셔도 괜찮습니다." 홀로 남은 회의실서 비디오를 보며 나는 얼마나 얼마나 많이 울었는지 모른다. 남편의 사고로 홀로 된 여인이 아이 둘을 데리고 도저히 생활고에 못 이겨 한강에 가서 자살하려다가, 죽기 싫다는 아이의 말 한마디에 되돌아와 엄청나게 고생하며 살며 남편의 무덤에 가서 울부짖는 내용이었다. "내 이 세상에 저런 불쌍한 가정 하나라도 더 구하는 일에 내가 도움될 수 있다면 최선을 다해보리라!" 그래서 나는 보험 영업을 하게 되었다.

만 11년이 다 되어 간다. 별의별 사람들을 다 만난다. 나한테 이럴 수가 있나 싶은 사람도 있었고 성격 장애가 있나 싶은 분들도 만난다. 한 번은 삼성 다닐 때 우리 부서에 와서 허리를 연신 굽실거리던 감사 한 분을 만났다. 전화로는 나의 직업을 말을 하지 않았기에 자기 사무실에 놀러 와라 환대하셨다. 그런데 보험회사 명함을 건네받는 순간 얼굴빛이 달라짐을 보았다. 직원이 내온 그 뜨거운 커피를 단숨에 들이켰다. 내가 오히려 놀랐다. 얼마나 당황을 했으면…. 내가 뭔 죄를 지었지? 고등학교 후배이자 오랫동안 안 지인 한 명을 만났다. 바로 보험을 하나 가입하고는 밥 사 달라 술 사 달라…. 소액보험 하나 가입하고 무슨 대접을 이리 받으려 하나? 2번인가 보험료 내더니 실효를 시켜 나의 계약 유지율에 먹칠했다. 그리고는 또 보험에 가입하겠다며 너스레를 떨며 이번에는 큰 금액의 연금에 가입하겠다고 했다. 사람이 좋아 또 속았다. 후배인데 설마 그러기야 하겠나 싶어 찾아갔더니 바쁘다며 잠깐 기다리라 해놓고는 하도 나오질 않아 전화했더니 "아직 안 가고 있었냐?"고 오히려 반문한다. "너 앞으로 다시는 내 얼굴 볼 생각하지 마라."고 외치고 차를 운전했다. 그날 사고 안 난 게 다행이었다.

이 세상에 어려운 가정이 생기지 않도록 보험을 가입시키려 무진 애를 썼다. 그러나 나는, 마지못해 보험에 가입해야 하는 지인들에겐 전화를 안 걸어 줬으면 하는 보험 영업맨일 뿐이다. 사회는 나에게 소위 신용등급 최상위 등급에서 엄청난 하위등급으로 강등하여 경제생활에 타격을 주기 시작했다. 똑같은 석진보인데 사회의 인식은 그렇게 달랐다. 다리와 팔이 떨어져 나간 불구자가 된 것도 아니고 누구 보증 섰다가 엄청난 부채를 떠안은 것도 아니고 삶을 바꾸어 보려 새로운 직업에 도전했을 뿐이다.

난 무슨 기도를 하며 살아야 할까? 구하는 것은 받은 줄로 믿으라 하셨는데 무엇을 받았을까?

• 宴樂(연락)을 좋아하는 자는 가난하게 되고 술과 기름을 좋아하는 자는 부하게 되지 못하느니라

위의 구절 외 이 구절을 한번 보자. "술을 즐기는 자와 고기를 탐하는 자로 더불어 사귀지 마라." 그러면 난 친구 여럿을 버려야 한다. 술을 즐기는 친구가 여럿 있기 때문이다. 고기를 탐하는 자는 잘 모르겠다. 28세까지 난 술 담배를 일절 하지 않았다. 삼성입사 교육 마치고 입영하겠다고 연기신청을 했더니 마침 병역법 개정으로 현역 입영대상이 방위근무로 변경되었다. 28살에 군대에 갔다. 21살 내외의 고참병들에게 낮 근무 동안 언어에 불편을 끼친 것이 미안해 퇴근 후 소위 어린 고참들에게 소주 한 잔 사주게 된 것이 인생에 처음으로 소주를 입에 대게 된 계기다. 술을 사주기만 하고 안 먹으니 "석 이병님, 잔에라도 조금만 받아놓으세요." 라며 어린 고참 병사들이 부하 사병 이름 뒤에 님자까지 붙여 이야기하니 그 참, 안 마실 수도 없고…. 군 생활을 마칠 때에는 소주 반 잔 정도는 마실 수 있게 되었다.

늦게 배운 도둑질에 날 새는지 모른다고 삼성 입사 후 술고래 한 명이 하도 술 안 마신다고 놀려대길래 5차까지 간 그 날은 작심하고 "만일 오늘 제게 지시면 다시는 술 마시자 이런 이야기 안 하시는 겁니다. 대신 술 다 마실 때까지는 잔을 들고 계셔야 합니다."라 했고 이미 눈이 다소 풀리기 시작한 그 선배는 너무 좋다며 그러자고 하여 술 시합이 벌어졌다. 500CC 4잔 정도에 KO를 시켰더니 그 다음 날부터 회사에 소문이 돌았다. "석 진보가 우리를 농락했다. 저렇게 ○○을 KO 시킬 정도로 술을 잘 마시면서 못 먹는 척했다.", "누구하고는 술을 마시고 누구하고는 마시지 않느냐? 사람 차별하느냐?"며 술 마시는 데 나를 끌고 다니기 시작했다.

난 친가와 외가가 확연히 술을 대하는 태도가 다르다. 친가 쪽은 술을 일절 안 한다. 외가 쪽은 술로 돌아가실 정도로 술이 세다. 나는 일체 술을 안 마셔도 괜찮고 때로 엄청나게 많이 마셔도 멀쩡하기도 하다. 어떤 날은 서너 잔의 술에도 거부반응이 오기도 한다.

어떻든 술자리를 자주 만들면 인간관계는 좋아지는 것 같긴 한데 술자리에서 싸우거나 나중에 뒷말하는 것을 보면 술이 꼭 인간관계를 좋아지게 하는 것만은 아니라는 생각이 든다. 인성에 따라 다른 것이지 술 때문에 친구가 되고 아니 될 것이라면 그건 애당초부터 친구 관계가 안 될 운명이 아닌가 싶다.

잘 살아 보려 하면 잘살게 될까? 하지만 나는 잘 살려고 지금도 노력한다. 열심히 살아왔던 사나이, 석진보. 친구들이 그리고 사랑하는 내 가족이 오래도록 그렇게 남편과 아빠를 기억해 주면 더욱 좋겠다.

나는 일어설 것이다

양창근 | 전 창인산업대표 |

아버지는 1920년 동짓달 금릉군(현재의 김천시)에서 빈농의 장남으로 태어났다. 넉넉지 못한 살림 탓에 거의 일등을 놓치지 않은 성적에도 불구하고, 소학교만 마치고 집안일을 도왔다. 그러면서 독학으로 공부하시어 18살 때 일제의 기술직 공무원 시험에 합격하여 임업 기능직으로 근무하였다. 그 당시 첫 월급으로 산 1937년산 괘종시계는 아직도 형님 집에서 작동하고 있다. 영서 지역 산림 담당으로 계시다가 해방을 맞았고, 그 후에 강원도 상동에 있는 중석 탄광의 행정직으로 근무하였다. 한국전쟁이 발발하여 피난을 온 곳이 대구였는데, 할머니의 친정이 그때 우리 모교 대건고등학교 근처인 남산동에서 양말 공장을 하였기 때문이었다. 그 인연으로 아버지는 양말 공장을 창업하여 운영했다. 양말 공장은 제법 번창했다. 덕분에 나는 유·청소년기에는 제법 부유한 집 아들로 행세할 수 있었다.

그 당시에 명절이 다가오면 한 달 이상을 선물용 양말 상자를 접었던 기억이 난다. 아버지는 밑으로 남동생만 3분 계셨는데 한 분은 한국전쟁 때 전사하였고 나머지 두 숙부님은 같이 살았다. 대명동에 있었던 집은 큰 울타리 안에 따로 3집을 지어, 내가 초등 6학년 때 같은 학교에 다니는 사촌이 6명일 정도로 큰집이었다.

그러나 70년대 말쯤 거래처의 도산으로 엄청난 시련이 왔다. 평생을 일만 하셨든 아버지는 충격을 받아 뇌졸중으로 쓰러지셨고, 그 후유증으로 한참을 고생하셨다. 공장은 여러 가지 이유가 겹치면서 힘들어져서 1984년 초에 결국 도산했다. 나는 1983년 5월에 입대하여 강원도에서 GOP 생활을 하고 있어서 그 사실을 전혀 모르고 있었다. 최전방에 있는 막내아들이 걱정할까 봐 집에서 알리지도 않았다.

1984년 4월 GOP에서 철수하여 후방 지역으로 부대가 이동하자 바로 휴가를 받았다. 군에 간지 거의 1년 만에 처음으로 가족들 얼굴을 볼 수 있다는 희망에 청량리에 도착하자마자 집에 전화했는데 전화받는 사람은 전혀 낯선 사람이었다. 우리 집의 도산 사실만 전해 들었다.

그때까지 살아온 곳이 갑자기 없어져 버렸고 갈 곳도 없는 황당한 일이 발생했다. 수소문 끝에 서울로 와계신 부모님을 만났다. 나의 첫 휴가는 참담함 그 자체였다. 심적, 육체적으로 힘든 군 생활을 마치고 난 후 나는 현실에 직면하게 되었다. 아르바이트와 학자금 대출로 남은 대학생활을 하여야 했고 일찍 직장 생활을 시작하게 되었다.

영문과 출신이었기에 중견 제약회사의 무역부에 입사하였다. 6개월의 연수과정 중 하나인 영업부 연수에서 좋은 결과를 얻어 영업부로 옮겼다. 안양에 있는 경인사무소로 발령을 받았고, 안양, 안산, 과천, 시흥 지역의 병원을 담당했었다. 괜찮은 실적으로 1년 반 만에 동기 중 유일하게 진급도 하였다. 그 당시에 회사는 주 5일 근무를 실험적으로 시행하였고 덕분에 나는 금요일 밤에 대구로 내려와 이틀을 보내고 월요일 회사로 바로 출근하곤 했다. 그때 죽마고우 중 한 친구가 일찍 사업을 시작해 합성수지 공장을 운영하고 있었는데 그 친구로부터 영입제안을 받고 고심 끝에 대구로 내려오기로 결정했다. 공장 하는 집에서 태어나 공장에 익숙했었고 수입도 영향을 미쳤었다. 회사 안 사택에서 생활하면서 열심히 일했고 90년대 초 석유파동도 슬기롭게 견디면서 제법 내실 있는 회사로 발전하였다.

자회사가 하나 생길 정도가 될 무렵 사장인 친구로부터 오랫동안 수고했다면서, PP(폴리프로필렌) 부분을 떼 내 독립하라는 제안을 받았다. 공장 설비 중, 기계는 8년간 일한 퇴직금으로 인도받고 일부 거래처도 넘겨받는 좋은 조건이어서 고맙게 받기로 했다.

잘 운영해서 우리 집안의 부흥을 이루고자 하는 열망으로 엄청나게 열심히 일했다. 대표, 운전기사, 현장의 허드렛일까지 여러 사람 몫의 일을 힘들다 않고 했기에 회사는 빠르게 자리 잡을 수 있었다. 그 당시 회사의 주력 제품은 직물제 PP 포대였는데 농·수산물을 담는 포대가 가장 많았고, 큰 섬유회사의 포장재와 부자재 회수용 포대 등이 있었다. 그중에서 쌀 포대에 집중하여 목포, 광주, 강진, 순천, 남원, 익산 등 전라도와 공주, 청주, 충주, 보은 등 충청도의 대형 도정공장과 거래하였다. 일주일에 5일 거래처 출장으로 한 달에 10,000km 정도 운전할 정도로 열심히 했다. 1997년의 IMF 사태도 잘 견디었고 어느 정도 안정되게 회사를 꾸려나갈 수 있었다. 그래서 그 당시에 우리 동기회 활동도 열심히 할 수 있었다. 그러나 환경에 대한 이슈가 주목받으면서 나의 사업에도 먹구름이 끼기 시작했다. 나의 주 종목이었던 쌀 포대가 전부 종이로 바뀌는 일이 발생했던 것이다. 엄청난 타격을 입었다.

순천, 벌교, 하동 지역의 꼬막과 재첩 포대도 망으로 바뀌면서 이중고를 겪었다. 농·수산물용이 많았던 제품이 점점 공업용으로 바뀌었고 경쟁도 치열해졌다. 그 이후 국내 섬유업계가 극심한 불황에 빠지면서 거래처가 거의 줄 도산하는 일이 발생했다. 2004년부터 한올방적, 이화합섬, 갑을이 파산하거나 법정관리에 들어가는 일이 발생했고 나의 회사도 견딜 수 없는 상황에 직면했다. 여기에다 중국산 포대가 물밀 듯이 들어오기 시작했다. 힘들어하는 나에게 한 친구가 무한한 신뢰와 함께 3년 넘게 도움을 주었으나 더는 견딜 수가 없었다. 결국 여러 사람의 기대에 부응치 못하고 회사 문을 닫았다.

그 이후 한참을 공황 상태로 지냈고 할 수 있는 게 없었다. 그러나 가족들과 주위 친구들의 관심과 격려 속에 처음으로 돌아가고 있다. 내 아버지가 그러했고, 나 또한 맨땅에서 시작했으니 다시 시작하고 있다. 나를 믿고 지지해주는 이들의 고마움에 보답하기 위해서라도 열심히 하고 있다.

이 글을 쓰면서 다시 한 번 내 마음을 다잡아 본다.

나는 일어설 것이다.

인생의 주인이 되자

이희종 | 대성전기공업㈜ HMI사업 본부장 |

오랜 직장 생활 동안 나에게는 피해의식이 하나 있다. 내가 대학교를 졸업하던 시절에는 교수님 추천서만 있으면 대기업에 취직할 수 있었던 때였기에, 나도 교수님의 추천으로 4학년 2학기를 시작하는 시기에, 바로 울산에 있는 대기업에 서류와 면접을 거쳐 동기 한 명과 함께 입사가 결정되었다. 그런데 졸업을 반달 앞둔 시점에, 갑자기 입사가 결정된 회사에서 올해에는 회사 정책상 추계 졸업자에 대한 모든 입사가 취소되었다는 통보를 받았다. 지금이라면 있을 수 없는 일이지만 어쩔 수 없이 동기와 나는 완전히 낙동강 오리알이 되었다.

그 사이 남은 동기들은 다른 대기업에 취직되었고, 다급해진 동기와 나는 중견 그룹에라도 입사하려고 과 사무실을 번질나게 드나들었고, 그 결과 서울에 있는 중견 그룹에 입사하여 근무하게 되었다.

하지만 마음은 아직 대기업에 있었던 터라, 중도에 경인지역에 있는 대기업의 경력 사원으로 직장을 옮기게 되었다. 옮겨간 직장에서 나는 경력 사원인 관계로 기존 직원들의 견제도 있었고, 또한 그들만의 입사 동기에 대한 강한 결집력에 의해 항상 2군으로 밀려나야 했다. 때문에 "일은 열심히, 그리고 잘하는데 매번 성과에 대한 인정이나 포상은 다른 사람에게 돌아간다."라는 피해의식이 자연스럽게 생겨났다. 그 피해의식은 동문이나 동향이라는 이유로 많은 것들이 용인되는 것에 대한, 그리고 연줄에 의해 많은 이들이 쉽게 직장 생활하는 것에 대한 저항에서 오는 내 나름의 대응 논리였다. 그래서 주변 동료들에게는 "연줄이 일의 옳고 그름의 판단의 기준이 아니라, 시야를 넓혀 객관적 성과가 일의 옳고 그름의 기준이 되어야 한다."고 항상 말하고 싶었다. 그래서 항상 회사의 비상 프로젝트가 생기면 그 TFT에 들어 별동대적인 일을 담당하는 업무를 좋아하게 되었다. 그 결과 나는 다른 동료들보다는 많은 고민과 경험을 하게 되었다. 그 과정을 통하여 지속해서 직장 생활에서 적응 혹은 성공하는 방법에 대한 논리가 틀을 잡아나갈 수 있었다. 마침 2005년 회사의 큰 프로젝트를 성공적으로 마무리하고 회식하는 자리에서 나를 잘 따르는 후배 과장이 나에게 이런 질문을 했다.

"부장님. 어떻게 하면 직장 생활에서 성공할 수 있습니까?"

그 질문을 받는 순간 어떤 깨달음이 왔다. 그 동안의 피해의식에서 벗어나는 순간이었고, 불교적으로 말하면 해탈이 아닌가 싶기도 하다.

10초 정도 생각하고 나서 나는 이렇게 이야기를 시작했다.

"직장생활에서 성공하려면 3단계를 거쳐야 한다. 첫째, 실력을 갖추어라. 동문이나 선후배 같은 연줄에 매달리지 말고, 오직 자신의 능력에 기반을 둔 실력을 갖추어라. 그러지 않으면 본인이 하는 많은 말이 허상이 되고 핑계가 된다. 실력을 갖추는 가장 좋은 방법은 일단 관련 전공서적을 3권 읽어라. 그 후 이론으로 배운 지식과 현장에서의 일들이 상충하는 경우가 발생할 수 있다. 이때에는 선배 사원 중 그 분야의 전문가 2명 이상과 본인이 가진 의문점에 대해 대화를 나누어라. '고통 없이 얻는 것은 없다'는 생각으로 고생을 즐겁게 받아들여야 한다. 이것이 실력을 키우는 과정에서 가져야 하는 마음가짐이다. 그리하면 작지만 하나의 논리가 생기게 된다. 그 후 지속해서 이런 일들을 반복하면 작은 논리가 조금씩 두터워지게 되어, 나름의 능력을 가진 전문가가 되는 출발 선상에 서는 자격을 갖추게 된다."

먼저 실력을 갖추면, 기회가 온다. 앞서 말했듯이 큰 프로젝트의 성공에 따라 나의 위치가 이제까지와는 다르게 바뀌었기에, 즉 실력을 가진 전문가가 되어야만 직장생활에서의 갈등과 동료에 대한 질시 등에서 자유로울 수 있다는 것을 느꼈기 때문에 한 말이다.

"일할 때 상식적인 목표를 세우고 그 상식적인 목표를 이루려고 노력해라. 그러면 그 일을 추진할 때 마주하게 되는 걸림돌은 비상식이고 몰상식이다. 우리 회사와 사회에는 비상식과 몰상식이 만연하여 이를 타파하기에는 어려움이 많겠지만, 비상식과 몰상식은 제거해야 하는 당위성이 있기에 일의 추진력을 더 가질 기회이기도 하다. 반대로 이 걸림돌을 피하는 순간 목표 달성은 불가능하다. 물론 비상식과 몰상식을 극복하는 과정에는 어려움이 따를 것이다. 하지만 그 어려움이 너를 더욱더 정신적으로 공고히 하고, 그 일들을 하는 과정에서 자신의 실력은 일취

웰장할 것이다.

그렇게 상식적인 목표를 세워놓고 포기하지 않고 일을 하다 보면, 자신이 가진 작은 논리가 점점 넓어지면서 하나의 큰 틀이 되는 순간이 올 것이다. 이것이 1차원적인 전문가이다. 그리고 이런 상태의 전문가는 잠시만 머물러야 한다. 다음에 이야기하는 그릇을 넓히지 못한 상태의 전문가는 본인은 좋지만, 주변 사람이 불편해지기 때문이다."

"다도(茶道)에서도 스승이 제자를 가르키는 단계가 있다. 이를 수(守),리(移), 파(破)의 3단계인데, 1단계 수(守)는 스승이 가르치는 바를 그대로 따르고 지켜라, 2단계 리(移)는 한걸음 떨어져서 스승이 가르친 것이 내가 하기에 합당한지. 아니면 다른 방법이 있는지를 고민하고, 3단계 파(破)에서 스승의 가르침에 내가 고민한 것을 더하여 나만의 다도(茶道)를 만드는 것이다.

실력을 갖추라고 한 것은 이 3단계 중 1,2단계인 수(守)와 리(移)를 행하라는 것이다."

"둘째 그릇을 넓혀라. 나의 일만 보지 말고 나와 관계된 업무들이 내려오는 선행부서의 업무와 내가 하는 일들을 받아 실행하는 후행 부서의 일들에 대해 자세히 알게 되면 그때에는 한 부문의 전문가가 된다. 그것을 더욱 넓히면 전 공정의 전문가 즉 CEO가 되는 것이다. 이때 그릇을 넓히는 가장 좋은 방법은 상대방에 대해 배려다. 내가 실력이 없으면 배려는 불가능하다. 경쟁자에게 하는 배려는 배려가 아니라 굴욕이다. 그러하기 때문에 실력을 갖추는 것이 1단계요, 배려는 2단계인 것이다. 그럼 왜 '배려'가 그릇을 넓히는 것인가? 기독교에서 예수님의 첫째

가르침이 바로 이웃에 대한 사랑이다. 이것의 뜻은 상대에 대한 최대의 배려다.

부처님의 첫째 가르침인 자비도 결국은 상대를 배려하는 마음이다. 공자께서도 '인(仁)'은 '예(禮)'에서 나온다고 했다. 부부간, 부자간, 친구간, 사제간의 '예'가 '인'의 근본이기도 하다. 또한 '예'는 연민(憐憫)에서 비롯한다. 이 연민은 상대를 불쌍히 여기는 마음이 아니라 상대를 애틋하게 여기는 마음, 즉 상대를 배려하는 마음이다. 결국은 기독교와 불교와 유교의 기본 사상은 상대에 대한 배려인 것이다. 단군 사상의 근간인 '홍익인간(弘益人間)'도 널리 인간을 이롭게 하는 사상인 바 결국은 이도 상대에 대한 배려인 것이다.

배려도 무조건적인 배려는 안 된다. 조직에서 잘못을 발생시킨 1명을 배려하면, 전체를 해치게 된다. 1명의 배려보다 전체에 대한 배려가 중요하다. 그러므로 잘못을 일으킨 1명을 조직에서 내치는 것이 진정한 배려이다.

우리가 무엇인가의 고정적인 틀에서 벗어날 때를 '알에서 깨어난다'고 하는데, 이 알에서 깨어남은 상대에 대한 배려의 절실함을 깨달아 그것을 실천했을 때라고 자신 있게 말할 수 있다. 배려한다는 것은 상대를 이해함은 물론 주변 상황을 이해함을 전제로 한다. 하나의 사건이 생겼을 때 배려하는 사람은 상대의 마음을 알고, 그 사건이 일어나게 된 상황을 알게 되고, 그래서 나의 이기심을 이기고 어떻게 행동해야 할지를 결정하는 과정에서 '나'와 '상대'와 '주변 상황', 그리고 이때 생기는 나의 '이기심'을 극복해가는 과정, 즉 '변화'를 거치기 때문에 4개의 경험을 하게 된다. 배려하지 않는 사람은 자신만을 경험하지만, 배려하는 사람은 네 가지의 경험을 하게 된다. 그것은 결국 '나'의 그릇을 넓히는 과정이 된다.

예를 들어 바둑 실력 1급이 18급과 바둑을 둔다면 이기는 것은 식은 죽 먹기다. 하지만 이기더라도 상대방에 대해 배려를 생각한다면, 상대방이 수치심도 안 느끼고, 바둑 실력이 좀 더 늘도록 하려면 많은 것을 생각해야 한다. 그 과정에서 본인의 실력도 늘 수밖에 없다. 이것이 배려의 힘인 것이다. 상대를 배려하지만 결국 그 결과로 본인이 이로워지는 것이다."

"셋째 직관으로 움직여라. 그릇을 넓히는 단계에서 정점을 찍게 되면 3단계인 직관의 단계가 된다. 이 단계에서는 사람이 보이고 일이 보인다. 사람이 보인다는 것은 같이 일을 2~3일 정도만 하면 그 사람의 그릇의 크기와 사고방식, 일을 처리하는 마음가짐 등이 보이고, 어떤 일을 추진할 때 그 일을 수행할 수 있는지 여부를 알게 되는 것이다.

일이 보인다는 것은 상식적인 목표를 세우고 일을 하다 보면 목적을 달성했을 때의 얻는 이익을 알 수 있다. 그리고 일을 추진하는 과정에 만나게 되는 비상식과 몰상식을 제거하는데 소요되는 시간과 비용이 있을 것이다. 이는 지속해서 상식적인 답을 놓고 일을 하면 나중에는 어느 정도 소요되는지를 대충은 알 수 있다. 즉 어떤 일을 계획했을 때 In-put과 Out-put이 일목요연하게 들어오는 것이다. 이것이 바로 직관의 단계다. 예를 들면 안양에서 강남에 있는 코엑스에 가는 길은 일반적인 방법은 전철을 타고 가는 것이 가장 빠른 길이다. 그 하나의 길을 알게 되는 것이 실력이다. 그리고 그릇을 넓힌다는 것은 전철만이 길이 아니라 경우에 따라 자가용을 이용할 수도 있고, 버스를 갈아타고 갈 수도 있고, 여기에 더하여 인천 공항으로 가서 비행기를 타고 뉴욕을 거쳐 다시 인천공항으로 와서 리무진을 타고 코엑스에 가는 방법도 있음을 알게 된다는 뜻이다. 그리고 마지막 직관의 단계는 가장 빠른 길이 있음에도 누가 왜 어떤 방식으로 코엑스에 어떤 목적을 가지고 이동하는지를 인식하는 단계이다. 아울러 각각의 방법들에 대한 대차대조표가 머릿속에 훤히 들어오는 단계이다. 그러면 안양에서 코엑스 가는 방법에 대해서는 내가 최고의 전문가가 된다."

물론 내가 이 직관의 단계에 있다고는 말하지는 못한다. 하지만 회식자리에서 얻은 깨달음을 실천하면, 물론 많은 노력이 필요하겠지만 이 단계에 이르면, 직장생활에 성공함은 물론 '인생의 주인이 되는 것'은 확실하다. 물론 부자도 될 수 있다. 일과 사람이 보임은 돈도 보임을 의미하니까.

이 깨달음의 순간은 나에게는 환희의 순간이었고, 즐거운 회식자리가 갑자기 진중하게 된 순간이기도 했다. 지금의 나는 이 3단계를 '습(習), 파(破), 창(創)'의 단계라 명명하였다. 그리고 그 3단계를 지속해서 구체화하고 있으며, 그 3단계를 제목으로 하는 책을 한 권 내는 것이 나의 큰 숙제로 남아 있기도 하다.

50대, 무엇을 해야 할까

박범환 | ㈜튜너웍스코리아 전무이사 |

"따르릉, 따르릉!"

아침에 한 통의 전화가 걸려왔다.

"박 전무님이시죠?"

"예, 제가 박준철입니다."

"예, 저는 모더니 사(社) 부품개발팀 이선욱 과장입니다."

"아 예, 그런데 아침부터 웬일로?"

자동차 부품업체인 우리 회사는 국내 미래자동차와 그 계열사인 모더니에 납품을 하는 회사이다. 난 거기에서 고위직 임원으로 일하고 있다. 그런데 고객사인 모더니의 부품개발 담당자로부터 아침부터 전화가 와서 적잖이 긴장했다. 아침부터 고객사의 개발담당이 전화하는 것은 필히 좋은 일이 아니기 때문이다.

"아, 예. 거기 영업 팀장님과 업무가 원활하지 않아요. 연락이 잘 되질 않아요. 제가 여러 번 전화해도 전화를 받지 않고요. 설사 회의 중이라도 나중에 연락도 없구요."

중견기업에서 영업팀은 고객사에서 일어난 여러 가지 문제점을 접수하여 대책을 수립하고 대응하는 업무를 한다. 그러기에 고객사 개발 담당자와 긴밀한 업무협조가 필요하고, 더욱이 영업팀은 항상 고객사의 불만을 듣는 곳이므로 고객의 전화를 꺼리는 경향이 많다. 이날도 보증팀장은 고객의 요구 사항을 제대로 접수하지 못하여 고객의 전화를 피하고 있는 것 같았다.

"미안해. 내가 한번 알아보고 적절한 조치를 하도록 할게요."

과거 미래자동차와 모더니에 근무한 나의 경력을 개발담당은 알고 있던 터라 조심스럽게 나에게 전화를 했던 것이다. 나 또한 고객사이기도 하고, 나의 후배라는 생각에 적극적으로 그를 도와주었다. 그런데 그날은 분위기가 조금 달랐다. 오히려 우리 회사의 영업팀장이 여러 번 전화해도 받지 않아, 조금 언짢은 생각이 들었던 것이다.

"전무님께서 조치를 좀 취해주시죠. 전무님께 전화드렸는 데도 안 되면 사장님께 전화하겠습니다!"

과거 미래자동차와 모더니에 근무한 나의 경험에 비추어보면 협력 업체 사장을 운운하는 것은 적잖이 나를 화나게 하였다. 그리고 중견기업의 임원인 나에게 대표이사를 운운하며 압력을 가하는 것은 나에 대한 예의가 아니었다. 그래서 개발 담당에게 화를 내었다.

"아니, 김 과장. 무슨 말을 그렇게 하나! 내가 그 일을 알아보고 적절한 조치를 할 것이라고 했는데, 사장님께 전화한다는 거야. 무슨 말을 그렇게 하나. 그럼 앞으로 모든 일은 사장님과 처리할 거냐?" 라며 화를 내었다.

그랬더니 그 과장은 "전무님, 저에게 화내실 것이 아니라, 저희 팀장님을 만나서 이야기하시죠."라며 전화를 끊어버렸다.

난 화가 머리끝까지 치밀어 바로 차를 몰아 고객사가 있는 역삼동으로 향하였다. 역삼동의 고객사 본사에 도착한 나는, 현관에서 조금 전에 통화한 과장과 그 팀장이 나를 기다리고 있는 것을 발견하였다. 그 팀장은 나에게 정중히 인사하였다.

"전무님, 안녕하세요?"

"어? 자네가 여기 웬일이지?"

"아, 예! 제가 요즈음 여기 팀장을 맡고 있습니다. 뭐 때문에 직접 오셨어요. 그냥 저에게 전화 한번 주시죠."

과거 미래자동차에서 근무할 때 같이 근무한 경험이 있는 친구가 요즈음 우리 고객사의 팀장을 하고 있었다. 그리고 내가 달려가고 있는 동안에 그 과장으로부터 오늘의 내용을 보고받고 직접 현관에서 기다리고 있었다. 그 후 그 팀장과 이 과장 그리고 나는, 서로에게 사과하고 서로에게 좋은 감정으로 남기로 하고 그 일은 일단락되었다.

돌아오는 길에 오늘의 일을 되짚어보니 참 후회스러운 하루였다. 왜? 내가 조금 더 현명하고, 어른스러우며, 점잖게 대응하지 못했을까?

대학을 졸업하고 국내의 기업에 취업하여 평탄한 직장생활을 한 우리 세대들은 앞세대의 직장관(職場觀)과 우리 후배세대들의 신사고에 적잖이 당황하며, 샌드위치 신세로 그렇게 살아왔다. 우리 선배세대들은 경제발전과 경제건설이라는 명분으로 우리에게 회사와 사회에 대한 충성과 가장(家長)으로서의 역할을 강조하였고, 우리 후배세대들은 합리와 자유를 강조하며, 7080세대를 기성세대로 간주한다. 이 둘이 우리 세대들을 압박했다. 물론 선후배 세대들을 탓하는 것은 아니다. 베이비붐 세대란 단어에서 느끼듯이, 우리 세대들은 국가 경제의 발전기에 태어나 아버지 세대의 엄격함 속에서 자랐다. 직장에서는 선배 세대들의 충성심과 또한 젊던 세대도 결국 보수화되고 기성세대화 되어가는 과정을 지켜보았다. 그리고 후배세대들의 논리에도 당당함이 있음을 알고 있다. 후배 세대를 보면서 지금까지 보고 배운 이론과 경험의 괴리를 실감하면서, 내심 자격지심을 가졌는지도 모른다. 그래서 사회와 회사와 가정에서 우리 7080세대들은 우리만의 정체성이 없이, 때론 마음 약한 아버지이며 때론 항간에 회자하는 바보 남자 이야기의 주인공으로 남아 있는 것 같다. 그리고 때론 철저한 자기 원칙에 도취하여 사회나 가정에서 독재자의 길을 가고 있는지도 모른다.

이제 60대를 바라보는 우리 나이!

과거 선배세대들로부터 배운 인생의 처신을 몸소 실천하며 살아왔고, 후배 세대들의 참신함과 현실주의를 동경하고 부러워하면서 살아왔다. 하지만 우리가 가지고 있는 또 다른 경험과 지식으로 우리를 뒤의 젊은 세대들에게 더욱 점잖게 가르칠 수는 없을까? 우리가 후배세대들에게 배운 합리와 참신함을 더욱 발전시킬 수는 없을까?

우린 20대의 젊은 패기가 있는 세대도 아니요, 30·40대의 사회에서 중추적인 역할을 하는 세대도 아니요. 과거 뒷방에서 담배를 물던 60대도 아니다. 50대이다. 선배세대들에게는 믿음직한 후배이고, 후배세대들에게는 항상 찾아와서 쉬고 어려움을 같이 의논할 수 있는 세대로 남을 수 있는 50대가 될 수는 없을까. 요즈음 카톡이나 유머에 자주 대상이 되는 바보 같은 50대 남자들이 아닌, 당당하고, 믿음직스러우며, 언제든 어려움을 해결해 줄 수 있는 50대로 남을 수는 없을까?

지금까지의 경험과 이론적 지식으로 또 한 번 사회에 우리의 역할을 할 수 있는 세대로 남으려면 무엇을, 어떻게 해야 할까를 곰곰이 생각하게 해준 하루였다.

이 일병의 사법시험합격기

이담 | 이담법률사무소, 대표변호사 |

1984년 9월, 나와 고등학교 동기요 법학과 79학번인 B는 경북대학교 법학과 대학원 1학년의 신분으로 경북대학교 고시원에서 숙식을 함께하며 생활하고 있었는데, 그 해 7월 제26회 사법시험 2차를 친 후 그 결과를 기다리고 있었다.

그해 9월 20일 오후 2시. 사법시험 2차 합격자가 발표되는 운명의 순간이었다. 나와 B는 아침부터 시험결과를 어디에서 확인할 것인가를 고민하다 오후 2시가 가까워질 때쯤 우리는 B의 대학 동기 서너 명과 함께 대구 시내에 있는 맥향다방을 찾았다. 잠시 후 오후 2시가 지나자 나와 B는 서로 상대방에게 합격 여부를 확인하는 전화를 걸어보라고 미루다가 결국은 내가 그 막중한 임무를 수행하게 되었다. 나는 숨 막히는 긴장감 속에 다방 구석진 벽에 걸린 공중전화기를 돌려 담당자에게 직접, 나와 B의 합격 여부를 확인했다. 결과는 나는 합격, B는 불합격이었다.

합격의 벅찬 기쁨을 애써 억누른 채 어색한 굳은 표정을 하고 B에게 결과를 알렸다. B는 일순 표정이 상기되었으나 담담하게 결과를 받아들이며 내게 진심 어린 축하 인사를 건넸다.

그로부터 한 달여 지난 어느 날 B는, 고시원에 있던 짐을 정리하여 경북 금릉군 증산리에 있는 청암사란 절로 다시 공부하러 갔다. 그리고 나는 그때부터 B의 눈치도 볼 것 없이 합격의 환희를 만끽하며 매일같이 선·후배들과 밤낮으로 술독에 빠져 시간을 보내고 있었다.

그해 10월 30일. 제26회 사법시험 3차 최종합격자를 발표하는 날이다. 원래 사법시험은 2차 시험에 합격하면 면접시험인 3차 시험은 거의 자동으로 합격하는 것이 관례였지만 그 해는 3차 최종합격 예정자는 300명인 상태에서 2차 시험에서 356명을 합격시켰기 때문에 어차피 2차 시험 성적 순서대로 56명 정도는 3차 시험에서 탈락이 예정된 상태였다 (3차 면접시험을 따로 보았지만, 면접시험으로 순위가 바뀌는 경우는 거의 없었다).

나는 스스로 생각에도 2차 시험 성적이 크게 우수하지 않으리라는 짐작은 하고 있었으므로 3차 시험에 대한 일말의 불안이 없지 않았으나 내가 그런 엄청난 불행의 주인공이 되리라고는 상상조차하기 싫었다. 그러나 불행이란 것이 내가 부정한다고 오지 않는 것은 아니었다. 그날 오후 4시경 나는 왠지 모를 불안감에 휩싸여 경북대학교 일청담 부근 공중전화부스에서 혼자 시험결과를 확인하였다. 3차 시험 불합격.

거저 쓴웃음만 나올 뿐 눈물조차 흘릴 여유가 없었다. 순간 세상이 텅 빈듯하고, 시간이 멈춘듯하며, 머릿속은 하얘지는 것이 아무런 생각을 할 수 없었다. 2차 시험 합격으로 모든 것이 끝난 듯이 가족들과 지인들로부터 미리 축하인사를 다 받고, 거의 매일 축하주를 마시며 잔치를 끝낸 상태인데 불합격이라니….

나는 캠퍼스를 빠져나와 새벽 먼동이 틀 때까지 밤새도록 대구 시내를 혼자서 돌아다녔다. 저녁도 먹지 않고 허기짐도 잊은 채 목적지도 없이 그저 시내를 걷고 또 걸었다. 당장은 가족들이나 지인들 그 누구에게도 연락할 수 없었고, 만날 수도 없었다. 도대체 이 기막힌 일을 누구에게 고백하고 의논한다는 말인가. 선·후배들 보기 부끄러워 생활의 근거지인 고시원으로도 도저히 되돌아갈 수가 없었다.

너무나 막막한 마음에 잠시나마 생을 마감하는 암울한 생각도 해 보았다. 그러나 이는 말이 되지 않는 터무니없는 선택일 뿐만 아니라 내겐 그럴 용기도 없었다. 어떻게든 살아야 했고, 다시 시작해야 했다. 어디서 어떻게 다시 시작해야 할 것인가를 밤새 고민하던 나는 새벽 여명이 밝아 올 즈음에야 결론을 내렸다. 일단 B가 있는 청암사로 가기로 한 것이다. 날이 밝자마자 바로 북대구 시외버스터미널로 가서 김천행 첫 시외버스에 몸을 실었다. 김천역에 내려 B에게 줄 통닭 한 마리를 사서 청암사로 가는 버스를 탔다. 그런데 이 버스는 청암사가 가까워지자 겹겹이 쌓인 첩첩산중으로 들어가는데, 길이 얼마나 꼬불꼬불하고 가파른지 커브 길을 돌 때마다 금방이라도 천 길 낭떠러지로 떨어질 것만 같았다. 그러나 나는 전혀 겁이 나지 않았다. 나에겐 지킬 것이 아무것도 없는데, 어떻게 되든 무슨 미련이 있어 겁이 나겠는가. 그러나 참으로 신기한 것이 버스가 세상에서 멀어져 산속으로 깊이깊이 들어갈수록 나의 아픔이 조금씩 가벼워지는 것을 느낄 수 있었다. 바깥세상과의 물리적 거리가 멀어질수록 그만큼 나의 격한 감정이 희석되고 무디어져 가는 듯한 화학반응이 일어나는 것이었다. 그렇게 한 시간여를 달려 청암사 입구에서 버스를 내렸다. 마침 B는 청암사에서 같이 공부하는 학생들과 입구 빈터에서 야구를 하고 있었는데, 아무런 연락도 없이 갑자기 찾아온 나를 반갑게 맞으면서 내게 첫마디를 던졌다.

"야 너 그런데 표정이 왜 마치 3차 시험에 떨어진 사람 같노."

그때부터 나는 청암사에서 생활하며 다시 1년을 더 공부하였다. 1984년에는 1, 2차 시험에 동시에 합격했기 때문에 1985년에는 2차 시험만 다시 보면 되었다(사법시험은 1차 시험에 한번 합격하면 2차 시험을 두 번 응시할 기회를 준다). 그러나 와신상담 청암사에서 1년을 더 매진했건만 1985년에는 2차 시험에도 낙방하고 말았다.

나는 다시 울산 형님 집에 기거하며 1년을 더 시험에 매달렸다. 그러나 1986년에도 1차 시험만 합격하고 2차 시험에는 또 낙방의 고배를 마셨다. 그런데 그해 사법시험에 B는 최종합격하였다. 연이어 계속 시험에 떨어지다 보니 이젠 가족들이나 친구들도 나의 합격에 대하여 회의를 가지기 시작하였다. 무엇보다 나에겐 2차 시험에 관해 치명적인 약점이 있었기 때문에 나는 결국 시험에 합격할 수 없으리라는 견해가 팽배하기 시작했다.

그 약점이란 바로 유례를 찾기 힘든 나의 악필이었다. 사법시험 2차는 논술형으로 2시간 안에 답안지 열 장에 답을 적어 내어야 한다. 그런데 나는 글씨 자체가 워낙 악필이라 알아보기도 어려울 뿐 아니라 쓰는 속도도 엄청나게 느려서 내가 아무리 훌륭한 답을 구상하더라도 2시간

이내에 8장 이상을 깨알같이 채우기는 어려운 상태였다. 남보다 더 나은 능력도 없는 내가 시험을 위한 가장 기본적인 도구인 글씨에서 이런 큰 약점을 가지고 있으니 나 또한 회의적인 생각이 들 수밖에 없었다.

어쨌든 결단을 내려야 했다. 나는 1986년에 1차 시험에 합격했기 때문에 1987년에는 바로 2차 시험을 응시할 수 있었으므로, 다시 1년을 더 공부할 구실은 충분했다. 그러나 나는 일단 입대하기로 했다. 더는 입대를 연기하기도 어려운 데다가 합격에 대한 확신도 없는 상태에서 입대를 마냥 미룰 수만은 없었다. 그렇다고 시험을 완전히 포기하겠다는 것은 아니었다. 다행히도 나는 그 당시 대구 K2 공군기지에 방위병으로 입대하기로 되어있었다. 다 알다시피 방위병이란 퇴근이나 휴일이 보장되니 방위병으로 복무하면서 어떻게든 공부를 해보기로 작정하였다.

1986년 9월경 k2 앞에 있는 가정집에 자취방을 하나 마련하여 기거하면서 입대준비를 하였다. 그러나 말이 자취지 애당초 내가 밥을 해 먹을 엄두는 못 냈고, 방은 숙소로만 쓰고 밥은 식당에서 사 먹는 식이었다.

1986년 10월 6일. 나는 27세의 늙은 나이에 k2에 방위병으로 입대하였다. 사법시험을 위해 입대를 계속 연기하면서 군대는 시험합격 후 군법무관으로 갈 생각만 하였는데, 이 나이에 방위병 입대라니. 특히 시험합격 후 사법연수원 입소를 앞둔 B의 상황과 비교되며 나의 비참함은 도를 더했다. 그러나 어떻게 하랴 자업자득인 것을. 4주간의 훈련병 생활이 시작되었다. 남들은 방위훈련이라고 우습게 볼 줄 모르나 훈련은 훈련인 데다가 훈련병 소대 내에서는 소대장이나 조교를 불문하고 내가 가장 고령이다 보니 정신적, 육체적으로 보통 힘든 것이 아니었다. 그 무렵 훈련병 시절에 관하여 쓴 나의 일기장 마지막 부분에는 다음과 같은 구절이 있다.

"끝이 없을 것 같고, 이겨낼 수 없을 것만 같았던 훈련이 23일로 끝이 났다. 훈련이 끝나자 '하느님께서는 극복할 수 없는 고난을 주시지는 않는다'는 말이 새삼스럽게 되새겨진다. 인간의 잠재능력은 무한하고, 이 무한한 잠재능력을 얼마나 개발하느냐는 각자의 노력 여하에 달려 있다. 나는 이제 정신적으로는 가장 무시당하고 천대받는 생활, 육체적으로도 몹시 힘든 순간을 이겨냈다. 이것을 내 인생의 전환점으로 삼아 더는 패배를 모르는 강인한 인간이 되도록 하자. 10월 25일 오후 1시 30분은 훈련을 마치고 k2 정문을 나선 내 인생의 전환점이었다."

훈련을 마치고, 1986년 11월 24일까지는 대기병으로 있다가 11월 25부터 11B 단본부 정비과 분석보고실에 배치를 받았다. 분석보고실에는 실장인 이 대위와 선임하사인 신 상사, 그 외 부사관 5명과 일반 사병 3명이 근무하고 있었다. 방위병인 나에게 부과된 업무는 각 정비대대에서 올라온 작업일지를 통합하여 각종 전투 비행기의 출격 회수 등을 기록하는 것이었는데, 업무 자체의 부담은 거의 없었고, 오히려 나의 주 임무는 화장실 청소, 선임들 점심 뒷바라지, 커피 타기 등이었다. 일도 그렇게 많지 않은 데다가 상관들도 어느 정도 내 사정을 헤아려 주었기 때문에 자존심이 상하는 것 외에 군 생활에 큰 어려움은 없었고, 어느 정도 적응이 되자 시간이 나면 사무실에서 간간이 법학 서적도 볼 수 있었다. 그러나 실장인 이 대위는 내가 근무시간에 공부하는 것을 절대로 용납하지 않았다. 그는 내가 한가하게 책을 보고 있다 싶으면 어떻게든 없던 일도 만들어서 내게 일을 시킬 정도로 내가 공부를 할 수 있게 내

버려 두지를 않았다. 이 대위는 나름대로 군인 정신이 투철하고, 성격이 특별히 나쁜 사람은 아니었는데, 그것이 그 나름의 원칙인 것 같았다. 그는 내가 근무 시간에 일을 하지 않고, 개인적인 공부를 함으로써 전체적인 근무 분위기를 헤칠 수 있으니 이를 용납할 수 없다고 생각하는 것 같았다. 그러나 내가 나의 업무를 소홀히 하는 것도 아니고(사실 나의 업무라는 것은 하루 한두 시간이면 충분히 할 수 있었다), 내 일을 다 하면서 어렵게 시간을 내어 공부하고 있는데, 그것을 용납하지 못하는 그가 야속하기 그지없었다. 그러나 실장이 용납하지 않는데 방위병이 어떻게 하랴. 나는 결국 군 사무실 내에서는 공부를 하지 않기로 하였다. 실장이 용납하지 않는데 눈치를 보며 공부를 해 보았자 공부가 제대로 될 리도 없으므로, 나는 업무 중에는 완전히 공부를 포기하고, 대신에 퇴근 후 나에게 주어진 시간을 최대한 효율적으로 사용하기로 하였다.

그 당시 방위병은 토요일은 오전 근무이고, 법정 공휴일은 모두 휴무이며, 평일은 아침 8시부터 오후 6시까지 근무였다. 그래서 나는 평일에는 출퇴근 시간 각 1시간을 포함하여 아침 7시부터 저녁 7시까지는 군 복무에 충실하고, 나머지 저녁 7시부터 아침 7시까지 밥 먹고 자는 시간을 제외하고는 공부를 하기로 작정하여 아침과 저녁을 먹는데 각 30분씩을 소비하고, 잠은 5시간 정도를 자며 나머지 6시간은 공부에 할당하기로 하였다.

1986년 11월 29일에 동대구역 부근에 있는 하숙집으로 이사하였다. 원래 있던 자췻집은 부대 부근에 있다는 장점은 있었으나 식사를 모두 식당에서 해결하다 보니 부대에 출근하면서도 도시락을 사갈 수가 없어 아침에는 주로 혼자 라면을 끓여 먹고, 점심은 거르거나 빵을 먹었으며, 저녁에야 1,000원짜리 식사를 한 끼 하는 생활이 계속되어 돈은 돈

대로 들고 고생만 심하였다. 그래서 나는 동기 방위병의 소개로 하숙집을 얻어 평생 처음 하숙을 하게 되었다. 그런데 내가 급히 하숙집을 구하다 보니 주인이 한 20일 정도는 기존에 있던 하숙생과 같이 한방을 써야 한다는 것이었다. 나는 낯선 사람과 한방에서 생활한다는 것이 거북하기도 하고, 집에서도 공부해야 하는 처지라 불편할 수밖에 없었지만 20일 정도면 끝난다고 하니 불편을 감수하기로 하였다. 그러나 내가 하숙집에 새로 들어가고 4일이 지나도록 룸메이트 하숙생은 한 번도 집에 들어오지 않았다. 그러다가 내가 이사를 한 지 5일 정도 지난 1986년 12월 4일 집에 들어오니 방안에 룸메이트가 자기 여자 친구와 나란히 누워 자는 것이 아닌가. 나는 당황스럽기도 하고 룸메이트도 내가 새로 이사 온 것은 분명히 알 것인데, 이 무슨 무례한 짓인가 싶어 불쾌하기도 하였지만 일단 나는 내가 왔다는 것을 알리기 위하여 노크하였다. 그러자 룸메이트는 부스스 일어나더니 상관없으니 그냥 들어오라기에 나는 그냥 들어갔고, 그 뒤 둘은 내가 밥을 먹는 동안 주인 아주머니에게 주의를 듣고는 같이 나갔다.

그런데 더욱 기가 찬 일은 그날 새벽에 일어났다. 깊은 잠에 빠져 있던 나는 새벽 3시쯤 되어 인기척에 잠을 깨었다. 나는 룸메이트가 돌아온 것으로 생각했는데, 혼자가 아니었다. 잠결에 여자의 교성과 함께 두 남녀의 가쁜 숨소리가 들려오는 것이 아닌가. 참으로 황당하고 불쾌하였다. 이게 사람을 무슨 돌덩이로 보는 것도 아니고 27살 시퍼런 총각이 옆에서 자고 있는데, 도대체 이게 무슨 짓인가 싶었다. 그러나 그 상황에서 내가 어떻게 하랴. 그냥 자는 척할 수밖에 없었고, 피곤했던 나는 실제 다시 잠이 들어 평소 습관대로 새벽 5시경이 되어 일어났다. 일어나 보니 여자는 하체를 완전히 벗은 채 이불 위에서 자고 있었다. 나는 내 이불을 들어 여자의 하체를 덮어 주고는 평소 하던 대로 2시간 정도 공부를 하다가 출근을 하였다. 신은 왜 27살 불타는 나이의 숫총각에게 이런 시련까지 주시는지….

1987년 2월에 하숙집에서 다시 대구 남구 대명동 교대 부근에 있는 고시원으로 숙소를 옮겼다. 부대와 거리도 멀고, 식사나 잠자리 등 모든 것이 불편하였지만, 공부를 본격적으로 하기에는 역시 고시원이 제일 좋았다. 나는 고시원에서 생활한 이후로 위에서 작정한 대로 나에게 온전히 주어진 하루 12시간을 아끼고 아껴가며 공부에 열중하였다. 비록 사회에 있을 때보다 절대적 시간은 부족하였지만 절박함으로 인한 집중력은 훨씬 좋아지다 보니 공부 시간이 크게 부족하다는 생각은 들지 않았다. 그러나 아무리 젊은 나이지만 먹는 것도 시원찮은 상태에서 하루 5시간 정도만 자며 군 복무와 공부를 병행하려면 무엇보다 체력이 뒷받침되어야 했다. 나에겐 그 당시 아침마다 하는 냉수욕이 큰 도움이 되었던 것 같다. 나는 대학교 고시원 시절부터 한겨울에도 찬물에 냉수욕을 해왔다. 특히 하숙할 때는 아무리 추운 날씨에도 욕탕에 찬물을 가득 받아 목욕하곤 하였다. 처음 욕탕에 들어갈 때는 추위에 몸서리치지만 한 5분 정도만 들어앉아 있으면 뼛속까지 시원해지는 그 상쾌한 기분은 지금도 잊을 수 없다.

어쨌든 국방부 시계는 그렇게 흘러 1987년 7월 드디어 제29회 사법시험 2차 시험일이 다가왔다. 그달 13일부터 16일까지 4일간이 시험이었다. 나는 방위병 신분이니 시험을 치기 위해서도 정식 휴가를 받아야 했다. 방위병에게는 1년에 10일씩 최대 20일간의 휴가가 부여된다. 그래서 나는 10일씩 나누어 휴가를 가는 대신에 2차 시험 전에 20일의 휴가를 한꺼번에 받아 시험 직전에 최대한 많은 시간을 확보할 작정을 하였다. 그러나 지나친 원칙론자인 이 실장이 과연 그런 휴가를 허락할까 걱정도 많이 하였지만, 법적으로는 아무런 문제가 없어서 그런지 이 실장도 이번에는 흔쾌히 나의 요구를 들어주었다. 그래서 나는 20일 휴가를 얻어 서울로 올라가 웅지 고시원에서 공부를 하다가 4일간의 시험을 치르고 그 다음 날 다시 방위로 복귀하였다. 시험은 그런대로 친 것 같았다. 무엇보다도 그전에는 긴장 탓인지 시험 당일에는 거의 잠을 못 자고 그렇다고 공부를 한 것도 아닌 멍한 상태에서 시험을 치르곤 했는데, 이번에는 오히려 느긋한 상태에서 잠을 푹 자고 시험을 칠 수 있어서 예감이 좋았다.

1987년 9월 15일. 드디어 제29회 사법시험 2차 합격자 발표 날이었다(이 해에는 1984년과 달리 3차 최종합격자 수만큼의 2차 합격자만 선발하였기 때문에 2차 합격이 곧 최종합격을 의미하였다). 나는 그날도 부대에 출근하여 온종일 긴장을 하고 있다가 퇴근길에 대구 시내 중앙로에서 버스를 내려 합격 여부를 확인하기 위해 공중전화부스로 혼자 들어갔다. 몇 번의 경험도 아랑곳없이 숨이 멎을 듯한 긴장감 속에 전화를 걸었다.

합격이란다. 아! 내게 이런 날도 오는구나! 불가능한 것이 아니었구나. 눈물이 났다. 기뻐도 눈물이 나온다는 것을 처음으로 알았다. 바로 울산에 있는 어머니에게 전화하여 결과를 알렸더니 전화기 너머 어머니의 흐느낌만 들려올 뿐 아무 말도 하지 못하셨다. 전화를 끊고 전화부스를 나왔다.

주마등처럼 스쳐 가는 인고의 세월을 되새기며 나는 애써 흥분을 가라앉히고, 1984년 10월경 절망감에 젖어 배회하던 대구 시내 중앙로를 이번엔 환희에 젖어 찬란한 네온사인 빛을 흠뻑 맞으며 영롱한 먼동이 틀 때까지 하염없이 배회하였다.

또 다시 새로운 시작

정재호 | 오블리제 성형외과의원 원장 |

을미년 양의 해를 맞이하는 1월 초에 나는 중국 베이징의 어느 호텔 방에서 새로운 출발을 준비하고 있다. 새해를 맞는 정초에 항상 하는 금연계획 같은 것이 아니다. 중국의 수도 북경에 '오블리제 성형외과의원 개설'이라는 새로운 도전을 앞두고 암중모색(暗中摸索) 중이다. 여느 동기들과 마찬가지로 내 나이는 어느새 쉰 하고도 여섯 살을 넘기고 있는데 말이다. 환갑을 바라보는 나이에 또 다시 새로운 시작을 준비하는 조금은 엉뚱한 내 모습에 대해 몇 자 적어보려고 한다.

1. 나의 첫 번째 직업은 햇병아리 의사

의과대학을 졸업한 후 처음 가진 직업은 소위 '인턴'이라고 불리는 대학병원의 수련의. 인턴의 별호는 삼신(三神)이다. 일하는 데는 등신, 밥 먹는 데는 걸신, 잠자는 데는 귀신이라는 뜻이다. 일 년 동안 삼신의 능력자 과정을 거친 후에 수련과정이 힘들기로 소문난 성형외과의 전공의 과정 4년을 마치고 나서야 비로소 성형외과 전문의가 되었다. 그러나 성형외과 전문의가 된 나를 기다리고 있는 것은 국방의 의무! 전공의 과정을 위해 연기하였던 군 복무를 마치지 않고서는 아무리 전문의 자격을 갖추어도 세상으로 나갈 수가 없다. 머리 회전이 빠른 친구들은 온갖 방법을 동원하여 신체등급을 낮게 받아서 군의관이 아닌 공중 보건의로 근무하려고 애를 쓰는 것을 알았지만, 요령부득의 나는 그 흔한 진단서 한 장 챙겨가지 않고 기를 쓰며 국방부가 보장하는 최고 등급의 남자로 인정받았다. 그리하여 영광스럽게도 함께 입소한 성형외과 전문의 시험 동기생 중에서 정식 군의관으로 임명된 3명에 포함되었다. 가시 돋친 휴전선을 허리에 두른 대한민국의 남성이면 피해갈 수 없는 현실이 아니던가? 철이 든 후에 의과대학병원의 울타리 안에서만 살았던 햇병아리가 전혀 상상하지 못한 새롭고 특수한 계급사회에서 삼 년간의 군의관 생활을 시작하게 된 것이다.

2. 의사에서 군인으로

모진 겨울 추위 속에서, 특히 매서운 칼바람으로 유명한 영천의 화산 유격장에서의 유격훈련을 끝으로 육군 대위로 임관한 나는, 다시는 영천 쪽으로는 오줌도 누지 말자고 다짐하며 첫 배속부대인 강원도 36사단 108연대로 향했다. 얼룩무늬 전투모, 전투복에 야전상의를 입고 반짝이는 전투화를 신은 젊고 멋진 군인의 모습으로 찾아간 곳은 콘크리트 블록으로 허름하게 지어진 야전부대. 긴장감 속에서 처음으로 마주하는 나의 두 번째 직장이었다. 내가 맡은 보직은 의무중대장! 연대장의 특별참모이면서 의무중대의 책임자이다.

새로운 조직사회에서 내가 맡은 임무를 잘 수행하기 위해서 나름대로 계획표도 만들고, 수첩도 정리하며 일 년 동안 열심히 근무하였다. 당시 군 생활에 제대로 적응하지 못한 군의관들이 무단이탈 등의 무책임한 행동으로 인해 징계를 받는 문제가 자주 발생하였다. 계급사회에 익숙하지 못한 어떤 군의관은 상관에게 대들다가 연대장이 던진 재떨이에 맞아 머리통이 깨지는 사건이 발생하기도 하였다. 다행히 나는 단순하고 순박하였던 우리 연대의 직업군인들과 잘 사귀며 새로운 직장에 적응하였다. 군대에서 일상적으로 수행하는 각종 훈련은 등산, 캠핑 등의 야외활동에 익숙한 나에게는 즐겁고 재미있는 체험이었다.

그 시절 군에 입대하는 총각들은 포경수술을 받지 않은 경우가 대부분이었다. 사병들에게 도움이 될 뭔가를 고심하던 나는 이들에게 포경수술을 해 주기로 하였다. 간단하지만 포경수술도 수술이라 신경이 쓰이므로 일주일에 두어 명씩만 해주기로 하였지만, 소문을 들은 병사들이 꼬리를 물고 의무실을 방문하였다. 한 달여가 지난 어느 날, 연대 상황회의에서 연대장이 심각한 표정으로 말하였다.

"요즘 우리 부대 병사들이 제대로 걷는 놈이 별로 없어! 부대 전투력이 심각하게 저하되었다. 의무중대장, 어떻게 생각하나?"

그 날 이후로 포경수술의 빈도는 현저히 줄어들었지만, 일 년간의 전방근무를 마치고 후방으로 전출하는 날까지도 장교와 사병을 가리지 않고 포경수술을 부탁하는 환자들이 이어졌고, 부대 내의 관사에 사는 군인 가족들까지도 의료상담이나 간단한 수술을 부탁하였다.

군용 앰뷸런스를 타고 우리 연대의 각종 훈련에 의무지원을 위해 참가하였다가 죽을 고비를 넘긴 적도 있다. 어설프게 요령을 부리는 것 보다는 야전교범 (FM: field manual)대로 근무하는 것이 마음이 편하였고, 그러다 보니 짧은 기간이지만 당시 함께 근무하던 장교들이 정 대위 다음에 누가 군의관으로 올지 걱정이 된다고 할 정도로 어느새 나는 대한민국 육군의 최정예 군의관이 되어있었다. 아니나 다를까, 육군참모총장 표창을 받기도 하였는데 주변의 군의관들은 군대에서 표창을 받으면 삼년간 재수가 없다고 놀리기도 하였다.

전방부대에서 일 년 동안 근무한 다음, 삼군 본부가 있는 계룡대 국군 대전지구병원에서 보낸 이 년 동안의 군복무 기간은 지금까지도 잊을 수 없는 행복한 시절이었다. 계룡대에는 군인 및 가족들을 위한 운동시설과 복지시설이 잘 갖추어져 있었고, 주변에는 경치 좋은 계룡산과 명승지가 있어서 박봉에도 불구하고 가족들과 함께 큰 근심 없이 즐거운 나날을 보낸 것으로 기억된다. 최정예 군의관의 자식은 뭐가 달라도 다른 법. 계룡대 유치원 입학식 날 수많은 꼬맹이 중에서 유일하게 '국기에 대한 거수경례'를 하는 네 살짜리 우리 아들! 멋있었다. 그때의 걱정거리는 오로지 하나였다. 30대 초반에 머리숱이 많이 빠지기 시작하여 혹시 대머리가 될지도 모른다는 걱정을 시작하게 된 것이다.

3. 군인에서 대학교수로

제대를 앞두고 어떤 직장을 구해야 할까 고민하던 중에, 모교인 영남대학교 의과대학에서 성형외과 교수가 부족하여 충원이 필요하다는 연락을 받았다. 당시에는 성형외과 전문의가 개업하면 제법 큰 돈을 벌 수 있는 좋은 시절이었으므로 내 앞에 펼쳐져 있는 두 가지 선택의 길을 두고 고민이 없지는 않았으나, 새로운 학문에 대한 호기심과 열정으로 성형외과 교수의 길을 택하였다. 나는 33세의 젊은 나이에 전임강사로 임명되어 대학교수가 되었다. 성형외과라는 학문 역시 새로운 학문분야라서 젊은 교수인 내가 할 일이 참으로 많았던 것 같다. 1997년 미국 피츠버그대학 연수 시절에는 지방조직 내에 성체 줄기세포가 대량으로 존재한다는 것을 발견하였고, 미세 혈관 수술을 이용한 유방 재건술과 조직 확장기를 이용한 귓바퀴 재건술 등의 새로운 연구로 대한성형외과학회에서 우수학술상을 연속으로 수상하였으며, 40대 중반에 주임교수가 되어 성형외과학 교실을 이끌게 되었다. 비교적 만족하며 대학교수이자 과학자로서 절정기를 보내던 이 시절에도 궁핍한 살림살이에 힘들었던 아내는 어느 날, "어제 절에 가서 기왓장에 소원을 적어 부처님께 빌었다."고 했다. 무슨 소원을 적었냐고 물으니, '세무조사'라고 적었단다. 돈 많이 버는 다른 성형외과의사들처럼 우리도 세무조사 한 번 받아보고 싶다는 하소연이 담긴 농담이었다.

나는 아직도 대학교수라는 사람은 학문적 성취만이 최고의 가치라고 여기며 모든 시간과 열정을 연구에 쏟아야 한다고 생각한다. 그러나 40대 중반에 처음으로 연구담당 부학장이라는 학교 보직을 맡으면서 나는 알게 되었다. 교수사회도 정치인들과 마찬가지로 보직을 탐하는 교수들이 온갖 중상모략을 펼치는 이전투구의 현장이라는 당연한 현실을 깨달은 것이다. 참으로 순진하게도 나는 지천명(知天命)이 되어서야 비로소 세상이 어떻게 돌아가는지를 바라보는 눈을 뜬 것이다. 그때 비로소 나는 내가 교수로 연구 활동만을 하면서 명예로운 학자로 퇴직을 맞이하기가 쉽지 않다는 것을 절감하였다. 대학교수생활을 계속하려면, 정치인들처럼 이전투구를 하거나 고고한 학자로 외로운 왕따가 되거나 두 가지 중 하나를 택하지 않으면 안 되었다. 그러나 나는 둘 중 어느 것도 선택하지 않기로 결심하였다. 나이 48세에 대학을 떠나 새로운 시작을 하기로 한 것이다. 친구들이 다 알다시피 이미 머리가 시원하게 벗겨진 늙다리 대머리 교수의 모습으로.

4. 대학교수에서 성형외과 개업의로

고생 끝에 정년이 보장된 교수가 교수직을 버리고 다시 시작하기로 결심하기는 쉽지 않은 일이다. 다행히 나에겐 건강한 신체와 아직은 새로운 일에 대한 열정과 호기심이 남아 있었으므로 성형외과의원을 개업하기로 하였다. 대구에 연고가 있고, 대구에서 교수생활을 했으니 당연히 대구에서 성형외과의원을 개업하였다. 흔히들 의사들이 개업하면 쉽게 돈을 버는 것으로 알고 있지만, 요즘의 의사 사회는 경쟁이 매우 치열하여 뭔가 특별한 경쟁력을 갖추지 못하고 막연히 의욕만 앞서서 개업하였다가 폐업하고, 경쟁이 적은 지방의 작은 도시로 옮기는 젊은 의사들도 자주 보게 된다. 그래서 과거와 달리 개업가에서도 새로운 기술을 연구하고 의사들끼리 모여서 공부를 하는 경향도 생겨났다.

이미 48세를 넘긴 나에게 개업이라는 새로운 시작에서 가장 어려운 것은 '실패에 대한 두려움'이었다. 대학에서 잘 나가던 성형외과 교수가 늦은 나이에 개업하여 실패한다는 것은 육체적, 정신적, 그리고 사회적으로 재기하기 어려운 심각한 파멸에 이를 수 있다는 것을 잘 알기 때문이었다. 누가 보아도 위기의 순간이었다. 가까운 친구들과 스승님은 나의 평범하지 않은 결정을 만류하였지만, 나름대로 그동안 축적된 모든 역량을 동원하여 개업 준비를 하였고 개업에 필요한 새로운 수술 술기도 개발하였다. 잘 알고 지내던 일본의 유명한 성형외과의사들을 찾아가 개업에 필요한 노하우를 전수받기도 하였다. 다행스럽게도 개업 이후 환자가 꾸준히 이어지며 짧은 기간 내에 대구지역의 중견 성형외과

의원으로 자리를 잡았다. 대학교수 시절에 나와 인연을 맺었던 환자들과 병원에서 함께 근무했던 간호사들이 잊지 않고 찾아주어 지천명(知天命)의 늦은 나이에 개업한 초짜 성형외과 개업의는 다행스럽게도 괜찮은 출발을 할 수 있었던 것 같다.

개업한 지 두 해쯤 지날 무렵인 2011년, 개업의로서 조금씩 안정을 찾게 되면서 새로운 발전전략을 구상하였다. 당시에는 한중간의 본격적인 교류가 시작되어 한류가 급격히 중국에 파급되었고, 그 영향으로 중국인들은 미용수술을 받기 위해 한국을 찾기 시작하였다. 서울에는 중국인 요우커(遊客)들이 몰려들어 건물과 길거리 표지판에 중국어 간판이 크게 걸리고, 성형외과의원에는 성형외과의 중국식 표기인 '정형외과(整形外科)'라는 간판이 걸리는 것을 보면서 나는 거대한 중국시장 진출을 꿈꾸게 되었다. 2012년부터는 중국병원에 가서 수술도 하면서 현지 상황을 눈으로 보며 중국시장의 특징을 조금씩 파악하기 시작하였다. 2013년에는 중국 베이징에서 성형외과 의사면허를 획득하여 중국진출의 발판을 마련하였고, 아내와 함께 학원에 등록하여 그 어렵다는 중국어 공부도 시작하였다. 2014년 말에는 아내가 소원하던 대로 세무조사까지도 받았으니, 역시 나는 훌륭한 남편임에 틀림이 없다.

5. 한국에서 중국으로

우리와 총부리를 겨누고 있는 북한의 존재로 인해 대륙과의 육로가 단절되어 섬나라와 다름없이 지내온 세월이 어느덧 60년이 훨씬 지났다. 지난 수천 년의 역사를 함께한 가장 가까운 이웃 나라인 중국이지만, 실제로 중국에 가서 느껴보지 않은 사람들은 두 나라가 얼마나 가까운 나라인지, 양국이 서로의 삶과 문화에 얼마나 영향을 미쳤는지를 느낄 수 없는 것이 사실이다. 어쨌든 중국은 우리가 싫든 좋든 간에 앞으로도 오랜 세월 동안 역사를 주고받을 수밖에 없는 초강대국이며, 세계 최대의 시장이다. 한 번 시작된 교류의 물꼬는 이제 걷잡을 수 없는 거대한 물결이 되어 중국은 어느새 한국의 최대 교역국이 되었다. 앞으로 우리의 미래에서 중국의 존재가 어떤 모습으로 다가올 것인지 정말 궁금하다.

역사의 우여곡절 끝에 오늘날 우리의 성형기술이 중국보다 조금 앞서 있지만, 똑똑한 중국 의사들을 보면 이러한 상황이 그리 오래갈 것 같지는 않다. 다른 분야에서도 마찬가지로, 고도의 기술대국으로 발전한 일본과 급격하게 발전하는 중국 사이에서, 고달픈 샌드위치가 되지 않기 위해서는 한국인들이 중국에 진출하여 중국 내에서 뿌리를 내리고 경쟁하는 것이 우리의 미래 생존전략이 될 수 있지 않을까 생각해 보았다. 만약 내 판단이 틀렸다 해도 크게 손해 보지는 않을 듯하다.

이제 며칠 후에는 중국 북경에 오블리제 성형외과가 문을 열게 될 것이다. 중국 내에 최초로 제대로 돌아가는 한국 성형외과의원을 한번 만들어보고 싶은 호기심과 열정이 있으니 크게 돈을 벌지 못하더라도 별로 후회는 없을 듯하다. 한국에서 그저 그렇게 따분하고 조용한 생활을 하는 것보다는 무척이나 재미있고 흥분되는 일이기 때문이다.

노소를 막론하고 누구에게나 나름대로 삶의 여정에서 다양한 형태의 새로운 시작들이 있을 것이다. 우리들 나이에는 앞으로 어떤 새로운 시작들이 있을까? 예쁜 며느리와 사위, 눈에 넣어도 아프지 않을 귀여운 손자 손녀와의 새로운 만남, 오랫동안 근무하던 정든 직장에서 퇴직하고 맞이해야 하는 새로운 직장생활, 수십 년을 사용한 치아와의 이별

후에 맞이하는 불편한 틀니나 임플란트와의 새로운 만남 등등. 그러고 보니 우리들 앞에 펼쳐질 많은 새로운 시작들이 꽤나 다양하고 재미있을 듯도 하다. 다만, 우리 동기들 모두 늘그막에 건강문제로 큰 고생은 하지 않았으면 하는 바람이다. 조금 더 나아가 늙어서도 한가한 시간에는 차 한 잔 마시며 하루에 몇 자라도 글을 읽거나 쓸 수 있는 마음의 여유를 유지할 수 있다면 더할 나위가 없겠다.

재기하는 인간

성두경 | 인피니트코리아 대표 |

나의 처음 직장은 울산에 있는 현대자동차였다. 자재과에 있다 보니 본의 아니게 협력 업체 사람들과 많이 접촉할 수밖에 없었다. 지금과는 다른 세상이었고 부조리가 판치던 시절이니 협력 업체에서 가만 놔두질 않았다. 초봉이 48 만원 받던 시절에 감히 꿈꾸어 볼 수 없는 대접을 받기도 했다. 내가 관장하던 업체가 200~300 군데 되었는데, 업체야 일 년에 한 번씩 나를 만나지만, 나는 거의 일주일에 세 번 정도는 접대를 받아야 했던 것이다. 그 순서란 게 뻔했다. 처음 한식집 같은 데서 저녁 식사 대접을 받고 다음은 룸살롱이었다. 나는 원래 술을 별로 좋아하지 않았지만 아가씨들의 환대도 있고, 또 내가 사람을 좋아하다보니 업체 사람들 체면도 생각해야 해서 술을 피할 수 없었다. 정신을 차리려고 해도 만취 상태가 되기 마련이었다. 다음날 아침에 일어나 보면 주머니에는 봉투가 있게 마련인데 대개는 한 달 봉급치 정도의 돈이 들어 있었다.

친한 선배에게 물어보니 씩 웃기만 할뿐 뭐 그런 것 까지 묻느냐 하는 식이었다. 당연히 '인 마이 포켓'하라는 의미 같았다. 사실 그렇게 해서 많은 봉투를 받았다. 상품권도 있고, 현금도 있었지만 당연하게도 그것으로 돈을 많이 모으지는 못했다. 오히려 씀씀이가 커지고 쓸 데 없는 지출이 늘어나기만 했다. 당시에 포니 자동차 한 대 값인 냉장고 같은 핸드폰을 들고 다니고 '폼'을 잡았다.

당시 납품 업체 중에 ㅇㅇ금속이란 회사가 있었는데, 이 회사에 8톤짜리 지입 트럭을 집어넣었다. 회사에서 알면 징계 대상이어서, 처음에는 회사 모르게 했다. ㅇㅇ금속에서 납품할 물건을 실어 현대차로 납품하는 트럭이었는데, 이것의 수입이 짭짤했다. 나중에는 한 대 더 집어넣어 두 대가 되기도 했다. ㅇㅇ금속 입장에서도 좋은 것이 다른 트럭이 보통 하루 세 번 정도 납품을 하지만, 내가 지입한 트럭은 하루 네 다섯 번 납품할 수 있었기에 누이 좋고 매부 좋은 식이었다. 물론 물류과와 지게차 운전하는 친구들에게는 미리 약을 써 놓기는 했지만.

월급의 10배 정도의 수입이 생기니 간이 커지기 시작했다. 울산 JC(청년회의소)에 가입해 회원들과 교류를 하다가 나중에는 그들 멤버 16명 정도와 계 모임을 만들기도 했다. 당연히 씀씀이도 컸고, 그러다 보니 세상일이 쉽게 보였지만, 애초 그들 멤버와 나는 차이가 있었다. 원래 부자들인 그들과 기껏 지입차 수입금 등으로 벌어가는 나와는 비교할 수 없었던 것이다. 회사를 오래 다닐 형편도 아니라는 생각이 들자 결국 다른 일을 모색하기로 하고 9년 만에 사표를 냈다. 그래도 회사 생활 9년 만에 현대자동차 사장상을 두 번이나 받았다.

인테리어 쪽으로 진출하자, 이런 생각을 가지고 일단 사업을 시작했다. 하지만 이게 장난이 아니었다. 내가 직접 시공을 하는 것도 아니고, 직원들 데리고 있다 보니 일거리는 없어도 월급 나가고 하니 뭔가 돌파구가 필요했다. 모든 유행에서 앞서가는 서울로 가서 첨단의 인테리어 현장을 보기로 하고 서울로 올라갔다. 강남, 신촌, 종로 일대의 룸살롱, 노래방 등등을 비디오로 촬영했다. 그것을 컴퓨터 잘하는 친구를 채용해서 3D 시뮬레이션 입체 영상을 제작했다. 이 시스템은 당시 LG 계열사에서 시도했던 첨단 홍보기법이었는데, 좀 어설프지만 내가 먼저 시도했고 그것은 대단히 효과적이었다. 시스템이 채 완성되기도 전에 노래방 계약을 하나 성사시켰다. 당시가 막 IMF가 시작될 무렵이었다. 인테리어 공사로 평당 330만 원을 받기로 했는데 이것은 대단히 비싼 금액이지만(지금도 180만 원~190만 원이 인테리어 공사비), 워낙 좋은 자재와 완벽한 시공을 하다 보니 그 가격을 받을 수 있었다. 공사 하나 마치니 놀랍게도 1억이 떨어졌다. 그런데다가 공사 요청이 쇄도했다.

당시 현대자동차나 현대중공업에서 퇴사한 분들이 많아 이분들이 뭔가를 해 보겠다고 노래방과 같은 자영업 쪽으로 많이 뛰어 들었고, 또 이들이 세상 물정을 잘 모르다보니 공사비가 좀 비싸도 좋은 쪽, 소문난 쪽을 선택했던 것이다. 그렇게 몇 년 했더니 돈이 제법 모였다. 산장, 상가 건물, 아파트 해서 한 20억은 되었을 것 같다.

하지만 몇 년이 지나자 좁은 울산 바닥이다 보니 인테리어 공사에는 한계가 왔다. 그래서 눈을 돌린 게 시공 쪽이었다. 단종 면허도 없었지만, 어차피 하도급이니 공사만 잘 하고 돈만 받으면 되었지만, 결국 이게 터지고 말았다. 당시 9억 8천만 원의 부도를 맞고 말았다. 대물로 미리 받고 등기를 해 놓았으면 피해가 적었겠지만 당시에는 그런 생각 조차 못했다. 워낙 잘 나갔던 때라 그랬나 보다. 결국 헐값에 자산을 다 매각하고 빚을 청산하니 무일푼이었다. 그 과정에서 자살도 몇 번이나 생각했다.

가장 어려웠던 것은 사람에 대한 배신감이었다. 내가 잘 나갈 때는 1억도 쉽게 빌려주던 사람이 내가 망했다는 소문이 돌자 1천만 원도 융통이 어려워졌다. 심지어 만나기도 꺼려하는 사람도 많았다. 나를 비난하는 사람들도 많았다. 세상인심이 그렇다는 것을 난생 처음 절감한 것이다.

산목숨 어쩔 수 없어 서울로 올라왔다. 2003년 무렵이었다.

아내가 어린이집을 하고 있어 당장은 생계 걱정은 없었다. 하지만 무엇을 할까? 그냥 쉬기로 했다. 헬스클럽에 다니면서 살이나 빼기로 했다. 그러다가 과천에 있는 ○○기획회사 사장을 우연히 알게 되었다. 광고회사였는데 인테리어 쪽 사업이 없어 인테리어 사업 부분을 시작하고, 그 부분을 맡기로 했다. 마침 같이 운동을 하던 분 중에 고위 공무원 출신이 있어, 그 분에게 업체 소개를 부탁했다. 그 분의 소개로 일산의 ○○백화점, 서울의 ○○서점 등 몇 군데서 인테리어 일감이 들어왔다. 일을 하는 것은 큰 어려움이 없었다. 하지만, 내가 옛날 현대차에서 받았던 접대를 내가 해야 했다. 과거 나는 한 업체당 일 년에 한두 번이 고작이었지만, 내가 일을 시작하니 당하는 사람 입장에서는 이게 보통 성가신 게 아니었다. 미리 고급 승용차를 빼 달라고 하는 친구가 있는가 하면, 새벽 두 시에 전화를 해 술집으로 오라는 친구, 주말마다 골프장으로 불러대는 친구 등 갑질의 천태만상이었다. 하지만 그래도 남긴 남는다. 문제는 ○○기획과 경비를 제외한 수익금을 반반씩 나누기로 했는데, 사장이 경비를 과다 계상해서 수익금을 줄이는 방식으로 하여 내 몫을 줄였다는 것이다. 정말 재주는 곰이 부리고 왕서방이 버는 식이었다. 결국 사업을 포기하기로 하고 다른 방식을 모색하려고 뒤를 보아주던 고위 공무원 출신 분에게 이야기 하니까, 그 분은 모든 연결 고리를 끊어버렸다. 그동안 처음 약속대로 내 몫 중 일부를 잘 떼 주었는데도 불구하고 그 분은 냉정하게 문을 닫아버렸다.

다른 사업을 하자, 이렇게 생각하고 아내의 일을 도와가며 조금씩 돈을 모았다. 인테리어와 공사 쪽으로도 조심스럽게 일을 했다. 그러다가 2009년 결정적으로 사기를 당했다. 포항 명품백화점 극장 인테리어에 들어갔다가 계획적 사기에 휘말려 2003년 이후 벌어 놓았던 돈을 모두 날려 버린 것이다. 두 번째로 당한 이 경우는 거의 재기불능일 정도로 타격이 컸다. 마음만 살짝 잘못 먹는다면 한강에라도 뛰어들 것 같았다.

1년을 쉬었다. 아무 것도 하지 않고 놀았다. 아내는 그런 나를 늘 격려했고, 말없이 용돈을 챙겨주었다. 하지만 놀고는 있을 수 없었다. 무엇이라도 해야 했다. 트럭을 한 대 사서 채소 장사라도 할까, 라고 생각했다. 몇 가지 기대를 걸고 계획한 사업은 기획 단계에서 주저앉고 말았다.

2, 3년 전부터 다시 새로운 사업에 뛰어들었다. 러시아 쪽으로 우리 게임을 수출하는 일과 의료관광이 그것이다. 한국의 의료 서비스 수준은 세계적이기에, 러시아나 중동, 중앙아시아 등지에서 한국 의료에 대한 수요가 많다는 것에 착안하여 이들을 대상으로 한국 병원과의 연결을 시도하고 있다. 일부 성과가 있고 비전도 밝다. 지난 시절 실패의 경

험으로 앞으로는 실패하지 않으려고 최선을 다 하고 있다.

평생을 한 직장에서 일하는 친구들도 많다. 한 사업을 시작해서 성공한 사람도 많다. 하지만 많은 사람들은 직장을 옮긴다. 또 창업을 하여 실패한 사람들도 많다. 성공한 사람보다는 실패한 사람이 더 많을 것이다. 실패의 요인도 여러 가지다. 나는 사람을 믿어서 실패했다. 아니 더 따지고 보면 사람을 믿고, 보다 철저히 그 사업성을 분석하고 연구하지 않아서 실패했다. 하지만 사람을 믿는다는 것은 재기하는 데도 도움이 되었다. 결국 사람이 모든 것이다. 어떤 사람을 만나서 어떻게 관계를 맺고 어떻게 서로 도움을 주고받을 수 있느냐 하는 것이 관건이다.

나는 실패하지 않는 인간은 없다고 생각한다. 문제는 실패 뒤에도 용기와 희망을 가지고 재기하는 것이 중요하다. 실패하여 다시는 미래가 없을 것 같아도 시간이 가면, 다시 살아날 방도가 생긴다.

내 덜렁거리는 성격 때문에 두 번 겪은 실패는 앞으로의 사업에 밑거름이 될 것이라고 확신한다. 이제는 천천히 가더라도 나를 믿는 사람들, 특히 아내와 아이들에게 더 이상 실망시키게 하고 싶지는 않다. 큰돈을 벌기 위한 것이 아니라 나라는 인간, 성두경이라는 인간을 믿고 지금까지 나를 따라온 가족에게, 성두경은 정말 열심히 살았다는 것을 보여주고 싶다. 내 죽고 난 뒤에도 '열심히 살았던 인간, 여기 잠들다'라는 묘비명을 내 가족이 마음에서 우러나 새겨줄 수 있다면 좋겠다.

| 제 3 부 |

젊은 날의 노트

젊은 날의 노트

이상춘 | NK에셋 보험대리점 대표 |

복도는 까까머리에 까만 교복을 입은 60여 명의 고3 아이들의 시끄러운 소리로 왁자지껄 정신이 없었다. 이때 담임선생님이 나타나셨다. 키 순서대로 줄을 서라는 지시에 따라 아이들은 작은놈부터 복도에 줄을 서기 시작했다. 작은 녀석들은 작은 녀석들끼리 앞에서 조금이라도 키가 크게 보이려고 깨금발을 딛기도 하고 한두 녀석들은 아예 포기하고 맨 앞에 서기도 하였다. 그때나 지금이나 키가 큰 것은 자랑할 일이었는지, 아이들 간의 서열 다툼에 유리한 것인지는 모르지만, 학교에서 좀 논다는 농땡이들은 작은 키에도 불구하고 자기 키보다 뒤쪽에 서서 뒷번호를 부여받았고 다른 아이들은 이의를 달지 않았다.

나는 60명 중 41번 정도의 순서에 1학년 때부터 같은 반으로 친하게 지내온 전 군과 짝이 되려고 차례로 서 있었다. 아이들이 서로 뒷번호를 받으려고 몸싸움을 하고 담임선생님이신 일명 '쩜마샘'은 키 순서에 맞게 제대로 줄을 섰는지 앞에서부터 검사를 시작하셨고 맨 뒤쪽까지 걸어가셨다. 그때 갑자기 주먹으로 머리를 내리치는 '빡'하는 둔탁한 소리가 들리더니 '윽' 하는 신음과 함께 "앞으로 가!"라는 쩜마 선생님의 고함이 복도를 울렸다. 우리보다 훨씬 긴 장발 머리에다가 색 바랜 모자를 눌러쓰고 헐렁한 가방은 옆구리에 끼고 교복 바지를 반짝반짝 다려 입은 한 놈이 선생님의 강력한 주먹에 타격받은 머리 부분을 만지면서 복도 앞쪽으로 뛰어가더니 내 앞에서 획 돌아서서 나와 눈이 마주쳤다. 그러더니 내 앞에 쏙 끼어드는 것이었다.

나는 순간 아무런 생각 없이 "니는 머리가 와 이래 기노?"라고 말하면서 녀석의 뒤통수를 손바닥으로 한 대 때리고는 내 앞에 서게 하였다. 그리하여 청춘의 에너지가 충만하던 나의 고3 시절과 20대 청춘을 함께 한 친구 소유덕을 만나게 되었다.

내 짝지가 된 소유덕은 좀 논다는 아이였는데 그때 이미 담배도 피우고, 시내서 싸움질에, 만화방에서 노름질에, 연애질까지 두루 섭렵하고 있었고, 학교서 몇 번 처벌까지 받은 바 있는 속칭 질 나쁜 아이였다. 노는 것이 뭔지도 모를 정도로 순진했던 나는 그것도 모르고 뒤통수를 한 대 때렸으니, 그 아이 입장에선 어이가 없었던 모양이다. 나와 짝이 되어서 나중에 친해지고 하는 말이, 학교에서 이유 없이 자기 뒤통수를 치는 놈이 있다니 당황해서 한동안 아무 말이 안 나왔단다. 그래서 좀 있다가 작살을 내려고 했는데 이후 살펴보니까 내가 너무 아무 생각이 없는 놈 같아 그냥 뒀단다. 하마터면 유덕으로부터 큰 변을 당할 뻔했다.

3학년이 시작되어 첫 평가 시험이 있었다. 유덕은 전 군 정 군 등 나와 가까운 반 친구들의 성적을 알게 되었고 유덕이도 공부해야겠다고 말을 하는 것이었다. 이에 나를 포함한 몇 친구들이 유덕이를 인간 만들어보기로 마음을 먹었는데 욕설을 하면 단체로 잔소리하고 하여 시간이 지나면서 제법 우리 앞에서는 순화도 되는 것처럼 보였다.

유덕은 태생이 건강하고 운동 잘하고 놀기 좋아하는 성격인데 귀가 얇아 주변의 유혹을 참지 못하고 잘 넘어가는 타입이었다. 유덕의 집안은 아버지가 성서 면장을 하시다가 돌아가시고 대구 인근에 부동산도 제법 있는 경제적으론 꽤 넉넉한 집안이었으나 가정교육은 별로 좋지 못하였다. 유복자로 태어나 편모 슬하에 위로 형이 셋이나 있었으나 형들은 재산에만 욕심을 가질 뿐 막내 유덕에게는 도통 무관심이었다. 이렇게 형들로부터도 별 관심을 받지 못하였고 모친은 유복자인 막내 유덕을 방임하여 키웠는데 대구 시내의 고교에 진학하자 아무도 말리는 사람이 없으니 2년 동안 나쁜 짓은 다 배우고 돌아다녔던 것이다.

고교 2년간 몸에 밴 유덕의 불량스런 습관은 우리들의 지적에도 불구하고 잘 바뀌질 않았다. 유덕은 특히 춤을 멋지게 추었다. 당시에 아주 귀한 카세트를 학교에 가끔 가지고 와서 야간자습시간이나 휴일에 운동장 구석 버드나무 아래 벤치에 친구들을 모아놓고 팝송 소리에 맞춰 춤을 가르쳐 주기도 하였는데 나를 비롯한 전 군 정 군 백 군 곽 군 서 군 등 친구들은 그때까지 말로만 듣던 신문물 습득에 흠뻑 혼이 빠져 공부는 이미 뒷전이 되었다. 당시 고고장에 유행하던 다이아몬드 춤이나 디지(dizzy) 춤 등을 캄캄한 밤에 먼지가 나도록 운동화 바닥을 땅바닥에 비비며 배웠다.

이때 같이 열심히 춤을 배웠던 친구들 중 곽 군과 백 군은 교편을 잡고 있고, 정 군은 대구 근교에서 약국을 경영하고 있다. 또 유덕은 쉬는 시간이면 손바닥이 새파랗게 동전 녹물이 배이도록 일명 '짤짤이'라는 노름을 하였고 방과 후면 동네마다 다니며 돈내기 축구와 야구를 하며 시간을 보냈다. 또 유덕은 틈만 나면 책상과 걸상을 아예 창문밖에 들어내 숨기고 학교에서 도망가서 학교 부근 분식집 골방이나 만화방에서 동네 건달들과 모여서 유행하던 '도리 짓고 땡'이나 '두장무이'라는 노름에 빠져 있었다. 유덕과 같이 노름하던 동네 건달들은 나이도 훨씬 많고 유덕에 비하면 전문가들이었다. 그러니 어린 유덕은 노름방에 출입할 때마다 건달들에게 용돈과 몰래 가져온 집안 현금을 족족 잃었다. 이에 유덕은 노름판에 충당하려고 집에 있는 물건도 손대기 시작하였는데 전축이나 카메라나 시계 등을 가져와 잡히고 노름하기 일쑤였고 수시로 학교에 결석도 하였다. 그때마다 우리는 학교 주변 만홧가게 골방이나 분식점 골방 등에서 노름판에 끼어 있거나 돈 잃고 놀고 있는 유덕을 찾아내어 학교로 데려오곤 했다. 그럴 때마다 유덕은 우리에게 단체로 욕먹고 설교를 듣고 어떤 때는 한 대씩 쥐어박히기도 하였다. 그때마다 유덕은 우리에게는 순한 양처럼 다시는 안 그러겠다고 약속을 하곤 했다.

그러던 중 1학기가 끝 날 무렵에 유덕은 학생의 본분을 제법 많이 벗어난 사고를 쳤다. 며칠 계속 결석을 하고 행방불명되는 사태가 발생한 것이었다. 평소 결석이 잦고 나쁜 짓을 일삼는 문제아인 유덕을 퇴학시키기로 했다는 소문이 돌았다. 지금 생각하면 담임선생이 가르치는 반 학생을 설마 퇴학시키려고 마음먹었을까 하는 생각이 들겠지만, 당시에 우리 학교가 교칙이 워낙 엄한 가톨릭학교였고, 3학년 들면서 학기 초에 불미스런 큰 사건으로 학교에서 문제 학생들을 십여 명 이상 퇴학시킨 전력이 있었기 때문에, 이번에도 퇴학시키려 한다는 소문이 사실이라고 밀어졌다.

이에 우리 친구들은 유덕을 어떻게든지 퇴학만은 면하게 하려고 마음을 먹고 진학 지도실로 담임선생님을 찾아가 면담을 하였다. 진심인지는 모르겠으나 유덕을 퇴학시키려 하는 담임선생님의 의사를 확인한 우리는 그저 선생님 앞에 꿇어앉아 우는 것 외에는 할 수 있는 일이 없었다. 우리는 그때부터 선생님에게 찾아가 울면서 빌고 또 빌었다. 유덕을 한 번 용서해 달라고….

용서를 구하는 친구들이 반에서는 모두 착실한 축에 속하였고 우리가 워낙 울며 매달리자 드디어 담임선생님은 유덕을 일단 찾아서 등교를 시키면 선처를 고려해보겠다고 대답을 하였다. 그러나 유덕을 어디 가서 찾는다는 말인가? 이때부터 우리는 방과 후에 유덕을 찾아내고자 온 시내를 뒤지기 시작하였다. 수소문하여 유덕이 향촌동에 있다는 소문을 듣고 찾아가면 또 도깨비시장에 있을 거라 하여 또 거기로 찾아 나서는 등 학교 주변 남문시장을 시작하여 반월당, 대구백화점, 동아백화점, 향촌동 등 온 시내를 뒤져도 유덕을 찾을 수가 없었다. 우리는 유덕이 어릴 때 살았고 중학교를 다녔던 시골 동네인 강창과 다사를 찾아가 보려고 마음먹었는데, 당시에는 시골이나 다름없는 남의 동네를 그것도 깜깜한 야밤에 찾아간다는 것은 동네 아이들에게 얻어맞으러 가는 행위나 다름없었다.

참으로 무서웠다. 가로등도 없는 어두운 밤에 남의 동네를 뒤지는 것은 용기가 필요한 일이었다. 더구나 강창(다사) 아이들이 악질이라고 소문이 자자하던 때라 더욱 우리를 움츠리게 하였지만, 꼭 찾아오겠다고 담임선생님과 한 약속이 머리를 맴돌아 포기할 수가 없었다. 까만 교복을 입고 남의 동네에 찾아간다는 것은 어린 우리에게 그렇게 두려운 행동이었지만 내색할 수가 없었다. 여름밤 비는 추적추적 내리고 전부 비포장도로인 강창(다사) 일대를 헤매고 나면 배고픔에 지쳐 기진맥진 상태가 되었고 교복 입은 몸에는 땀 냄새가 흠뻑 배었다.

당시 유덕의 집은 제법 너른 마당에 기와가 얹힌 네모난 담으로 둘러싸인 꽤 큰 집이었는데 돼지우리에 돼지를 여러 마리 키우고 있어서 비 오는 날이면 냄새가 심하게 났다. 며칠째 두어 명씩 편을 갈라 찾다가 마지막은 유덕의 집 골목 담벼락 아래 모였다가 다시 계획을 세우고 헤어졌다. 그때마다 혹 유덕이 집에 올까 밤늦게까지 골목 어귀를 서성이다 아쉬운 발걸음을 돌리곤 했다. 그 여름 왜 그렇게 비는 자주 내리는지 어떨 때는 안타까운 마음에 빗물인지 눈물인지 땀인지 구분도 없이 훌쩍이기도 하였다. 그렇게 몇 날 며칠을 강창과 다사 촌 동네를 밤마다 용감하게 찾아다니며 학생같이 생긴 사람만 만나면 무조건 유덕을 아는지, 최근에 본 적이 있는지를 수소문했다. 며칠이 지나자 우리가 유덕을 찾아다닌다는 소문이 퍼진 때문인지, 유덕의 시골친구 누군가로부터 유덕을 동성로에 가면 찾을 수 있을 거라는 첩보를 입수할 수 있었다.

다음 날인지 그 다음 날인지 다음다음 날인지 분명치 않지만, 동성로를 샅샅이 훑고 있는데 익숙한 놈이 십여 미터 앞에서 이쪽으로 걸어오는 것이 보였다. 우리는 누가 먼저랄 것도 없이 도망가려는 놈을 순식간에 낚아챘다. 밉기도 하고 반갑기도 했다. 교차하는 감정을 어찌 표현할 수가 없었다. 그런데 유덕은 학교에 가봐야 당연히 잘릴 것으로 생각하였고, 또 집안에 있던 일제 카메라 등 고가품을 들고 나와 처분하여 놀았던 사실을 형들이 알면 맞아 죽을 것 같다며, 집에도 학교에도 가지 않겠다고 버텼다. 유덕을 찾아다니면서 사전에 유덕의 엄마와 형들에게 신뢰를 얻은 우리는, 유덕을 찾더라도 절대 유덕을 야단치지 말고 우리에게 맡겨달라고 미리 다짐을 받아 두었음을 설명했다. 우리는 일단 등교를 해야 퇴학이 안 된다며 유덕의 엄마와 함께 유덕을 밤새워 설득했다. 다행히 유덕이 마음을 바꾸어서 다음 날 등교를 했고, 우리는 유덕을 담임선생님 앞에 데리고 갔다. 이후 유덕은 학교에서 처벌을 받았는데 정학인지 근신인지 기억이 확실치는 않지만, 퇴학만은 면하게 되었다.

이때부터 유덕의 엄마는 우리를 당신 아들인 유덕보다 더 신뢰하기 시작했고 유덕이 뭔가를 하려면 반드시 우리들의 확인이 있어야 허락하셨다. 이후 유덕은 착실하게 학교에 다니겠으며 앞으로 우리 이야기는 무조건 받아들이겠다고 친구들 앞에 다짐했다. 우리는 우선 유덕의 행동을 고치려면 말버릇을 고쳐야겠다고 마음먹고 입에 십 원짜리 욕설을 달고 다니던 유덕이 조금이라도 상스런 말을 사용하면 이전보다 더욱 강하게 집단으로 사랑의 린치를 가하였다. 불량학생 유덕은 딴 친구들과 대화할 때도 우리들의 눈치를 보는 등 욕설이 많이 줄어들었다.

그런데 우리도 모르는 사이에 유덕의 행실이 바르게 변하는 것인지 우리의 행실이 유덕에 가까워지는 것인지 잘 구분이 안 되기 시작했다. 유덕은 성적이 반에서 거의 맨 뒤에 있었고 유덕을 제외한 우리는 반에서 등수 안에 들었는데 유덕은 우리한테 공부를 배우려고 이것저것 물으며 노력하였다. 유덕은 고교 2년간 거의 책을 펴 보지도 않았지만 중학교 때는 매우 우수한 성적으로 졸업하였고 머리도 나쁜 편이 아니었다. 다만 고교에 진학하면서 집안 형들이 아버지가 남기신 유산에만 눈독을 들이고 엄마를 애먹이는 데 대한 반감과 청소년기 반항 심리가 복합적으로 작용하였고, 더구나 형들은 막내 유덕에게 무관심하였고 엄마는 유복자인 막내가 불쌍하여 무엇이든 마음대로 해도 그냥 두는 바람에 고교 2년 동안에 완전히 불량감자가 되었다. 그 사건 이후 유덕은 학교를 땡땡이치는 대신에 매일 우리와 놀았는데 문제는 우리에게는 유덕의 세계가 완전 신문명이었다는 점이다. 유덕은 공부를 빼고는 못 하는 게 없었다. 노래도 잘하고, 춤도 잘 추고, 축구도 잘하고, 야구는 포수를 맡고, 수영도 잘하고, 운동은 만능에다 돈내기 노름에도 발군이고, 여학생을 꼬시는 데도 선수였다. 지금까지 유덕과는 거의 반대편에서 있던 우리에게 유덕은 미처 경험하지 못한 새로운 문화의 보고였다.

유덕을 교화시키고자 했던 우리들의 초심은 슬그머니 우리 자신도 모르는 사이에 서서히 무뎌지고 우리는 유덕에게 동화되기 시작했다. 유덕의 행동과 놀이를 따라 하게 된 것이다. 공부에 정신이 없어야 할 고3 여름 방학이 시작되었는데도 우리는 공부는 뒷전이고 대구 시내에 있는 수영장을 섭렵하고 다녔다. 방학 한 달 동안에 거의 20일은 수영장에 다닌 것 같다. 이렇게 시간이 흘러 당시 대입 예비고사 시험을 하루 앞둔 날, 학교에서 돈내기 축구 시합이 붙었는데 날이 어둑해질 때까지 운동장에서 축구시합을 하다가 교무실에 당직을 서시던 일명 '용박사선생님'한테 들켜서 "내 선생 하던 중에 예비고사 하루 전날까지 축구하는 놈들은 처음 봤다."라시며 크게 야단맞고 계단에서 원산폭격을 당하기도 하였다.

나를 비롯하여 모두 하향 평준화된 예비고사 성적표를 받은 건 어찌 보면 당연하였다. 다행히 나를 포함 몇은 경북대에 겨우 들어가긴 했는데 나머지는 재수하기로 하였다. 그런데 놀기 좋아하는 유덕은 재수를 시키면 우리가 옆에서 지키지도 못하니 불 보듯 결과가 뻔해 보였다. 그래서 친구들은 유덕을 어떻게든 재수를 시키지 않으려고 유덕 어머니께 말씀드리고 당시 갈만한 데를 찾다가 H대 병설전문학교 건축과에 겨우 입학을 시켰다.

대학에서도 유덕은 툭하면 사고를 치고 돈을 물어주었고 한번은 자기가 술값을 모두 책임진다며 우리를 의기양양하게 니나노 술집에 데려가선 파장에 술값 계산하러 나가서는 돈 없다고 술집 아가씨에게 따귀를 맞기도 하였다. 참 신기한 건 그래도 씩씩하게 우리 보고 자기가 돈을 마련한다며 새벽에 대학교 지도 교수님께 전화해서 돈을 빌려달라고 했다. 교수님이 파자마 바람으로 택시 타고 와 술값 3만 원을 주고 가기도 하였다.

우여곡절 끝에 유덕도 전문대학 2년을 채우고 졸업했다. 우리는 여전히 정신 못 차리는 유덕을 위해 4년제 H 대학교 같은 과 3학년에 편입을 시키고 군대를 보내자고 의기투합하였다. 국·영·수 기초가 심하게 부족한 유덕의 대학교 편입시험을 위해 우리는 각 담당 과목을 맡아서 일대일 과외를 하였다. 그런데 편입시험 수학과목에 '행렬'이 시험문제로 나온다는 것이었다. 고교과정에서 우리는 행렬을 배우지 못하였고, 우리가 대학에 진학하면서 행렬이 고교과정으로 내려가는 바람에 대학수학에서도 행렬을 배우지 못하였던 우리는 독학을 하여 유덕에게 수학을 과외 하였다. 사실 유덕의 실력을 아는 터라 우리는 별로 기대하지 않았는데 운 좋게도 유덕은 편입시험에 합격하였다. 또 군대에 가지 않으려는 유덕을 억지로 징병검사장에 데리고 가서 군에 입대를 시켰다. 군 생활 3년을 마치고 제대한 유덕은 제법 생각도 어른스러워져 있었다. 그 사이 우리도 군대를 다녀오고 복학을 하였다. 대학교를 무사히 졸업한 유덕은 86년 초 지금의 3공단 어디에 있는 공장에 전공과는 다른 업무지만 친구들의 말을 따라서 억지로 취직을 하게 되었고, 직장을 다니면서도 틈만 나면 우리와 만나서 놀곤 했다.

유덕의 어머니는 유복자인 유덕을 위해, 형들이 유산을 다 가져가기 전에, 월배 어딘가에 있는 논 10마지기를 유덕 앞으로 등기해 놓았다고 말씀하셨다. 유덕은 술만 먹으면 늘 나중에 나이가 오십 정도 되면 논을 한 평씩 팔아서 친구들과 술 마시면 죽을 때까지 마실 수가 있다며 그렇게 하자고 우리에게 약속하곤 했다. 또 위로 형 셋은 다 나가서 따로 살고 유덕 혼자 엄마를 모시고 살았는데 이때 엄마에 대한 걱정을 참 많이 하였다.

평소에도 유덕은 아무 일 없이 회사에 잘 다닌다는 것을 수시로 우리에게 보고하였고 그래야 우리가 안심한다는 것을 유덕도 몸에 밴 습관처럼 알고 있었다. 특히 회사가 노는 날이면 유덕은 우리에게 항상 전화하여 뭘 하는지 보고하였다. 장맛비가 억수같이 내리는 1987년 7월 17일 제헌절 공휴일인데 당연히 와야 할 연락이 없었다. 친구 전 군과 나는 또 유덕이 뭔 사고를 쳤나 하고 걱정되어 전화하였더니 어제부터 배에 가스가 차서 배도 부르고 아파서 약 사 먹고 집에 누워있다고 하는데 뭔가 좀 께름칙했다. 전 군과 나는 유덕 집을 찾아가서 배를 살펴보니 보통 배탈하고 다른 것 같아서 가야기독병원 응급실로 데리고 갔다. 당직 인턴이 배에 가스가 찼다고 관장약을 먹이고 관장을 시켰지만 배부른 상태에는 변화가 없었다. 오히려 관장하느라 오히려 기력이 다 빠지는 상태가 되었다. 인턴보고 그냥 배 아픈 게 아닌 거 같으니 과장님에게 물어봐 달라고 말하니 그제야 담당과장에게 전화로 환자 상태를 보고를 하였다. 담당과장이 바로 큰 병원에 가야 한다며 한걸음에 달려와 동산병원으로 이송하였고 정밀 검사 결과 간경화 말기상태이며 배가 부른 것은 복수가 찬 것이라는 진단이 나왔다. 전 군과 나는 이 사실을 유덕과 엄마에게는 비밀로 하고 형들에게 알렸다. 동산병원에 두어 달 입원해 있으면서 주변 환자들로부터 유덕은 본인의 병 상태가 완치될 수 없는 간경화 말기임을 인지하게 되었다.

유덕은 병원 6층에서 뛰어내리려고 방범창을 뜯다가 간호사에게 들키는 등 병원에서 행패를 부리기도 하였다. 동산병원에서 10월 중순경이 되자 더는 치료가 안 되니 포기하고 집에 가든지 딴 병원에 가라고 하여 집 근처인 가야기독병원에 다시 오게 되었다. 우리가 병문안을 갈 때마다 유덕은 엄마가 유복자인 자기를 낳고서 지금까지 고생했는데 병간호까지 시키면 안 된다며 빨리 죽어야겠다고 말하는 것이 아닌가. 우리는 엄마를 봐서라도 빨리 완쾌하라고 억지 위로를 하고 병실 밖을 나와서 눈시울을 적시곤 하였다. 한 번은 병원에서 환자가 사라졌다 하여 찾으러 갔더니, 집으로 도망가서 집에 있는 포도주 한 단지를 혼자 다 마시고 쓰러져 있었다. 왜 그러냐니까 병간호에 고생하시는 엄마가 너무 불쌍해서 빨리 죽으려고 했단다…. 결국 유덕은 87년 11월 3일 학생의 날에 병실에서 독하게도 과도로 스스로 배를 자해하여 세상을 떠났다. 우리는 유덕을 화장하여 고3 여름날에 우리가 유덕을 찾으러 다니던 강창교 부근 낙동강에 유골을 뿌렸다. 유덕은 28살로 짧은 생애를 마감했다.

그로부터 3개월 후 친구 서 군의 결혼식 날 신부 친구들과 피로연에서 유덕이 18번 곡으로 즐겨 부르던 김정호의 '이름 모를 소녀'를 부르다가 몇 소절 부르지 못하고, 유덕 생각에 주체할 수 없는 눈물이 나와서 거의 30분 이상을 소리 내어 펑펑 울었었다. 신부 친구들이 내가 우는 사연을 다른 친구들에게서 듣고는 같이 위로하며 마음을 달래준다고 다음날 새벽까지 아무도 집엘 들어가지 않았다.

그 다음 해부터 유덕이 죽은 기일에 맞춰 3년 정도 유덕의 집을 방문하였다. 갈 때마다 어머니가 너무 울어서 찾아가지 않는 것이 낫겠다는 생각을 했고, 또 친구들도 다 공감하였기에 이후에는 찾아가질 못했다.

유덕아, 우리가 저 세상에 가면 너는 28살 새파란 젊은이로 늙어버린 우릴 반갑게 맞아 주겠지. 그때까지 심심하겠지만 잘 있거라. 내 친구 유덕아.

친구가 있어 인생이 즐거웠다

이도희 | ㈜동양 E&C 대표이사 |

친구 따라 강남 간다는 말도 있고, 까마귀 노는 데 가면 까마귀 되고 백로 노는 데 가면 백로 된다는 말도 있다. 내 친구 중에 하 모라는 녀석이 있는데 이 친구가 까마귀인지 백로인지 나는 아직도 잘 모르겠다.

고등학교 2학년 때 이 친구는 내 짝이었다. 나는 포항에서 유학 와 대건고등학교에 입학했고, 2학년에 들어서자 키가 비슷해서 이 친구와 그냥 짝이 되었다. 그런데 이 친구가 좀 특이한 녀석이었다. 공부에는 별 관심이 없었고, 문예반 활동을 하면서 시를 쓰고 소설을 쓴 답시고, 수업 시간에도 늘 소설책이나 뒤적이고 있었다. 친구들 연애편지도 많이 써주고 뭐 그렇게 농담이나 하면서 시시껄렁하게 사는 친구였다.

고3이 되어서도 이 친구는 공부는 대충대충 하고, 술 마시고 담배 피고 하면서 노는 데 더 관심이 많았다. 학교는 꼬박꼬박 나왔으므로 선생님들에게 크게 혼나거나 하는 일은 없었다. 모범생인 척하며 요령껏 노는 타입이었기에 큰 문제를 일으키지도 않았다. 예비고사가 끝나고 원서를 쓸 때쯤 이 친구는 서울로 가자고 나를 꼬드겼다. 정작 이 친구가 서울로 대학을 가고자 하는 표면적인 이유는 딱 한 가지, 서울에 여자들이 더 많다는 거였다.

나도 그 의견에는 동의했다. 여자들이 많은 서울로 가자. 그 말에 꼬인 것이 내 인생에 결정적인 실수라고 해야 될지, 아니면 정말 많은 것을 배우게 된 천재일우의 기회였는지 나는 아직도 모르겠다.

어쨌거나 친구는 서울의 K 대학으로 갔고, 나는 D 대학으로 갔다. 서울 가서도 우리는 자주 만났다. 내가 이 친구가 하숙하고 있는 회기동으로 갈 때도 많았다. 가면 술 마시고 뭐 그런 것이었는데, 이 친구는 벌써 화류계에 샛별이 되어 있어, 나이 먹은 술집 여자들하고–그래 봤자, 20대 초·중반 여자들이었지만–분탕질을 하며 제법 어른 흉내를 내며 즐겁게 살고 있었다. 그 덕에 나도 여자 구경을 좀 하기는 했다.

3학년으로 넘어가는 2월 달이었을 거다. 당시 사립대학 등록금이 오십만 원 정도, 하숙비가 육만 원 정도 했을 거다. 그러니까 학기 초에는 책값 포함해서 7,80만 원 정도를 가지고 서울로 올라간다. 무슨 바람이 불었는지 내가 포항에서 서울로 바로 가지 않고 대구 가서 이 친구와 만나, 같이 서울로 가기로 했던 것이 불씨가 되었다. 대구에서 만나 우리는 일단 동성로에서 한 잔 하고, 젊은 혈기로 소석동을 거쳐, 그 다음 날 서울로 올라갔다. 1981년 2월이었을 것이다. 당시 서울에는 강남 개발이 한창 진행되고 있을 때다. 당연히 새로운 술집들이 속속 들어서고 있었다. 철없는 우리들은 간도 크게 강남으로 진출해서 호기롭게 술을 마셨다. 한 3박 4일 그렇게 마셨나 보다. 그 다음날인가 아침에 문득 정신이 든 우리는 돈 계산을 해 보았다. 한 사람의 등록금과 하숙비가 고스란히 날아가 버리고 없었다. 이를 어쩌나. 부모님께 돈을 다시 달라고 할 수도 없고, 요즘같이 학자금 융자도 없던 시절이었으니, 방법은 딱 하나 밖에 없었다. 하나가 군대 가는 것. 그것밖에는 묘안이 없었다. 그래, 한 명이 군대 가자. 이렇게 결정해 놓으니, 누가 가느냐 하는 문제가 남았다. 결국 둘 중 하나가 가야 하는 것이라면 빨리 결정해야 한다. 그래서 가위 바위 보로 결정하자, 단판 승부다, 이렇게 약속을 하고 가위 바위 보를 했다.

결과는, 내가 졌다.

그래서 나는 약속대로 휴학을 하고 군대를 갔다. 군대 가기 직전에 마지막 추억을 나누자 하고, 지금 영남대 교수로 있는 백 모와 하 모, 나 이렇게 셋이서 설악산 백담사 앞 계곡으로 캠핑을 갔다. 계곡에 텐트를 치고, 수영도 하고 고기도 구워 먹고 그랬는데 저녁이 되자 술이 떨어졌다. 누가 용대리로 내려가 술을 사 올 거냐, 이 문제에 봉착하자 우리는 가위 바위 보를 하기로 했다. 또 하 모가 이겼다(절대로 하 모와 가위 바위 보 하지 마라). 나와 백 모가 밤길 6km를 걸어서 용대리로 가서 술을 사서 올라오면서 한 잔 한 잔 하다 보니까 정작 텐트에 도착하니 술이 별로 남지 않았다. 하 모에게 욕을 바가지로 얻어먹고 남은 술은 하 모가 모두 마시고 잤다.

그리고 나는 군대에 갔다. 위생병으로 대구통합병원에서 군대 생활을 하고 복학을 했다. 친구는 군대 가기 싫다는 이유로 대학원엘 갔으니 내가 제대하고 다시 만나 서울에서 또 술판을 벌였다. 그러다가 이 친구가 대학원을 마치고 석사 장교 시험에 떨어지더니, 늙은 나이에 현역으로 군대엘 갔다. 강원도 철원의 신병교육대에서 신병수료식을 할 때 친구의 어머님과 함께 면회를 갔다. 좀 불쌍했다. 가위 바위 보에서 내가 이겼더라면 내가 저 자리에 있을지도 모른다고 생각하니, 옛날에 져서 군대 갔을 때의 황망함은 좀 보상받는 듯했다.

그런데 세상은 참 불가사의하다. 내가 대학 졸업하고 경영학을 공부하겠다고 대학원을 다니고 있을 때 갑자기 아버님이 돌아가셨다. 어떻게 손을 써 볼 틈도 없이 간암을 진단받고 4개월 만에 돌아가셨다. 너무 갑작스러워 나도, 어머니도, 동생들도 어떻게 대처해야 할지 알 수 없었다. 세월이 지나서 생각해보니 그래도 그때 장남인 내가 사회에 있어서 아버님의 장례와 돌아가신 뒤의 여러 일들을 무난히 처리할 수 있었다는 생각이 든다. 만약 하 모와 군대 가는 순서가 뒤바뀌었더라면, 더 어려웠을 것이다.

그 뒤로 30여 년을 살아오면서 하 모와 자주 만났고 같이 여행도 많이 다녔다. 일본에도 두 번 같이 갔고, 태국에도 같이 놀러 갔다. 그동안에 나는 어려운 일을 많이 겪었다. 머리카락이 모두 빠질 것 같은 고민에 휩싸인 적도 많았다. 하지만 내가 어려울 때 가끔 하 모를 만나면 잠시라도 고민이 사라질 때가 많았다. 내가 엉켜버린 일 때문에 잠시 일본에 가 있을 때 심한 독감이 들어 꼼짝도 못할 때가 있었다. 그런데 일본 약은 도무지 효과가 없었다. 그때 한국 약을 지어서 일본에 온 것도 하 모였다. 그 약 먹고 하 모하고 어울려 있으니 병은 금방 나았다. 필리핀에 6개월 정도 머물 때도 있었는데 그때 유학원을 알아봐 주고 했던 것도 하 모였다.

그 친구와 있으면 근심이 없어진다. 그 친구는 사람을 유쾌하게 하는 재주가 있다. 삶을 방기하며 사는 듯하면서도, 깊이 들여다보면 삶에 대한 지독한 진지함이 있다.

이제 좀 더 나이 들어 우리를 구속하는 삶의 무게를 좀 더 내려놓는 날이 오면, 그 옛날처럼 친구와, 친구들과 함께 하는 시간을 더 많이 가졌으면 한다. 그것이 내 노후를 풍요롭게 할 것이다.

친구야! 네가 있어 내 인생이 조금은 더 즐거웠다.

안경

이철락 | 뷰텍스타일 대표 |

날이 추워지면 나는 늘 하는 수고를 감내해야 한다. 밖에서 일을 보다가 실내로 들어가면 안경에 뿌옇게 김이 서려, 안경을 벗고 김을 닦아내는 일이 습관화가 된 지도 근 40년이다. 몇 해 전인가? 대학에 입학한 딸이 멋을 내고 싶은 건지, 안경이 불편해서 렌즈를 껴야 할 때가 있어서 그런지 렌즈를 해 달라고 한다. 딸아이가 렌즈 사달라는 말에 기억 저편에 꼭꼭 숨겨 두었던 아직 누구에게도 한마디 말도 못하고 간직했던 렌즈의 아픔이 불현듯 튀어나왔다.

대학을 졸업하고 입대를 해서 늦은 나이에 제대했다. 군 생활로 인해 손에서 멀어진 공부를 열심히 해서 공사(公社)에 취직할 생각이었다. 하지만 친구들이 취직하였다는 소식이 줄줄이 들려오면서 확실하지 않지만, 패배감도 음습해 오고 조급증도 일어났다. 공사고 뭐고 나도 빨리 취직을 해야 한다는 압박감으로 대학교 학과 사무실에 들렀다. 마침 친하게 지내고 있는 선배가 교수님을 뵙기 위해서 학과 사무실에 와 있었다. 선배가 "철락아! 내가 다니는 ○○ 화학도 공사 못지않은 대우를 한다. 자기 계발할 기회도 주어지고. 미래도 보장되는데 한 번 도전해보지 않을래. 내가 도와 줄 방법도 있을 거야." 라고 해서 순간적으로 쾌재를 불렀다. 물론 대구, 서울이 아니라 울산이라는 조건만 신경 쓰일 뿐이었다. 선배님의 권유로 입사 추천서를 받고 합격이라도 된 양 기쁨에 겨워, 집으로 돌아오는 길은 어찌 그리도 가볍든지…. 이제 나도 사회의 구성원으로 내가 이루고자 한 일들을 실현할 수 있다는 생각에 세상도 아름답게 보였다(그 시점이 1980년도 중반이라서 지금처럼 그다지 취업이 힘들진 않을 때였다). 12월 말에 제대하고 이듬해 1월 초에 취업의 문을 두드리느라 별다른 입사 준비도 못 하고, 갓 제대병들만이 느끼는 사회에서의 무한한 희망과 가능성만 가진 채, 선배를 통해서 받은 ○○ 화학 입사 기출문제집을 달달 외우다시피 공부하였다.

드디어 일주일이 지나 결전의 날. ○○ 화학이 있는 울산으로 입사시험 및 면접을 보러 갔다. 그날따라 울산 날씨는 매섭게 추웠다. 일찍 출발했기에 시간도 넉넉하여 언 몸도 녹이고 시험문제도 다시 한 번 점검하기 위해서, 회사 근처 다방에서 달걀 노른자 동동 띄운 쌍화차 한 잔 마시며, 마음을 가다듬고, 시험 시간을 맞추어 오전 10시쯤 시험 장소에 도착하니 20여 명의 지원자가 벌써 한 교실에 모여 있었다. 서로서로 견제하는 묘한 분위기가 감돌았다. 필기시험이 시작되었다. 필기시험은 사년차 문제를 달달 외우다시피 공부한 덕분에 대부분 같은 문제가 출제되어서 뜻하지 않게 만점에 가까운 성적을 올렸다. 필기시험으로 인한 자신감이 충만해 합격이라도 된 듯한 기분이 흐르고, 드디어 면접시간…. 떨리는 마음을 다잡으며 들어간 단독 면접은 원로급 두 분과 사십 대 두 분, 총 4명의 면접관이 계셨는데, 나중에 알고 보니 나이 드신 분 중에서 한 분은 공장장님, 또 한 분은 전무님이셨다. 입사 동기와 가족관계를 묻고 사소한 질문을 몇 가지 더 하시고는 공장장님께서 "소프트렌즈에 관해서 설명해 보라."고 하셨다. 옳구나. 내가 안경을 쓰고 있어서 그런 쪽의 문제를 묻는가 생각하면서 나름 있는 지식, 없는 지식 합쳐서 설명했다. "소프트렌즈는 콘택트렌즈 일종으로서 하드렌즈와 소프트렌즈로 나누어지는데, 소프트렌즈는 함수율을 높여 산소의 투과성을 높인 부드러운 콘택트렌즈이고, 하드렌즈 역시 콘택트렌즈의 하나이며, 딱딱한 재질로 만들어지며, 근시를 억제하고 난시를 교정하는 기능이 뛰어나 치료용으로 사용됩니다. 하드렌즈는 좀 딱딱해서 처음 착용은 힘드나 수명이 오래가고, 소프트렌즈는 수명은 짧지만 부드럽고 처음 사용하는 사람들은 착용하기가 쉽고…" 설명도 채 끝나기도 전에 공장장님께서 "아 그래요. 생각보다 잘 알고 계시네요."라고 말씀하시면서 웃으시면서 칭찬하는 것 같았고, 진지하게 아는 상식을 최대한 설명하고 있는데…. 됐다고 그만하라고 하신다. 나는 설명할 것이 많이 남았지만 나름대로 마무리도 잘하고 자신 있게 면접장을 나왔다.

밖에서 기다리고 있던 선배와 만났다. 전공시험 문제가 선배가 보내준 몇 년간 문제지에서 출제된 것이라고 했더니 그럼 면접만 잘 봤으면 합격이라고 했다. 나 역시 시험도 잘 쳤고, 면접도 대답을 잘했으니 합격이라고 생각하고, 무엇보다도 면접관께서 웃으시면서 칭찬해 주었으니 합격은 당연하다고 자신 있다고 선배에게 걱정하지 말라고 말했다. 선배와 식사한 지도 오랜만이라 점심 대접 하려고 하는데, 선배가 회사 밖을 나갈 수가 없다고 해서 구내 식당에서 식사하는데 선배가 물었다. "면접 볼 때 질문이 뭐고?"라고 하기에 "제가 안경을 쓰고 있어서 그런지 안경 대신 착용하는 '소프트렌즈'에 관해서 물어 보셔서 시원하게 대답했습니다."라고 했다. 선배는 이상하다며 고개를 갸우뚱하더니 "영감님들이 그런 것은 묻지 않았을 텐데."라며 계속 의문을 가지시니 "혹시 소프트웨어라고 하지 않았느냐?"고 또 물어보는 것이었다. 나는 분명히 "소프트렌즈가 맞다."고 말했다.

80년도 초인 그 당시는 우리나라의 각 기업이 컴퓨터를 생산 업무에 연계시켜 업무의 효율을 높이고자 혁신을 하고 있을 시기였다. 선배가 "우리 ○○ 화학도 작년 중반부터 컴퓨터를 설치하여 사용하고 있고, 우리도 컴퓨터 배우느라 연수도 가고, 컴퓨터 학습에 정신이 없다."고 말하면서 "합격을 하면 컴퓨터를 사용해야 하니 사전에 배워 놓아라."는 당부도 했다. 이런저런 학교 다닐 때 이야기며, 합격하면 알아 놓는 것이 좋다고 회사의 전반적인 동향도 설명 듣고 하면서 점심을 마쳤다. 선배에게 "대구에 오시면 막걸리 대접하겠습니다."라는 인사를 하고, 마치 합격이라도 한 듯이 울산에서 살아가야 할 꿈을 그리면서 대구로 기분 좋게 올라왔다.

합격자 발표는 삼사일 내로 나고, 합격이 되면 그 다음 주부터는 울산으로 가야 하기에, 아쉬운 정을 나누고자 친구들과 선·후배에게 연락했다. 막걸리 한 잔에 그동안 살아온 청춘의 추억들을 안주 삼아 하루가 짧을 정도로 통음을 하며 3일 동안 초인적으로 젊음을 불태웠다. 혼자 울산 가서 새로운 인생을 걸어갈 것이라고 장밋빛 미래를 상상하면서,

호기롭게 한 잔의 술로 대구에서의 삶의 흔적들을 가슴속에 추억으로 남겨 놓고 마지막 사흘의 시간을 보내고 집으로 향했다. 축배를 어떻게 들까? 옷은 무엇무엇을 갖고 가고, 책은 갖고 가야 하나? 합격통지는 등기로 왔을까, 전화로 왔을까? 행복한 상상을 하는 동안 집 앞에 도착했다. 심호흡하고 우편함을 봤다. 아무것도 없었다. 식구들이 들고 들어갔나, 하는 생각으로 대문을 열고 집으로 들어가서 "오늘 우편물 온 것 어디 있어요?"라고 물었더니 "오늘 우편물 온 것이 없다."라고 어머니께서 말씀하신다. 왠지 불길함이 엄습해 온다. 그럼 전화로 합격 통보가 왔는지? 그런데 식구들은 평상시와 똑같다. 어떡하나? 합격 전화가 왔는지 물어 봐야하나? 길지도 않은 나흘 동안 합격을 기정사실로 하고 20여 년 살아온 대구에서의 추억을 정리한다고 밤낮 가리지 않고 축배를 든 나의 모습이 스쳐 지나간다. 용기를 내어 "어머니 오늘 저 찾는 전화는 있었어요?"라고 여쭈어 보았다. 없다고 하신다. 어찌 된 것이지? 내일 연락 오려나 하고 나 자신을 위로하며, 내일은 나가지 않고 집에서 기다려 보기로 했다. "우편으로 오면 하루쯤 더 걸릴 수가 있겠지."라고 자위하며 밤을 보냈다. 삼사일 내로 도착한다고 한 합격 소식은 5일, 6일이 지나도 오지 않고, 열흘이란 시간이 지나고도 소식이 없었다. 그렇다고 선배에게 전화해서 물어보기도 미안했다. 열흘이 지나면서 현실을 인정하지 않을 수 없었다. ○○ 화학은 나와 같은 우수한 인재를 몰라보고 도대체 누굴 뽑는단 말이냐.

며칠 뒤 다시 용기를 내어 취직하기로 하고, 또다시 과 사무실에서 추천서를 받아 들고 부산의 ×× 무역으로 면접을 보러 갔다. 이번에는 시험은 없고 면접만으로 합격을 결정한다고 한다. 제대하고 얼마 지나지 않은 나를 위해서 특별히 시험을 면제해 준다고 생각하면서 부산으로 향했다. ×× 무역에 도착하여 대기실로 들어갔다. 십수 명의 면접생이 서로를 훑는 어색한 시간이 흐르고 첫 번째로 면접실로 들어갔다. 4명의 면접관이 계셨는데 아니 이럴 수가! 3주 전에 울산에서 면접관으로 오신 ○○ 화학의 공장장님이 앉아 계셨다. 깜짝 놀란 나를 보시고 웃으시면서 "어이 이군, 콘택트렌즈 안하고 안경 쓰고 왔구먼."이라 하는 것이 아닌가. 갑자기 옆에 계신 3명의 면접관이 박장대소를 하면서 "이 친구가 콘택트렌즈입니까?"라고 한다. 나는 영문도 모른 채 면접관들을 보고 있는데, 공장장님께서 "그래 야가 가다."라고 한다. 뭔지는 몰라도 ○○ 화학에서 불합격이 되었기에 직감적으로 불길한 예감이 스치면서 머리가 하얘졌다. "아! 뭔가가 한 참 잘못 되었구나!"라고 생각하면서 머리를 떨군 나에게 "이군! 자네는 우리 회사에서 유명인사 된 거 아나?"라는 질문을 하신다. 왜 합격도 되지 않은 내가 ○○ 화학에 유명인사가 되었는지 도무지 알 길이 없어서 눈만 둥글둥글 굴리고 있는데, "이군! ○○ 화학 면접 때에 내가 자네에게 소프트웨어를 질문했는데, 자네는 소프트렌즈를 참으로 열심히 설명하더군. 하하하…." 얼마나 황당하고 당황하였는지, 나는 뒤도 안보고 면접실을 빠져나왔다.

대구로 오는 4시간 내내 붉어진 나의 얼굴은 식지를 않았다. 친구들과 선·후배와 나눈 막걸릿잔이 아른거렸다. 이제 그들을 만나면 무슨 말을 해야 할까.

면접 본지도 30년이 지났건만 다시 한 번 그 상황이 온다면, "소프트웨어란 크게 시스템 소프트웨어와 응용 소프트웨어로 나누며, 하드웨어라고 불리는 컴퓨터 기계장치부에 대응하고 프로그램 중에서는 롬

(ROM:read only memory)에 기록되어 변경하기가 어려운 것도 있는데, 이러한 것은 중간적인 성격을 가진다고 하여 펌웨어(firmware)라고 합니다…. 1960년대 중반에는 하드웨어만을 중요시하고 소프트웨어는 무료로 컴퓨터 회사에서 공급하였으나 시장의 다변화와 필요성의 확대로 인하여 더욱더 체계화된 업무가 많아지고, 소프트웨어의 다양성과 중요성, 그리고 독립성이 널리 인식되면서 소프트웨어의 가격이 하드웨어와 별도로 책정되는 상황이 조성되고, 작업의 난이도에 따라 소프트웨어 가격이 하드웨어 가격보다 높은 경우가 많아지고 있습니다. 응용 소프트웨어는 이러한 시스템 소프트웨어를 사용하여 실제 회사에서 일어나는 문제들을 풀어 주는 프로그램들이며 사무자동화·수치연산·오락 등에 다양하게 사용됩니다…. 오늘날 어떤 소프트웨어를 개발하는가에 따라 회사 발전의 그래프는 변할 것입니다."라고 멋지게 대답하고 싶다.

참으로 허무맹랑한 나의 면접 망신은 컴퓨터의 컴자도 몰랐던 나의 무지와, ○○ 화학과 ×× 무역이 같은 그룹의 계열사인 것도 모르고, 무시험에 정신이 팔려, 대책 없이 돌진하여 도전한 무모함의 결과였다. 군 생활을 마치고 아무 생각 없이 패기와 열정과 추진력만 믿고 덤벼든 나의 면접은 아픈 추억을 남기는 것으로 끝이 났다. 하지만 젊은 날의 아픈 실수는 나 자신의 무모함을 다시금 되풀이하지 않아야 한다는 인생 지침을 남기기는 하였다. 세월이 흘러 약 30년이 지난 지금도 나는 콘택트렌즈를 하지 않고 안경을 고집한다. 그때의 오만함을 잊지 않으려는 나의 알량한 작은 자존심 때문이다.

조롱박의 반란

진중득 | ㈜기주산기업 대표이사 |

1960~70년대는 시골의 담장마다 조롱조롱 걸려서 자라고 있는 조롱박을 많이 볼 수 있었다. 담장에 걸려서 커가는 조롱박처럼 집안에서도 고만고만한 아이들이 서로서로 재잘거리며 자라는 모습들을 쉽게 접할 수 있었다. 조롱박은 박의 변종으로 박과 매우 닮은 잎과 꽃이 달리는 덩굴성 식물이며, 크기는 다양한데 특히 소형으로 많은 과실을 생산하는 것을 조롱박(var. microcarpa)이라고 한다. 조롱박은 크기도 작았지만 워낙 많은 박이 주렁주렁 달리는 식물이기에, 아이들이 많고 아이들의 몸집이 작은 가정을 두고, 조롱박 집안이라는 표현도 하였다.

멀리 갈 것 없이 우리 집이 딱 조롱박 집이었다. 5남 2녀인 우리 남매가 방 2칸에 부모님과 살아가는 모습은 그야말로 울타리에서 시샘하듯 열매를 맺는 조롱박과 너무나 흡사한 모습이었다. 그 조롱박 아이들 틈에서도 다섯째로 태어난 아이는 100일도 되기 전에 세 명의 형제들과 동시에 홍역을 앓게 되었다. 그런데 홍역을 앓은 지 3일째 저녁에 아이가 숨을 쉬지 않아서, 부모님께서는 아이가 죽었다고 가슴만 부여잡으시고 포대기에 싸서 아랫목에 밀어 두었다. 다른 2명이 홍역을 앓고 있어서, 죽은 아이는 묻어 줄 수도 없었다. 그 당시는 형제가 함께 홍역을 앓을 시에 그중 하나가 먼저 홍역을 이기지 못하고 죽더라도, 죽은 아이를 먼저 장례 치르지 못하였다고 한다. 그 이유는 홍역을 앓고 있는 나머지도 모두 죽는다는 속설이 있었기 때문이다. 부모님은 차마 투병 중인 아이들 앞에서는 울지도 못하고, 헛간으로 가서 숨죽여 피를 토하듯 울고 오면서도, 투병 중인 두 아들을 돌보고 계셨다. 그때 부모님은 당신의 육신이 갈기갈기 찢어지는 형용할 수 없는 아픔을 감내했을 거다.

그런데 만 하루만인 그 다음 날 저녁에 아이를 싸놓았던 포대기가 살짝살짝 움직여서 무슨 일인가 해서 급히 포대기를 열었는데, 아이가 발을 움직이고 있었다고 한다. 부모님은 그제야 그 아이를 안고 대성통곡을 하셨다. 죽은 줄로만 안 자식이 다시 살겠다고 꼼지락거리는 것을 보고 그 기쁜 마음이 어땠을까? 아이를 낳을 때의 기쁨보다는 몇백 곱절의 기쁨이 두 분의 가슴에 요동을 쳤으리라. 두 분의 말씀을 빌자면 세상을 다시 사시는 기분이라고 하셨다.

그렇게 새롭게 태어난 아이가 바로 나 진중득이다. 다시 살아났지만 몸이 약한 나는 잘 먹지도 못하고 해서 그런지 온갖 잔병치레를 하면서 자랐다. 세월이 흘러 일곱 살의 나이로 초등학교에 입학하게 되었다. 손수건을 가슴에 달고 입학한 초등학교 1학년 생활 기록부의 신체 발달 사항에는 키 99cm로 기재되어 있었던, 신체가 극도로 허약했던 나는 형들에게 물려받은 등보다 큰 통가죽 가방을 메고, 5리가 넘은 초등학교를 신나게 다니고 있었다. 그러나 그것도 한 달…. 또 잔병치레에 기력에 빠진 나는 혼자서는 걸어서 학교에 갈 수가 없었다. 그로부터 1학년 마칠 때까지 엄마나 혹은 둘째 형이 업고 학교에 갔다. 그렇게 업혀서 학교로 가는 그 길이 나는 마냥 철모르고 신이나 있었다. 엄마와 형의 수고는 전혀 생각지 않고….

그러나 병과 싸우느라 잦은 결석으로 인하여 3달밖에 못 다닌 1학년 생활도 가까스로 겨울방학을 마치면서 2학년으로 올라가게 되었다. 그 사이 나를 업고 다녔던 둘째 형은 졸업하고, 나와는 두 살 터울인 4학년 셋째 형과 학교에 가는 그 등굣길은 하염없이 멀게만 느껴졌다. 그 시절엔 겨울이 어찌 그리도 추운지? 매서운 칼바람은 또 어찌나 불어대는지? 그때는 한 동네 학생들이 모여서 함께 줄지어 등교했다. 교문으로 가려면 좌측으로 꺾어서 교문을 들어가야 하는데…. 나는 바람을 이기지 못하고 바람에 밀려 교문을 지나치기 일쑤였다. 바람에 밀려가고 있는 나를, 함께 등교하는 같은 동네의 형이나 누나들이 달려와서 나를 잡고 학교 교문으로 들어가곤 했던 그 장면을 지금도 또렷이 기억하고 있다.

그때의 시골 초등학교는 제때에 초등학교에 입학하지 못하여, 동생들과 함께 늦게 입학을 하는 나이 많은 아이들도 많았다. 그 당시에는 학년이 올라갈수록 수업을 순조롭게 따라가는 사람은 1년 혹은 2년씩 위 학년으로 월반해서 올라가는 월반제도가 있었다. 우리 반에도 3살 많은 11살인 서판선 누나가 있었다. 서판선은 3살 아래 남동생인 서정호의 친누나인데 나와 한 반이 되었다. 나는 2학년이 되어서 학교생활을 하는데, 체육 시간은 우두커니 앉아 있어야 했고, 서너 시간 수업하면 파김치가 되기 일쑤여서, 어디를 다닐 때는 서판선 누나가 업고 다니곤 했다. 쉬는 시간에 다른 아이들이 놀리면 항상 그 누나가 나를 지켜 주었다. 2학년의 학교생활은 그 누나에게 업혀서 때로는 같은 학년의 친구로, 때로는 엄마 같은 누나와 함께 보낸 날들이었다.

홀로서기는 3학년이 되면서 시작되었다. 엄마처럼 돌봐 주었던 그 누나는 5학년으로 월반을 하였고, 나 자신도 체력이 조금은 나아져 공부라는 것도 할 수 있었다. 3학년 마칠 때는 우등상도 받을 수 있는 기특한 놈으로 자라났다. 4학년, 5학년, 6학년까지 줄곧 우등상을 받으면서 중학교 갈 꿈에 젖어 있던 그 시점에, 나는 대성통곡을 하였다. 중학교에 입학원서를 내야 되는데, 부모님께서 일 년을 쉬다가 중학교에 가라고 하셨기 때문이다. 내 몸이 약하다는 것과 형들이 줄줄이 학교에 다니고 있어서 금전적으로 힘들었기 때문이었다. 초등학교 졸업 당시에 내 키가 118cm였으니 몸이 약해서, 라는 이유는 수긍할 수 있었으나, 금전적인 이유는 억울하기만 하였다. 부모님께 떼도 부려 보고, 울기도 해 보았으나, 나의 중학교 입학은 사라지고 말았다. 친구들은 교복을 입고 등교를 할 것인데…. 그 생각을 하면 누구를 탓하고 이해하기 전에 하염없이 눈물만 흘러내렸다.

그 많은 조롱박 중에서도 우성 인자는 존재를 한다는 것을 그때 처음 알았다. 졸업식을 하고 우등상 부상으로 주판과 옥편을 받아서 집으로 왔는데, 두 살 많은 형이 "그것 밖에 못 받아 왔나? 교육감상도 못 받아 와 놓고 무슨 공부 했다고 카노?"라는 타박에, 중학교도 형들 때문에 바로 가지도 못하는 울분에 "그래 나는 공부를 못해서 중학교도 못 간다."라며 주판으로 온 힘을 다해서 형 머리를 내려쳤다. 아뿔싸 주판이 산산조각이 나고 형의 머리에서는 피가 흐르니, 당황한 나는 어찌할 바를 몰라 구석에 우두커니 서 있을 수밖에 없었다. 바로 어머니께서 형의 상처난 머리에 된장을 바르고, 옥양목의 천을 찢어서 머리의 상처를 동여매고 난 뒤 우리 가족은 저녁을 먹고 큰 방에 둘러앉았다. 침묵 속에 어머니께서 내 옆으로 오시면서 "중득아 고생했다. 졸업도 못 할 줄 알았는데 장하다."라고 말씀하시면서 조용히 나를 당겨 안아 주셨다. 뜻밖의 상황이 전개된 것이다. 평상시의 어머니였으면 싸움을 한 우리 형제들을 방으로 불러들여 까만 고무줄로 형제간에 싸움한다고 사정없이 내려쳤을 텐데…. 멍하니 어머니를 바라보고 있으니 어머니께서 조용히 눈물을 흘리신다. 영문도 모른 채 숨죽이고 있는 나의 머리를 쓰다듬어 주시면서 "중득아! 미안하다. 내년에는 중학교에 꼭 보내 줄께."하시면서 꼭 껴안아 주시는데….

이것저것 서러웠던 일들이 스쳐 지나가며 나는 하염없이 울기만 했다. 어머니 옆에서 지켜보시고 계신 아버지는 그저 내 손만 꼭 잡아 주시고 끝내 아무 말씀도 하지 않으시고 그날 하루를 마무리했다. 아무 말씀도 하지 않으시고 그저 내 손만 꼭 잡아 주신 아버지의 행동을, 내가 살아오면서 자식들에게 그대로 하고 있는 것을 보면, 아버지의 스킨십은 말보다도 더욱더 강한 많은 것을 내포한 살아 숨 쉬는 정신적인 교육이었던 것 같다.

그해 2월 말경에 아버지께서 송아지를 한 마리 몰고 오셔서는 나를 부르셨다.

"자, 이놈 일 년 키워서 니 중학교 갈 학비 해라."

그러시면서 송아지 고삐를 나에게 넘겨주시는 것이 아닌가! 난 너무나 기뻐서 뛸 듯이 좋아했다. 2월이어서 날씨도 추웠지만 나는 송아지를 빨리 키워 한 해만 있으면 중학교에 간다는 생각에 막 새싹이 올라오는 쑥이랑 파릇파릇한 풀들을 뜯어내 내 키의 반만한 망태기에 담아와 송아지에게 먹이곤 하였다.

어느 날 초등학교 동기 10여 명이 우리 집 마당에 들이닥쳤다. 자전거를 우리집 마당에 세워 두겠단다. 중학교 개학이 시작된 것이었다. 그 당시 우리 집이 영천중학교 바로 옆에 있었기에 촌에서 새벽 밥 먹고 자전거를 타고 오는 동기들이 우리 집 마당에 자전거를 세워 놓고 등교했던 것이다. 처음엔 동기들을 만나서 즐거웠는데, 한 달이 지나자 학교도 다니지 않는 나 자신이 부끄러워졌다. 그래서 동기들이 오기 전에 송아지를 몰고 풀 먹이려 가 버리곤 했다. 물론 일 년 후에 중학교에 간다는 생각에, 공부한다고 책도 한 보따리 싸 들고, 송아지를 몰고 들판으로 가서 온종일 쏘다니다가 친구들이 자전거를 갖고 갔을 시간에 집으로 돌아오곤 하였다. 그러나 들판에서 공부하는 것도 오래가지 못하였다. 어느 순간부터 내 손에서 책은 멀어져 가고 7월이 되어서는 송아지만 몰고 다녔는데 이놈의 송아지가 자라지는 않고 배만 빵빵하게 불러오는 것이었다. 부모님께서는 송아지가 짜구 난다고 적게 먹이라고 하시는데, 내 생각은 달랐다. 빨리 많이 먹여야 몸무게도 늘 것이고, 송아지의 키도 클 것이라고 믿고, 송아지에게 좋다는 것은 무엇이라도 먹였다. 오로지 송아지가 클 것만 생각하고 생활한 시간이 일 년이 될 무렵, 나는 중학교 원서를 낼 수 있었다. 그 순간의 희열은 지금도 진하게 느껴진다.

영천에는 영천중학교, 성남중학교, 영동중학교 이렇게 3개의 중학교가 있는데, 운이 좋아서인지 집 옆인 영천중학교로 배정되었다. 입학식을 하고, 121cm의 키로 입학한 나는 반에서 가장 마지막 번호인 65번을 달고 가장 앞자리에 앉았는데, 그 기분은 말로 표현 할 수가 없을 정도로 좋았다. 나는 그야말로 펄쩍펄쩍 뛰면서 좋아했다. 혼자서 신이 나고 좋아서 들떠 있을 때 초등학교 후배가 나에게로 와서 "형 그렇게 좋아?" 하는 것이었다. 물론 후배들과 함께 중학교에 다닌다는 것이 잠시 부끄럽다는 생각이 들었으나, 나는 금방 잊어버리고 또 다시 나만의 환희에 빠져 있었다. 처음 배우는 ABCD도 신기했고, 일 년 놀면서 까맣게 잊어버려 다시 시작해야 하는 공부도 너무나 신이 났다. 그러는 동안 나는 자연스럽게 초등학교 후배들이 아닌 다른 학교에서 온 친구들과 친해져서 그 친구들 집으로도 놀러 가고, 토요일은 자고도 오고 그랬다. 정말 공부보다도 친구들이 있어서 더욱더 행복한 중 1학년 생활이었다.

일 년을 쉬고 입학했으니 머리에 학습 내용이 거의 사라져버렸다. 애써 공부 잘하는 친구를 사귀어 서로 문제도 내는 게임을 하면서, 일 년을 묵혀 놓았던 공부에 서서히 재미를 들여갔다. 또한 친구들과 노는 것이 좋아서 토요일이면 어김없이 단포, 고경, 임고, 산 밑의 완산동 등에 놀러 가서, 자고 일요일 오후에나 집으로 돌아오는 생활이 계속되었다. 121cm의 내가 어찌 그리도 당차게 친구들을 찾아서 돌아다녔는지 그저 신기하고, 지금 생각해도 풀지 못하는 숙제로 남아 있다. 신기함과 설렘에 친구들을 사귀는 시간이 흘러 드디어 고등학교에 가기 위한 원서 작성 철이 되었다. 집안 사정으로 대구상고를 가라고 했다. 하지만 나는 친한 친구들이 모두 인문계를 간다고 하기에 친구들과 떨어지기 싫어서 인문계로 꼭 가고 싶다는 고집했다. 나의 간절한 설득에 부모님께서도 승낙하시어 연합고사를 쳤다. 그런 우여곡절을 겪고 미지의 세계인 대구로 유학한다는 것에 설레는 마음으로 열심히 준비했고, 연합고사를 치기 위해 봉덕동에 있는 누나 집에 도착했다. 시험장이 능인고등학교라서 예비소집에 가면서 꼼꼼히 자리를 파악하고 시험 날 늦지 않기 위해서 철두철미하게 준비를 했다. 시험 당일 누나는 찰밥에 동탯국에, 맛난 반찬들로 가득한 아침을 준비해 주었다. 실제로 나는 식사량이 많으면 거북해서 견딜 수가 없는 체질이다. 그래서 조금씩 자주 먹는 몸이란 것을 잊어버리고, 누나가 해 준 아침밥이 너무나도 맛이 좋아서 마음껏 먹었다. 맛나게 배불리 먹고 버스 타고 시험장으로 갔다. 자리를 확실히 숙지한 덕택에 쉽게 시험장을 찾아가서 차분히 시험 칠 준비를 했다. 드디어 시험이 시작되었다. 첫째 시간은 쉽게 치를 수 있었으나 둘째 시간부터 갑자기 많이 먹어서 그런지 배가 살살 아파 오기 시작했다. 결국 셋째 시간 시작하고 얼마 지나지 않아서 배가 아프고 식은땀이 비 오듯 하고 눈앞이 캄캄해져 시험 문제도 보이지 않아서 결국 시험을 포기하고 화장실로 급하게 갈 수밖에 없었다. 연합고사를 그렇게 망치고 영천으로 내려왔다.

연합고사는 잊어버리고 친구들과 즐겁게 놀러 다니고 있었던 어느 날, 그 날은 하얀 눈이 저녁부터 많이도 내렸는데 완산동에 사는 친구 장영식이가 야사동인 우리 집까지 뛰어왔다. 그리고 하는 말 "중득아! 우리 합격했다."라며 나를 확 안았다. 난 앞이 하얗게 보이면서 심장이 멎는 줄 알았다. 합격이라니? 합격이라니? 정말 믿기지 않았다.

친구의 말이 사실임이 확인된 것은 그 다음 날 아침. 학교 게시판에 붙어 있는 합격자 명단에 덩그러니 내 이름이 올라 있었다. 86명이 연합고사를 치렀는데 16명밖에 없는 그 명단에, 진중득이 올라 있었다. 참으로 기적이 일어났다. 배가 아파서 화장실에 간다고 영어 시험 문제를 거의 풀지도 못했는데 합격이라니? 나의 중학 생활은 그렇게 막을 내렸다. 기적의 신비함을 경험하면서. 이것이 축복이 아니고 무엇이겠는가. 진중득 만세다!

고등학교 배정받은 곳이 대건고등학교다. 친했던 친구들이 대구고등학교, 경북고등학교, 심인고등학교로 등으로 각각 배정을 받고 헤어지게 되었다. 참으로 어리석은 결정을 한 것을 그제야 깨달았다. 친구들과 떨어지기 싫어서 인문계로 왔는데, 대건고등학교는 나 혼자뿐이라니, 참으로 우매한 결정을 한 나였다.

드디어 고등학교 생활, 그것도 생소한 천주교 재단인 대건고등학교. 입학식이 끝나고, 교실 복도에 나열하여 선 나는 제일 앞쪽 1번은 무조건 내 번호로 생각했다. 그때의 나의 자랑스러운 키는 136cm. 1학년 때 기억나는 것은 한 참이나 위로 쳐다 봐야 하는, 같은 반 59번인 김홍구가 나를 빵집에 데리고 가서 여학생을 소개해 준다고 해서 가자고 한 일. 빨간 베레모를 쓴, 같은 학년인 그 여학생은 정말 예뻤는데 부끄러워 빵만 먹고 헤어진 일….

고등학교 3학년 반편성이 끝나고, 반별로 번호 지정하는 순간, 고만고만한 놈들의 눈치 싸움이 시작된다. 벌써 2년을 단련한 우리는 이날만큼은 신발에 많은 것을 넣어서 조금이라도 키를 키우려고 했다. 학생 가죽 단화도 거금을 투자해서 맞추고 신발 속에도 골판지나 신문지를 넣어서 키를 조금이라도 크게 하려고 애썼다. 키 작은 고만고만한 녀석들의 눈치 싸움은 시작되고 날카롭게 서로를 견제하는 극히 짧은 시간이 지나가고 드디어 번호 지정을 할 때. 그때만큼은 별짓 다하는 시간이다. 늦게 들어오는 놈, 뒷발 들어 벽에 기대어 조금이라도 키를 높이는 놈, 학생 가죽 단화 굽 높여서 신고 온 놈, 드디어 번호 결정….

내가 2번? 꿈인지, 생시인지 축하 할 일이다. 2번이 되었는데도 아쉬움이 남는다. 욕심인가? 3번이 될 수 있었는데….

1번은 순진한 김용주, 2번은 진중득, 3번은 김유섭, 4번은 조경일, 5번 장병화, 참으로 거룩한 번호들이다. 특히 3번 김유섭은 단화를 어찌 그렇게 높게 멋지게 맞춰 신고 왔는지. 1번 김용주보다는 까졌지만, 3번 김유섭보다는 조금은 순진한 내가 살짝 우둔했음을 순간적으로 직감하는 순간이었다. 그때의 나의 키는 142cm, 정말 순진무구하고, 참으로 소박한 아담한 신체다. 도토리 키 재듯 하는 고등학교 3학년도 끝.

예상했듯이 대학은 자의 반 타의 반 포기하고, 사회생활 조금 한 후에 군에 간다고 신체검사를 하니, 신장 149cm에 몸무게 43kg. 3급 방위 판정을 받고, 보급창 방위생활을 시작하고, 방위소집 해제되면서, 사회생활 다시 시작하여 세월만 흘러가고….

1987년 9월 드디어 피앙세가 나타나 갑자기 나의 가슴을 파도치듯 출렁이게 했다. 한 직장에서 일 년을 함께 근무한 그녀를, 여자로 한 번도 느껴 보지 못했는데 다른 곳으로 직장을 옮기고 6개월이 지난 시점에 갑자기 가슴이 쿵꽝거리면서 사랑의 날갯짓이 시작된 것이었다. 냉철하게 다시 생각하고 또 생각했으나 사라지지 않고 사무치면서 가슴 한구석 아려오고 지금 놓치면 영원히 혼자 살 것 같은 예감이 들어서 용기를 내어 고백하기로 마음을 먹었다. 그때의 나의 업무는 오전 6시 30분에 출근해서 저녁 12시가 되어야 퇴근했기에 그녀가 퇴근하는 시간에 잠시 외출을 하여 다방에서 냉커피 두 잔을 시켜 놓고 말을 했다.

"한정희씨! 함께 근무할 때는 몰랐는데 당신을 떠나고 나니, 당신이 나의 피앙세란 것을 느꼈습니다. 난 당신과 미래를 함께하고 싶습니다. 당신은 나의 모든 것을 알고 있습니다. 그래서 3년 동안 열심히 돈을 모아 결혼을 하고 싶습니다. 3년 동안만 기다려 주십시오. 나는 지금 회사로 돌아가야 합니다. 깊이 생각하시고 결정을 내려 주시기 바랍니다."

이렇게 말하고는 그녀에게 한마디의 말도 듣지 않고 회사에 돌아와서 업무를 하였다. 참으로 건방진 프러포즈였을 것이다. 그것도 단 5분 남짓한 시간에, 함께 근무한 일 년 동안 가식 없이 나의 생활을 송두리째 보여 주었기에 더 이상의 설명도 필요 없기도 했다. 일주일의 시간이 흘러 두 사람의 새로운 날갯짓이 시작되었다. 자정에 퇴근해서 새벽 2시, 3시까지 두 사람만의 공통분모를 만들고 집으로 가기를 반복했다. 그런 만남들 속에서 추석이 다가오고 있었다. 우리는 결정을 했다. 추석에 울릉도에 가서 허락을 받기로 했다. 내가 예비 장인, 장모에게 쓴 장문의 편지 세 장을 들고 그녀는 1997년 9월 14일 추석을 맞이해서 울릉도로 갔다. 물론 나의 부모님께서는 찬성하신 상황이었다. 그녀가 대구로 돌아오는 날까지 그 시간이 얼마나 길게만 느껴졌는지, 나는 추석을 어떻게 보내는지도 모르는 채 하염없이 내 방에서 기도만 했다. 드디어 울릉도에서 돌아온 그녀와 9월 18일 만났다. 울릉도 부모님께서 반대한다는 말과 함께 우리끼리 결혼식을 하자고 한다. 그러면서 내 품에 안겨 울기만 한다. 나중에 처남에게 전해 들은 울릉도에서의 결혼 반대 이유는 이러했다.

"진서방 데리고 온다더니 짧은 서방이네. 뭐하는 짓이고."(경상도 일부 지방에서는 '길다'를 '질다'로 발음한다. '진서방'은 긴 서방, 즉 키가 큰 서방이라는 뜻이기도 하다.)

비로소 울릉도 어른들의 반대 이유가 나의 작은 키 때문이란 것을 알았다. 예상은 했건만 나에게 안겨 울고 있는 그녀를 더욱더 사랑하리라 다짐을 하는 순간이었다. 결국 이러한 이유로 우리는 3년 뒤에 하자고 한 결혼 약속을, 울릉도에서의 반대를 이유로 더욱 속도를 내어 빨리하기로 했다. 결혼식 날짜를 정하고, 결혼식장 예약하고, 대구백화점 카드를 급히 만들어서 그녀의 예복을 12개월 할부로 준비하고, 회사에서 대출을 받고, 그녀가 살고 있었던 전세금을 합해서 신혼방을 장만하고, 준비 끝.

이제 울릉도 어른들을 설득해야 되는데 요지부동이다. 우린 결론을 내었다. 울릉도에서 두 분이 오시지 않으셔도 결혼식은 진행한다고…. 시간은 어찌 그리도 느리게 가는지…. 나도 긴장이 되어서인지 그나마 지탱하는 몸무게도 줄어들어 쭈그렁 조롱박이 되었다. 결혼식 이틀 남긴 시점, 드디어 그녀의 부모님이 울릉도에서 오셨다. 물론 우리가 얻어 놓은 신혼집으로….

드디어 결혼식 당일. 김수윤, 김진구, 이기홍이 참석한 그 날, 나의 피앙세는 맨발이었고, 나는 맞춘 키 높이 구두를 신었다. 나중에 결혼식 사진을 보니 그녀가 허리를 숙였는데도 내 쪽이 낮았다.

키 작다고 반대하신 장인어른의 마지막 가시는 길은 우리 집이었다. 그리고 "진서방 고맙다."라는 말씀과 함께.

자! 지금부터 조롱박의 반란이 시작된다. 아들이 태어나면서 씨가 의심스러울 만큼 덩치도 좋고 키도 또래들보다 월등히 컸다. 3년이 지나 둘째가 태어났다. 이놈은 천생 자기 아비 피를 물려받았는지 먹는 것도 소량이고 돌아다니기를 좋아한다. 초등학교 1학년이 되어서도 갈비뼈가 앙상하게 드러나고 키가 자라지를 않는다. 극약 처방을 해야만 하는 시점. 지인인 한의사를 찾아가서 무조건 많이 먹을 수 있도록 한약을 지어 달라고 해서 둘째 놈에게 먹였다. 약효가 왔다. 둘째 놈이 사정없이 먹어 댄다. 어미는 간식을 만들어 준다고 부엌을 비우지를 못한다. 갈비

뼈가 보이지 않을 만큼 살이 오르고 엉덩이도 토실해진다. 3학년 때부터는 볼에도 살이 오르고 돼지의 형상으로 탈바꿈하면서 키도 자란다.

우리 부부는 밖으로 다닐 때는 가능하면 손을 잡고 다녔다. 결혼 16년 차인 어느 날 하루는 석양을 등지고 내리막길을 걷고 있는데 우연히 그림자를 보게 되었다. 4개의 그림자 중에서 내 그림자가 가장 작게 만들어져 있는 것을 보고, 순간 당황해서 잡고 가던 손을 놓아 버리고 말았다. 16년 전 나는 아내가 내보다 키가 큰 것은 알았지만 이렇게 차이가 나는 줄은 몰랐다. 그 이후로 손을 잡고 다니는 일은 거의 없어져 버렸다. 의식적이었는지는 모르겠지만 나는 망각하고 살아왔다. 솔직히 전혀 의식하지 않고 살아왔다고 해야 정답에 가깝다. 나의 자존심인지? 그런 일이 있었던 후에는 무엇을 해도 비교를 해 본다. 침대에 누워 발로 집사람 발바닥을 건드리려고 하니 안 된다. 머리를 한참이나 밑으로 내려와야 발이 마주친다. 그동안 조롱박이었던 나를 잊고 살아온 시간들이 이제는 현실을 직시하는 순간으로 바뀌었다.

이제 아내를 만난 지도 27년 차로 접어 들어가고 있다. 큰놈은 키가 180cm에 몸무게 100kg이 넘고, 갈비뼈가 보이던 둘째 놈은 키가 178cm에 몸무게 80kg에 가깝다. 자칫 했으면 지금 이 세상에 없었을 160cm의 조롱박이 밭갈이는 확실히 한 것이다. 형제 중에 가장 병약하게 어린 시절을 보낸 내가 자식들만큼은 13명의 조카 중에서 가장 키가 크고, 실하게 만들었다. 물론 형수, 제수를 통틀어서 아내도 가장 크고, 형제 중에서도 내가 가장 작은데 말이다.

정말 멋진 놈이다. 진중득. 지금도 둘째 놈에게 "많이 먹지 마라, 돼지 같다."고 하면, 둘째 놈이 "엄마 아빠가 나를 돼지로 만들어 놓았으면서 그런 말은 하지 마세요."한다. 큰놈을 보고 몇몇 친구들은 "니 자식 맞나? 유전자 검사라도 해 봐라!"라고 놀린다. 유전자 검사? 웃기는 소리 하지 마라. 내 자식 틀림없다. 조롱박의 반란이 일어난 것이다. 계획적이지는 않았지만 169cm의 아내와 만났다. 그 키 큰 밭과 인스턴트식품 먹이지 않고 집에서 만들어 준 간식들이, 조롱박의 반란을 일으킨 바탕이었을 것이다. 나는 이 반란의 중심에 있는 한정희를 사랑한다. 그리고 그 누구보다도 멋진 거목으로 자라 준 두 아들이 한없이 고맙다. 지금도 나는 농담을 한다. 키 크려고 밥을 먹고, 과일을 먹고, 사랑을 먹고 있다고…. 이렇게 농담하면 "줄지나 마세요."라고 나의 아내가 바로 받아친다. 하지만 이제는 조롱박도 사랑한다.

조롱박 파이팅! 진중득 파이팅!

어느 초보자의 한시(漢詩)이야기

茗山 이춘희 | 법무법인 삼일 대표변호사 |

나는 한시(漢詩)가 좋다. 그렇다고 뭐 내가 한시에 특별한 재능이 있다거나 지식이 풍부하다는 것은 아니다. 어릴 때부터 특별한 시재(詩才)가 엿보였다거나 학창시절 한문 과목에 특출한 실력을 보여 선생님 사랑을 듬뿍 받은 그런 것은 더더욱 아니다. 단지 읽고 감상하기 좋아한다는 그런 단순한 의미에 불과하다. 몇 해 전인가 아내가 문인화(文人畵) 공부한다며 갈아놓은 먹물에 혹해 무심코 몇 자 한자(漢字)를 써 본 인연으로 서예(書藝) 공부를 시작했다. 그런데 한문 서예라는 것이 대체로 한시를 각종 서체로 쓰는 것이다 보니 자연스레 한시를 접하게 된 것이다.

한시(漢詩)라고 하면 우선 어렵고 고리타분할 것이라는 생각이 떠오른다. 한자가 표의문자(表意文字)이다 보니 여러 의미로 해석되는 글자 자체가 어렵다. 문장을 해석하고 의미를 이해하자면 인내심이 필요하다. 하물며 갓 관심을 기울이기 시작한 나 같은 초심자에게 한시는 극복하기 어려운 난제(難題)다.

그럼에도 불구하고 한시를 좋아하는 것은 한시가 가진 모호(模糊)함 때문이다. 한시는 몽혼(夢魂)의 세계다. 한시 속의 풍광과 정서는 안개 자욱한 먼 산봉우리처럼 마냥 흐릿하고 아득하다. 그 봉우리에 무엇이 있을지 가늠하기 어렵다. 호랑이가 잔뜩 발톱을 숨기고 먹이를 노리고 있을 것 같기도 하고, 순박한 토끼가 도토리 물고 뜀박질하고 있을 것도 같다. 금빛 봉황이 허공을 맴돌고 있을 것도 같고, 구름 위에서 황룡이 불을 뿜고 있을 것도 같다. 마음에 떠오르는 모든 것이 그 안에 있다. 이렇듯 한시는 언제나 나를 상상의 세계로 인도한다. 한시를 짓는 시인은 상상의 소재를 제시할 뿐 세세한 내용은 시를 읽는 사람들에게 맡긴다. 한시 독자(讀者)는 동시에 시인이라 할 수 있다. 그래서 한시는 매력적이다.

日照香爐生紫煙 향로봉에 햇빛 비쳐 자색 안개 일어나고
遙看瀑布掛長川 멀리 보니 폭포는 긴 강줄기 매달은 듯,
飛流直下三千尺 물줄기 곧게 날아내려 길이 삼천 자이니
疑是銀河落九天 마치 하늘에서 은하수 쏟아지는 것 같네.

이백의 「망여산폭포(望廬山瀑布)」

아직 여산폭포에 가 보지도 못했다. 그러나 이 시를 읽다 보면 향로봉을 배경으로 길게 떨어지는 여산폭포가 눈앞에 펼쳐진다. 물소리를

묘사한 구절은 없어도 우렁찬 폭포 음이 들리는 것만 같다. 나이아가라 폭포의 그 웅장한 저음일까, 아니면 지면에 닿기도 전에 사라져 버려 소리조차 없을까. 흩날리는 물방울에 반사되어 계곡 가로질러 무지개도 피어나겠지. 향로봉 산정을 포근히 감싸는 운무 사이로 끝없이 아래로 떨어지는 흰 물줄기. 히말라야 장무계곡의 그 웅장했던 영봉들과 그를 감싸고 있던 은빛 운무 사이 어딘가에서, 계곡 아래로 구르고 날리며 떨어지던 그 폭포들을 닮았을 것만 같다.

통쾌(痛快)한 가려움처럼 머리가 지끈하면서도 묘하게 흥미로운 것이 스님들이 읊은 선시(禪詩)다. 선시는 공력(功力)이 낮은 나 같은 사람이 진면목(眞面目)을 이해하기에는 너무 어렵다. 황당하기까지 하다. 무엇을 말하려는 것인지 도무지 가늠하기 어려운 것이 대부분이다.

> 虛空無內外心法亦如此
>
> 若了虛空考是達眞如理
>
> 허공은 안과 밖이 없으니, 마음의 법도 그러하다네.
>
> 만약 허공을 안다면, 곧 진여를 아는 것이라네.
>
> 불타난제 「傳法偈」

선시(禪詩)는 깨친 스님들의 오랜 수행결정체인지라 나 같은 범인(凡人)이 쉽사리 이해하지 못하는 것은 어쩌면 당연하다. 그러나 피상적이나마 느껴보는 그 미묘한 맛은 음미할수록 새롭다. 그래 허공(虛空)에 안과 밖이 있을 리 없지. 공연히 무언가 세워 놓고는 안이다 밖이다 시끄러울 따름이지.

하루 강아지 범 무서운 줄 모른다. 살아가면서 보니 참 맞는 말이다. 세상사 비슷하지만 한시 공부도 그런 것 같다. 나 같은 둔재(鈍才)는 뛰어난 시인들이 지어 놓은 시들을 조용히 읽고 즐기면 될 일인데도 가끔은 나도 한번 한시를 지어보고 싶다는 오만한 마음이 슬며시 생긴다. 방자심(放恣心)을 변명할 핑계도 있다. 우선, 내 나이 이미 쉰을 한참 넘었으니 옛사람들에 비추어 보아도 결코 적은 나이는 아니다. 비록 옛사람들보다 일상생활에 한문을 덜 사용한다고는 하지만 나는 그분들이 꿈도 꾸지 못한 인터넷이라는 무기가 있다. 인터넷을 활용하면 순식간에 무슨 글자인지 알 수 있고, 우리말에 해당하는 한자도 찾을 수 있다. 구글 번역기를 활용하면 말만 해도 중국어로 번역되어 나온다. 한문 정보(情報)를 비교하자면 내가 훨씬 유리하다. 교육받은 기간을 보아도 나보다 교육 더 받은 사람도 그리 많지 않을 것 같다. 그러니 평균적으로 보면 내가 옛 선비들보다 한시를 못 지을 아무런 이유가 없다. 오호라. 이 무슨 오만방자(傲慢放恣)한 생각인가.

그러나 나는 용감무쌍(勇敢無雙)한, 무서울 것 없는 하룻강아지가 아닌가. 그래 나도 한시를 한 번 지어보자. 그런데 한시는 형식이 몹시 까다롭다고 하던데. 운(韻)을 맞추어야 하고, 평측(平側)이라는 것도 맞추어야 하고. 제대로 하자면 중국어 공부도 많이 해야 한다고 하던데. 어쩌나. 쉽게 한시를 지을 수는 없을까. 까짓것 세밀한 형식은 차차 공부하기로 하고 그냥 한 번 지어보자. 초보자인 줄 알 테니 누가 뭐라 하진 않겠지.

山寺寥寥無人跡 梅梢滿月照天燈

炯瑩銀河思故友 淸寒佳氣憶幼陵

茶香禪談滿院間 隱隱喜悅充胸中

爾作幾善在前界 酌茶無言白頭僧

산사 고요하고 인적 없는데

가지 끝 보름달 천등산을 비추네.

밝게 빛나는 은하수에 옛 친구를 생각하고

맑고 찬 기운에 옛 언덕을 떠올리네.

茶香禪談 집안 가득하니

은은한 기쁨 가슴에 충만하네.

그대는 전생에 얼마나 선업을 쌓으셨소

흰머리 스님은 차를 따를 뿐 말이 없네.

밤공기 차갑던 어느 날 밤, 안동 천등산 봉정사에서 어린 시절 친구로 지내던 스님과 차를 따르면서 많은 이야기를 나누었다. 그 감흥을 이렇게 적어 보았다.

주위를 돌아보면 한시를 좋아하는 사람들이 가끔 눈에 띈다. 그러나 작시(作詩)하는 사람들은 그리 많이 보이지는 않는다. 며칠 전 한시를 잘 하시는 분의 강의가 있다는 추천을 받았다. 기쁜 마음에 달려간 곳이 황금동에 있는 대구시 노인종합복지관이다. 일흔이 훨씬 넘으신 선생님의 한시 해설이 아주 마음에 든다. 맑은 얼굴에 예사 풍모가 아니시다. 등록신청을 하려고 서류를 내미니 신청서를 살피던 아가씨가 말한다.
"여기는 환갑이 지나야 등록하실 수 있어요. 그냥 강의만 들으세요."

내년에도 우리 대건 친구들이 문집을 출간하려나. 그때는 제대로 된 한시를 써 보아야지.

선물

전경수 | (주)덕산산업 대표이사 |

나에게 선물이라는 단어는 무척이나 낯설다. 받아본 기억도, 해본 기억도 별로 없기 때문이다. 넉넉하지 않은 살림살이에 그리 살갑지 않은 부모님 밑에서 자랐던 우리 형제자매들은 선물과는 거리가 멀었다. 그건 비단 우리 집안뿐 아니라 동시대를 살아온 우리 세대들이 똑같이 겪은 일이리라. 우리 베이비붐 세대는 한국전쟁이 끝나고 얼마지 않아 태어났다. 모두 먹고 살기에 바쁜 시절이었다. 민생고도 해결 못 하는 판에 선물 같은 건 꿈도 못 꿀 일이었다. 그런데 부모님께 큰 선물을 하나 받은 게 있다. 그건 우리가 알고 있는 어떤 물품이 아니었다. 바로 대학입시 재수(再修)였다.

고교를 졸업하고 대학입시에 실패한 나는 진학을 포기하고 막노동이라도 하면서 돈을 벌어야겠다고 생각했다. 집안 형편을 따지면 재수는 엄감생심이었다. 하지만 부모님은 '또 한 번의 기회'라는 큰 선물을 주셨다. 그 선물은 너무 고마운 것이어서 나는 나름 재수하는 동안 다시는 실패하지 않겠다고 마음먹고 열심히 공부했다. 그 재수를 발판으로 삼아 원하는 대학에 들어가 금속공학을 전공하게 되었고, 그 전공을 살려 직장생활을 하고 지금의 사업체까지 일으켰으니 그보다 더 큰 선물이 어디 있겠는가. 돌이켜보면 그때 그 일이 내 인생에는 큰 전환점이 되었던 것 같다. 재수하지 않았으면 오늘의 나도 없었을 테니까 말이다.

요즘들어 매년 벌초와 묘사(墓祀) 등 집안 문중행사에는 빠지지 않는다. 사실 선산이 있는 경산의 용성 문중 마을은 내가 자란 고향 마을이 아니다. 120년쯤 전에 조부께서 대대로 살던 문중 마을을 떠나 경산 고산에 터를 잡으셨고 아버지께서도 고산에서 태어나셨다. 그럼에도 아버지는 문중 마을을 고향이나 다름없이 여기며 태어나신 고산보다는 오히려 문중마을에 애착을 가지셨다. 돌아가시면 문중의 선산에 묻히기를 원하셨고, 유택을 마련할 땅도 직접 구입하셨다. 돌아가시기 전에는, 땅이 좀 좁다고 생각하셨던지 나에게 옆의 땅도 사들여 달라고 부탁하셨다. 나는 두말하지 않고 그 땅을 사 드렸다. 결국 그것이 아버지께 처음이자 마지막으로 해 드리는 선물이 되고 말았다.

이상한 것은 나 또한 아버지가 그러하셨듯이 나이가 들어가면서 부쩍 내 뿌리인 문중에 관심이 끌리는 것이다. 얼마 전에 참여한 묘사 행사에서는 문중 어른들이 제실(祭室) 보수에 관한 말씀을 하셨다. 제실이 노후화하여 보수 공사를 하긴 해야 되는데 재원 조달이 문제라고 했다. 십시일반(十匙一飯) 하더라도 어려운 시절이라 모금이 만만치 않으리라는 우려때문이었다. 그 말을 듣는 순간 머릿속으로 내가 어느 정도는 부담을 해야겠다는 생각이 스쳐 갔다. 그게 아버지에 대한 도리이고, 또한 내가 이 정도 기반을 잡고 사는 데 음덕이 되어준 조상님께 드리는 선물이 아닐까 싶어서이다.

따지고 보면 자수성가를 한 나 같은 경우는 사업 운이 상당히 좋았던 것 같다. 물론 내 노력도 있었지만, 위기 상황이 복을 불러 오는 등 고비마다 전화위복으로 이어지는 수가 많았다. 세상에는 열심히 해도 안 되는 사람도 얼마나 많던가. 운칠기삼(運七技三)이니 운삼기칠이니 하는 말이 있지만 뭐니 뭐니 해도 사업에는 운이 따라야 한다. 물론 실력이 뒷받침되어야지만, 야구만 보더라도 운이 승패를 좌우하는 수가 많다. 내게 그런 운이 따랐던 것도 긍정적인 마인드와 조상의 보살핌이 큰 역할을 했으리라 믿는다.

들어가는 비용이 만만찮지만 기꺼이 쾌척하기로 마음먹었다. 조상이 없었으면 오늘의 나도 없었을 것이다. 뿌리가 있었기에 가지도 생기고 잎도 생겨난다. 내가 나이 들어가면서 문중 일에 참여하고 자꾸만 관심을 가지는 것도 내 아버지가 그랬던 것처럼 수구초심(首丘初心) 때문일 것이다. 부모님을 공경하고 조상을 섬기는 것은 우리의 오랜 미풍양속이다. 내가 아버지께 유택 터를 사드리고 문중 제실 보수공사에 적지 않은 비용을 댔다고 하더라도, 아버지와 조상들께서 내게 베푸신 은덕에 비하면 보잘것없는 보은(報恩)일 것이다. 그래서 '내리 사랑은 있어도 치사랑은 없다'는 말이 생겨난 지도 모를 일이다.

마음이 오가는 선물

김긍재 | 대구 연합치과 원장 |

늘 하는 일이지만 오늘도 진료실에 나와서 환자와 상담하고 치료한다. 진료 도중 스트레스를 받기도 하고 또는 기뻐하기도 하며….

어느 직업이나 똑같겠지만, 의사로서는 고통을 받는 환자들을 치료했을 때, 좋은 결과가 나오면 그때 그 기분은 무엇으로도 바꿀 수 없다. 특히 종합병원에서 할 치료인데, 금전상 문제 때문에 환자의 부탁을 받고 시술을 해서 결과가 좋아 환자가 매우 기뻐하면서 작은 정성이 담긴 선물을 했을 때, 그 작은 마음의 선물을 생각하면 할수록 기분이 좋다.

어느덧, 개업한 지 30년이 다 되어간다. 돌이켜 생각해 보면 뜻한 바 있어 치과대학에 입학해서 꿈도 많고 희망도 많았던 시절, 민주화 투쟁으로 보낸 숱한 날들을 뒤로 하고 무의촌에 가서 어렵고 힘든 이웃을 위해 살아가겠다고 다짐했던 그 시절의 순수한 이상! 그 이상을 펴기 위해 졸업 후 무의촌을 택했다.

무의촌은 하루에 버스가 2번밖에 안 온다. 무의촌 진료 시절 초등학교 구강 검진을 하면서 "밥은 하루 세끼 꼬박 먹으면서 이는 왜 한 번밖에 안 닦느냐."는 가벼운 타박을 주곤 했던 정겨운 추억이 떠오른다. 이제 무의촌 진료실이 시내 한가운데의 진료실이 되었고 젊은 시절의 그 꿈들도 마음속 깊이 접어두었지만, 환자와의 좋은 추억이 있기에 오늘도 열심히 진료할 수 있다.

시간이 무엇인지 이제 내 나이도 오십 대에 접어들었다. 20대엔 그룹사운드가 하고 싶어 공연장마다 기웃거렸고 30대엔 개인적인 성취를 위해 열심히 싸우며 인생을 개척했다. 내 주위엔 소위 성공했다는 친구들이 꽤 있다. 교수, 판검사, 공인회계사, 기업체를 거느린 사장…. 그런데 요즘 그들을 만나 얘기를 나누다 보면 한결같이 외롭다고 한다. 사회적인 성공, 남들이 부러워하는 부(富), 안정된 가정. 그러나 불쑥불쑥 외로움과 허무가 자신들을 괴롭힌다고 한다.

나는 환자와 서로 정을 주고받노라면 외로움과 공허함에서 벗어날 수 있다. 나 자신은 여러 가지 부족한 점이 많지만, 환자 진료에는 세심하고 정이 있게 했는지 몇몇 환자로부터 선물을 받은 적이 종종 있다. 선물이라야 작은 마음의 선물들이지만.

한 번은 주걱턱으로 고민하던 중2 학생이 찾아왔다. 대학병원에서 수술을 권했는데 무서워서 수술을 못 하겠다고 교정 치료만 해 달라고 했다. 그때 나는 병원을 막 옮긴 터라 환자도 별로 없어 매우 오랜 시간을 공들여 치료하니 지성이면 감천이라고 2년 반쯤 지나서 정말 예쁘고 좋은 얼굴형이 되었다.

그 후 아이의 부모가 시골에서 갓 농사지은 호박과 채소를 갖고 오셨다. 그 멀리서 손수 갖고 오신 것이다. 진심이 담긴 고마운 선물이어서 가족들과 같이 나누어 먹었다. 지금도 지나가다 호박을 보면 그때 정감이 되살아난다. 그때마다 마음이 흐뭇하다.

또 한 번은 윗입술 부위가 많이 나온 예쁜 젊은 아가씨가 내원했다. 자세히 보니 심하지가 않아 이를 뽑은 후 고정식 교정 장치들을 써서 치료했다. 노력의 결과인지 상당히 좋아졌다. 그래서 고맙다고 제과점에서 빵을 사왔다. 간호사들과 나누어 먹으면서 그 아가씨가 좋아라 하던 모습을 생각했다. 그러면 마음이 저절로 즐거워졌다. 언제나 힘이 들면 그런 즐거운 생각을 떠올린다. 그러면 즐거운 마음으로 진료할 수 있다.

선물은 값이 비싸도 제값을 못하는 경우도 있고, 몇 푼 안 될지라도 상대방을 감동하게 하는 경우가 있다. 진심이 담긴 선물은 물론 상대방을 감동하게 한다. 그러나 그것보다도 더 중요한 것은 내가 타인에게 진심을 담은 선물을 하게 만드는 거다. 결국은 내가 한 일의 결과가 선물을 주는 것이라는 생각을 해 본다. 진심이 담긴 사소한 선물을 기대하며 나는 오늘도 열심히 진료한다.

학창시절 어느 여름날

김대현 | 대구 월드번역 대표 |

1980년도 대학 시절 학내는 어수선한 시국과 맞물려 소요 사태로 항상 시끄러웠다. 캠퍼스의 낭만 같은 것은 나와 거리가 멀었고 틈만 나면 나는 시골로 내려가 친구들과 어울리곤 했다. 내 고향은 대구에서도 일부 비포장도로를 거쳐 한참 달려야 갈 수 있는 낙동강 수원지 경북 영양읍이다. 어릴 적 살던 동내의 커다란 연못은 여름이면 아름다운 연꽃이 만발하였고 겨울엔 얼음 지치기 하는 개구쟁이들의 천국이었다. 동구 밖을 벗어나면 동서로 흐르는 푸른 강이 유유히 흐르고 있었는데 그 중간 지점은 수심이 깊어 일명 '피바다 쏘'라 불리던 곳이었다. 강변의 넓디넓은 백사장은 젊은이들을 끌어들이는 요람지의 역할을 충분히 했다. 그 주위로 이름 모를 잡초가 무성하고 군데군데 수십 길 되는 아름드리 미루나무는 연인들의 휴식처로서 뭇 사람들을 유혹하고 있었다.

그해 여름은 몹시도 무더웠다. 여름방학이 되면 도회지에서 친구들도 하나둘씩 낙향하여 이곳을 들리곤 했다. 어느 날 친구 성휘와 희년이가 내가 왔다는 소식을 듣고 우리 집에 놀러 왔다. 모두 타지에 흩어져 있다가 방학이라 새로 만나게 된 것이다. 다음날 우리는 '피바다 소'에 가서 멱도 감고 고기잡이를 하면서 하룻밤을 야영하기로 했다. 텐트, 어망, 족대 및 매운탕 요리를 위한 여러 도구를 챙기고 설레는 마음으로 목적지로 향했다.

우선 텐트를 치고 그 위에 나무줄기를 덮어 기본적인 보금자리를 만들고 나면 곧바로 강으로 뛰어든다. 개구리 수영으로 강을 건너기 무섭게 바위 위로 올라 '첨벙첨벙' 누가 다이빙을 잘하나 시합을 벌이곤 했다. 그러다가 지치면 여기저기 어항도 놓고 투망을 던지면서 고기잡이에 나선다. 여기저기에 놓아둔 어항에 피라미, 꺽지, 쏘가리 등 적지 않은 양의 고기들이 걸려들면 말끔히 손질하여 고추장을 풀고 매운탕을 끓인다. 이곳은 물이 맑아 대충 요리를 해도 그 맛이 담백하고 정갈하다. 그 맛깔난 안주들을 옆에 두면 술맛이 절로 난다. 한 잔 원 샷하고 또 일순하다 보면 모두가 취해간다.

취기가 돌자 성휘가 대뜸 강 건너 복숭아밭 서리를 하자고 제안했다. 그 과수원은 복숭아 품질이 좋아 해마다 많은 관광객이 들르는 곳이었다. 우리는 묘안을 내서 원두막 반대쪽으로 돌아가 낮은 포복으로 잠입했다. 준비해 간 자루에 봉숭아를 가득히 담고 있는데, 주인의 고함이 들리기 시작했다. '튀자.' 누군가 외쳤다. 순식간에 삼십육계로 달려 막 다른 출구로 빠져나오는데 주인이 이미 길목을 지키고 있지 않은가. 우린 꼼작 없이 모두 잡혀 원두막으로 끌려왔다. "어디서 온 녀석들이야?

아니 넌 누구 집 아들 아니냐?"며 주인은 막대기로 배를 쿡쿡 찌르면서 취조를 하기 시작했다. 마침 주인집 딸 미영이가 우리를 엿보고 있다가 주인아저씨와 뭐라고 소곤거리자 주인의 태도가 바뀌었다. 우리는 동기생 미영이의 빽이 통했는지, 아니면 아저씨의 인심이 좋았는지, 주인은 우리를 대충 혼내고 복숭아 몇 개씩 쥐어 주고 훈방하였다. 실패의 원인이 누구 탓이라고 할 것 없이 우린 완전히 패잔병이 된 마냥 풀이 죽어 돌아왔다.

해가 뉘엿뉘엿 넘어갈 무렵 놀랍게도 미영이가 친구 순연이와 미주를 데리고 우리를 찾아왔다. 도회지에서 내려온 우리를 평소 동경했던 것일까? 그녀들은 교묘히 우리들을 추적하여 찾아온 것이다. 우리는 모래성을 쌓고 무너뜨리기 놀이를 하면서 자연스레 짝을 지워 술래 게임도 하면서 여름밤 유희를 즐기고 있었다.

술이 얼큰하게 취하자 성휘가 순연이를 차지하고 싶은 욕심에 "우리 재들을 오늘 보내지 말자."고 제안했다. 그런데 순연이가 옆에서 엿듣고 만 것이다. "너들 지금 무슨 작업을 걸려고 하니?" 하면서 갑자기 짐을 싸면서 집에 가겠다고 생떼를 놓는 것이 아닌가. 성휘가 놀라, "그건 오해야."라고 애원하듯이 말렸지만 이미 소용이 없었다. 화가 잔뜩 난 성휘는 머리를 한 대 쥐어박았고 순연이는 울고불고 난리가 났다. 우리는 그녀의 마음을 달래 보려 했지만 결국 순연이는 분을 삭이지 못하고 집으로 가버렸다. 조금 전까지만 해도 화기애애하던 분위기가 순식간에 싸늘해지고 말았다. 상황이 이쯤 되자 불안해하던 미영이와 미주도 순연이를 따라 함께 사라져 버리고 말았다. 우리는 닭 쫓던 개 마냥 우두커니 바라보다가 결국 아무런 대책도 없이 보내고 말았다.

"오늘은 뭐가 되는 게 없어?" 희년이가 자조 섞인 말을 내뱉는다. 시골

소년과 도시에서 내려온 소녀와의 '소나기' 처럼, 짧고 애틋한 만남 그리고 이별? 그것도 아니었다. 허탈한 기분을 달래기 위해 우리는 연신 술잔을 기울이다 두 친구는 마침내 곯아떨어져 버렸다.

누워 있으니 풀벌레들의 울음소리에 도저히 잠이 오질 않는다. 저 멀리 절간 풍경 소리가 흐르는 물에 반사되어 은은히 귓전을 울린다. 청정 하늘의 무수한 별들만 적막한 대지를 밝혀줄 뿐이다.

다음 날 아침에 일어나니 벌써 해가 중천을 가리켰다. 푸른 강물 위로 고추잠자리들이 홍조를 띠고 넘실거린다. 강변 저쪽에 찾아온 외다리 철새는 두루미인가 백로인가? 그저 물에다 머리를 박고 뭔가를 열심히 쫓고 있다.

간밤의 취기가 가시질 않는다. 허기를 느껴 조반을 준비하려는데 갑자기 하늘이 어두워진다. 순간적으로 사방이 깜깜해지고 우르르 꽝꽝 괴성이 들리더니 폭우가 쏟아진다. 강물은 금방 수위가 높아지고 마침내 뭉텅이 나뭇가지들이 쓸려 내려오면서 흙탕물을 몰고 오니, 우리 주위까지 위협하는 지경에 이르렀다.

우린 재빨리 짐을 챙겨 안전한 곳으로 뛰었다. 한참을 달리니 주인 없는 원두막이 우리를 맞이한다. 나는 근심 어린 눈으로 먼 하늘만 바라보면서 상념에 잠긴다. 젖은 옷가지를 말리다 보니 한참을 쏟아 붓던 소낙비가 언제 그랬냐는 듯이 뚝 그쳤다.

어릴 적 유난히 더운 여름날에 시골 수박밭 원두막에서 한가히 노닐다 보면 갑자기 소낙비, 천둥과 번개가 진동하면 사방이 컴컴해지고 어김없이 저 멀리서 먹장구름이 몰려온다. 바람이 몇 번 선발대처럼 들이닥치다가, 드디어 장대비가 되어 해일처럼 몰려온다. 소나기가 몇십 분간 쏟아지고 지나가면 매미 소리도 뚝 잦아지고, 온 세상에는 소나기 소리만 귀에 남아 있는 것이다. 원두막 근처로 비를 피해 이름 모르는 잠자리와 나비들도 비를 턴다. 마침내 언제 그랬느냐는 것처럼 비가 지나가고 나면 하늘은 맑아진다. 후덥지근했던 대기는 저 멀리 물러가면서 작열하던 대지는 김을 내며 식어간다. 들녘에 메뚜기들이 다시 뛰고 매미들이 다시 울기 시작하면 수박, 참외, 토마토가 달게 익어 간다.

한 시골 아이의 맑은 맘 푸른 꿈은 산 넘어 먼 하늘을 바라본다. 이곳을 내 미래에 벗어날 수 있을까? 시골에서 자라나 이제 나이 든 소년은 강변에서 시야 가득 밀물처럼 몰려온 소나기의 기세를 보면서 잠시 원두막에서 소나기를 어제 일처럼 생각한다.

그 일은 바로 어제 같건만 이미 오래전 삼십 수년 전 일이다.

'먹귀'에서 '종차별주의자'까지

– 어느 아저씨의 음식 이야기

김동혁 | 엠아이코리아 기획실장 |

프롤로그

먹기 위해 사는가? 살기 위해 먹는가? 이 명제는 늘 닭이 먼저냐, 알이 먼저냐 와 마찬가지로 그 정답을 구하기가 난감한 질문이다.

태초에 음식이 있었다? 아니, 태초에 인간이 있었다. 이 지구의 모든 생물처럼 인간도 먹어야 산다. 그러나 때로는, 혹은, 자주, '먹기 위해 사는 종' 이 있다. 인간도 그 종에 속한다. 최소한, 나는 그랬던 것 같다. 55년 삶을 돌이켜 보니…. 인간으로 태어나 그 음식에 대한 탐닉을 멈추지 않았던 어느 아저씨가 있다.

에피소드 하나 : 젖빨이 동물의 비애

탯줄을 끊고 이 세상으로 나와 처음 먹어본 건 한 여자의 젖꼭지에서 나오는 액체가 아니었다. 일제 모리나가 분유를 물에 탄 것이었다. 난 그게 싫었다.

나를 '세상에 밀어낸 여자'는 입버릇처럼 말한다. "그 귀한 일제 모리나가 분유를 탄 젖병을 걸신들린 듯이 묵고 난 뒤에는 마룻바닥에 탁하고 던지곤 바로 누버서 쿨쿨 자더라. 참 보기 좋았니라." 대부분의 내 또래처럼 나도 '엄마 젖'이 먹고 싶었다. 이것은 '천부 인권' 이다!

산후 조리가 힘들었던, 이 세상으로 나를 밀어내신 뒤, 몸져누우셨던, 한 여인 덕분에, '모유 수유' 콤플렉스를 안고 평생을 살아온 한 사람이다. 나는.

에피소드 둘 : 우연이 필연이 되기까지

내 DNA의 반을 제공했던 아버지는 식성이 까다로웠다. 나머지 내 유전자의 반을 제공했던 어머니의 입을 빌리면, "첨에 김씨 집안에 시집와 가 내 딴에는 잘 한다꼬 멍게를 사가 집에 왔디이 너거 아부지가 코를 킁킁 거리민서 뭐라 칸 줄 아나? 이기 무신 냄새고, 으이? 이카더라. 그래가, 내가 그캤찌, 여보! 이거 묵고 담배 피만 담배 맛이 그리 좋다카데예, 함 드시 보이소. 그랬더니 너거 아부지가 뭐라 칸 줄 아나? 치아뿌라. 누가 이런 냄새나는 걸 묵는다 카더노, 으이? 당장 안 갔다 비리뿌나? 이 칸 거 있제."

어머니는 포항, 영일군 송라면 태생이셨다. 아버지는 순 토종 내륙, 경상도 칠곡, 대구 산. 그렇게 처음부터 두 분의 식성은 삐걱거렸다. 하지만, 그 두 분의 DNA를 반반씩 나눠 가진 나는, 운 좋은 유전자 조합에 의해, 아무거나 잘 먹는 잡식성, '불가사리'로 자라나기 시작했다.

에피소드 셋 : 아나고 회, etc.

자라면서 늘 배가 고팠다. 대구 시내 중심에서 태어나, 비교적 윤택한 환경–당시엔 비교 대상을 관찰하는 능력이 없어 몰랐지만–에서 자랐지만, 어린 시절을 돌이켜 보면 맛나게 먹었던 음식들에 대한 기억이 가장 뚜렷하다.

일하시는 어머니를 대신해 혼자 되신 고모님께서 집안 살림을 도맡아 하셨다. '식모'라는 이름의 시골서 데려온 '누나'도 있었지만, 고모님이 주방장, '쉐프'셨다. 요리 학원을 다니시며 조카들에게 맛난 걸 해주시려고 노력하신 분이기도 하셨다. 하지만 당신께서는 손이 크지 않으셨다. 근검절약이 몸에 밴 분이셨다. 그래서 늘 먹거리가 그리웠다.

그 부족함을 채워 줄 '공간'이 눈에 들어오기 시작한 건 너 댓 살 무렵이었다. 안방 아랫목 벽장 위에 놓여있는 나무 계단을 올라가면 '보물 창고'가 있었다. '다락'이라 불리던 그곳을 고모님 몰래 올라가 명태 눈알을 젓가락으로 후벼 파서 입에 넣을 때의 그 고소함, 마른오징어 한 마리를 슬쩍 해서 화장실(물론 재래식)에서 두 살 터울 형과 나눠 먹을 때는 가슴이 쿵쾅쿵쾅거렸다. 죄책감과 흥분감에….

동지섣달 한 겨울밤, 온 가족이 안방에 둘러앉아 화단에 묻어둔 무를 꺼내어 입이 시리게 베어 묵었던 일, 불고기를 구울 때, 원형 불판 가장자리에 둘러가며 흘러나오던 국물을 숟가락으로 떠먹을 때의 행복감, 어쩌다 계란 후라이가 밥상에 올라오면 빈 접시에 묻어있는 노른자 자국까지 핥아 먹는다고 놀림을 받았고, 아버지 몫으로 따로 차린 밥상(獨床)에만 올라오던 육회를 눈이 빠지게 기다리다 남김없이 다 드셨을 때의 허탈함까지….

그 시절, 가장 '달콤'했던 건, 집안 어른들께서 결혼식 답례품으로 가져오던 카스텔라였다. 예식장에 가신 부모님이나 고모님을 목이 빠져라 기다리다가 직사각 종이상자에 담겨 오던 그 보석 같은 빵을 누나, 형과 나눠 먹을 때의 기쁨이란…. 카스텔라 바닥에 붙어있는 종이(유산지)까지 샅샅이 핥고 또 핥아 먹던 집요함이여!

그런 유년기를 보내다가, '극한의 음식 맛' 이라는 게 정녕 무엇인지를 느끼게 해준 사건이 초등학교 3학년 때 일어났으니…. 여름 방학에 경주 이모님 댁에 놀러 갔다가 두 가족이 함께 일광 해수욕장(현 부산광역시 기장군 일광면)을 가게 되었다. 거기서 태어나 처음으로, 먹을거리로 인한 기절할 만큼의 충격을 받았으니…. 바로, '아나고' 회였다!

약간 까칠한 껍데기 안에 뽀오얀 속살로 이루어진 이 생소한 '바다고기' 를 난생처음 초고추장에 찍어 먹었다. 신 나게 물놀이를 해 허기진 탓도 있었겠지만, 그 고소하면서도 아삭아삭 씹히는 맛은 죽을 때까지 잊을 수 없는 환희로 내 후두부를 강타하였다.

이런 맛, 이런 음식도, 세상엔 있구나!

'

에피소드 넷 : 세상 밖으로

아버지는 외식이 싫다고 하셨다. 주야장천 집 밥만 드셨다. 초등학교부터 고등학교 졸업 때까지 가족이 함께 집 바깥에서 밥을 먹어본 적은 한 손으로 꼽을 수 있다. 누나와 형의 고등학교, 대학교 입학과 졸업식 때의 서너 번뿐이었다. 장소도 대구 시내 중심가의 만둣집이 전부였다. 가물에 콩 나듯, 어쩌다 집으로 배달되어 오던 중국집 음식밖에는 모르고 살았다. 짜장면, 짬뽕, 탕수육…. 내가 알았던 중국집 메뉴의 전부였다. 다른 집도 다 그런 줄 알고 그렇게 12년을 보냈다.

재수를 위해 서울로 올라온 당시, 명동에 위치한 가톨릭 단체의 기숙사에 있던 누님이 나를 불러 사준 '명동 전기 통닭' 은 집이 아닌, 외부 식당에서 먹어본 최초의 닭고기였고, 첫 객지 생활을 시작했던 용산구 후암동 해방촌 부근의 하숙집 아침 밥상에 올라왔던 계란 후라이는 스무 살 촌놈을 울컥하게 하기도 했다.

대학 시절, 강남 영동 시장 부근에서 영어 학원 선생님이 사주셨던 족발을 어찌 잊을쏘냐? 신촌 하숙집 경상도 주인아주머니께서 만들어 주신 추어탕을 몇 그릇이나 비우자, 내 엉덩이를 툭툭 두드리며, "참 니 어무이가 잘 키았데이."하실 때, 왜 그리 기분이 뿌듯하던지…. 대학 졸업을 앞두고 취직했던 첫 직장의 회식자리에 닭볶음탕을 양푼이 바닥까지 샅샅이 핥아 먹은 그 날 이후, 부서원들은 만장일치로 나를 '쓰레기통' 으로 부르기 시작하였고, 그 직장에서 만나 연애를 시작했던 여자와 그 여자 친구들과 어울려 명동역 부근에서 구워 먹었던 '대패 삼겹살'의 맛 또한, 잊을 수가 없다.

미국 유학 시절, 플로리다주 올랜도에서 먹었던 스페인식 닭고기 구이, '뽀요 아사도'(Pollo Asado)는 초등학교 3학년 때의 '아나고' 이후, 최고의 맛이었고, 아내와 여행길에 들렀던 뉴욕 메리어트 호텔에서 주문했던 오리지널 '뉴욕 스테이크 미디엄' 은 내 미각의 끝이 어딘지를 가늠할 수 없게 만들었다.

아르바이트로 일한 일식당 세 군데에서 웨이터와 스시 바, 주방 보조를 하면서 다양한 일본 요리를 보고, 맛보고 조리법까지 익히기도 했다. 유학생 신분에 적지 않은 생활비까지 벌었으니 문자 그대로 '1타 3피'였다!

이제 거칠 것이 없었다. 세상의 모든 음식은 내 혓바닥 앞에 머리를 조아리기 시작하였다. 그러나 나에게 식탐이 있다는 것을 '진지'하게 인지하기 시작한 것은 결혼하고, 아빠가 되고 나서도, 한참 지나서였다.

내가 많이, 아무거나 안 가리고, 정말 '잘 먹는다' 는 걸 객관적으로 인식하기 시작한 건 졸업장 두 개(호텔레스토랑 매니지먼트 석사, 골프 매니지먼트 준학사)와 자격증 하나(골프 티칭 프로)와 함께 7년여의 미국 생활을 마치고 한국으로 돌아온 90년대 중반 이후였다.

덩치로 보나, 무게로 보나, 신장으로 보나, 나이로 보나, 어느 것 하나 나보다 떨어지는 게 없는 후배 골프 선생들보다 나의 식사량이 더 많았다는 게 사내 식당에서, 그리고 회식과 술자리에서 검증되기 시작하였다. 음주 회식 후의 어느 '심야 감자탕 폭풍 흡입' 사건과 뷔페를 가서 탄수화물 종류는 거들떠보지도 않고, 육회와 갈비 등 육 고기만 죽어라 먹어 샐러드와 디저트를 포함, 일곱 접시 이상을 비우던 일은 오랫동안 후배들에게 놀라움으로 회자 되었다.

부산에서의 학교 선생 생활은 나에게 음식의 '신세계' 를 보여준 시기이기도 했다. 바로, 보신탕이다! 그전에는 께름칙한 마음으로 선뜻 내키지 않던 '보양식' 이 동료 교수들의 권유로 먹어본 뒤 그 효과에 반해 자주 찾는 메뉴가 되어버렸다.

나에게 진정한 먹성을 발휘하는 데 날개를 달아준 계기가 있었으니, 다시 서울 생활로 돌아와 시작한 마라톤 동호회 활동이었다. 봄, 가을로 '메이저' 풀 코스 대회를 위해 겨울과 여름에도 땀을 흘리다 보면, 자연히 체중은 줄어들지만, 식사량은 그와 반비례로 늘어나더라는….

특히 대회를 1주일 앞두고 시작하는 '카보 로딩' (탄수화물 섭취를 일시적으로 끊었다가 다시 채우면 몸속의 글리코겐 저장량이 최대로 늘어나 풀 코스 막판까지 지구력을 유지할 수 있게 도와주는 식이 요법) 때의 어마어마한 식사량(간식–아침–간식–점심–간식–저녁–간식으로 이어지는 하루 여덟 끼의 고밀도 탄수화물 섭취)은 나 자신도 놀라지 않을 수 없었다.

그 후, 미국 사시는 누님댁을 방문했을 때, 블랙 앵거스(미국 흑우) 스테이크 '무한 리필' 식당에서, 태어나 가장 많은 양의 스테이크를 한 자리에서 먹어 치우는 기록을 세우기도 했다. 이를 '라이브'로 지켜보던 누님의 놀란 눈과 벌어진 입은 지금도 내 기억에 생생하게 남아있다.

이렇듯 먹기 위해 태어난 사람처럼, 그것도 고기라면 사족을 못 쓰던 ' 식충'에게 대학 졸업을 앞두고 들어갔던 그 첫 직장에서 사내 연애로 부부의 연을 맺은 아내는, "당신은 절대로 천당에 못 갈 거야, 그놈의 식탐 땜에…." 라고 걸핏하면 이죽거린다. 첨엔 반발도 하고, 부정도 하고, 화까지 내 보았지만, 이제는 '자수'하려 한다. 나에게 식탐이 있다는 걸. 아니, 식탐을 넘어 '먹귀'(먹다 죽은 귀신의 줄임 말)였음을, 비로소 알게 되었다. 그 집요한 탐식의 방황을 끝내고 나서야.

에피소드 다섯 : 종 차별주의자로의 변신

지금도 나의 먹성을 잘 아는 지인들은 종종 묻곤 한다. "도대체, 싫어하는 음식이 뭐냐?" 고. 태어나 지금까지 나보다 아무거나 잘 먹는 사람을 만나본 기억이 없다. 그러나 육해공을 넘어, 저어기 안드로메다의 먼지까지 집어삼킬 기세였던 자가 하루아침에 철저한 편식주의자로 탈바꿈했다는 사실을 전달하기엔 참으로 난감한 일이다. 그 극적인 반전은 '개새끼' 로부터 시작되었다.

2008년 10월 19일, 태어난 지 두 달이 겨우 된 꼬물이 한 마리(말티즈)를 적지 않은 돈을 지불하고 입양을 했다. 그 전까지 아파트 엘리베이터

안에서 '개새끼'를 안고 있는 이웃 주민을 만나면 아내에게 드러내놓고 비난을 했었다. "사람을 사랑해야지, 우째 저런 걸 끼고 살지? 싫어하는 이웃 주민들 생각도 해야 되는 거 아니야? 저런 인간들은 분명히 정신적으로 문제가 있을 거야!"

하지만 이런 정서가 얼마나 편견과 무지에 사로잡힌 왜곡된 가치관이었는지를 깨닫는 데는 그리 오랜 시간이 걸리지 않았다. 이뻤다. 귀여웠다. 사랑스러웠다. '개새끼'에게 나는 '아빠'가 되면서 자연히 '내 새끼'와 같은 '형제'들을 음식으로 대할 수 없게 되었다.

그러던 어느 날, 2010년 1월 28일 인터넷에 한 편의 글을 소개하는 링크가 올라왔다. 한 동물보호 단체의 장이 쓴 '동물을 사랑한다면 이 사람처럼'이란 칼럼이었다. 그 내용이 가슴과 영혼을 때리고, 울렸다. 개고기를 즐겨 먹던 시절, 이 분이 방송에 출연하면, 흥분해서 소리쳤다. "저런 미친 넘."

이 글을 다 읽자마자 스스로 이렇게 말했다. "어, 그럼, 나도 내일부터 고기를 먹지 말지, 뭐…." 다음 날, 바로 도서관으로 가서 채식 관련 책을 빌려 보기 시작했다. 왜 채식을 해야 하는 지, 채식이 도대체 뭔지, 육식의 허와 실은 무엇인지. 뿌리 깊은 나무가 되기 위해, 뭐든 새롭게 시작하면 책부터 보는 습성이 예외가 될 순 없었기에. 그렇게 '고기 안 먹는 편식주의자'로 살아가기 시작했다.

인터넷 채식 카페에 이런 '출사표'도 남겼다.

> 여전히 멋진 자태를 뽐내는 당신, 오자 징자 어자….
> 반평생 동안 내 동반자가 되어준 오 징 어….
> 슬플 때나, 출출할 때나, 외로울 때,

출장을 간 낯선 곳에서도,
넌 언제나 나와 함께 있었지.
마트를 갈 때 마다,
네(오징어)가 있는 코너를 그냥 지나친 적이 없었지.
그러고 보니,
나, 한시도 너를 버린 적이 없었구나!
꿈에서라도 너와의 이별을 생각한 적이 없었구나!
하지만, 이젠 너와도 작별.

니가 아무리 내 곁에 있어도,
너의 매혹적인 모습과 향기를 드러내더라도,
더 이상, 난 너에게 눈길을 주지 않을 거야.

내게 남은 마지막 '집착', 오징어야!
너를 보낸다.

하지만 불행하게도, 야심차게 시작한 '비건'(vegan:이 지구의 모든 동물성 고기를 먹지 않는 엄격한 채식인) 생활은 채 반년도 되기 전, 출장지 모텔에서 혼자 먹은 오징어와 땅콩, 그리고 맥주의 '환상 조합' 앞에 무릎을 꿇고 만다. 눈물이 날 만큼 맛있었다! 그동안 먹지 못한 금단 현상 때문이었을까? 잊고 지내던 그 '바다 고기'의 유혹은 강렬했다. 도저히 견딜 재간이 없었다.

"그래, 사회생활하기도 힘들어, 전혀 안 먹으면. 그래, 나는 채식인이 아니야. 채식주의자는 더더구나 아니고. '먹다 죽은 귀신'(먹귀)이 되려다

종 차별주의자가 되고만 보통 사람일 뿐이야." 양심의 가책을 전혀 느끼지 않았다면 거짓말이지만, 이렇게 스스로 면죄부를 주면서, '비건'에서 '페스코 베지테리언'(육지의 고기는 먹지 않지만, 해산물은 먹는 채식인)으로 말을 갈아타고 말았다.

에필로그

채식인도 아니면서, 그렇다고 육식인도 아닌, 어정쩡한 상태로 6년을 보냈다. 그동안 '육식인'(이런 말을 듣고 불쾌하게 여기는 사람들도 많으리라)으로 살아온 50년 삶과 비교해 무엇이 달라졌을까? 달라진 게 있긴 한 것일까? 달라졌다면 그게 뭘까? 처음엔 '강성 채식인' 이었다가 왜 '변절'한 '경계인'으로 살아가고 있는가?

한때는 '학대받고 오염된 고기'가 판을 치는 세상에 대한 분노가 치솟았지만, '이제는 돌아와 거울 앞에 선 내 누님같이 생긴' 순한 양이 되어가고 있다. 이게 다 풀만 먹고 산 탓일까? 그래서, 가까운 친구들이, "야 임마, 채식 그 딴 걸, 왜 해?" 라고 물으면, "고기가 불쌍해서…. ㅎㅎㅎ" 라고 답하는 걸까? 아니면, '세상에서 제일 힘든 일이 다른 사람 마음을 내 맘처럼 만드는 일' 이란 걸 아는 나이가 되어서일까?

'아무거나 가리지 않고 잘 먹는 게 최고' 라고 절대 다수의 사람은 믿고 있고 이걸 세상은 '상식'이라고 부른다. 하지만 아무리 부정하고 싶어도 부정할 수 없는 사실이 있다. 내 몸은 내가 먹은 음식의 '진 부분' 집합이라는 사실을.

그래서인지는 모르겠지만, 소수이지만, '무얼 먹고 사느냐?'를 중요하게 여기는 사람들이 있다. 어쩌다 보니 나 또한, 그 마이너리티에 편입이 된 느낌이다. 나 또한, '사회적 동물'이라, 가끔은 불편하다. '거식 남'에서 '편식 남'으로 살아가는 삶이. 그래도 후회는 없다. 아니 여태의 삶 중에서 가장 멋진 선택을 한, 인생의 주기율표상에서 중요한 원소를 새롭게 발견한, 그런 기쁨과 함께 생활하고 있다.

지금도 신기한 것은 6년 동안, 한 번도 '괴기' 가 먹고 싶지 않았다는 사실이다. 어떻게 그럴 수가 있지? 스스로 묻고 또 물어도 시원한 답은 나오질 않는다. 아무래도 이 화두로 책을 한 권 써야 할지도 모르겠다. 그 책의 제목은, '채식? 그 딴 걸 왜 해?' 가 되리라.

인간승부의 세계, 파이팅 없는 자는 진다

김영환 | 디지털코리아 대표이사 |

1. 바지랑대 거치면 걸리는 깊은 산골에서 태어나다

내 고향은 경남 창녕군 성산면 운봉리 851번지. 3남 2녀의 딱 중간인 차남으로 태어났다. 고향 창녕은 양파, 부곡온천, 자연생태늪, 우포늪, 억새로 유명한 화왕산, 신라 진흥왕 때 세워진 진흥왕 순수비로 유명하다. 나의 고향은 이쪽 산과 저쪽 산에 바지랑대 걸치면 걸리는 깊은 산골짝 동네다. 고향에서 초등학교를 나오고 중학교 2학년 때까지 다녔다. 그 당시 경남에서 경북 대구로 전학 가기는 하늘에서 별따기–거의 불가능–였음에도 불구하고, 인생 전부를 거신 선친의 열성적인 교육열 덕으로 대구 대신동 서문시장 옆 계성중학교(3학년)로 전학 갔다. 당시의 행정체계는 말 그대로 아날로그 원시 시대 수준이라서 전출하는 동사무소에서 주민등록등본(원본)을 우체국으로 발송하면 전입 받는 동사무소에서 등본을 접수하기까지 약 1주일 전후가 걸렸다. 선친은 전학 추첨 기일에 맞추기 위해 직접 주민등록등본(원본)을 오전에 성산면사무소에서 받아다가 전입하는 동사무소에 오후에 접수했다. 이런 선친의 부지런함 덕으로 계성중학교에 배정되는 영광과 특혜(?)를 누리기까지 했다. 선친의 열정과 배짱이 당일 전출 당일 전입을 가능케 했던 것이다. 비로소 창녕 시골 촌놈이 대구시민이 되는 순간이었고, 계성중학교에 전학 배정되던 그 순간을 지금 생각해도 대학합격하는 것보다 더 기뻐했었던 것 같다.

2. 고교 및 대학생활

그 후 안드레아 김대건 신부님을 기리기 위해 설립한 대건고등학교로 진학하여 졸업후, 말은 나면 제주도로, 사람은 한양으로 가라는 부친의 바람대로 서울 H 대로 진학했다. 대학 시절 낭만과 가치관의 혼돈 때문에 방황과 좌절도 많이 했지만, 서울은 분명히 기회의 땅이었다.

리영희 선생님의 『전환시대의 논리』, 『우상과 이성』 등 책을 탐독도 했고, 중·고등학생 과외 선생도 해서 짭짤한 부수입으로 나름대로 대학생활을 잘 보내는 찰나, 신군부 전두환 정권의 과외금지 조치로 숨어서 올빼미, 두더지 과외로 조마조마한 대학생활을 보내기도 했다. 그러다가 나의 영원한 동반자인 아내를 만나 첫눈에 사랑에 빠지게 되었다.

아내를 만나고 난 이후부터는 어느 누구의 미팅, 소개팅 제안도 거부하고, 오로지 아내만 사랑하고 사모했다. 그녀는 나의 천사였다. 가왕 조용필의 '일편단심 민들레야'가 나의 18번곡이 된 이유이기도 하다. 그 노래야말로 내가 늘 아내에게 바치는 노래이다.

3. 사회 생활

군 복무 및 대학을 졸업하고 1984월 11월 21일 복사기와 팩시밀리 등 사무기기를 제조 생산하는 ㈜신도리코에 입사했다. 그 당시 ㈜신도리코는 내로라하는 재벌 상위그룹, 금융그룹보다 연봉 총액(보너스는 gross 1,200%)이 높았다. 그래서 국내의 인재들이 많이 모여들었는데, 나도 운 좋게 40명의 입사 공채 동기들과 함께 사회생활의 첫발을 힘차게 내디딜 수 있었다. 입사와 동시에 지긋지긋한 자취생활(대구 계성중 3학년 때부터 신도리코 입사 전까지)의 종지부를 빨리 찍기 위해 집사람과 결혼을 서둘렀다. 사실 대구에서 보낸 중·고교 시절에는 집에서 엄마가 해주는 따뜻한 밥과 따뜻한 방에서 공부하는 친구들이 제일 부러웠다. 나도 집에서 해주는 밥 먹고 공부만 하면 공부를 더 열심히 잘할 수 있을 텐데, 이런 생각을 많이 했다. 막연한 동경과 부러움이었다. 그 당시 겨울철이 되면 고향의 모친과 선친께서 쌀을 직접 어깨에 둘러메고 대구의 내 자취방에 오셨다. 어머니는 김장을 해서 김치를 큰 항아리에 두둑이 담아 놓고, 연탄도 가득 넣어주시곤 했다. 그러면 마음이 든든했던 느낌이 지금도 생생하게 떠오른다. 하지만 자취 생활로 인하여 어려웠던 식생활, 또 열악한 주거환경을 경험했기 때문에 제 자식들만큼은 따뜻한 밥을 먹이고, 안락한 주거환경에서 공부시키리라 수없이 다짐도 했다.

㈜신도리코에서의 사회생활을 시작할 때 만난 입사 동기들은 매우 소중한 친구들이었다. 그때 각자의 짝을 만나 결혼도 하고, 자녀들도 낳고, 돌잔치나 집들이 등을 함께 나눈, 말하자면 인생의 황금기를 같이한 소중한 인연이 있었기 때문이다. 그래서 얼마 전인 2014년 11월 21일에 ㈜신도리코 입사 만 30주년 자축연을 열어 서울 강남의 도곡동 중식당 팔선 장원에서 20명의 동기와 함께 의미 있는 하루를 보내기도 했다.

4. 파란눈의 영국인 며느리를 보다—동·서양 문화의 충돌

2013년 11월 9일 용산 전쟁기념관 야외식장(궁중 전통혼례)에서 큰아들이 호주에서 공부하던 시절 만나서 사귀어온 영국 아가씨와 결혼을 했다. 큰아들은 글로벌 미국계 회사에 근무 중이고, 며느리는 지방소재 대학 원어민 강사도 하고 대기업 원어민 강사 및 대졸 신입사원 채용 감독관(Inspector)으로도 근무하고 있다. 이제 한국 생활에 아주 적응도 잘하고, 열심히 착하게 잘살고 있다. 언젠가 다시 영국 뉴캐슬로 돌아가서 살게 되겠지만…. 또 한편으로는 회자정리라 했지만, 이별의 순간을 생각하면 마음이 아려온다. 나야말로 진정한 다문화 가족의 가장으로서 좋은 점만 느끼고 즐겁게 살고 있다.

최근 며느리와 겪었던 동·서양 문화의 충돌(오해) 하나 이야기해 볼까. 요즘은 보편화한 SNS 메신저로 많은 사람이 가족방(카톡)을 운영할 거다. 나도 오래전부터 가족방을 운영하면서 아침 6시 전후 일찍 일어나면 가족방에 아침 격려 인사와 좋은 사진 몇 장을 항상 띄운다. 그런데 그날 며느리가 나의 개인방(카톡)으로 황당한 메신저를 날린 것이다.

Dont send messages this time of morning.

Thinkn of other people.

(남 생각도 좀 하면서 아침에 문자 같은 거 좀 보내지 마소. Thinkn은 Thinking)

위 문장은 며느리가 보낸 원문인데…. 그래도 정통정합영어를 5번 완독했던 사람은 금방 이해가 되는 문장 아닌가! 자기 남편을 통해서 이른 아침 메신저는 좀 자제해 주십사 부탁한 것도 아니고, Would You please… 이런 문장 쓴 것도 아니고, 그것도 시아버지 개인방으로 보낸

당돌하기 그지없는 문장을 받고, 한동안 멍한 상태가 되었다. 그 문자 받은 시각에 바로 전화해서 뭐 이따위 식으로 시아비를 대접하냐? 네 눈에 내가 그리 밖에 안 보이느냐 하고 고함과 호통을 치고 싶었지만. 정신을 가다듬고 일단 'OK, Sorry~!' 라고 답하고 바로 출근했다. 하지만 괘씸하고 황당한 마음으로 일과를 개운치 않게 보냈다. 저녁에 퇴근해서도 푹 꺼진 나의 얼굴을 본 아내가 왜 그러느냐고 묻길래 자초지종을 말하고 내 기분이 이렇다 얘기하니까, 아내가? "당신이 이해하소." 이러는 게 아닌가. 나중에 아내가 큰아들에게 전화해 자초지종을 얘기하고, 아버지 기분이 이러하니 네가 며느리에게 잘 이해시키고, 사과 전화 한 번 드리라고 했다고 하길래 내가 그러지 말라고 했다. 아시는 분은 아시겠지만, 영국은 어릴 때부터 만인 평등교육을 받는다. 그 자리에서 Yes와 No를 분명하게 대답하도록 교육받고 성장한다고 한다. 자식이 아빠, 엄마 대신 부모 이름 Alan이나 Johnson식으로 부르는 게 더 친숙하고 일반화되어 있다. 동양의 장유유서 및 부모공경 입장에서는 도저히 용납될 수가 없다. 하지만 영국의 교육과 사회와 문화를 자주 접하고 나서는 며느리를 이해하게 되었다. 가족은 신이 내려주신 보물이다. 가장이 어떻게 가족의 분위기를 끌고 가느냐에 따라서 가풍이 달라질 것이다.

자화자찬 같지만, 공부라 하면 둘째가라 하면 서러워할 정도이고, 눈에 넣어도 아프지 않을 녀석이 나의 둘째 아들이다. 초등시절부터 고등학교까지 매번 학급회장, 학년장, 총학생회 간부까지 두루 역임하면서도 서울 강동구의 H 고교에서 3년 내내 전교 1%의 최상위권 성적을 유지했던 녀석인데, S 대 법학과가 유일무이의 목표였는데, 재수까지 하면서 문은 두들겼지만, 끝내 문은 열리지 않아서, Y 대 사회과학대 사회학과를 우수한 성적으로 졸업했다. 공중파 앵커가 꿈이었던 녀석이 26세의 젊은 나이로 대기업 패션회사에 공채되어 MD 업무를 수행하게 되면서 하루 24시간이 부족하게 정열적으로 사회생활을 잘하고 있는 것을 보면 아비로서 흐뭇한 마음을 가눌 길이 없다. 벌써 입사 1년이 후딱 지나고, 중국의 심천에 업무 비즈니스 관계로 본격적인 해외출장길에 오르는 것을 보면 역시 내 아들이구나 하는 생각이 든다. 축구도 잘하고, 음악(작곡)과 그룹사운드(일렉 기타)에도 남다른 재능이 있는 둘째야. 니가 최고다. 둘째야. 너만은 토종 한국인 예쁜 양갓집 규수를 데려와야 한다.

5. 유별난 우리부부의 운동 및 산사랑

우리 부부도 이제 어느 정도 자식들의 굴레에서 벗어나려고 한다. 자식들도 완전히 경제적으로 자립했으니, 맘은 솔직히 홀가분하다. 우리 부부는 취미생활이 같아서 함께하는 삶이 너무 행복하다. 십수 년 전부터 1년 365일 비가 오나 바람이 부나 훌라후프를 아침저녁으로 30분 이상씩하고, 매 주말 산에 오르는 것을 취미 겸 생활화하고 있다. 최근에 남한의 3봉 중 하나인 지리산 천왕봉(1,915m)과 설악산 대청봉(1,708m)을 50대 중반의 우리 부부가 너끈하게 정상을 밟았다. 조만간 한라산 백록담(1,950m)과 북한의 백두산(2,750m)도 함께 등정할 계획이다. 그리고 그다음 단계는 해외의 유명산(일본 후지산 및 기타) 등정에도 나설 계획이다. 나의 평소 매우 신성시하는 지론 중 하나가 사람은 두 발로 스스로 건강하게 오래 걸어 다녀야만 삶의 질을 높게 향유할 수 있다 여서, 등산을 좋아한다. 그것도 부부가 같이 건강해야만 100세 시대의 건강한 삶, 행복한 삶을 공유하면서, 진정한 삶의 질을 누릴 수 있다고 생각한다.

6. 인간승부의 세계 파이팅이 없는 자는 진다

이제 50대 중반의 나이에 자식 둘이 사회의 각 영역에서 자기 몫을 할 수 있기에 우리 부부의 인생 후반전이 본격적으로 시작된다. 진정한 승부, 검투사의 승부가 기다려지는 인생 후반전…. 아니 연장 전·후반전까지 많은 기회와 도전을 기꺼이 정열적으로 능동적으로 맞이하고 싶다. 내가 자신에게 맘속으로 항상 다짐하고, 새기고, 주문하는 문구가 있다. 오십 중반의 나이까지 살면서 수많은 난관과 고통, 희열, 좌절, 분노가 셀 수 없이 많았지만 '중죄를 범하여 단두대에서 사형집행을 기다리는 사형수'보다 더 어려운 일이나 상황이 있겠는가? 라고 자문자답해보면 일상 세속에서의 일은 아무것도 아니라고 답이 딱 나온다. "걱정거리의 90%는 일어나지 않는다. 우리가 하는 걱정거리의 40%는 절대 일어나지 않을 사건들에 대한 것이고, 30%는 이미 일어난 사건들, 22%는 사소한 사건들, 4%는 우리가 바꿀 수 없는 사건들에 대한 것들이다. 나머지 4%만이 우리가 대처할 수 있는 진짜 사건이다. 즉 96%의 걱정거리가 쓸데없는 것이다." 나는 항상 세상을 긍정적으로 본다. 긍정은 긍정을 낳고, 정열과 창의를 유발해서 우리를 더욱 분발케 한다고 본다. 오늘의 나를 있게 해준 ㈜신도리코는 나의 모태 태반과 같은 존재이면서 은인이나 다름없다.

신도리코의 Sales 10훈이 오늘의 나를 있게 해주는 정신적 버팀목이면서 내 회사 디지탈코리아의 Sales 10훈이기도 하다.

1. 판매 건수는 방문 건수에 비례한다
2. 판매는 거절당했을 때부터 시작된다
3. 만족하게 산 고객은 제일 좋은 선전원이 된다

4. 세일즈는 인격을 파는 것이다
5. 상품지식은 충분히 알고 있는가?
6. 시간은 금이다. 능률적으로 행동하자
7. 행운은 땅에 떨어져 있는 것이 아니다
8. 인간승부의 세계 파이팅이 없는 자는 진다
9. 머리와 발에 발란스가 맞는 세일즈를 하자
10. 우리들은 디지탈코리아의 세일즈맨이다, 프라이드와 자부심을 갖자.

나는 신도리코에 12년간 재직했고, 퇴직 당시 특수 영상장비 팀장으로 근무하면서 한국의 보고 문화(챠트와 필름의 OHP)를 컴퓨터와 다이렉터 연결하여 대형 스크린화면에 직접 투사하는 Beam Projector(빔프로젝터)로 대체하는 시스템을 국내에 처음으로 도입·소개·정착한 사람 중의 하나이다. 그때 창업한 디지탈코리아가 올해로 만 18년을 맞이했고, 수많은 굴곡의 와중에서도 살아남았다. 나는 "살아남는 자가 강한 자다." 이 말을 참으로 좋아한다. 참고로 국내 최고기술의 종합 영상장비회사 디지탈코리아의 website 주소는 http://dkdisplay.com/ 이다. 많이 애용해 주세요.

God bless you and your family!

친구

박득채 | 덕산정공 대표 |

'28수다방'에 접속과 탈퇴의 번복 속에, 150여 명의 남아 있는 친구들은 매일 일상의 안부를 묻기도 하고, 생각의 나래를 펼쳐나가기도 한다. 또 어떤 친구는 화면 속 발자취를 더듬으며 속사포처럼 빠른 세월의 시간을 잠시나마 회상해 보기도 한다. 논쟁거리의 글과 힘을 실어주는 글도 올리고 열심히 댓글을 달기도 한다. 장난삼아 시비를 거는 친구도 있고, 좋은 글을 퍼 날라 동기들을 흐뭇하게 하는 친구도 있다. 누구는 고등학교 졸업 앨범을 스캔하여 현재의 모습과 까까머리 앨범 속 얼굴을 대비시켜 주기도 한다. 다들 늙었다. 하지만 그 늙음 속에는 삶의 연륜들이 묻어 있다. 우리 자식들보다 더 어린 나이에 만나 35년이 지난 지금도 이렇게 아이들처럼 즐겁게 노는 모습을 보면, 친구란 역시 소중한 것이란 생각을 해 본다.

다소 서툴고 어색했던 처음과는 달리 한번 두번 오프라인에서 만나고 나서부터는 학창시절이 오롯이 회상되기도 한다. 시간이 쌓일수록 공유하는 추억이 덧입혀져 갈수록 다듬어지고 윤이 나기도 한다. 친구들의 '수다방'이 우정과 사랑 관심 모든 것을 성장케 하는 힘이 되는 것이다. 현실적으론 힘들겠지만, 그때 졸업한 친구들이 모두 모이는 그런 날을 상상해 본다. 서로에게 힘이 되는 그런 친구가, 늘 소식을 전하는 친구가 150여 명이 있다는 그 사실 자체만으로도 나는 기쁘다.

나는 등산을 엄청나게 좋아한다. 2008년 8월 10일 호남정맥 14구간을 산행하던 중에 함께한 동료 한 명이 무릎에 통증을 호소하여 더는 산행을 계속 할 수 없는 상황을 맞이했다. 내가 부축하여 함께 하산하여 차도로 이동하여 같은 방향으로 지나가는 차량을 얻어 타려고 도움을 청했다. 하지만 모든 차량은 쏜살같이 지나가고, 작열하는 태양을 오롯이 마주하면서 신작로 아스팔트 열기를 온몸으로 받으면서 걷고 있는데, 저 멀리 승용차가 미끄러지듯 우리 쪽으로 오는 것이 아닌가. 도움을 청했더니 운전자는 아주 반갑게 우리를 태워 주면서 자기네 고장을 찾아 주어서 감사하다는 인사를 한다. 착한 마음의 소유자다. 여름 한나절 산행을 했으니 온몸은 땀으로 범벅이 되었으며 땀 냄새로 진동할 텐데 하는 미안한 마음이 먼저 들었다. 그 와중에 나는 지도를 내밀면서 목적지를 말했다. 자기도 어느 지역인지 알 수 없으니 오늘 친구들 모임이라 그곳에 가서 물어보자고 했다. 모임 장소에 도착하여 친구들에게 물어보고 어딘지 알았다면서 과일과 음식들을 가져와 함께 먹고, 2시간가량 달려 목적지에 내려 주는데 얼마나 고맙고 감사한 지. 기름값이라도 하라며 얼마간의 돈을 내밀었더니 극구 사양하시기에 제 명함을 드리면서 행여 부산 쪽으로 오게 되면 연락하라고 드렸더니 본인의 명함도 건네준다. 차 안에서 비용을 얼마나 드려야 하나 하는 생각으로 온통 갈등을 겪었던 나 자신이 한없이 초라하고 부끄러워지는 순간이다. 나 자신이 한없이 작게 여겨지는 것이었다.

낙동정맥 할 때는 대부분 우리가 활동하는 지역이라 발 맞는 산꾼들과 승합차로 이동하여 출발하고, 목적지에 일찍 도착하는 사람이 택시나 버스 아니면 같은 방향으로 가는 마음씨 좋은 차량 얻어 타고 출발지 차량으로 이동할 수 있었다. 쉽게 태워 주는 차량이 없으면 미모 받쳐주는 여성회원이 서 있으면 대부분 해결되기도 했다. 하지만 땀으로 젖어있는 데다 냄새까지 나는 낯선 이를 인적 드문 시골 길에서 태워주는 것은 쉬운 일이 아니다. 그래서 나는 배낭 메고 도로를 걷는 이를 보면 차를 세워 필요한 도움이 있는지 먼저 물어보는 습성이 생겼다.

호남정맥 천운산 자락에서 도움을 준 이분이 한없이 맑아 보여 그래 언제 한 번 원수 갚아야지 하면서도 잊고 지내다 가을이 무르익어 갈 즈음 김해 주변에 명품 단감밭을 지날 때 이 친구를 떠올리면서 단감을 보냈다. 그 후 서로의 안부를 묻기도 하고 하면서 지낸 시간이 오늘까지 이어지고 있다. 올해 가을에도 이분을 생각하면 감사한 마음이 먼저 들어 단감을 좀 보냈더니 감사의 글과 본인의 생년월일을 밝혀왔다. 그러면서 나이가 어떻게 되냐고 물어 왔기에 22일 내가 늦게 태어났다고 밝히자 먼저 친구 하자고 했다. 그리해서 6년이나 지나서야 서로 친구가 되었다. 가끔 통화하고 안부 묻고 카톡하고 하다 보니 아른거리는 얼굴, 한번 다녀가라는 친구의 부름에 응하면서 만날 시간이 다가올수록 묘하게 흥분되는 감정은 감출 수가 없었다.

가을의 끝자락 화창한 금요일 오후 곱게 물든 산야를 달리면서 차창 밖 삶이 온통 내 것인 양 눈동자 가는 곳 마다 하나의 풍광도 놓치지 않겠다는 일념으로 점찍어 가며 친구에게로 가는 와중에도, 어떤 상황에서 친구가 될 수 있을까? 친구란 무엇일까? 친구가 되고도 한 번도 만나 보지 못한 친구란? 이런 생각으로 머릿속은 온통 꽉 찼다. 끝없이 생각에 생각을 거듭하면서 목적지에 도착하자, 친구에게서 전화가 왔다. 방금 도착해 주차 중이라고 했더니, 기다림에 지쳐 눈 빠지는 줄 알았다고 하면서, 저 멀리 논을 가로질러 '친구야' 하면서 뛰어 오는 것이 아닌가. 아, 이게 친구인가? 처음 보면서 그리워지고 보지 않아도 훤히 보이는 것이, 너 마음 내 마음이 함께 열려 있어, 서로 알아주는 것이 친구인가? 반갑게 두 손 잡고 그간의 지난 세월과 옛날을 회상하며 이야기를 나누었다. 날이 새도록 집안 이야기, 아내와 만난 이야기 등 소소한 정담을 나누었다. 서로를 알아 가면서 상당히 많은 부분이 닮았다는 것을 확인했다. 공감과 공명을 일으키는 부분이 겹칠수록 아, 이래서 친구가 될 수 있고 서로가 갈망했나 하고 생각되었다.

처음은 누구나 남남으로 다가오지만 그를 친구로 만들 수 있는지 아니면 타인으로 남게 하는가는 오로지 자신에게 주어진 몫이란 생각이 든다. 시간이 켜켜이 쌓여 그를 만나며 타인에서 벗어나 선한 눈망울이 가슴으로 다가오면서 그와 서서히 친해졌다. 한번 두번 만나 친구가 될 수 있다면 친구란 의미는 퇴색되어 버릴 수가 있겠다는 생각이 들기도 한다. 친구는 잘 익은 포도주가 충분한 시간 속에서 농익어 제맛과 독특한 향기를 내듯이 눈부신 가을 햇살 아래 서서히 터져 오르는 은빛 날개를 지닌 억새처럼 최고조의 향과 맛을 간직한 포도주였으면 좋겠다. 오래될수록 좋은 맛과 향을 내는 그런 모습으로 우리가 오래 함께 할 수 있는 친구.

친구 집에서 친구랑 모듬북을 같이 두들기면서 아, 친구란 서로 간 이런 울림이 있어야 친구가 되는구나 하고 생각했다. 친구 간 만남도 그리움이 따라야 하고 멀리 떨어져 있어도 그림자처럼 함께 할 수 있어야 친구가 아닐까? 진실로 좋은 친구를 원한다면 스스로 좋은 친구가 될 준비가 되어 있어야 한다. 항상 주위에는 나와 같은 사람들이 모이는 것이므로…. 친구와 1박 2일간 함께 하면서 고향 친구보다 더 편안한 느낌을 받았으며, 많은 울림이 있는 꿈같은 시간을 보냈다. 그 시간이 친구를 다시금 생각해보는 계기가 되었다.

28동기 친구들 학창시절 웃고 떠들고 기발한 말로 폭소를 자아내기도 하고 선생님과 대치도 해 보았지. 그 시절이 우리를 끈끈한 친구로 맺어주고 있잖아. 많은 사람이 고등학교 학창 시절에 대해 그리움과 정을 이야기하는 것은 그래도 때 묻지 않고 풋풋하고 순수한 즐거움이 있었기 때문이라 생각한다. 어른이 되고 세상을 살면서 그때 때 묻지 않은 즐거움을 다시 느껴 보자. 일출보다 붉게 노을 진 강가의 황혼이 더 아름답다는 사실을 이제는 피부로 느끼는 나이가 아닌가. 진정한 아름다움을 느끼는 나이, 진솔한 삶이 무엇인지를 아는 나이다. 바람처럼 왔다가 이슬처럼 갈지도 모르는데, 살아 있다는 시간이 우리 곁에 머물 때 밴드든 톡 방이든 번개 모임이든 부지런히 함께 하자. 친구야.

미나리에 거머리가 있어요

석태문 | 대구경북연구원 농림수산연구실장 |

"학교급식이 로컬푸드(local food)하고 어떻게 연관되는지 잘 모르겠습니다. 대량의 음식재료가 필요한 학교급식을 로컬푸드로 한다는 것은 소비자인 학생을 무기로 생산자에게 갑질하는 결과를 가져올지도 모릅니다."

최근 유행하는 로컬푸드 세미나–로컬푸드란 지역에서 생산한 농산물, 식품을 지역에서 소비하자는 운동을 말한다–에 늦게 참석한 토론자가 한 말이다. 물론 늦게 도착한 이유를 설명하였지만, 그가 제기한 토론의 품새를 보면 일찍 왔다 해도 기조가 바뀔 것 같지는 않았다. 이렇게 운을 떼는 이유는 학교급식, 학생이란 용어들에서 자연스레 40년도 얼마 남지 않은 대건학교 교실의 점심시간이 연상되었기 때문이다. 살인도 추억하는 영화가 있었던 걸 보면 교실의 추억은 이야기 보따리가 얼마나 많을까?

1976년 3월, 나보다 한 학년 위였던 사촌 형의 비산동 고갯길 자취방에서 나의 고교 시절은 시작되었다. 아궁이 불씨보다 지키기가 더 어려웠던 연탄불은 매일 저녁 꺼져 있었다. 학교를 마치고 자취방으로 올 때면 반쯤 불붙은 씨 연탄 사는 것이 나의 일과가 되었다. 등굣길은 지금은 대구시민은 물론, 관광객들에게도 인기 높은 대구 근대골목길의 중간을 가로지르고, 역사문화길이 된 주교관이 있는 남산동 학교까지 가는 동선이었다. 요즘 같으면 매일 하루 두 번씩 관광코스를 걸어 다닌 셈이다. 엄마 곁을 떠난 초보 고교생의 자취방 생활은 한 학기가 끝날 때까지 계속되었다.

도시는 우리가 사는 곳이다. 대한민국 국민의 90% 이상이 도시에서 산다. 10%도 안 되는 농촌 인구가 5천만 국민들의 먹을거리를 만든다. 정확하게 말하면 식량자급률이 20% 초입이니까 우리 밥상의 80%는 해외 농민에게 의존하고 있다. 해외 농민이 없으면 우리는 어떻게 살까? 그들에게 고맙다고 인사해야 할 날이 올지도 모른다. 설문조사를 보면 우리 농산물에 대한 소비자들의 충성도는 갈수록 낮아지고 있다. 하기야 싸고 건강에 좋은 농산물을 생산해서 수입농산물과 경쟁해야 한다고 말한 전직 대통령도 있었다. '싸고 건강에 좋은 농산물'이 세상에 존재하는 것일까? 우리가 사는 세상이 그렇지 못해서 '싸고 건강에 좋은' 요지경을 동경하는 것일지도 모른다.

세상에 존재하지 않는 곳, 그곳을 우리는 유토피아라고 한다. 존재하지 않는 곳이기에 가보고 싶고, 가보고 싶기에 가본 듯이 이상향이 그려진다. 남산동 대건학교 교실에서 세상을 바라본 우리들의 시선도 그런 것이었다. 가보지 않은 곳, 그곳으로의 열망은 서울로 수학여행을 떠났던 초등학교 시절의 두려움이었다. 그 이후 거의 40년의 세월을 뒤도 돌아보고 않고 줄달음쳐왔다. 그것은 여행이었다. 가보지 않는 곳으로의 여행. 여행객이 된 나에게는 전혀 낯선 곳, 그곳으로 나는 아직도 여행하고 있다. 여행의 끝이 어디가 될지 나는 모른다. 지금도 나는 미지의 세계, 유토피아로 여행하고 있는지 모른다.

"야, 니 반찬 맛있겠다."

고등학교 시절 어머니 손맛으로 만들어 주신 도시락 반찬을 자식이 맛볼 사이도 없이 친구들이 먹었다. 그 사실을 어머니가 아시면 얼마나 안타까워하실까? 아내를 딸 같다고 말씀하시지만, 여전히 아들과 며느리의 간격을 줄이지 못하시는 어머니. 어머니는 아들이 맛도 보지 못한 그 시절 도시락 반찬 이야기를 들으시면 얼마나 실망하실까. 지금은 팔순이 넘은 어머니, 건강이 악화하여 두 달 넘게 병원에 계신다.

"학교급식에 로컬푸드 음식재료를 사용하는 것이 소비자-생산자 간에 갑을관계를 조장할 수 있다는 말에 동의하지 않습니다. 우리 아이들의 밥상이 학교급식 아닌가요? 학교급식은 단순히 한 끼 밥을 먹는 행위가 아닙니다. 밥을 먹으면서 하는 식생활 교육시간입니다. 가정의 밥상머리 교육이 사라진 지금, 그래도 밥상머리 교육이 가능한 곳이 바로 학교급식 아닐까요? 우리가 먹는 음식의 평균 이동 거리가 8,000km를 넘습니다. 농민이 생산한 농산물이 우리 밥상에 올라올 때까지 그 거리만큼 많은 시간이 걸립니다. 음식의 이동 거리가 길다는 것은 우리가 먹는 음식 대부분을 수입에 의존하기 때문이잖아요. 누가 어떤 방식으로 생산한 것인지를 알지 못하는 음식재료로 만든 음식을 우리나, 우리 아이들이 먹고 있습니다. 생산자가 소비자를 모르는데 건강한 방식으로 농산물을 만들까요? 학교급식은 우리 아이들에게 건강한 밥상이 무엇인가를 가르치는 교육시간입니다."

토론자에게 나는 좀 화난 듯이 말해 버렸다.

지금은 대구와 인접해 도시의 흉내를 내는 경산이지만, 당시만 해도 고향에서 중학교를 마치고, 대구에 처음 온 나에게 대건학교가 준 문화충격은 작지 않았다. 근대유산 건물의 풍모를 지닌 성당과 도서관 건물은 유럽식 건물 스타일을 전혀 알지 못했던 나에게 경탄의 대상이었다. 오전 수업을 마치는 종소리와 함께 방송실에서 흘러나오는 팝송은 생전 처음 들어보는 음악이었다. 중학교 시절까지 내가 흥얼거려본 노래라고는 '두~마안 강 푸른 물에' 이런 노래들뿐이었으니. 고향에서와 달리 대건학교의 점심시간은 진풍경이었다. 처음 본 소시지, 후식으로 과일을 가져오는 친구도 있었다. 요즘 가끔 가는 고급 뷔페 음식을 보면 먹는 것보다 차라리 보는 것이 좋을 것 같은 음식들이 산해진미를 이룬다. 그런 반찬들이 점심시간 친구들의 도시락 속에 있었다. 친구들이 가져오는 도시락은 뷔페의 성찬이었다.

학교급식을 담당하는 영양사들이 무서워하는 것이 있다. 벌레 먹은 채소류. 이런 게 하나라도 발견될 경우, 영양사는 음식재료 공급업체에 가차 없이 반품조치를 명한다. 신선 미나리를 아이들에게 주려는데 거머리 한 마리가 발견되었다. 어떻게 될까? 영양사는 기절할 것이다. 오케이. 음식재료 공급업체는 그때부터 생계를 걱정해야 할 것이다. 그런데 미나리에는 왜 거머리가 붙어 있는 것일까? 거머리가 미나리를 좋아해서, 아님, 미나리가 거머리를 좋아해서. 둘 다 일지 모른다.

잠시 숨을 고르자. 거머리는 미나리를 좋아한다. 미나리도 거머리를 좋아한다. 딱히 미나리가 거머리를 좋아한다기보다는 거머리가 살 수 있는 미나리꽝 환경을 미나리가 더 좋아한다는 표현을 옳을 듯하다. '거머리는 미나리를 좋아한다'란 말은 두 가지로 해석할 수 있다. 하나는 미나리가 거머리에게 맛있는 음식이란 것이고, 다른 하나는 미나리가 자라는 환경이 거머리에게도 살기 좋은 곳이란 의미이다. 그런데 두 번째는 좀 바꿔볼 필요가 있다. 거머리가 살기 힘든 곳이라도 미나리는 잘 살 수 있다. 잘 산다는 것이 우리 인간의 기준이긴 하지만, 미나리는 오염이 심한 하수도 분출구에서도 잘 자라는 생명력이 왕성한 식물이다. 그러나 요즘 미나리는 대부분 청정한 것에서 자란다. 다만 거머리가 없는 미나리보다 거머리가 있는 미나리가 인간의 기준에서는 더 건강한 미나리이다. "미나리에 거머리 나왔다고 호들갑 떨 필요 없어요. 오히려 거머리가 있는 미나리가 더 건강한 미나리라고 홍보해야 합니다." 미나리 박사는 아니지만, 지금은 명예교수를 하시는 어느 노교수님의 말씀은 일리가 있었다. 거머리는 농약을 싫어한다. 농약은 거머리를 논에서 몰아냈고, 소위 잡초로 낙인찍힌 아름다운 들풀들을 논과 밭에서 추방한다.

"학교급식이 수업시간이 되어야 하는 이유가 있는 거예요. 미나리꽝에서 거머리가 왜 사라졌을까? 이걸 학생들에게 질문해야 해요. 거머리가 견디지 못하는 미나리를 우리가 먹으면 우리 몸에는 좋겠어요? 거머리가 있는 미나리야말로 건강한 음식이라고 어른들이 점심시간에 학생들에게 가르쳐야 하지 않을까요? 그래야 우리 아이들이 사라진 거머리를 안타까워하지 않겠어요?"

로컬푸드는 생산자와 소비자의 거리를 좁힌다. 좁아진 거리만큼 서로 간에 관계를 맺도록 한다. "이 흑미는 영천에 귀농한 4년 차 농부, 오 00이 만든 친환경 농산물입니다." 이렇게 문구를 써놓고 쌀이 자라는 과정을 수시로 동영상으로, 사진으로 회원들에게 SNS로 보내준다. 수확도 하기 전에 흑미는 다 팔렸다. 80kg 한 가마니에 80만 원에 팔렸으니 일반미 판매가의 4배가 넘는 수준이다. 생산자와 소비자의 관계는 믿음으로 이어진다. 어떻게 만들었는지, 힘은 얼마나 드는지, 여름날 첫 새벽에 들에 나가 2시간씩 손으로 피를 뽑는 모습을 본 소비자들에게 80만 원은 오히려 싼 값이다.

"정화조 냄새가 많이 나죠?" 건물에서 청소하시는 여성분이 인사치레로 하신 말씀이다. "하하, 다 우리 냄새인걸요." 20층 건물의 정화조를 다 비우기 위해서는 적어도 이틀은 갈 것이다. 그 이틀간 우리는 우리 냄새를 맡는다. 우리가 6개월 동안 생산해낸 냄새를 겨우 이틀 맡는 것이니, 손해 보는 장사는 아니다. 그러나 정말 그럴까? 사라진 쓰레기의 불편한 진실을 고발한 헤더 로저스는 『쓰레기는 어디로 갔을까?』라는 책에서 쓰레기는 사라지지 않은 것이라고 주장한다. 다만 우리가 보지 못하는 곳에 쓰레기가 쌓여갈 뿐이다. 전통 먹을거리가 사라진 학교급식은 우리 눈앞에는 보이지 않는 쓰레기 더미와 같을지 모른다. 수확 후 합법적으로 농약을 살포할 수 있는 수입품 농약 농산물 앞에 우리 아이들을 무방비로 노출하는 일이다. 아직 늦둥이가 남은 친구들도 있겠지만, 빠른 친구들은 며느리, 사위를 보기도 했다. 손주를 가진 친구가 있다면 이 말은 꼭 해주고 싶다. "사람 몸은 물이 70%다. 좋은 물을 먹어야 좋은 사람 된다. 귀한 손주 녀석 좋은 사람 만들려면 좋은 물, 좋은 음식 먹여야 해."

대건 학교 3년의 추억이 40년의 세월 속에도 다시금 또렷해지는 이유는 질풍노도 시절에 맺은 끈끈한 인연 때문이다. 오십 중반의 나이에 대건학교를 회상하는 일은 미나리꽝에서 거머리를 찾는 시간이었다. 대건 학교의 추억은 친구들과 떨어져 있어도 가까운 로컬푸드였다.

용서하며 살자

김수윤 | 근로복지공단 부천지사장 |

내 고향은 경북 영덕이다. 다들 영덕이라고 하면 대개 바다 가까이 사는 것으로 안다. 그리고 이내 영덕대게를 떠올린다. 그러나 우리 집은 바다와는 거리가 멀다. 지품면이라는 곳으로 영덕에서 안동 쪽으로 올라가는 내륙 깊숙이 자리 잡고 있기 때문이다. 오죽하면 내가 바다를처음 본 게 중1 때였을까. 하늘이 그야말로 손바닥만 하게 보이는 조그마한 산골이었다.

얼마 전 회사 직원과 고향 이야기를 하다가 집에서 학교까지 자전거 타고 다녔느냐고 물어서 실소를 금치 못한 일이 있었다. 자전거를 타려면 신작로 옆이나 길이 잘 만들어진 곳에 살아야 하나 우리 집은 신작로를 벗어나 높은 산을 두 개나 넘어야 하는 산속에 있어 자전거는 엄두도 낼 수가 없는 곳이었다. 자전거를 타고 통학하는 곳에 사는 친구들이 몹시도 부러웠고 자전거도 갖고 싶었다. 하지만 요즘처럼 오르막도 쉽게 오를 수 있는 기어 자전거는 아예 있지도 않았다.

엄한 부모님 밑에서 자랐고 학교까지의 거리도 멀고 통학도 불편하여 중학교 1학년 때부터 집을 나와 혼자서 자취를 하면서 생활했다. 고등학교 때 잠깐의 하숙을 빼면 자취는 거의 결혼 전까지 쭉 이어졌다. 어린 나이에 모든 것을 스스로 해결해야만 했고 기댈 곳도 없어 홀로책임을 져야만 했다. 덕분에 나는 강한 독립심과 책임감을 자연스레 몸에 익히고 살았다.

나름대로 굳게 형성된 이 강한 책임감으로 인해 나 홀로 끔찍이 스트레스를 받았던 일이 있었다. 나의 기준으로서는 도무지 이해 못 할 일이었다.

스산한 가을로 들어 가려고 하는 초입, 처남이 외국으로 유학 가면서 주고 간 티코를 몰고 집으로 가고 있는데 갑자기 백미러에 쏜살같이 달려오는 차가 보였다. 나도 모르게 액셀러레이터를 밟았으나 다가오는 차는 속도를 줄이지 못해 기어이 약하디 약한 티코의 꽁무니를 들이박고 말았다. 충격이 가해지고 목과 허리가 뻑뻑해졌다. 그 와중에도 액셀러레이터를 밟은 내가 참 잘했다는 생각이 든다.

잠시 후 뒷차에서 운전자가 내려 나에게 다가와 문을 두드린다. 그리고 괜찮으시냐고 묻는다. 목도 뻐근하고 허리도 묵직하다 했더니 치료비는 자기가 다 부담할 테니 병원에 가 보시란다. 그러면서 쭈빗쭈빗 뭔가 할 말이 있어 보인다. 기분도 살짝 나빠서 "뭐야." 했더니 죽을상을 하면서 사실은 자기가 얼마 전에 운전면허가 취소되었다고 한다. 이제 전문대학 1 학년인데 친구하고 렌터카를 빌려서 놀러 갔다가 자기가 반납하러 가는 길에 핸드폰 통화를 하다가 미처 보지 못해서 사고를 냈단다. 그러니 제발 렌터카 빌린 친구가 운전한 것으로 해 달랜다. 그러면 보험으로 처리해서 차량 수리하고 무슨 연유에서인지 치료비는 보험으로 처리 안 하고 본인이 다 부담하겠다고 통사정한다.

황당했지만 앞날이 구만리 같은 젊은 친구가 안 되어 보여서 렌터카 빌린 친구의 동의를 받고 마지못해 엉거주춤 그리하고 말았다. 각서 하나 받고 그대로 돌려보냈다. 사단은 그때부터 시작이었다. 치료비 문제로 연락했더니 전화를 잘 안 받는 것이었다. 어쩌다 겨우겨우 연락이 되어 만날 약속이 되어도 나타나지를 않았다. 약속을 밥 먹듯이 어기고 전화도 안 받으니 화가 머리 꼭대기까지 치밀었다. 내 상식으론 도저히 이해가 안 되고 용서가 안 되는 놈이었다. 그놈 생각이 날 때마다 피가 거꾸로 올라오고 잠을 잘 수 없을 정도로 괘씸하고 이가 갈릴 정도였다. 혼을 내주어야겠다고 생각하고 사실대로 밝히기로 마음을 다졌다. 하지만 마지막으로 운전을 하지도 않고 친구 대신 사고를 낸 것으로 처리한 죄 없는 친구가 마음에 걸려 상황을 알려나 줘야겠다고 생각하여 학교 과 사무실에서 연락처를 알아내었다.

요즘이야 개인정보 보호 때문에 알 수가 없지만 당시엔 친절하게 안내를 해 주었다. 알려준 번호로 전화를 하니 모친이 받는다. 이러저러해서 아드님이 운전을 하지 않았지만 사고를 낸 것으로 신고가 되어 있다. 그런데 사고를 낸 친구가 약속도 안 지키고 전화도 피하고 해서 도저히 못 참겠다. 사실대로 밝히고 이놈을 처벌해야 겠다. 그런데 허위신고로 아드님에게도 처벌이 있을지도 모르니 미리 알고 계시라고 전화 드린 거라고 했더니 일주일만 기다려 달랜다. 아들은 그동안 군에 입대하고 집에 없단다. 사실 남편도 없고 아들하고 둘이 사는데 잘못되면 안 된다고 통사정이다. 그래서 일주일만 기다리기로 했다. 며칠 후 그놈에게서 연락이 왔다. 시간과 장소를 정하고 만나기로 했다. 당일 역시나 이놈은 제시간에 나타나지 않았고 여러 차례의 시도 끝에 겨우 연락이 닿았다. 장소를 변경하고 수 시간이 늦은 뒤에야 겨우 만날 수 있었다.

난 이미 꼭지가 돌아버린 상태였다. 만나자마자 온갖 변명을 늘어놓는 그놈에게 한 시간이나훈계를 퍼부었다. 본인 문제야 별개로 하더라도 운전하지도 않은 친구가 운전한 것으로 사고처리를 해놓고 사실대로 밝히면 피해가 갈지도 모르는데 어떻게 그렇게 무책임하게 행동할 수 있는지 정말 이해가 되지 않았다. 또다시 굳은 약속을 하고 헤어졌다. 약속 날이 다가왔으나 역시나 소식이 없었다. 정말 참을 수가 없었다. 문득 문득 이놈 생각이 떠 오르면 심장이 뛰고 이가 갈렸다. 몇 달여를 끙끙 앓으며 속을 태웠더니 건강에도 이상이 생기고 스트레스가 너무 심했다. 사실대로 밝히고 정리를 하고 싶은 생각이 간절했지만 죄가 없는 친구 놈도 걸리고, 공직에 있으면서 타협을 해준 내가 더 문제가 될 수도 있겠다는 생각 때문에 그럴 수도 없었다.

늦은 밤 술 한잔 걸치고 달빛을 받으며 길을 걷던 중 갑자기 그놈 생각이 또 떠올랐다. 또다시 극심한 스트레스가 밀려오고 심장이 두근거린다. 문득 이래서는 안 되겠다, 그놈을 위해서가 아니고 나를 위해서 잊자, 이런 생각이 들었다. 사실 따지고 보면 별 대수로운 일도 아니지 않은가. 차량은 보험으로 처리해서 수리했고 치료비는 얼마 되지도 않지 않은가.

이렇게 잊기로 마음먹고 마음을 내려놓는 순간 마음이 편안해짐을 느꼈다. 이렇게 편안한 걸 진작 내려놓지 못한 게 후회스러웠다. 집으로 돌아오자 말자 바로 그놈과 관련된 연락처며 각서들을 모두 찢어버렸다. 사실 그렇게도 나를 못 견디게 했던 건 치료비 때문이 아니라 전화를 피하고 밥 먹듯이 약속을 어기고, 죄가 없는 친구에게 피해가 갈지도 모르는데도 무책임하게 행동하는 그놈의 태도가 내 기준으로서는 도저히 이해가 안 되고 용납이 안 되었기 때문이었다.

단기간에 잊히지는 않았지만 마음은 편안해졌고 서서히 잊혀 갔다. 지금도 어쩌다 생각이 나면 괘씸한 생각이 들긴 하지만 그보다도 20살도 안 된 어린 나이에 거짓말을 밥 먹듯이 하고 책임 없는 행동을 하던 그놈이 더 큰 피해를 사회에 끼치며 살고 있지나 않을까 하고 염려된다.

이 일로 마음의 평화는 누가 나에게 주는 것이 아니고 내가 나에게 주는 것이란 걸 절감했다.

친구들이여! 용서하며 살자. 나 자신을 위해서.

이런 것도 깨달음?

설기영 | 난베테랑 고문 |

초등학교 시절 흑백 TV에서 뵙게 된 무애 양주동(无涯 梁柱東) 선생의 박학다식과 달변은 "아~! 멋있다."였다. 특히 한학이 부러웠다. 한글 읽기야 워낙 쉽지만, 한문은 문패, 신문, 병풍, 각종 문화재, 큰 바위 등에 휘갈겨져 있으나, 거의 모두가 대충 까막눈이다. 어른들도. 한문은 글씨체도 많고, 초서에 가면 대략난감이 아닌 불감당이다. 그러니 어린 마음에 양주동 선생의 한문 실력은 내게 큰 충격을 주었다.

"문패와 신문기사는 별 막힘없이 읽어야 하잖아, 그리고 병풍이나 비석은 뜨문뜨문으로라도 읽으며 짐작은 해야지."라고 마음 다졌다. 부친은 사립 중·고등학교 국어·한문 교사셨기에 청소년용 국역고전 샘플 책자부터 백과사전 전질이 책장에 꽂혀있었다. 책 보는 게 싫지 않았다. 특히 백과사전은 재미있었다.

중학교에 입학해 처음으로 영어란 걸 접하게 됐다. I am a boy. You are a girl. He is a man. She is a woman. 나는, 너는, 그는, 그녀는…. 우리말은 "는(은)"이면 다 되는데! 왜? 이놈의 영어는 am, are, is냐고오, 젠장! 더구나 I(You) play the piano인데 그놈의 3인칭 단수 현재일 땐 He(She) plays the piano란다. 내가 피아노를 치든, 니가 치든, 누가 치든 걍 피아노 치는 거지, 그놈의 be 동사는 변하기는 머할라꼬 변하노? 우리나라에 살면서 영어 쓸 일 어디 있노! 제기랄. 외국놈들 저거들이 필요하면 우리말로 하겠지 뭐, 라고 대범하게 생각하며 에이, 제껴! 했다.

그때부터 영어 수업 시간엔 "선생님은 떠들든가 말든가, 난 딴짓을 하련다."가 돼 버렸다. 나중에 양주동 선생의 『문주반생기』 내용을 접하곤, "아! 자칭타칭 국보(國寶)께서도 나와 비슷한 의문을 가지셨구나!" 하고 자위(自慰)했다. 그러다 고3이 돼서야 우쒸! 그래도 영어는 해야 되네, 라며 중학생들이 통상 보는 빨간색의 『기본영어』를 마음 다잡아먹고 읽게 되었다. 아직도 기억이 나며, 후배(자식)들에게 훈계할 때 늘 써먹는 한 구절. Gentleman must know something of everything, everything of something. 모두 아시는 바와 같이, 신사(良識있는 사람)는 일상 접하게 되는 오만 세상사에 대해선 일정수준의 지식을 갖춰야 하고(그래야 오만 사람들과 대화 소통이 됨), 여러 전문분야에 대해선 누구보다 빠싹하게 알아야 한다(전공분야에선 타의 추종을 불허하는 전문가). "아! 멋있다, 맘에 드네."라는 생각이 드는 순간, 이 구절은 평생 뇌리에 각인되었다.

일단 필이 꽂히면 하는 타입이지만 골 때리는 게 숙어와 관용구였다. 그래서 팝송에 관심을 가졌다. My Way, Epitaph, Let It Be, Blowin' in the Wind, The Winner takes it All, Bridge over Troubled Water, Country Road, Piano Man, Can't help falling in love. 대충 뜻이 있는

무거운 노래들이었다.

나에게 가장 요상한 책자는 색맹 검사 책이었다. 고등학교 진학을 하면서 신체검사를 받은 기억이 있는데 그 책은 정말 이상야릇했다. 내겐 분명 모양을 덜 갖춘, 숫자도 아닌 듯이 보였는데, 딴 아이들은 뭐라고 뭐라고 숫자로 읽는다. 황당함!

약간 곱슬머리에, 부모님으로 봐서는 이목구비 굵직굵직하여 사내답게 생긴 외모를 갖춰 사춘기 청소년이 갖는 외형적 신체관(觀)에 전혀 결격사유 없다고 자부해오며(기실 3남 2녀 중 제일 빠진다고 늘 열등감을 가졌음), 나름대로는 초등학교 6학년 때는 비록 떨어졌지만, 전교 어린이회장에 출마했고 중학교 때는 학교대표로 경주에 있는 화랑의 집에 입소해 조국과 민족, 강재구 소령, 화랑 관창과 세속오계(世俗五戒) 류의 단어에도 등골에 전율을 느끼던 순진무구 좌우대칭의 건전한 정신과 건강한 신체를 가진 내가 적록색약(赤綠色弱)이라니!

고2가 되기 전 문과 이과로 나눌 때, 부모님께 적록색약이라 이과(理科) 가면 안 된답니다 하니 "공부하기 싫으니 별소리 다한다."시며, "이과 가서 공대(工大)가라."로 끝.

투덜투덜 2, 3학년 이과 과목을 이수하고 예비고사 후 성적 받고는, 미심쩍어 부모님과 교회연(敎會緣)으로 안면 있는 권달만 안과에 갔다.

최종적으로 선고받기를, "자넨 적성이야 어떻든 이과에 못 가네, 문과로 가야 하네."

덕분에 상대에 들어가 잡다한 과목을 수강했다. 한의학이 젤 재미있었고 불어 영어 철학 민법 행정학도 괜찮았다. 인간만사 새옹지마(人間

萬事 塞翁之馬)라는 말이 뇌리에 박혔다. ROTC를 지원할 때도 신체검사서 색약자를 걸러내는 데, 눈치껏 띄어 넘어 무사통과 했다. 대학 4학년, 건드릴 놈 없는 ROTC 2년 차. 복학 고교 선배들과 학교 근방에 자취방을 얻어 강의실과 도서관 외 1주일에 한 번씩만 집에 가기를 했다. 덕분에 GAINING WORD POWER(소위 VOCABULARY 22,000)와 경제학 원론을 여러 번 독하게 공부했는데. 학교의 영자신문을 사전 찾지 않고, 낯선 단어도 넘겨짚으며 읽어갔을 때의 희열이란…. 진작에 정신 좀 차려 바짝 한번 해볼 걸, 하는 후회와 함께 학생(學生: 딴 거 신경 쓸 것 없이 배움에만 매진해도 되는 특권을 누리는 이)이란 게 이렇게 좋구나 하며, 그래서 공자께서는 15살에 지학(志學: 배움에 뜻을 둠)이라고 회고하셨구나, 했다. 모든 배움과 깨우침은 '자발적 뜻에 따라 작심하고(志)' 해야 효과적이라는 걸 알게 됐다. 공부시켜주신 부모님께 '제가 꼴통은 아닙니다'란 걸 보여드리고 싶어 대학원 시험 합격해놓고 군에 갔다.

강원도 철원군 김화읍 와수리 3사단(백골 부대)에 배치받아, 철책 직후방(FEBA)근무, 철책(GOP)경비근무, 철책 내(DMZ: DeMilitarized Zone) 수색 매복 작전을 뛰었다. 당시 경험했던 DMZ는 보배였다. 휴전협정 후 30여 년간 민간인 출입이 통제되어 잘 보존된 자연스러운 마을과 들과 밭과 논과 습지들은 어릴 적 코흘리개 때부터 여름 겨울 방학 때마다 어김없이 들른 전기 들어오기 전의 할머니 댁 같았다. 사람 살지 않은 흙벽의 집들은 고스란히 밑으로 내려앉아 더러는 기와 사이로 이름 모를 들꽃들이 피어있고 부서진 옹기조각들은 그곳이 장독대였음을 보여준다. 작은 못가엔 황새 등 긴 부리 물새들이 파먹고 남긴 우렁이 껍질이 지천으로 늘렸고, 전투화 신고 물 밖에 서서 손 넣어 건지는 다슬기는 10여 분

만에 한 철모를 채운다. 전술도로로 넘어온 풀 덩굴 나뭇가지를 전지(剪枝)작업하다 보면 향긋한 잘린 덩굴에서 더덕 냄새가 난다, 우윳빛 진을 흘리며. 억새와 잡목으로 뒤덮인 좁은 수색 매복로를 지나다 보면 털과 살은 하나 없이 뼈만 고스란히 남겨진 고라니와 토끼의 유골뿐만 아니라, 깃털들만 소복이 남아있는 산비둘기와 꿩의 잔해도 종종 발견된다. 자연의 순환이 DMZ 내에서 이뤄져 땅 또한 기름지니 풀과 나무도 무성하고 풍성하다. 메뚜기가 지천이고, 멧돼지가 철조망을 들이박아 군인들이 사살하게 되는 그 땅! 어떤 땅이 여기보다 청정하게 기름질까? 정지용 시인의 「향수」에 나오는 풍경이 이보다 더 자연스러웠을까? DMZ 내 있는 산들이 꼴불견이지만.

취직이냐 학업이냐를 고민하다가 상사(商社) 맨의 길로 접어들었다. 회사명이 생소한 합성어다. 럭키금성상사 마그네테크사업. LGIC Magnetech co.,Ltd. Magnetic+Technology. 대충 자석 자기를 응용한 제품을 만드는 거구나 짐작했었다. 지금은 거의 사라진 비디오테이프, 오디오 테이프, 플로피디스크 등을 만들어 수출했다. 후에 독립법인으로 됐다가(금성마그네테크주식회사) 금성사에 합병돼 우스갯소리로는 '망할테크'라 했다. 후에 알게 됐지만, 재벌들의 재테크 중 좋은 방법의 하나가 합병이다. 대주주끼리 비교적 작은 신설회사 세워 큰 회사에 1:1 합병시키면 신설회사 주요 주주들은 돈방석에 앉는 거였다. 큰 회사 주가는 1주 내에 회복되고.

인자요산 지자요수(仁者樂山 知者樂水)는 날 두고 한 말이라며, 물놀이는 억수로 좋아하면서도 정작 헤엄은 칠 줄 몰랐다. 물에서 죽을 고비도 두세 번 넘겼지만, 정식 수영을 배우기는 33살 경으로 기억된다. 빡센 대기업에서 상대적으로 헐렁한 중소기업인 계몽사 쪽으로 이직하니, 대박이다. 공무원처럼 완전 칼퇴근이다. 남는 시간 무릎 깊이의 유아 풀 에서 3개월간 호흡법과 힘 빼기, 발차기를 배우며 마신 수영장물 냄새는 아직도 기억난다. 수영은 몸으로 배워 익히는 훈련이고 생존 기술이므로 반드시 어릴 때 훈육(訓育)시켜야겠다고 다짐했고, 딸 둘과 아내도 이때 쯤 생존 수영을 배우기 시작했다. 독일 같은 선진국은 유·소아 수영을 나라에서 책임진다는 걸 나중에야 알게 되었다. 커가는 애들(90/92년생)을 보며 부모가 건강해야 우리 애들도 잘 키우고 앞으로 늙어선 병으로 자식들에게 부담은 주지 않는, 후세들에겐 멋있고 건강하게 사신 분들로 기억되길 서원(誓願)하며 건강과 운동에 관심을 두게 되었다.

뉴밀레니엄이네 뭐네 하며 한창 시끄럽던 서기 2000년 1월 1일 중2 때부터 몰래 빠끔 담배부터 시작해 고등학교 때부터 본격적으로 피웠던 담배를 한번 끊어볼까? 하고는 다시는 안 피웠다. 하루 이틀 차엔 약간의 금단현상이 식후에 찾아왔으나, 금연을 지킨 날수가 아까워 금연을 금(禁)할 수 없게 돼 오늘에 이르렀다. 모든 감각기관이 맑아지는 게 느껴졌으며, 심폐기능이 확실히 좋아진 걸 트레드밀(소위 러닝머신)에서 시속 12킬로로 30분간 뛰어도 기관지가 쉐~하지 않음에서 확인할 수 있었다. 가래도 나오지 않고 입 냄새도 없어졌다. 고등학교 때 한문의 대가이셨던 김희진 선생님 曰, 담배는 흔히 Tabaco에서 담바꼬, 담배로 변천됐다 하지만, 피우면 모두 가래를 뱉으니 가래 담에 배출할 배 즉 담배(痰排)로 해야 한다는 가르침은 40여 년이나 돼도 기억난다. 가르침을 주신 선각자님의 혜안에 사랑과 경의를….

신록(新綠)의 색상이 가장 아름답게 여겨지기 시작하던 나이에 접어들던 어느 날, 이제껏 먹기 위한 목적이 아닌 그냥 재미삼아 죽인 모든 생명에 대한 기억의 조각들이 떠오르며 가없는 미안함과 참회하는 마음에 갑자기 눈물이 쏟아졌다. 도망가는 뱀을 쫓아가 기어이 죽이고, 무해한 지렁이를 밟아 뭉개고, 강아지풀에 침 발라 개구리 낚아 패대기친 일. 강원도산 무당개구리의 검붉은 보호색이 징그럽다며 잡아 매달아 놓고 사격 연습한 일, 낚시에 올라온 작은 물고기를 재수 없다 하며 뭍으로 던져버린 일 등등. 내게도 이런 잔인성이? 라며 정말 많은 반성을 했다. 사실 사람의 관점에서 고릴라가 이상하게 생긴 동물로 보이지만, 그와 같이(Likewise) 고릴라의 관점에선 사람이 이상하게 여겨지지 않을까? 내가 개구리에게 "넌 참 이상하게 생겼네!"라면, 개구리는 나를 보고 마찬가지로(Likewise) "넌 정말 참 이상하게 생겨먹어 잔인하고 포악무도한 동물이야." 할 것 아닌 감? 이 완전한 역지사지(易地思之)를 이때 비로소 깨달았다.

그러던 중 한 출판인이, "난 내 이름으로 출판하는 모든 책을 정독하는데 최고로 좋은 술이 발효 곡주 막걸리라고 하더라, 사흘만 자기 전에 한 컵씩 마시고 자봐라, 확 달라짐을 느낄 거다." 라고 했다. 마침 그때 한 신문의 신간 소개 칼럼에서 본 『1일 1식』이 생각났다. 책의 내용을 살펴볼까. 인류의 삼시세끼 먹은 역사를 아무리 길게 잡아봐야 기껏 200년 내외인데, 호모 사피엔스 현생인류 20~30만 년 역사에서 3식의 경험은 얼마 되지 않는다는 이야기다. 긴 세월에 걸친 몸의 변화는 진화이고, 짧은 세월에 걸쳐 일어나는 몸의 변화는 적응이다. 인류의 역사는 98~99%가 배고픔의 시기였기에, 60~70조 개에 달하는 몸의 세포는 기아상태에 적응, 진화해 물만 먹어도 몇 날 며칠을 살 수 있도록 진화해 왔다. 그런데 배가 안 고파도 어 아침이네! 하고 아침 먹고, 대충 중천에 해 걸리면 배가 안 고파도 점심 먹고, 저녁이 되면 대충 내일 아침까지 금식이니 먹어둬야지 라며 저녁을 꾸역꾸역 먹는다.

현대인은 짧게는 산업혁명 이전의 200여 년 전 인류에 비해서도 엄청나게 과식을 한다. 그래서 병이 생긴다. 배에서 꼬르륵 배고픔의 신호가 오면 한 텀 쉬고, 또 신호 오면 약간의 견과류로 배고픔을 달래고, 정말 배고파지면 보통 정도의 1식을 하면, 뱃살이 빠지고, 몇 달을 계속하면 내장지방이 줄어들며, 여러 선순환이 이루어진다. 특히 비만과 당뇨는 몸의 자기 방어기전이다. 먹이를 잡는 사냥 도구인 몸의 체력을 급격히 떨어뜨리고, 더 나아가 사냥감을 인지하지 못하도록 눈을 멀게 하고, 사냥 된 사냥감을 가져다줘도 집고도 먹을 수 없도록, 갈퀴 역할의 발톱마저 못쓰게 하는 것이 당뇨라는 설은 정말 신선했다. 이제껏 습득한 지식과 문학(問學: 궁금한 것을 깨달을 때까지 스승께 묻고 또 물어 배움)에 비추어 볼 때, 두 설(說:깨달음)의 결합은 해 볼 만하다는 결론을 얻고 실행에 옮겼다. 결과는 아주 만족스러워 지인들에게 열심히 전도 중이다.

요즘은 "대학지도(大學之道)는 재명명덕(在明明德)하고, 재친민(在親民)하며 재지어지선(在止於至善)이니라."가 맘에 와 닿아 늘 입에 달고 산다. 천자문, 격몽요결, 소학, 동몽선습, 명심보감 등 소년기의 아동이 배워야 하는 것이 소학(小學)이고, 그다음 차원 높게 철학적인 것을 배우는 것이 『대학(大學)』인데, 큰 배움(大學)의 목표(道)는 혹설, 잡설, 요설에 휘둘리지 않는 밝은 덕(明德)을 밝히는(明) 데 있으며(在), 그 밝혀진 덕이 백성에게 친숙해지도록 해(在親民), 백성이 최고로 좋은 상태에(於至善) 머물게 함(止)에 있다(在). 사실 고등교육 실컷 받고도 사기에 당하면 바보다. 진정한 대학교육은 거짓과 참을 구분할 줄 아는 사람을 양성하는 것이다. 이 연장선상에 대건고 교훈이 있다. '언제나 어디서나 양심과 정의와 사랑에 살자' 이 교훈을 현실생활에 적용하면 별 도움도 없고 손해만 만발할 게 뻔하지만 그래도 우리가 추구해야 할 가치 아닌가? 『대학』의 지혜가 고등학교 교훈 속에 담겨 있다. 나는 아직도 교훈대로 살고자 노력한다.

내 인생을 바꾸어 놓은 한마디

심진완 | ㈜건우디피솔 대표이사 |

사춘기가 지나도 한참 지날 고등학교 3학년 무렵, 내겐 또 한 번의 사춘기가 다시 돌아왔다. 성장기의 이유 없는 반항보다는 자아에 대한 혼돈이 무섭게 휘몰아쳐 삶에 대한 답을 구하던 시기였나 보다. 하필이면 그 중요한 시기에….

남들이 중학교 2, 3학년 때 겪은 사춘기를 난 너무 쉽게 지나간 탓인지 남들이 인생에서 가장 중요하다고 하는 고등학교 3학년을 심한 독감을 앓는 것처럼 끙끙대며 살고 있었다. 초등학교, 중학교, 고등학교 2학년까지 11년을 내내 개근했던 내가 3학년 한 해 동안 50일 이상을 결석했으니 말이다. 고등학교 3학년 생활이 평생을 좌우한다는 불변의 진리조차 그 당시 나에겐 아무 설득력이 없었다.

그렇다고 여느 누구처럼 불량스럽게 침을 찍찍 뱉고 짝 다리를 짚고

개폼을 잡은 것도 아니었고 가정에 문제가 있었던 것도 아니었다. 지금에 와서 생각해 보니 딱히 핑계를 댈 수도 없었던 그 무엇이 있었던 것 같다. 내면의 갈등이랄까.

방종도 아니었고, 그렇다고 반항도 아닌 어정쩡한 채로 보내기가 일쑤였다. 당연히 공부는 뒷전이었다. 겉보기엔 문제아는 아니었으니 그나마 일탈의 방편으로 다녔던 곳이 종로 네거리 근처에 있던 독서실이었다. 그곳이 내 방황의 베이스캠프였던 셈이다. 학교엔 죽어라 가기 싫었지만 그렇다고 대학은 포기할 수도 없다. 그렇게 해서 타협한 곳이 바로 독서실이었다. 약전골목에 집이 있었던 나의 등굣길은 남산동 쪽이 아닌 시내 언저리에 위치한 독서실 쪽이 되기 일쑤였다. 아침에 눈을 떠 학교에 가기 싫은 날이면 독서실에 가방을 놓고 오전 내내 수험서 아닌 잡서들을 읽다가 자다가 하다 보면, 차례로 눈에 띄는 낯익은 얼굴들이 하나둘씩 독서실에 등장한다. 저 친구들은 무슨 연유로 학교 아닌 독서실에서 공부할까? 나처럼 뒤늦은 사춘기? 아니면 어떤, 저만의 말 못 할 이유가 저들의 발길을 대구 시내 중심가의 독서실로 이끈 것일까? 그런 친구들이 꽤 있었다. 대개는 부스스한 몰골로 나타나 가방을 팽개치고 치졸한 놀기에 빠져들었다. 나도 그들과 어울려 노닥거리기 시작한다.

점심 먹고 시내 한 바퀴. 그리고 해 지기를 기다려 독서실 구석 마당의 계단에서 바로 옆 동로교회의 십자가 불빛을 유흥가 붉은 조명 삼아 새우깡에 소주를 마시기 시작한다. 여학생 꼬시다 실패한 녀석들의 무용담도 진지하게 들어주었다. 알딸딸한 기분에 심야 동성로를 돌아다니며 하루를 죽였다. 종로 네거리에 있는 멍게 해삼 소라 좌판 주인인 모자 아저씨와도 얼굴을 익힌 터라, 모자 아저씨는 손님이 남긴 해삼을 스윽 우리에게로 밀어주곤 했다. 미래의 고객인 고등학생 단골에게 건네

주는 소주 잔술을 어른들 눈치를 보며 몇 잔씩 슬쩍 마시기도 하며, 그렇게 허무하게 고등 3학년의 여름과 가을을 보냈다. 추위가 다가오자 북쪽 계단은 부실한 교복으로 스며드는 냉기를 막아주지 못했다. 그러자 독서실 건물 뒤편의 남쪽 양지바른 구석이 새로운 아지트가 되었고, 그러던 어느 날부터는 여느 때와는 다르게 인생에 대해서 아이들은 개똥철학을 엮어내기 시작했다. 늘 그렇듯 관심사는 주로 이성에 관한 것이었다. 급기야 결혼관까지 논쟁을 벌이는 토의의 장이 마련되기도 했다.

어느 날 난 이렇게 말했다.

"내가 평생의 배우자로 맞이할 여자는 내가 말하지 않아도 내 눈빛, 내 뒷모습만 보고도 내가 무얼 생각하고 무얼 원하는지 간파하여 내게 맞추어주는 센스있는 여자다. 그런 여자를 꼭 만나서 행복하게 살겠다."

꿈결에 그런 여자를 만난 듯 황홀한 눈으로 허공을 바라보며 스스로 다짐도 했다. 꼭 그러한 여자를 만나 행복하게 살겠노라고….

녀석들이 고작 긴 생머리에 육감적인 몸매가 좋다느니 등등의 형이하학적인 욕구에 젖어 있을 때, 나의 그런 발언은 신선하게 다가갔는지 이구동성으로 자기들도 그런 여자를 얻겠다고 난리들이었다. 그때 구석에서 말없이 듣던 한 녀석이 질문을 던졌다.

"그런데…."

"그러면 너는 그 여자의 눈빛만, 뒷모습만 보아도 그 여자가 무얼 원하는지 알아차리고 그에 맞추어줄 수 있겠나?"

"……."

나는 순간적으로 숨이 막히는 듯했다. 그 친구의 질문은 내게 너무 큰 충격을 주며 깨달음으로 다가왔던 것이다.

"역지사지(易地思之)."

"Give and take."

열아홉 인생에 처음으로 맞이한 깨달음이었다. 처지를 바꿔 생각해야 하고, 받기 전에 먼저 주어야 한다는 극히 평범한 진리. 물론 명언, 고사성어 등등을 통하여 세상 온갖 인생의 지침을 간접적으로 접하지 않은 바는 아니지만 하필이면 방황하던 그 시절, 그때, 그 친구의 한마디는 내 심장에 비수처럼 파고들었다.

원효대사의 해탈이 이런 것이었나? 세상 사람들 모두 다 각자의 개성으로 살아가고 있지만, 인간의 관계에서는 상대방의 입장이 되어 생각하고 먼저 손을 내밀어 주는 것으로 많은 것이 해결된다. 자라면서 자아가 남달리 강하고 이기적인 구석이 다소 있는 나의 부족한 인성에 전환점이 된, 내 인생을 바꾸어 놓은 그 친구의 한마디였다.

이후 나의 삶에서 항상 같이 하는 것은 역지사지(易地思之)였다. 뒤늦은 또 한 번의 사춘기의 방종으로 인해 이후 인생진로에 남들보다 많은 변화가 있었지만 그때 그 친구의 한마디는 내 마음에 깊이 각인이 되었다. 그것은 인생의 고비마다 소중한 교훈으로서, 힘든 인생항로에서 올바른 삶을 살아가도록 여태껏 나를 지탱해 주고 있다. 하지만 그 친구는…. 정작 그런 말을 한 것도 잊어버렸을 거다.

내 인생의 스승.

고마운 친구야.

노리쇠뭉치의 추억

안치오 | 전 OB맥주 경리팀장 |

2011년 3월 28일

B로부터 전화가 옴. 집 주소를 물어봐서 알려줌.

2011년 3월 29일

B가 집으로 한라봉 1박스 보냈다고 전화 옴.

2011년 4월 14일

B 부고 문자메시지 수신.

그 한라봉이 유난히 달고 맛있었다. 제대한지 27년 만에 군기 빠진 1기 후임이 보내준 거라서 그런지 더 맛있었던 것 같았다. 그 수많은 세월 동안 밀감 한 상자 보내는 법이 없던 B가 무슨 생각이 들어서 한라봉을 보냈을까? 그것도 죽기 며칠 전에….

아마 저를 잊지 못하게 내 가슴에 못을 박으려고 그랬나 보다. 천하에 군기 빠진 놈 같으니라고….

2010년 여름에 인사동에서 B를 만나 막걸리 한잔 할 때도 몸이 많이 불어있기는 했지만 이렇게 졸지에 갈 일이 생기리라고는 생각지도 못했다. B는 나의 해병대 1기 후임으로 같은 중대 3소대 소속이었다. 내가 451기, B는 452기였다. B는 중대에 전입해 올 때부터 왠지 신경 쓰였다. 독 징집(제주도 징집)이어서 끌려온 탓이기도 하고, 고참 중 독 출신 괴롭히는데 워낙 일가견이 있는 몇몇 인사도 있었기 때문이다. 유난히 집 생각도 많이 하고 잠도 많아서 순검 5분 전에 코를 골아서 소대를 바짝 긴장시켰던 그는 이제 영원히 잠들었다.

나는 B에게 심정적으로 채권자이다. 무슨 돈을 빌려주었다든지 하는 것은 아니다. 단지 그에게 한 번도 그렇게 못했지만 적어도 7, 80살까지 두고두고 우려 술을 얻어먹으려고 했는데 이제 그것도 못하게 되었다. 이제 '노리쇠뭉치의 추억'은 없다. 그 한편의 당사자가 없는데 무슨 의미가 있을까? 그 이야기의 시효는 애초에는 없었지만 28년으로 끝났다.

해병 1사단 2연대 2대대 5중대는 좋은 기억이든 씁쓸한 기억이든 하여튼 나에게는 아련한 추억의 한 자락이 자리한 곳이다. 시곗바늘을 1983년으로 한번 돌려보자.

1983년 설 다음 날 나는 집에서 부친 위독이라는 전보를 받았다. 사실은 그때 이미 돌아가셨는데 전보를 그렇게 띄우지 않았나 생각된다.

하여튼 아버지가 돌아가셔서 경조휴가를 나왔었다. 그 후 상을 마치고 부대 복귀 후에는 또 일상으로 돌아와서 훈련하고 내무생활 등에 여념이 없었다. 날씨가 3월로 접어들면서 우리 부대는 무슨 놈의 훈련이 그렇게 많은지 산으로 들로 바다로 말 그대로 밤낮으로 전천후 해병이 되기 위해 헤매고 있었다. 그런 와중에 몇 달이 훌쩍 지나갔고 어느 날 홀로 남으신 어머니를 뵙고 싶어 집에 가고 싶어졌다. 그러나 1박짜리 외박으로는 성이 차지 않고 정기휴가는 멀고 그렇다면 휴가를 만들어야 하는데 간첩을 잡는 것 외에는 방법이 없었다. 그렇다고 간첩이 내 앞에 날 잡아가세요, 하고 나타날 리 만무하고 이리저리 궁리해 봐도 없는 휴가가 생길 일이 만무하다.

그때 마침 군대에서 제일 확실하다고 할 수 있는 포상이 걸려있는 체육대회가 열린 것이다. 기회는 기횐데 종목선택도 잘 해야 하는 법. 축구, 배구, 씨름, 100M 달리기, 마라톤, 40kg 모래주머니 나르기, 족구 등등 중에서 내가 할 만한 종목은 하나도 없었다. 연대체육대회에 나가려면 소위 대대에서 공깨나 차든지 힘깨나 쓰든지 해야 하는데 나는 거기에 해당 사항이 없었다. 그러나 히든카드는 있는 법. 나의 희망인 무장구보가 남아있었다. 힘은 물론 있으면 좋겠지만, 그 보다 중요한 게 악, 즉 깡다구만 있으면 할 수 있는 게 무장 구보였다. 무장 구보란 완전무장 구보를 약칭하여 말하는 것으로 정확하게 몇 kg이었는지는 잘 기억이 나지 않지만 하여간 철모에 M16 소총을 어깨에 매고 상배낭에 하배낭, 모포, 판초 우의, 구형 야전삽을 다 달고 수통에 물은 2/3 이상 채워서 12Km를 뛰어야 하는 등의 엄격한 복장 규정이 있었다.

게다가 이 경기는 체육대회 여러 종목 중 구기 종목과 같이 단체경기였다. 소대장 1명, 배불뚝이(?) 선임하사 1명, 쌩쌩한 하사 2명은 필수로 선수구성에 들어갔어야 했다. 소대장이나 쌩쌩한 하사야 계급이 높아서 그렇지 나이로 보면 사병들과 비슷했지만 선임하사들은 군대의 특성상 정확한 나이는 알 수 없지만(아마 서른 살 안팎이었으리라 생각된다) 분명히 우리보다 적어도 대여섯 살은 더 먹었으리라. 지금 보면 몇 살 안 먹었지만 선임하사라는 사람들이 겉늙은 사람들이든가 술 좋아하고 여자 밝히는 사람들이다 보니, 무장 구보 팀에 뽑히는 자체가 그들로서는 죽었다고 복창해야 할, 절대 피해야 할 최악의 종목이었다. 대대의 주임상사 같은 사람들이 나이에 비해 팍삭 늙어 보였으나 지금 생각해보면 아마 마흔 안팎을 왔다갔다 하는 정도의 나이였을 것 같다. 하여튼 서로 안 뽑히려고 이리저리 빼보지만 그들도 짬밥이 있어서 그중 기수가 딸리는 대대의 선임하사 중 한 명이 뛰게 되었다. 이름은 생각이 안 나지만 얼굴이 뺀얗게 생긴 선임하사였었다.

이 경기는 30여 명이 한 팀이 되어 뛰는 단체경기로서 1명 열외 없이 12Km를 완주를 해야 하는 데 일사불란하게 호흡을 맞추면 입상할 수 있다고 봤다. 이런 확실한 휴가의 가능성도 훈련과정의 고통이나 만에 하나 우승을 못 했을 때의 눈총 이런 것 때문에 선수구성 시 지원을 꺼리는 경우가 대부분이어서 보통 일병 중간부터 상병 클래스까지 떠밀리다시피 해서 선수로 구성되므로 지원하면 대환영 받는 게 이 종목의 특성이기도 하다. 더군다나 우리 대대는 우리 연대에서 고무보트로 기습훈련을 하는 등 바다와 산을 밤낮으로 헤매는 기습특공부대가 아니든가!

그 해 연대체육대회에서 우리 대대는 종합우승을 했고 그 중 단체경기이므로 점수가 많은 무장 구보가 종목우승을 함으로써 우승에 수훈

갑쯤 되었다. 부수적으로 나는 4박 5일간의 꿈같은 특휴를 받았다.

무장 구보 훈련 중에 터진 일이다. 나야 차출되어 구보 훈련을 했지만 다른 중대원들은 일상적인 훈련을 하고 있었다. 1983년 8월 31일 칠포 인근에서 우리 대대가 IBS(Inflatable Boat Small) 기초훈련을 하던 중 육군 초병의 무차별 사격으로 3명 사망, 7명 중경상의 참상이 일어났다. 바로 나와 B가 소속된 5중대에서 벌어진 일이다. 그 사건에서 총 한 발 안 맞고 비켜간 3명 중에 B가 있었다. 두 명은 수색교육까지 마쳐서 그렇다고 치더라도 B는 제주도 출신임에도 불구하고 수영 실력이 맥주병인데도 하늘이 도와서 살아났었다. 그 문제의 보트에 B가 타고 있었으니 대단한 경험을 한 B라 하겠다.

그와 더불어 약 20여 개월을 한솥밥을 먹으며 함께 보낸 세월은 나에게는 정말 소중한 시간이었고 자부할 만한 시간이었다. 지금도 시커먼 고무보트에 몸을 싣고 기파(起波)를 뚫던 그 시절이 엊그제같이 생생하기까지 하다. 그러한 B도 제대 후 상당한 기간 다시 말하면 십수 년 이상 소식을 몰랐었다. 제대하고 결혼한다는 연락을 받은 것 같았는데 그 후 어떻게 연락이 끊겨서 한 20년 가까이 연락 두절 상태였었다. 서로서로 연락하고 수소문을 했지만 찾지 못하고 있다가 어떻게 집 전화번호를 알아내 전화를 했더니 딸이 웬일로 학교에서 일찍 돌아와서 전화를 받는 바람에 휴대폰 번호를 알아냈다. 그 번호로 전화했더니 받지 않아서 일단 문자를 보내보기로 했다. '예비역 451기 안치오입니다. 452기 B를 찾습니다.' 그날 저녁 전화가 왔다. 흥분된 목소리로 간단하게 근황을 주고받고 나서 그 친구는 가끔 서울 갈 일이 있으니까 조만간 보자고 하며 이런 말과 함께 전화를 끊었다.

"나, 안 선배한테 빚이 있잖아?" "무슨 빚? 나는 당신한테 받을 것 아무것도 없는데…." "하여튼 다음에 보면 할 얘기 많아요." 전화를 끊고 나서 무슨 빚이 있었는지 곰곰이 생각해 보았다. 아무리 생각해봐도 그것밖에 없었다. 20여 년이 지났지만 바로 어제 일어난 것 같은 묵직한 노리쇠뭉치의 감촉. 바로 그것이다. 이 친구가 아마 그걸 기억하고 있나보다. 하긴 그게 보통 일은 아니었지.

8월 31일의 사고로 인해 칠포에 있던 선수를 제외한 대대 전체가 철수하게 되었다. 연대체육대회 날짜도 얼마 남지 않았고 대대는 다시 북적이고 아침저녁으로 식당으로 가는 중대병력의 우렁찬 군가 소리가 들려오기 시작하며 일상으로 돌아오는 와중에 우리는 선수로서의 특권을 누리고 있었다. 별도로 모여서 숙식을 하고 저녁에는 고참들의 등살도 없이 몸은 피곤하지만, 마음은 편한 그런 시간이 흘러가고 있었다. 그러던 중 어느 날 저녁 B가 나를 찾아왔다. 왠일이냐고 물어보니 얼굴 가득히 수심이 가득한 채, 자기 소총에 노리쇠뭉치가 없어졌다는 것이다. 노리쇠뭉치가 뭔가? 총에서 핵심부품이 아닌가? 총알이 아무리 많다 한들 노리쇠뭉치가 없으면 그 총은 있으나 마나 한 것 아닌가? 그걸 떠나서 노리쇠뭉치가 없다고 위로 보고가 들어가면 영창을 갈만한 일인지는 모르겠으나 중대 분위기는 한마디로 개판 될 것이다. 그때 나는 상병 중고참쯤 되었는데 B도 나의 1기 후임병이므로 비슷한 위치였었다. 그러다 보면 중대 고참들 입장에서는 450기부터 459기까지의 소위 450자 군대는 군기가 빠졌다는 둥 이래저래 피곤한 일이 생길 것이고 B의 남은 군대생활은 선임병들은 물론이고 후임병들에게도 우스운 꼴을 당할 수가 있다. 전후 사정을 들어보니 노리쇠뭉치가 없어질 상황은 단 하나 누군가가 잃어버리고 만만한 B의 총에서 노리쇠뭉치를 빼갔다고밖에 설명이 안 되었다. 그래서 같은 소대의 1기 선임이라고 나를 찾아와서 혹시 별 뾰족한 수라도 있나 싶어 찾아왔던 것이다. 얼굴은 사색이 된 체…. 난들 용빼는 재주가 없는 이상 무대책이었다. 혹 대대의 병기반장이라도 잘 알면 상의라도 해보겠지만 설사 그렇게 한다 하더라도 잘못하다간 긁어 부스럼 만들 것 아닌가? 그래서 나는 일단 알겠다고 하고 고민을 해보자고 했다.

나는 선임이었다. 그것도 하느님과 동기동창이며 부처님의 바둑친구이며 성모마리아의 정부라고 하는 하늘 같은 1기 선임이 군기 잡을 때는 잡더라도 위기에 처했을 때 위용을 보여주어야 했다. 그랬다, 궁즉통(窮則通)이라고 했다. 내가 그걸 해결 못 해 주면 누가 해결하겠는가? 나는 체육대회를 위해 대대 합숙훈련 중이었고 그것도 총이 30여 자루가 있는 무장 구보 훈련이 아니었던가? 30여 명 중에서는 대대에서 모였으니 우리 중대원도 있고 다른 중대원도 있다. 다른 중대원 총의 노리쇠뭉치를 훔치기로 작정한 것이다. 나는 낮에 우선 총의 비표를 확인해 놓았다. 우리 중대와 다른 중대의 총을 확인하고 그날 밤 모두 다 곯아떨어졌을 때 총 한 자루를 집어 들었다. 보통은 잠금장치를 해놓지만, 훈련팀에는 잠금장치가 없었기 때문에 어둠 속에서 나는 그 총에서 총열부분과 총신 부분을 연결하는 부품을 뽑기 시작했다. 왜 그렇게 손이 떨리던지. 잘 뽑히지도 않고 소리는 왜 그렇게 크게 나는지. 진땀이 나기 시작했다. 마침내 부품을 뽑고 총신에서 노리쇠뭉치를 뽑았다. 그리고서 주머니에 노리쇠뭉치를 넣고 다시 그 총을 원위치시키는데 그것 하나 뺐다고 왜 그렇게 가벼운지 다음날 이 총의 주인이 총을 들자마자 그걸 느끼고 덮개를 열어봤을 때 횅하니 뚫린 총신을 보고 느낄 당황함을 생각하니 마음이 편치 않았다. 하지만 군대가 그런 것 아닌가. 군대 갔다 온 사람들은 다 알겠지만 군대 재물조사에서 숫자대로 있는 것이 어디 몇 개나 되던가? 흔히들 청계천에 비행기가 전차 빼놓고 없는 게 없다고 하지만 설마 노리쇠뭉치를 팔지는 않을 터. 하여튼 우선 급한 불을 껐다. 다음날 나는 훈련팀에서 우리 중대원들만 따로 불러 모았다. 그때 나는 우리 중대원 중에서는 최선임자였다. 타 중대에는 물론 나보다 선임 기수가 있었지만 그래도 피차 자기 중대원을 챙기기 마련이었다. 이런저런 전후 사정은 설명을 생략한 채 나는 후임병들한테 주의를 시켰다. '지금 이 팀에서 누군가가 노리쇠뭉치를 잃어버렸다고 하는 정보를 입수했다. 그러다 보면 분명히 그것을 채워놓기 위해 남의 것을 노릴 것이다. 신경 바짝 써서 노리쇠뭉치 잃어버리지 않도록 각별히 주의하라'고 하며 뒷수습을 마무리했다. 이렇게 남의 중대 총에서 노리쇠뭉치를 빼서 나는 B에게 전달해 주었다. 그때 B의 표정은 죽다 살아나온 표정이었던 것 같다. 아마 B로서는 그때 심정으로서는 내가 죽으라고 하면 죽는시늉까지 했을지도 모른다. 왜냐하면 이미 죽었다고 생각하고 있었을 테니까.

그러나 잃어버린 노리쇠뭉치의 총주인도 분명 엄청난 심적 고통을 겪었을 것이고 어떻게 해결을 했든지 간에 일정 기간 살고 싶은 마음이 없었을 것이다. 그 후 당분간 아니면 상당기간 해병 1사단 2연대 2대대의 총 한 자루는 노리쇠뭉치가 없었을 것이다. 어떻게 결론이 났는지 사실 지금도 무척 궁금하다. 나중에 M16에서 K1시리즈로 개인화기가 바뀔 때까지 황당한 일은 계속되었으리라 생각된다. 만약 그 총의 주인공을 만나면 그때의 일을 사과하고 싶다. 비록 어쩔 수 없었지만. 정말 미안하다. 나중에 B로부터 들은 얘기지만 중대 보급병이 노리쇠뭉치가 없는 것을 이미 알고 있었다고 한다. 그 말은 누군가에 의해 B가 타겟이 되었음을 의미했다. 그 보급병은 오히려 어디서 노리쇠뭉치가 나왔는지 무척 궁금했으리라 생각된다. 하여튼 그 일은 그렇게 잘 봉합되었다.

내 기억 속에만 남아있던 이 이야기를 글로 남기고 싶었다. 어딘가에 투고라고 하고 싶었지만, 내용상 투고할 만한 이야기는 아닌 것 같았다. 별일 아니라고 치부하기에는 내 청춘의 한 가닥에 너무나도 깊숙이 자리 잡고 있는 M16의 노리쇠뭉치 감촉을 내 마음속에만 간직하기에는 왠지 미련이 남는다. 그러던 차에 고교 동기회에서 문집을 낸다는 얘기를 들었다. 그래 여기라면 괜찮겠지. 내 추억의 보관 장소로서….

노리쇠뭉치와 B, 무장 구보 그리고 나의 아버지-훈련 도중 아버지가 근무하시던 초등학교를 발견하고 들어가 본 적이 있다-와 무슨 연관이 있어 이렇게 사설을 늘어놓느냐고 하면 할 말은 없지만 나는 모두 인과관계가 있다고 본다. 그 해 8월 31일 전우 셋을 잃는 사건에서 나는 그 현장에서 한 발짝 떨어져 있었다. 체육대회를 위해 대대로 복귀하여 연습 중이었기 때문이다. 그날 밤 대대 당직실에서 한밤중에 방송으로 "5중대 행정병은 병장 J, 병장 D, 일병 K의 신상명세서를 가지고 즉시 대대 당직실로 올 것!" 이라고 수차례 외치는 소리가 지금도 귀에 선명하게 들리는 듯하다. 그들이 전사한 병사였다. 아버지가 돌아가시고 내가 어머니를 뵈려고 무장 구보 선수에 자원하지 않았다면, 문제의 1번 정찰보트에 내가 타지 않았다는 보장이 어디 있겠는가? 그리고 나중에 B의 노리쇠뭉치를 어떻게 채워줄 수 있었겠는가? 모든 일이 우연일 수도 있고 필연일 수도 있겠지만 나는 이런 모든 일이 필연이었다고 믿는다.

아직 어리지만, 아들만 둘을 둔 나는 언젠가 두 아들을 군대에 보내야 될 테고 그때 아마 이런 말을 해줄 것이다.

"총에는 노리쇠뭉치가 제일 중요한 건데 그걸 잃어버리지 않도록 조심하거라."

대안 가정 아이들과 나

이수형 | 이수형회계사무소, 회계사 |

"또 누구든지 나를 받아들이듯이 이런 어린이 하나를 받아들이는 사람은 나를 받아들이는 사람이다." (예수, 마태복음 18장 5절)

오늘은 대안가정운동본부에서 양육하고 있는 아이들을 만나는 날이다. 올해도 예년처럼 크리스마스를 맞이하여 몇 명의 후원자와 함께 아이들을 위한 크리스마스 파티를 열어주는 행사를 하게 되었다. 처음에는 일반 가정에서 아이들을 키우다가 이제는 본격적으로 집을 얻어서 아이들을 키운다. 남자아이들은 '해 맑은 아이들의 집'에서, 여자아이들은 '해 맑은 친구들의 집'에서 키우는데 두 집 아이들이 13명이다. 처음부터 사무국장 집에서 입양해서 키우는 2명을 합하면 모두 15명이다. 지난 8월까지는 음악회 준비로 자주 보다가 그 후로 추석에 한번 보고는 못 보았으니 아이들 본 지가 한참이다. 모두 보고 싶지만 가장 어린 준혁이와 현민이가 많이 보고 싶다. 까불이 도윤이는 오늘 어떤 모습일까 궁금하다. 선생님들이 오늘 아이들 선물은 잘 준비하셨겠지. 분명 아이들이 나름 준비한 재롱발표를 할 텐데, 우리 어른들도 아이들을 위해 답가를 부르면 좋을 텐데, 그럼 누가 부르지?

조금 일찍 대구백화점의 뷔페식당 '라피니타'에 도착했다. 예약한 방을 둘러보고 입구에 안내표지판을 세워주도록 부탁했다. 조금 지나니 재잘거리는 아이들 소리가 들린다. 아, 해맑은 친구들이다. 지은 선생님 인솔로 방으로 들어온 혜윤, 단비, 다혜, 혜원, 은경이와 지난여름 한 식구가 된 막내 채은이다. 모두 큰 소리로 인사한다. 어 혜윤이는 머리가 곱슬해졌네! 멋을 낼 줄 아는 중3이다. 다혜는 키가 훌쩍 컸구나, 이제 곧 중학생이지! 단비는 올해는 별 탈 없이 잘 이겨냈구나! 귀여운 막내 채은아 언니들과 함께 생활하니까 좋지! "키다리 아저씨, 채은이와 함께 하는 건 지옥이에요, 호호호!" 아이들이 재잘거린다.

소란스럽게 문을 열고 들어오는 해맑은 아이들, 태호, 준희, 영찬, 도윤이와 막내 준혁이와 현민이다. 오! 준혁아, 얼굴을 대고 비벼본다. 이제 7살 남자아이다. 탈북 미혼모의 아이로 처음 우리에게 왔을 땐 온몸이 한 군데도 성한 곳이 없었던 아이다. 3년 전 조심스럽게 내 손을 잡고 자기 장난감을 꺼내더니 눈으로만 놀자고 표현하던 아이가 이제는 또박또박 자기표현을 하는, 어디에 내놓아도 귀티 나는 어린이로 변했다. "자, 준혁이와 현민이는 아저씨 손을 잡고 맛있는 거 가지러 가자!" 양손을 잡고 식당을 한 바퀴 둘러본다. 음식대 높이보다 키가 약간 더 큰 준혁이는 '야 맛있겠다!'를 연발한다. 6살 현민이는 키가 음식대 높이 정도라 팔짝팔짝 뛰면서 좋아한다.

아이들 좋아하는 메뉴가 많아 모두 몇 접시를 후딱 해치운다. 그중에서도 영찬이가 제일 많이 먹는 것 같다. “영찬아, 몸 생각도 해야지! 먹은 만큼 운동도 열심히 해야 해!” 아이 중 영찬이가 제일 살이 쪘다. 5년 전 처음 볼 땐 분명 말라깽이였는데. 준희는 이번 학기말 시험에서 전교 2등을 했다고 빛나 선생님께서 자랑하신다. 그래 준희야, 계속 이대로만 해서 제발 큰 인물이 되기 바란다! 오늘은 도윤이가 좀 더 의젓하다. 나이 어린 친엄마한테 왔다갔다하는 사이 정서가 좀 불안했는데, 올해 들어 많이 좋아진 것 같다.

마지막으로 명희 국장님이 혜성이를 데리고 나타났다. 큰 아이 혜진과 동진이는 평일이라 학교에서 오지 못했다. 혜진이는 얼마 전에 한신대학교 사회복지학과에 합격했다. 나는 혜진이가 공부를 좀 더 해 본 후에 더 좋은 조건으로 대학을 갔으면 하고 바랐지만 본인이 원하는 곳이니 축하하며 받아들여야겠다.

“자 모두 식사는 맛있게 했습니까?” 모두 큰 소리로 ‘예!’라고 한다. “그럼 이제부터 오늘의 하이라이트, 선물 전달식이 있겠습니다. 먼저 선물을 받기 전에 재미있는 감사의 재롱잔치를 하도록 하겠습니다. 먼저 해맑은 친구들 준비됐나요?” 여자아이들이 쑥덕쑥덕 의논하더니 엉거주춤 무대로 나온다. 혜윤이가 대표로 “우리는 막내 채은이가 좋아하는 ‘울면 안 돼’를 해 보겠습니다. 예쁘게 봐주세요.” 라고 인사를 한다. 중간에 가사를 까먹어도 즐겁게 웃으면서 마무리를 한다. 다음은 해맑은 아이들이다. 미리 준비되었는지 씩씩하게 앞으로 나온다. 중간에 의자 두 개를 놓고 그 위에 막내 준혁이와 현민이를 세우고 좌우로 큰 아이들이 둘러선다. 태호가 대표로 “우리는 준혁이와 현민이 수준에 맞춘 ‘곰

세 마리'를 하겠습니다." 라며 노래와 율동을 시작한다. 아빠 곰은 당연히 뚱뚱한 영찬이가 되고 엄마 곰은 날씬한 준희가 되었다. 의자 위에서 율동삼매경에 빠진 준혁이와 현민이 때문에 웃음바다가 된다. 이제 아이들에게 선물을 주려고 일어서는 데, 함께한 박한배(동아신경외과 원장으로 명덕초등학교를 나온 많은 동기가 아는 그 친구임)가 아이들 노래에 답가해야 한다면서 벌떡 일어나 앞으로 나온다. 온 무대를 뛰어다니며 캐럴을 부른다. 아이들은 재미있다고 난리가 났다. 한배 집사람과 딸도 함께했는데 갑작스러운 아빠의 변신에 깜짝 놀란다. 며칠 전 내가 부탁할 때는 못한다고 하더니 그래도 나름 준비를 했군! 한배의 아이들을 위한 마음이 갸륵하다.

이제 한 명 한 명 아이들 이름을 불러가며 선생님들이 심사숙고하여 준비한 선물을 각자에게 나누어 준다. 노란 겨자색의 세련된 점퍼, 형형색색 멋진 신발, 예쁜 가방 등 아이들 각자에게 필요한 선물들이다. 아이들이 좋아서 입어보고 신어보고 모두 싱글벙글한다. 몇몇 아이는 예쁜 모습을 뽐내러 와서는 쑥스러워한다. 진정 즐거운 순간들이다.

"모두, 메리 크리스마스 해피 뉴이어! 즐거운 성탄절 행복한 새해를 맞이하기를 바랍니다!"

이렇게 우리 대안가정 아이들의 크리스마스 파티 얘기를 하는 것은 우리 주변에 이런 일이 있다는 것을 친구들과 나누고 싶기 때문이다. 친구들도 알다시피 고등학교 시절부터 지금까지 난 특별할 것이 없는 평범한 사람이다. 그냥 대학을 졸업하고 운이 좋아서 괜찮은 자격증을 따서 안정된 생활을 하고 적당한 나이에 결혼해서 아이 둘을 낳아 키운 보통 사람이다. 그러나 내가 젊은 시절 어떤 인연으로 아이들을 돌보는 일에 동참하게 되었고, 지금까지 친자식 외에 여러 아이들을 도우면서 살아갈 수 있다는 건 내겐 정말 감사한 일이다.

생각해보면 20년 전 동생을 통해 한 분을 소개받았는데 그분이 지금 같이 활동하는 김명희 사무국장이다. 당시 김명희 씨는 동생이 봉사활동을 나갔던 보육원 선생님으로서 "아이는 시설이 아닌 가정에서 키워야 한다."며 집을 얻어주면 본인이 직접 아이를 키워보겠다고 하셨다. 사실 선진국에서는 이미 오래전부터 아이들을 시설이 아닌 가정에서 양육하는 시스템이 정착되어 있다고 했다. 그 말에 공감하고 그때 돈 600만 원을 후원해서 집을 얻어준 게 이 일의 시작이었다. 그 집 이름을 '해뜨는 집'이라고 하고 선생님은 여러 명의 아이를 가정과 같은 환경에서 키워나갔고 나는 그냥 후원자였다.

그러다가 IMF 외환위기가 터지고 친가정에서 양육 받지 못하는 아이들이 쏟아져 나오면서, 이런 아이들을 시설이 아닌 가정에서 키우는 운동을 하는 단체를 만들자는 공감대가 생겼다. 몇 년에 걸친 준비 끝에 2002년 드디어 '사단법인 대안가정운동본부'가 탄생하게 되었다. 법인 준비 모임에서 아무리 해도 대표할 분을 찾을 수가 없었다. 할 수 없이 내가 이사장을 맡게 된 것이 오늘까지 나의 활동으로 쭉 이어져 온 것이다. 갑자기 그때 법인을 만들 때 함께 고민하고 상담을 해준 우리 대건 동기들, 춘희와 교식이 또 국진이 등 많은 친구가 생각난다.

우리 아이들을 키우면서 많은 사람과 함께하기 위해 여러 가지 행사들을 개최하였다. 그중에서도 가장 의미 있었던 것은 최근 몇 년 동안 음악회를 열면서 우리 아이들을 직접 무대에 세우는 일이었다. 드디어 4년만인 올 8월에는 아이들과 선생님들 그리고 노래 못하는 나까지 총동원되어서 '해맑은 아이들의 사운드 오브 뮤직'이라는 1시간짜리 단독 뮤지컬을 공연하였다. 누구보다 열심히 준비한 진정성 있는 무대에 많은 관중이 울고 웃으며 호응해 준 뜻깊은 행사였다. 힘든 일인 줄 알면서도 계속한 것은 이것이 우리 아이들의 진정한 성장 무대였기 때문이다. 처음 아이들이 올 때는 몸과 마음이 약해질 대로 약해진 상태로 온다. 대부분 친부모로부터 분리된 상태로 이곳저곳을 전전하다가 운이 닿아 우리 단체에 연결되어 온 아이들이니 당연히 건강한 상태를 기대할 수는 없는 것이리라.

우리는 대부분 아이를 키워본 경험자로서 아이들이 좋은 모습으로 변화하는 것이 쉬운 일이 아니란 걸 잘 안다. 평범한 일상생활 속에서는 더욱 시간이 오래 걸리기도 한다. 처음 아이들을 무대에 세우고 나서 선생님들이 이구동성으로 하는 말이 "이사장님, 이거 내년에도 또 해요! 다른 어떤 것보다 이걸 통해 아이들이 많이 커요!"였다. 연습하면서 인내심이 생기고, 협동심이 생기고 무대경험을 통해 '나도 할 수 있다'는 자신감이 생겼다. 처음 연습기간에는 힘들다고 쉽게 포기하곤 하던 영찬이도, 자주 어긋나곤 하던 동진이도 무대 뒤에서 한마음으로 "우리 잘해보자!"라고 두 주먹을 불끈 쥐고 다짐하는 모습을 볼 땐 내 가슴도 벅차올랐다. 그래, 너희가 순간순간 나에게 준 이 벅찬 행복감은 세상 그 어떤 것과도 비교할 수 없는 감동이야! 얘들아, 정말 고맙다!

모든 것이 평범한 내가 이런 일에 일익을 담당하게 된 것은 내가 젊을 때 예수님으로부터 배운 기독교적 인생관 때문이리라. 모든 성현이 가르쳐주신 대로 '진정한 행복은 사랑을 나누면서 얻어질 수 있다'는 진리의 말씀을 조금이라도 실천해보려는 마음이 있었던 것 같다.

생각이 중요하다! 열린 마음으로 좋은 생각을 많이 하면 순간순간 착한 선택을 할 수가 있다. 누구나 그런 생각을 할지 모르겠지만, 한 번 주어진 인생이라면, 좀 더 지혜롭고 행복한 삶을 살고 싶다. 지금까지 함께한 친구들과 함께, 또 더 많은 친구들과 함께!

내 가슴에 특별한 친구

채명관

지금까지 살아오면서 내 인생에 큰 비중을 차지하는 친구의 이야기를 할까 한다. 그 친구와의 만남은 어찌보면 전생에 무언가 큰일을 같이 하지 않았나 싶을 정도로 나와의 인연은 각별하다.

그 친구와는 1981년 11월 6일 논산훈련소 27연대에 입대 훈련병으로서 만났다. 신병교육 훈련 기간은 훈련소 6주, 자대 4주, 총 10주간의 훈련을 받는다. 이 훈련 기간이 끝나면 신병들은 각 근무지로 배치받게 된다. 자대배치 훈련 기간에는 신병이라도 가족 면회가 허락된다. 신병들은 그 동안 조금이라도 고생 덜 하는 부서에 배치받기 위하여 짧은 줄이라도 연결하려고 부모님이나 인척을 동원해 나름의 최선을 다한다.

어느 집단이나 모임에는 항상 특별한 친구가 눈에 띄기 마련인데 우리 훈련병 동기생 중에 그 한 명이 바로 나와의 아주 깊은 인연을 맺게 된다. 보통 동기생들은 한 번쯤 외박과 면회를 하려면 고참 선임병이나 인사관의 절대적인 지원이 필요하다. 그 동기생은 유독 가족의 보살핌과 사랑을 많이 받는 것 같았다. 아마도 부모님이 철강 관련 중소기업을 경영하시며 사회적으로도 운신의 폭이 넓었던 것 같다. 나와 비교하니 씁쓸하기도 하였다. 여하간 군 생활 내내 같은 부대에서 동기로서 서로 힘이 되고 위로하며 남자들만이 가질 수 있는 전우애라는 것을 느끼며 동기들 간에 정보도 공유하고 의지하는 동안 어느덧 세월이 흘러 27개월의 국방의 의무를 마치게 되었다.

드디어 민간인으로 돌아온 나는 남다른 각오를 다지며 건축학과에 복학하여 학업과 취업준비에 몰두했다. 학교와 집을 오가며 전공 자격증을 취득하기 위해 분주하게 뛰어다니던 어느 날, 시내버스에서 우연히 부러움의 대상이었던 군대 동기를 우연히 만났다. 반가움에 시간 가는 줄 모르고 많은 이야기를 나누다 보니 전공은 다르지만 같은 대학교 출신임을 뒤늦게 알게 된 것이다. 우리의 특별한 인연은 여기부터가 진짜 출발점이라고 할 수 있다.

이후 우리의 만남은 누가 먼저랄 것도 없이 사랑에 빠진 연인같이 내 집 네 집 할 것 없이 왕래하며 즐길 수 있는 모든 것을 공유했고, 양쪽 부모님들도 우리의 우정을 진정으로 인정하며 한 가족으로 대해 주셨다. 우리가 빠르게 친해진 것은 서로 성격도 차분하고 내성적이어서 동질성을 찾을 수가 있었고 같은 부대에서 근무했다는 것도 크게 작용했다. 우리의 만남은 각자 결혼 전까지 계속 이어졌다.

그 친구는 본인의 전공을 살리고 장자로서 가업을 승계하기 위해 부모님 회사에 입사 후 맞선을 보고 결혼에 이르게 되었다. 그 친구의 주선으로 매우 아름다운 미인하고 맞선도 본 적이 있었지만 나는 인연이 없었다.

그러다 세월이 흐른 뒤 나도 결혼도 하게 되고 서울에서 직장을 가지게 되어 사회초년생으로서 동분서주하다 보니 서로 연락이 드문했다. 나는 신혼집을 서울 관악구 봉천동에 보증금 500만 원에 월세 5만 원을 주고 자리를 잡았다. 서울의 직장생활은 그렇게 만만하지만 않았고 모든 것이 낯설기만 해서 고통이 상당했다. 내 주위의 정들었던 사람과 헤어져 새로운 환경에 적응하기가 힘들었던 것 같다. 누구나 다 겪는 일이지만 유독 나는 고향을 떠나 객지에 살면서 더 외로움을 느꼈다. 나 혼자 넓은 들판에 내 던져진 것처럼 가슴이 휑하니 공허했고 안주하지 못했다. 아마도 내 성격이 모질지 못하여 그러했으리라. 모든 것이 바쁘게 돌아가는 서울에 적응하지 못하였던 것이다.

내가 편치 못하니 친구를 찾는 것도 자존심이 상해서 친구에게 연락도 못 한 채 서울생활을 5년째 이어갔다. 당시 서울에서의 생활은 내가 평소에 동경한 직장 생활이 아니었다. 평범한 셀러리맨으로서 집과 직장을 오가며 가끔 직장 동료와 소주잔을 나누며 나의 허전한 마음과 고향 그리움을 달래곤 했다. 나만 그런 게 아니라, 서울의 모든 사람이 숨이 찰 정도로 바쁘게 움직이고, 무엇이 그렇게 부족해서 가지려고 하는지, 또 자기만의 공간 세계에 갇혀서 사는 것같이 보였다. 즉 여유가 없었다는 것이다. 더군다나 물가가 얼마나 비싼지 나의 박봉으로는 가정생활을 영위하기에는 턱없이 부족했다. 그러니 갈등에 빠지지 않을 수 없었다.

그러다 보니 자연히 회사생활을 하면서 출장비니 접대비니 교통비니 하는 것들을 최대한 아껴서 생활비나 용돈에 보태기도 했다. 그렇지만 너무 힘들어 부모와 형제들이 살고 있는 곳으로 언제 가나 하고 나의 가슴은 타들어 갔었다. 그런데 어느 날 그 친구가 자신이 운영하는 회사에 전문 경력을 가진 경리를 추천해달라고 부탁해 왔다. 그 전화 한 통이 내 인생의 전환점을 맞게 되었다.

내 둘째 형님은 부단히 노력하여 성공한 분인데, 회계업무를 전공하여 짧은 학력에도 불구하고 굴지의 회사에서 인정받아 관리 분야 부서장을 지냈다. 나는 매사에 이 형님을 진정으로 의지하며 모든 것을 상의한다. 그래서 내 이야길 했더니 나보고 그 회사로 가라고 하시는 것이 아닌가. 내가 그 회사에 가면 형님께서 직접 경리 관련 업무를 자문해 주고 업무처리의 실무를 나에게 전수해 주겠다고 하였다. 원래 경리란 대외비밀과 금전 관계와 연관되어 있어 그 당시에는 아무에게나 맡기지 못하였던 시절이었다. 때문에 친구와 신뢰가 있었기에 나는 내가 갈 것을 친구에게 제안했고, 또 형님 이야기도 했다. 친구는 쌍수를 들어 환영해서 친구 아버지인 사장님에게 면접을 본 후 입사가 결정되었다.

그렇게 하여 나는 5년간의 서울 생활을 청산하고 그리운 고향에서 새로운 둥지를 틀게 되었다. 회사는 대구 제3 공업 단지 내에 있었는데 경리과 업무를 맡아보게 됐었다. 전공이 건축과라서 모든 것이 생소하고 다른 것이었지만 남들보다 더 열심히 하기 위해 나름대로 최선을 다하여 배웠다. 형님 도움도 컸다. 대구에서 생활하니 숨 쉴 것 같았고 사람 사는 것 같았다. 또 헤어진 군 동기들과 연락이 닿아 하나둘 모여 5명이 가끔 저녁에 술자리를 가지며 전우애를 나누곤 했다. 회사경영도 좋아 회사도 대구에서 고령으로 오천 평 부지에 새로 공장을 신축하여 이전도 했다. 새로운 장소 새로운 시설 새로운 환경에서 일하니 더욱더 신이 났고 일과가 늘 즐거웠다. 하지만 신의 장난인지 시샘인지 바로 그 시점에 국내 경기가 하강국면에 접어들었고 또 전 세계적으로도 경제사정이 좋지 않았다. 결국, 회사도 부분적으로 매출이 감소하더니 경영지표가 하락하여 적자 상태가 되었다. 설상가상으로 IMF가 닥쳐 회사가 더 어려운 지경에 이르게 되어 회사는 긴축 경영을 하지 않을 수가 없었다. 회사에 적응되어 나 자신의 정체성을 찾아가는 와중에 회사가 어려워지니 또 갈등이 찾아왔다.

그간 회사발전을 위해 열심히 뛰어온 모든 직원이 회사를 정상궤도에 안착시키기 위해 별별 노력을 기울였지만, 위기를 돌파할 방법이 요원했다. 회사가 긴축 경영에 들어가자 많은 고민 끝에 나는 명퇴를 결심했다. 회사에 통보도 하지 않고 형님과 3일간의 동해안 여행을 떠나 내 마음의 무거운 짐을 다 토해냈다. 그리고 나부터 정리해야 되겠다는 마음으로 일주일 후 회사에 출근하여 사장님과 친구에게 명예퇴직하겠노라고 사표를 제출했다. 회사 경영이 정상화되기를 진심으로 기원한다면서….

정 들었던 회사를 그만두고 떠난다는 것은 참으로 힘들었지만, 다른 세계에서 나 자신을 다시 채찍질하여 진정으로 나의 인생을 만들겠다는 결의를 가다듬었다. 어느 정도 시간이 흐른 뒤 나는 형님과 미래를 상의한 결과, 우선 SK 직영주유소에서 야간으로 근무하면서 다음날을 기약하기로 했다. 그런데 이 과정도 그리 순탄하지만은 않았다. 집에서 가장으로서 책임을 너무 쉽게 포기한다는 질책이 있고, 또 자연히 다툼이 자주 일어났다. 그러다 보니 나 자신도 위축되고 부모님과 형님에게 더 의지하게 되었으며, 난관을 돌파하고자 더 고심하게 되었다.

그렇게 주유원으로서 약 2개 월정도 근무했다. 밤하늘을 보며 앞으로 방향을 어떻게 잡아나가야 할지를 고심할 즈음, 마침 주유소 소장으로 근무하던 사람이 개인주유소 운영을 맡아 퇴직하게 되었다. 그 자리를 내가 맡아 주유소를 운영하기로 결정이 났다. 그 당시에는 주유소 판매수요가 자체 스탠드 판매와 가정배달, 목욕탕, 공장, 농장 등 수요가 상당하던 때여서 노력한 만큼 판매거래처를 확보할 수가 있었다. 얼마나 많은 거래처를 확보하였는지 매월 가격변동이 발생할 때면 주유소 입구에 차량이 50m 이상 줄을 서고, 거래처에서 전화가 빗발쳐 새벽 3시까지 공급을 채우느라 온몸이 녹초가 되곤 했다. 그래서 그런지 나의 지난 시절은 자연히 잊게 되고 주유소에서의 생활이 내 몸에 익숙하게 되었다.

주유소 일도 순탄하지만은 않았다. 주유소 운영과 배달을 병행하는데 주유소 내에서는 손님과의 마찰, 주유원의 안전사고 발생, 고객과의 문제 발생, 경유 석유 공급 시 시설물 파손, 석유 혼유 발생, 현장에서의 위험물 노출 등 까다로운 일이 많았다. 몸을 다치는 것은 보통이었고, 긴급 공급 시 도로교통법 위반으로 범칙금은 예사로 부과되었으며 차량 접촉사고도 다반사 있었다.

그렇게 주유소에서의 생활은 희비가 교차하면서 4년이란 세월이 흘렀다. 고진감래일까, 내가 그렇게 바라던 주유소 직접 운영권을 형님의 추천으로 SK 본사에서 면접과 인성, 적성검사를 통과하여 합격을 통보받았다. 대구 동구 반야월 지역의 주유소에 2001년 10월 1일부로 배치받았던 것이다. 나의 마지막 기회라고 생각하고 이 찬스를 놓치지 않기 위하여 혼신의 힘을 다해 주유소 운영을 하고 판매물량 증대에 박차를 가했다. 그러니 자연히 금전도 쌓였고 대인관계의 폭이 넓어지며 생활의 여유도 생기기 시작했다. 취미생활도 즐길 수가 있게 되었다.

주유소 생활도 안정되고 시간도 지나, 내 특별한 친구와 연락이 닿아 친구 회사에 경유도 공급하게 되어 판매 증대에도 일조하였다. 그런데 얼마의 세월이 흐른 뒤 이 친구의 회사가 끝내 경영 정상화를 이루지 못하여 마침내 법원에 법정관리 신청을 하게 되었다. 나도 이 회사에 공급한 경유 3,000l 대금을 받지 못해 내가 부담하게 되었다. 이후 친구 회사가 법적 절차에 들어가고 친구는 그 여파로 잠시 피해 있는 동안 재판이 진행되면서 채권자들과 원만하게 합의에 이르게 되었는데, 그 와중에 이 친구와 연락이 닿아 회사가 돌아가는 상황을 어느 정도 알게 되고, 또 회사가 정리되고 자신이 안정을 찾으면 다시 만나자고 연락이 왔었다. 그 무렵에도 군 동기들과의 만남은 계속 이어졌다.

친구는 채권자와 법적 합의를 끝내고 사업 재기에 성공하였고, 우리 군 동기들은 해후했다. 비가 온 뒤 땅이 더 굳어진다고 피보다 더 진하게 우정을 확인하며 가슴으로 서로를 감싸 안았다.

세월은 흘러 나에게도 변화가 왔다. SK 직영 주유소를 그만두고 개인 주유소를 경영하게 되었다. 이때는 주유소가 과밀된 상태라 판매대비 손익이 떨어져 경영 상황이 그리 호락호락하지만은 않았기에 도저히 개인이 주유소를 운영하기에는 너무나 벅차 타인에게 주유소를 인계하여 주고 2년 뒤 다시 형님과 상의하여 마침 SK 직영주유소에 자리가 비어 재면접을 받고 재배치를 받아 오늘에 이르게 되었다. 아이러니한 것은 나의 개인주유소 인수자가 내 친구의 동생이었다. 물론 내 친구 동생이 주유소와 연관된 사업과 관련이 있어서도 그렇지만, 어떻게 내가 가는 곳마다 친구와 연관이 되는지…. 친구와 둘이 전생에 무언가 특별한 인연이 아니었나 싶다.

이 친구와 모임을 함께하는 군 동기간의 우정도 변함이 없다. 지금은 군 동기 회원 모두가 안정된 직업을 가지거나 사업을 잘 해내고 있다. 13명 군 동기 회원들 이름을 나열해 본다. 이석하사장, 손윤락건축사, 안영건축사, 김영태공무원, 정영화공장장, 조용승사장, 박호술이사,홍성덕선생, 문종호선생, 김정표단장, 김광용원장, 임태수사장 그리고 채명관, 나다. 이름 배열은 가입한 순서대로이다.

여기서 나의 이야기를 마침표를 던지면서, 나는 크게 한번 외쳐본다. 이석하 친구 정말 사랑한다!

군 동기 친구들 정말 좋아한다. 둘째 형님, 정말로 존경합니다.

우리들의 12월

최대순 | 도서출판 개미 대표 |

만나야 할 사람을 아직 만나지 못한 서성거림으로 남은 달 12월. 누가 어디에선가 기다리고 있을 것만 같은 절기. 마른 풀 더미 위로 숨죽여 스쳐 가는 바람 한줄기에도 가슴에 풀 무늬 같은 흔들림이 그림자로 남는 마지막 달 12월.

한여름 그토록 길길이 무성하던 밤나무 숲에 겨울 하늘이 내려앉고 인적이 스러진 들녘 바람이 마른 풀을 베개 삼아 잠깐씩 눕는다. 텃밭은 휘휘하고 논은 허전하다. 비어 있는 들은 기름기 없이 꺼칠해져 있으나 한여름 그렇게 기승하던 생명들이 일제히 걷힌 빈자리에는 장렬함이 묻어 있다. 이른 아침 논둑으로 올라서면, 여름내 밭곡식과 논두렁을 뒤덮어 알곡을 시샘하던 잡초들이 노랗게 시들어 헝클어져 있고, 지난밤 된서리를 맞아 눈부신 백발의 모습으로 수줍어하고 있다.

어느새 다시 12월…. 12월은 왜 이렇듯 덧없음으로만 오는가. 내 몸뚱어리도 마른 풀더미 되어 서리 아래 눕고…. 낮도 텅 비어 있고 밤도 닿는 데 없는 쓸쓸함이, 바로 서도 거꾸로 서도 서로 질긴 그림자가 되어 발목을 감는다. 겨울 들녘에 서 있으면 시들어 있는 풀 더미로부터, 우리 육체의, 살 겹겹 뼈 마디마디로 칼끝 같은 바늘이 되어 빗겨드는 슬픔과 아쉬움이 있다.

음력 시월 상달에 새로 거둔 곡식으로 고사를 지내고 나면 농부는 그 등에서 지게를 벗고 비로소 허리를 편다. 군불 땐 아랫목에서 잠도 실컷 자고 동면하는 짐승처럼 생각 없이 뒹굴기로 한다. 겉으로는 게으른 동면처럼 보였어도 그것은 새해를 기다리는 농부의 겸손한 기다림이었다. 새끼를 꼬거나 가마니를 치고 산에서 나뭇단을 만들고 낙엽을 긁어 쌓으면서 겨울을 한유하게 채웠다.

그랬어도 아이들의 겨울은 천진했다. 첫눈이 내릴 무렵이면 꿩잡이 참새잡이 때문에 동네 아이들은 있는 대로 들떠서 몰려다녔다. 횃불이나 촛불을 밝혀 들고 초가집 처마 밑을 뒤지면서 불을 비춘다. 갑자기 밝아진 불빛 때문에 보금자리에 들었던 참새들이 눈이 똥그래져서 꼼짝 못 하고 있으면 우왁스런 사내아이들의 손이 덥석덥석 움켜내어 새끼줄에 꿰면서 개가를 올린다.

한번은 이웃집 형이 그러한 참새 집에 내 손을 끌어다가 들이밀면서 참새를 잡으라고 해서 손에 잡히는 대로 움켰었다. 아무런 저항 없이 손아귀에 든 참새 한 마리. 그 보드라운 털과 작은 몸집, 그리고 손바닥에 닿는 참새의 헐떡거림…. 가슴에서 뜨거운 것이 뭉클 치솟았는데 그것은 눈물이었다. 나는 순간 손을 펴버렸다. 그랬어도 참새는 날지 못하고 그대로 땅에 떨어졌다. 작은 몸의 참새가 땅으로 떨어지던 그 무게도 내 작은 가슴에는 바윗덩어리만 한 슬픔의 무게로 떨어져 안겼다.

"아이고 이놈아야. 그래 참새 한 마리 제대로 잡지 못해 왜 떨어뜨리노."

이웃집 형은 떨어진 참새를 얼른 주워 새끼줄에 꿰면서 야단을 쳤다.

횃불을 들고 처마 밑을 뒤지다가 초가집을 몽땅 태운 일도 있었지만 우리의 참새잡이는 결코 중단되는 일이 없었다. 처마 밑을 뒤지는 참새잡이가 성에 차지 않으면, 수수밭이나 조밭 아니면 볏짚 쌓아놓은 곳에 배구 네트를 치듯 망을 친다. 그리고 이삭을 뒤지며 짹짹거리는 참새 떼를 옆에서 훠이훠이 쫓으면 놀라서 달아난다는 것이 그만 망으로 몰려가면서 혹은 머리를 혹은 그 작은 발이 걸려서 수십 마리씩 허둥거린다. 새떼들은 허둥거리면 허둥거릴수록 그 명주실처럼 가는 망에 걸려서 차곡차곡 붙잡힌다. 날개 떼어내고 머리 잘라내고 털을 벗기면 정말이지 보기에도 민망한 참새를 그래도 누린내를 풍기면서 아이들은 석쇠에 소금을 뿌려 굽고 참기름을 발라서 구어 가며 신명을 냈다.

참새잡이 다음으로 궁리해낸 것은 꿩 사냥. 어디든지 양지바른 바위틈에는 손바닥만큼 평평하게 눈이 녹은 자리가 있다. 아이들은 여남은 알의 콩에다 구멍을 뚫어 '싸이나'라는 약을 비벼 넣어 그 자리에 뿌려두고 돌아간다. 다음날 콩이 뿌려져 있던 자리에서 서너 걸음 되는 곳에는 꽁꽁 얼어버린 까투리나 장끼가 영락없이 넘어져 있다. 마치 공작새의 현란한 깃털처럼 아름다운 목도리를 두른 장끼가 눈 위에 쓰러져 있는 모습은 슬픈 감동이었다. 누가 말했던가. "자연의 질서에는 사랑도 증오도 따로 없다. 다만 필요가 있을 뿐이다"고. 장끼의 아름다운 주검을 보면서 남모르는 흐느낌에 사로잡혔던 것은 감상(感傷)이었을까.

그렇게 꿩을 잡는 사람들은 죽으면서 냉동이 된 꿩이 녹기 전에 서둘러 내장을 발라내고 기둥에다 매달아 두었다가 잔치를 벌이기도 했다.

거둔 대로 먹고, 없으면 그저 가난하게 살아가며 그 무엇을 향하여 원망하는 일이 없던 시골 사람들. 그들에게 세월이 덧없을 것도 없었고 풀처럼 시드는 육체에 대한 허무감도 없었다. 시간을 따질 일도, 지나간 세월을 아쉬워할 일도 없었다.

한여름 땀 흘려 일한 농부에게는 시간이 덜미를 잡거나 쫓아오는 일이 없었다. 때 묻지 않은 삶이 순진한 꿈과 함께 이어질 뿐이었다. 그러나 그러한 아이들도 어른들도 자취를 감추어버린 지금은, 적연무문(寂然無聞) 허허로운 들녘에 시간이 멈춘 듯 고요하기만 하다. 날아갈 시간도 없고 빼앗길 시간도 없다. 더 나은 삶이 있으리라고 믿고 도회지로 달려간 아이들은 그저 사철 바쁘고 바쁘다. 그들은 기다림이라는 것을 잊었다. 그저 무엇인가를 찾아 한없이 달리고 또 달려가고 있다. 그래서 12월은 더 바쁘고 초조하고 더구나 너무 많은 시간을 잃었다는 느낌 때문에 때로는 낭패감에 빠지기까지 한다. 그들을 기다리는 이곳, 12월의 비어 있는 들에는 이가 빠졌거나 금이 가지 않은 시간만이 머물러 있건만 빈들이 안고 있는 시간의 그 쓸쓸함. 그러나 기다림으로 가득 찬 그 얼굴이 그들에게는 낯설기만 할 것이다.

나의 12월에는 누군가를 만나야 할 기다림으로 가득 찬 시간이 숨죽여 머물러 있다. 더는 달아날 곳도 없는 마지막 달 12월. 더는 빼앗길 것도 없는 12월. 날아가던 시간의 화살이 부르르 떨며 허무의 표적에 꽂혀 버렸어도, 그 허무의 표적에서 씨알 하나 남겨지는 우리의 12월.

한 여름살이 풀꽃이 새로운 생명으로 일어서기 위하여 마른 풀 더미에서 풀씨를 날리며 누군가를 만나려고 길을 떠나는 절기. 시들고야 말 유연한 육체가 있었으므로, 그 육체에서 영원히 일어설 씨앗 맺히는 섭리를 터득하게 하는 아름다운 12월.